Diogenes Taschenbuch 23485

BRÜDER GRIMM – Der eine hieß Jacob (1785–1863), der andere Wilhelm (1786–1859), sie lebten und arbeiteten wann immer möglich zusammen. Sie wurden in Hanau geboren und widmeten ihr ganzes Leben der Sprachwissenschaft und der Literatur. Sie schufen zusammen das *Deutsche Wörterbuch,* sammelten Märchen und schrieben sie in einem naiven Erzählstil nieder, der vorzüglich zu den Stoffen paßt.

Die schönsten Märchen der Brüder Grimm

Ausgewählt von Daniel Keel
und Gesine Treptow

Mit einem Vorwort
der Herausgeber,
Erinnerungen von
Herman Grimm
und einem Nachwort
von Otto A. Böhmer

Diogenes

Die Erinnerungen von Herman Grimm
erschienen erstmals in *Deutsche Rundschau*, Jg. XXI/1895,
und werden hier gekürzt abgedruckt
Der Text der Märchen folgt der zweiten Auflage der
Kinder- und Hausmärchen der Brüder Grimm von 1819
und wurde nur in einzelnen Fällen dem heutigen
Sprachgebrauch behutsam angepaßt
Von dem Fischer und seiner Frau, Von dem Wacholderbaum
und die Verse in *Jungfrau Maleen* wurden von den Herausgebern
aus dem Platt ins Hochdeutsche übertragen
Das Nachwort von Otto A. Böhmer
erschien erstmals 2004 im *Lexikon der Dichter*
Deutschsprachige Autoren von Roswitha von Gandersheim
bis Peter Handke und wird mit freundlicher Genehmigung
der Carl Hanser Verlag GmbH & Co. KG abgedruckt

Covermotiv: Zeichnung von
Gustave Doré (Ausschnitt)

Diogenes Verlag AG Zürich
info@diogenes.ch · www.diogenes.ch
In Fragen zur Produktsicherheit (GPSR):
truepages UG (haftungsbeschränkt)
Westermühlstraße 29, 80469 München
info@truepages.de
2/25/62/5
ISBN 978 3 257 23485 5

Inhalt

Vorwort

Die Märchen der Brüder Grimm sind bis heute auf der ganzen Welt das beliebteste und meistverkaufte deutsche Buch. Und das hat seinen Grund. Wer die Märchen neu liest, wird verblüfft sein von der sagenhaften Schönheit dieser Geschichten, ihrer kraftvollen, klaren, poetischen Sprache und von dem Witz, der in ihnen steckt. Aus den 240 Märchen, die Wilhelm und Jacob Grimm von 1806 bis 1815 zusammengetragen haben, wurden hier die 50 schönsten, merkwürdigsten, lustigsten und traurigsten ausgewählt. Diese Auswahl wendet sich zunächst mit Nachdruck an die erwachsenen Leser.

Sie werden eingeladen, die Märchen ihrer Kindheit wieder zu lesen und neu zu entdecken, *Schneewittchen* etwa, *Dornröschen*, *Rotkäppchen* oder *Hänsel und Gretel*, und sich von vielen immer noch fast unbekannten Geschichten in Staunen versetzen zu lassen, so von den zauberhaften *Drei Federn*, dem *Mond*, der *Rübe* oder von der schauerlichen Geschichte *Von dem Wacholderbaum.*

Häufig wurden und werden die manchmal grausamen oder frivolen Geschichten für Kinder bearbeitet, verharmlost und fürchterlich illustriert. Hier nicht. Märchen sind kein Kinderkram. Sie sind ernstzunehmende Literatur, die, so Federico Fellini, »zum Bedeutungsvollsten gehört, was Menschen je über Menschen geäußert haben«. Fellini, der große Kinomagier, war schon immer von Märchen fasziniert, insbesondere von denen der Brüder Grimm und des Hans Christian Andersen, eine Faszination, die so weit ging, daß er mehrere Märchen, zum Beispiel *Rapunzel,* verfilmen wollte. Leider wurde keines dieser Projekte realisiert.

Die Brüder selbst hatten die Kinder gar nicht als eigentliche Leserschaft, sondern als »mitgenießenden Teil« im Sinn (warum die Sammlung dennoch *Kinder- und Hausmärchen* genannt wurde, wird ewig ein Rätsel bleiben). In erster Linie kam es den Brüdern darauf an, »diese bis dahin unbeachtet gebliebenen Blumen, die der dichtenden Phantasie des Volkes entsprangen, als einen Teil des allgemeinen nationalen Reichtums überhaupt ans Licht zu bringen«. Diesem Wunsch schließen wir uns an, verzichten für einmal auf Illustrationen und überlassen die phantastische, überwältigende, bunte Welt der Grimmschen Märchen ganz der Phantasie der Leser.

Die Herausgeber

Dornröschen

Vor Zeiten war ein König und eine Königin, die sprachen jeden Tag »ach, wenn wir doch ein Kind hätten!« und kriegten immer keins. Da trug sich zu, als die Königin einmal im Bade saß, daß ein Frosch aus dem Wasser ans Land kroch und zu ihr sprach »dein Wunsch wird erfüllt werden, ehe ein Jahr vergeht, wirst du eine Tochter zur Welt bringen.« Was der Frosch gesagt hatte, das geschah, und die Königin gebar ein Mädchen, das war so schön, daß der König vor Freude sich nicht zu lassen wußte und ein großes Fest anstellte. Er lud nicht bloß seine Verwandten, Freunde und Bekannten, sondern auch die weisen Frauen dazu ein, damit sie dem Kind hold und gewogen wären. Es waren ihrer dreizehn in seinem Reiche, weil er aber nur zwölf goldene Teller hatte, von welchen sie essen sollten, so mußte eine von ihnen daheim bleiben. Das Fest ward mit aller Pracht gefeiert, und als es zu Ende war, beschenkten die weisen Frauen das Kind mit ihren Wundergaben: die eine mit Tugend, die andere mit Schönheit, die dritte mit Reichtum, und so mit allem, was auf der Welt zu wünschen ist. Als elfe ihre Sprüche eben getan hatten, trat plötzlich die dreizehnte herein. Sie wollte sich dafür rächen, daß sie nicht eingeladen war, und ohne jemand zu grüßen oder nur anzusehen, rief sie mit lauter Stimme »die Königstochter soll sich in ihrem fünfzehnten Jahr an einer Spindel stechen und tot hinfallen.« Und ohne ein Wort weiter zu sprechen, kehrte sie sich um und verließ den Saal. Alle waren erschrocken, da trat die zwölfte hervor, die ihren Wunsch noch übrig hatte, und weil sie den bösen Spruch nicht aufheben, sondern nur ihn mildern konnte, so sagte sie »es soll aber kein Tod sein, sondern ein hundertjähriger tiefer Schlaf, in welchen die Königstochter fällt.«

Der König, der sein liebes Kind vor dem Unglück gern bewahren wollte, ließ den Befehl ausgeben, daß alle Spindeln im ganzen Königreiche sollten verbrannt werden. An dem Mädchen aber wurden die Gaben der weisen Frauen sämtlich erfüllt, denn es war so schön, sittsam, freundlich und verständig, daß es jedermann, der es ansah, lieb haben mußte. Es geschah, daß an dem Tage, wo es gerade fünfzehn Jahr alt ward, der König und die Königin nicht zu Haus waren und das Mädchen ganz allein im Schloß zurückblieb. Da ging es allerorten herum, besah Stuben und Kammern, wie es Lust hatte, und kam endlich auch an einen alten Turm. Es stieg die enge Wendeltreppe hinauf und gelangte zu einer kleinen Türe. In dem Schloß steckte ein verrosteter Schlüssel, und als es ihn umdrehte, sprang die Türe auf, und saß da in einem kleinen Stübchen eine alte Frau mit einer Spindel und spann emsig ihren Flachs. »Guten Tag, du altes Mütterchen«, sprach die Königstochter, »was machst du da?« »Ich spinne«, sagte die Alte und nickte mit dem Kopf. »Was ist das für ein Ding, das so lustig herumspringt?« sprach das Mädchen, nahm die Spindel und wollte auch spinnen. Kaum hatte sie aber die Spindel angerührt, so ging der Zauberspruch in Erfüllung, und sie stach sich damit in den Finger.

In dem Augenblick aber, wo sie den Stich empfand, fiel sie auf das Bett nieder, das da stand, und lag in einem tiefen Schlaf. Und dieser Schlaf verbreitete sich über das ganze Schloß: der König und die Königin, die eben heimgekommen waren und in den Saal getreten waren, fingen an einzuschlafen, und der ganze Hofstaat mit ihnen. Da schliefen auch die Pferde im Stall, die Hunde im Hofe, die Tauben auf dem Dache, die Fliegen an der Wand, ja, das Feuer, das auf dem Herde flackerte, ward still und schlief ein, und der Braten hörte auf zu brutzeln, und der Koch, der den Küchenjungen, weil er etwas versehen hatte, an den Haaren ziehen wollte, ließ ihn los und schlief. Und der Wind legte sich, und auf den Bäumen vor dem Schloß regte sich kein Blättchen mehr.

Rings um das Schloß aber begann eine Dornenhecke zu wachsen, die jedes Jahr höher ward und endlich das ganze Schloß umzog und darüber hinauswuchs, daß gar nichts mehr davon zu sehen war, selbst nicht die Fahne auf dem Dach. Es ging aber die Sage in dem Land von dem schönen schlafenden Dornröschen, denn so ward die Königstochter genannt, also daß von Zeit zu Zeit Königssöhne kamen und durch die Hecke in das Schloß dringen wollten. Es war ihnen aber nicht möglich, denn die Dornen, als hätten sie Hände, hielten fest zusammen, und die Jünglinge blieben darin hängen, konnten sich nicht wieder losmachen und starben eines jämmerlichen Todes. Nach langen Jahren kam wieder einmal ein Königssohn in das Land und hörte, wie ein alter Mann von der Dornenhecke erzählte, es sollte ein Schloß dahinter stehen, in welchem eine wunderschöne Königstochter, Dornröschen genannt, schon seit hundert Jahren schliefe, und mit ihr schliefe der König und die Königin und der ganze Hofstaat. Er wußte auch von seinem Großvater, daß schon viele Königssöhne gekommen wären und versucht hätten, durch die Dornenhecke zu dringen, aber sie wären darin hängen geblieben und eines traurigen Todes gestorben. Da sprach der Jüngling »ich fürchte mich nicht, ich will hinaus und das schöne Dornröschen sehen.« Der gute Alte mochte ihm abraten, wie er wollte, er hörte nicht auf seine Worte.

Nun waren aber gerade die hundert Jahre verflossen, und der Tag war gekommen, wo Dornröschen wieder erwachen sollte. Als der Königssohn sich der Dornenhecke näherte, waren es lauter große schöne Blumen, die taten sich von selbst auseinander und ließen ihn unbeschädigt hindurch, und hinter ihm taten sie sich wieder als eine Hecke zusammen. Im Schloßhof sah er die Pferde und scheckigen Jagdhunde liegen und schlafen, auf dem Dache saßen die Tauben und hatten das Köpfchen unter den Flügel gesteckt. Und als er ins Haus kam, schliefen die Fliegen an der Wand, der Koch in der Küche hielt noch die Hand, als wollte er den Jungen anpacken, und die Magd saß vor dem schwarzen Huhn, das sollte gerupft werden. Da ging er weiter und sah im

Saale den ganzen Hofstaat liegen und schlafen, und oben bei dem Throne lag der König und die Königin. Da ging er noch weiter, und alles war so still, daß einer seinen Atem hören konnte, und endlich kam er zu dem Turm und öffnete die Türe zu der kleinen Stube, in welcher Dornröschen schlief. Da lag es und war so schön, daß er die Augen nicht abwenden konnte, und er bückte sich und gab ihm einen Kuß. Wie er es mit dem Kuß berührt hatte, schlug Dornröschen die Augen auf, erwachte und blickte ihn ganz freundlich an. Da gingen sie zusammen herab, und der König erwachte und die Königin und der ganze Hofstaat und sahen einander mit großen Augen an. Und die Pferde im Hof standen auf und rüttelten sich; die Jagdhunde sprangen und wedelten; die Tauben auf dem Dache zogen das Köpfchen unterm Flügel hervor, sahen umher und flogen ins Feld; die Fliegen an den Wänden krochen weiter; das Feuer in der Küche erhob sich, flackerte und kochte das Essen; der Braten fing wieder an zu brutzeln; und der Koch gab dem Jungen eine Ohrfeige, daß er schrie; und die Magd rupfte das Huhn fertig. Und da wurde die Hochzeit des Königssohns mit dem Dornröschen in aller Pracht gefeiert, und sie lebten vergnügt bis an ihr Ende.

Der Froschkönig
oder der eiserne Heinrich

In den alten Zeiten, wo das Wünschen noch geholfen hat, lebte ein König, dessen Töchter waren alle schön, aber die jüngste war so schön, daß die Sonne selber, die doch so vieles gesehen hat, sich verwunderte, sooft sie ihr ins Gesicht schien. Nahe bei dem Schlosse des Königs lag ein großer dunkler Wald, und in dem Walde unter einer alten Linde war ein Brunnen: wenn nun der Tag sehr heiß war, so ging das Königskind hinaus in den Wald und setzte sich an den Rand des kühlen Brunnens; und wenn sie Langeweile hatte, so nahm sie eine goldene Kugel, warf sie in die Höhe und fing sie wieder; und das war ihr liebstes Spiel.

Nun trug es sich einmal zu, daß die goldene Kugel der Königstochter nicht in ihr Händchen fiel, das sie in die Höhe gehalten hatte, sondern vorbei auf die Erde schlug und geradezu ins Wasser hineinrollte. Die Königstochter folgte ihr mit den Augen nach, aber die Kugel verschwand, und der Brunnen war tief, so tief, daß man keinen

Grund sah. Da fing sie an zu weinen und weinte immer lauter und konnte sich gar nicht trösten. Und wie sie so klagte, rief ihr jemand zu »was hast du vor, Königstochter, du schreist ja, daß sich ein Stein erbarmen möchte.« Sie sah sich um, woher die Stimme käme, da erblickte sie einen Frosch, der seinen dicken häßlichen Kopf aus dem Wasser streckte. »Ach, du bists, alter Wasserpatscher«, sagte sie, »ich weine über meine goldene Kugel, die mir in den Brunnen hinabgefallen ist.« »Sei still und weine nicht«, antwortete der Frosch, »ich kann wohl Rat schaffen, aber was gibst du mir, wenn ich die Kugel wieder heraufhole?« »Was du haben willst, lieber Frosch«, sagte sie, »meine Kleider, meine Perlen und Edelsteine, auch noch die goldene Krone, die ich trage.« Der Frosch antwortete »deine Kleider, deine Perlen und Edelsteine und deine goldene Krone, die mag ich nicht: aber wenn du mich lieb haben willst, und ich soll dein Geselle und Spielkamerad sein, an deinem Tischlein neben dir sitzen, von deinem goldenen Tellerlein essen, aus deinem Becherlein trinken, in deinem Bettlein schlafen: wenn du mir das versprichst, so will ich hinuntersteigen und dir die goldene Kugel wieder heraufholen.« »Ach ja«, sagte sie, »ich verspreche dir alles, was du willst, wenn du mir nur die Kugel wiederbringst.« Sie dachte aber »was der einfältige Frosch schwätzt, der sitzt im Wasser bei seinesgleichen und quakt, und kann keines Menschen Geselle sein.«

Der Frosch, als er die Zusage erhalten hatte, tauchte seinen Kopf unter, sank hinab, und über ein Weilchen kam er wieder heraufgerudert; hatte die Kugel im Maul und warf sie ins Gras. Die Königstochter war voll Freude, als sie ihre schöne Kugel wieder erblickte, hob sie auf und sprang damit fort. »Warte, warte«, rief der Frosch, »nimm mich mit, ich kann nicht so laufen wie du.« Aber was half ihm, daß er ihr sein quak quak so laut nachschrie, als er konnte! Sie hörte nicht darauf, eilte nach Haus und hatte bald den armen Frosch vergessen, der wieder in seinen Brunnen hinabsteigen mußte.

Am andern Tage, als sie mit dem König und allen Hofleuten sich zur Tafel gesetzt hatte und von ihrem goldenen Tellerlein aß, da kam, plitsch platsch, plitsch platsch, etwas die Marmortreppe heraufgekrochen, und als es oben angelangt war, klopfte es an der Tür und rief »Königstochter, jüngste, mach mir auf.« Sie lief und wollte sehen, wer draußen wäre, als sie aber aufmachte, so saß der Frosch davor. Da warf sie die Tür hastig zu, setzte sich wieder an den Tisch, und war ihr ganz angst. Der König sah wohl, daß ihr das Herz gewaltig klopfte, und sprach »mein Kind, was fürchtest du dich, steht etwa ein Riese vor der Tür und will dich holen?« »Ach nein«, antwortete sie, »es ist kein Riese, sondern ein garstiger Frosch.« »Was will der Frosch von dir?« »Ach lieber Vater, als ich gestern im Wald bei dem Brunnen saß und spielte, da fiel meine goldene Kugel ins Wasser. Und weil ich so weinte, hat sie der Frosch wieder heraufgeholt, und weil er es durchaus verlangte, so versprach ich ihm, er sollte mein Geselle werden, ich dachte aber nimmermehr, daß er aus seinem Wasser heraus könnte. Nun ist er draußen und will zu mir herein.« Indem klopfte es zum zweitenmal und rief

»Königstochter, jüngste,
mach mir auf,
weißt du nicht, was gestern
du zu mir gesagt
bei dem kühlen Brunnenwasser?
Königstochter, jüngste,
mach mir auf.«

Da sagte der König »was du versprochen hast, das mußt du auch halten; geh nur und mach ihm auf.« Sie ging und öffnete die Türe, da hüpfte der Frosch herein, ihr immer auf dem Fuße nach, bis zu ihrem Stuhl. Da saß er und rief »heb mich herauf zu dir.« Sie zauderte, bis es endlich der König befahl. Als der Frosch erst auf dem Stuhl war, wollte er auf den Tisch, und als er da saß, sprach er »nun schieb mir dein goldenes Tellerlein näher, damit wir zusammen essen.« Das tat sie zwar, aber man sah wohl, daß sies nicht gerne tat. Der Frosch ließ sichs gut schmecken, aber ihr blieb fast jedes Bißlein im Halse. Endlich sprach er »ich habe mich satt gegessen und bin müde, nun trag mich in dein Kämmerlein und mach dein seiden Bettlein zurecht, da wollen wir uns schlafen legen.« Die Königstochter fing an zu weinen und fürchtete sich vor dem kalten Frosch, den sie nicht anzurühren getraute und der nun in ihrem schönen reinen Bettlein schlafen sollte. Der König aber ward zornig und sprach »wer dir geholfen hat, als du in der Not warst, den sollst du hernach nicht verachten.« Da packte sie ihn mit zwei Fingern, trug ihn hinauf und setzte ihn in eine Ecke. Als sie aber im Bette lag, kam er gekrochen und sprach »ich bin so müde, ich will schlafen so gut wie du: heb mich herauf, oder ich sags deinem Vater.« Da ward sie erst bitterböse, holte ihn herauf und warf ihn aus allen Kräften wider die Wand, »nun wirst du Ruhe haben, du garstiger Frosch.«

Als er aber herabfiel, war er kein Frosch, sondern ein Königssohn mit schönen freundlichen Augen. Der war nun nach ihres Vaters Willen ihr lieber Geselle und Gemahl. Da erzählte er ihr, er wäre von einer bösen Hexe verwünscht worden, und niemand hätte ihn aus dem Brunnen erlösen können als sie allein, und morgen wollten sie zusammen in sein Reich gehen. Dann schliefen sie ein, und am andern Morgen, als die Sonne sie aufweckte, kam ein Wagen herangefahren mit acht weißen Pferden bespannt, die hatten weiße Straußfedern auf dem Kopf und gingen in goldenen Ketten, und hinten stand der Diener des jungen Königs, das war der treue Heinrich. Der treue Heinrich hatte sich so betrübt, als sein Herr war in einen Frosch verwandelt worden, daß er drei eiserne Bande hatte um sein Herz legen lassen, damit es ihm nicht vor Weh und Traurigkeit zerspränge. Der Wagen aber sollte den jungen König in sein Reich abholen; der treue Heinrich hob beide hinein, stellte sich wieder hinten auf und war voller Freude über die Erlösung. Und als sie ein Stück Wegs gefahren waren, hörte der Königssohn, daß es hinter ihm krachte, als wäre etwas zerbrochen. Da drehte er sich um und rief

»Heinrich, der Wagen bricht.«
»Nein, Herr, der Wagen nicht,

es ist ein Band von meinem Herzen,
das da lag in großen Schmerzen,
als Ihr in dem Brunnen saßt,
als Ihr eine Fretsche wast.«

Noch einmal und noch einmal krachte es auf dem Weg, und der Königssohn meinte immer, der Wagen bräche, und es waren doch nur die Bande, die vom Herzen des treuen Heinrich absprangen, weil sein Herr erlöst und glücklich war.

Der Mond

Vorzeiten gab es ein Land, wo die Nacht immer dunkel und der Himmel wie ein schwarzes Tuch darüber gebreitet war, denn es ging dort niemals der Mond auf, und kein Stern blinkte in der Finsternis. Bei Erschaffung der Welt hatte das nächtliche Licht ausgereicht. Aus diesem Land gingen einmal vier Burschen auf die Wanderschaft und gelangten in ein anderes Reich, wo abends, wenn die Sonne hinter den Bergen verschwunden war, auf einem Eichbaum eine leuchtende Kugel stand, die weit und breit ein sanftes Licht ausgoß. Man konnte dabei alles wohl sehen und unterscheiden, wenn es auch nicht so glänzend wie die Sonne war. Die Wanderer standen still und fragten einen Bauer, der da mit seinem Wagen vorbeifuhr, was das für ein Licht sei. »Das ist der Mond«, antwortete dieser, »unser Schultheiß hat ihn für drei Taler gekauft und an den Eichbaum befestigt. Er muß täglich Öl aufgießen und ihn rein erhalten, damit er immer hell brennt. Dafür erhält er von uns wöchentlich einen Taler.«

Als der Bauer weggefahren war, sagte der eine von ihnen »diese Lampe könnten wir brauchen, wir haben daheim einen Eichbaum, der ebenso groß ist, daran können wir sie hängen. Was für eine Freude, wenn wir nachts nicht in der Finsternis herumtappen!« »Wißt ihr was?« sprach der zweite, »wir wollen Wagen und Pferde holen und den Mond wegführen. Sie können sich hier einen andern kaufen.« »Ich kann gut klettern«, sprach der dritte, »ich will ihn schon herunterholen!« Der vierte brachte einen Wagen mit Pferden herbei, und der dritte stieg den Baum hinauf, bohrte ein Loch in den Mond, zog ein Seil hindurch und ließ ihn herab. Als die glänzende Kugel auf dem Wagen lag, deckten sie ein Tuch darüber, damit niemand den Raub bemerken sollte. Sie brachten ihn glücklich in ihr Land und stellten ihn auf eine hohe Eiche. Alte und Junge freuten sich, als die neue Lampe ihr Licht über alle Felder leuchten ließ und Stuben und Kammern damit erfüllte. Die Zwerge kamen aus den Felsenhöhlen hervor, und die kleinen Wichtelmänner tanzten in ihren roten Röckchen auf den Wiesen den Ringeltanz.

Die vier versorgten den Mond mit Öl, putzten

den Docht und erhielten wöchentlich ihren Taler. Aber sie wurden alte Greise, und als der eine erkrankte und seinen Tod voraussah, verordnete er, daß der vierte Teil des Mondes als sein Eigentum ihm mit ins Grab sollte gegeben werden. Als er gestorben war, stieg der Schultheiß auf den Baum und schnitt mit der Heckenschere ein Viertel ab, das in den Sarg gelegt ward. Das Licht des Mondes nahm ab, aber noch nicht merklich. Als der zweite starb, ward ihm das zweite Viertel mitgegeben, und das Licht minderte sich. Noch schwächer ward es nach dem Tod des dritten, der gleichfalls seinen Teil mitnahm, und als der vierte ins Grab kam, trat die alte Finsternis wieder ein. Wenn die Leute abends ohne Laterne ausgingen, stießen sie mit den Köpfen zusammen.

Als aber die Teile des Monds in der Unterwelt sich wieder vereinigten, so wurden dort, wo immer Dunkelheit geherrscht hatte, die Toten unruhig und erwachten aus ihrem Schlaf. Sie erstaunten, als sie wieder sehen konnten: das Mondlicht war ihnen genug, denn ihre Augen waren so schwach geworden, daß sie den Glanz der Sonne nicht ertragen hätten. Sie erhoben sich, wurden lustig und nahmen ihre alte Lebensweise wieder an. Ein Teil ging zum Spiel und Tanz, andere liefen in die Wirtshäuser, wo sie Wein forderten, sich betranken, tobten und zankten, und endlich ihre Knüppel aufhoben und sich prügelten. Der Lärm ward immer ärger und drang endlich bis in den Himmel hinauf.

Der heilige Petrus, der das Himmelstor bewacht, glaubte, die Unterwelt wäre in Aufruhr geraten, und rief die himmlischen Heerscharen zusammen, die den bösen Feind, wenn er mit seinen Gesellen den Aufenthalt der Seligen stürmen wollte, zurückjagen sollten. Da sie aber nicht kamen, so setzte er sich auf sein Pferd und ritt durch das Himmelstor hinab in die Unterwelt. Da brachte er die Toten zur Ruhe, hieß sie sich wieder in ihre Gräber legen und nahm den Mond mit fort, den er oben am Himmel aufhing.

Der Hase und der Igel

Wenn man diese Geschichte erzählt, geht es nicht ohne Lügen, aber wahr ist sie doch, denn mein Großvater, von dem ich sie habe, pflegte immer, wenn er sie mir vortrug, zu sagen »wahr muß sie doch sein, mein Sohn, sonst könnte man sie doch nicht erzählen.« Die Geschichte hat sich aber so zugetragen.

Es war an einem Sonntagmorgen zur Erntezeit, gerade als der Buchweizen blühte: die Sonne war hell am Himmel aufgegangen, der Morgenwind ging warm über die Stoppeln, die Lerchen sangen in der Luft, die Bienen summten in dem Buchweizen, und die Leute gingen im Sonntagsstaat zur Kirche, und alle Kreatur war vergnügt, und der Igel auch.

Der Igel aber stand vor seiner Tür, hatte die Arme übereinandergeschlagen, guckte dabei in den Morgenwind hinaus und trällerte ein kleines Liedchen, so gut und so schlecht ein Igel am lieben Sonntagmorgen nun einmal singen kann. Indem er nun noch so halb leise vor sich hin sang, fiel ihm auf einmal ein, er könne doch wohl, während seine Frau die Kinder wusch und anzog, ein bißchen im Feld spazieren und sehen, wie seine Steckrüben stünden.

Die Steckrüben waren aber die nächsten bei seinem Haus, und er pflegte mit seiner Familie davon zu essen, darum sah er sie als die seinigen an. Gesagt, getan. Der Igel machte die Haustür hinter sich zu und schlug den Weg zum Felde ein. Er war noch nicht sehr weit vom Haus und wollte sich just vom Schlehenbusch, der da vor dem Felde liegt, zu dem Steckrübenacker hinwenden, als er dem Hasen begegnete, der in ähnlichen Geschäften unterwegs war, nämlich um nach seinem Kohl zu sehen. Als der Igel den Hasen erblickte, entbot er ihm einen freundlichen guten Morgen. Der Hase aber, der sich auf seine Weise als vornehmer Herr fühlte und schrecklich hochnäsig dazu, antwortete nichts auf dem Igel seinen Gruß, sondern sagte zum Igel, wobei er eine gewaltig höhnische Miene aufsetzte, »wie kommt es denn, daß du hier so früh am Morgen im Felde herumläufst?« »Ich gehe spazieren«, sagte der Igel. »Spazieren?« lachte der Hase, »mich deucht, du kannst deine Beine doch wohl zu besseren Dingen gebrauchen.« Diese Antwort verdroß den Igel ungeheuer, denn alles konnte er vertragen, aber auf seine Beine ließ er nichts kommen, eben weil sie von Natur aus krumm waren. »Du bildest dir wohl ein«, sagte nun der Igel zum Hasen, »du könntest mit deinen Beinen mehr ausrichten?« »Das denke ich«, sagte nun der Hase. »Das kommt auf einen Versuch an«, meinte der Igel, »ich halte dagegen: Wenn wir um die Wette laufen, laufe ich dir davon.« »Das ist zum Lachen, du mit deinen krummen Beinen«, sagte der Hase, »aber meinetwegen mag es sein, wenn du so übergroße Lust hast. Worum wetten wir?« »Einen goldenen Louisdor und ne Flasche Branntwein«, sagte der Igel. »Angenommen«, sprach der Hase, »schlag ein, und dann kann es gleich losgehen.« »Nein, so große Eile hat es nicht«, meinte der Igel, »ich bin noch ganz nüchtern; erst will ich nach Hause gehen und ein bißchen frühstücken. In einer halben Stunde bin ich wieder auf dem Platz.«

Damit ging der Igel, denn der Hase war es zufrieden. Unterwegs dachte der Igel bei sich: »Der Hase verläßt sich auf seine langen Beine, aber ich will ihn wohl kriegen. Er ist zwar ein vornehmer Herr, aber doch man ein dummer Kerl, und bezahlen soll er doch.« Als nun der Igel zu Hause ankam, sprach er zu seiner Frau »Frau, zieh dich schnell an, du mußt mit zum Feld hinaus.« »Was gibts denn?« sagte seine Frau. »Ich habe mit dem Hasen um nen goldenen Louisdor und ne Flasche Branntwein gewettet, ich will mit ihm um die Wette laufen, und du sollst mit dabei sein.« »O mein Gott, Mann«, fing da dem Igel seine Frau an zu schreien, »bist du nicht klug, hast du denn ganz den Verstand verloren? Wie kannst du mit dem Hasen um die Wette laufen wollen?« »Halts Maul, Frau«, sagte der Igel, »das ist meine Sache. Raisoniere nicht über Männergeschäfte. Marsch, zieh dich an und komm mit.« Was sollte dem Igel seine Frau machen? Sie mußte wohl folgen, mochte sie wollen oder nicht.

Als sie nun miteinander unterwegs waren, sprach der Igel zu seiner Frau »nun paß auf, was ich sagen will. Siehst du, auf dem langen Acker, da wollen wir unseren Wettlauf machen. Der Hase läuft nämlich in der einen Furche und ich in der anderen, und von oben fangen wir an zu laufen. Nun hast du weiter nichts zu tun, als dich hier unten in die Furche zu stellen, und wenn der Hase auf der anderen Seite ankommt, so rufst du ihm entgegen, »ich bin schon da.« Damit waren sie beim Acker angelangt, der Igel wies seiner Frau ihren Platz zu und ging den Acker hinauf. Als er oben ankam, war der Hase schon da. »Kann es losgehen?« sagte der Hase. »Jawohl«, sagte der Igel. »Denn man los!« Und damit stellte jeder sich in seine Furche. Der Hase zählte »eins, zwei, drei« und los lief er wie ein Sturmwind den Acker hinab. Der Igel aber lief etwa drei Schritte, dann duckte er sich in die Furche und blieb ruhig sitzen.

Als nun der Hase in vollem Lauf den Acker hinunter kam, rief ihm dem Igel seine Frau entgegen »ich bin schon da.« Der Hase stutzte und wunderte sich nicht wenig: er meinte, es wäre der Igel selbst, der ihm das zuriefe, denn bekanntlich sieht dem Igel seine Frau genau so aus wie ihr Mann. Der Hase aber meinte »das geht nicht mit rechten Dingen zu.« Er rief »noch mal gelaufen, wieder herum!« Und fort lief er wieder wie ein Sturmwind, daß ihm die Ohren um den Kopf flogen. Dem Igel seine Frau aber blieb ruhig auf ihrem Platz. Als nun der Hase oben ankam, rief ihm der Igel entgegen »ich bin schon da.« Der Hase aber, ganz außer sich vor Ärger, schrie »noch mal gelaufen, wieder herum!« »Mir recht«, antwortete der Igel, »meinetwegen so oft du Lust hast.« So lief der Hase noch dreiundsiebzigmal und der Igel hielt jedesmal mit. Jedesmal, wie der Hase oben oder unten ankam, sagte der Igel oder seine Frau »ich bin schon da.«

Beim vierundsiebzigstenmal aber kam der

Hase nicht mehr bis zum Ende. Mitten im Acker stürzte er zur Erde, das Blut flog ihm aus dem Hals, und er blieb tot auf dem Acker liegen. Der Igel aber nahm seinen gewonnenen Louisdor und die Flasche Branntwein, rief seine Frau, und beide gingen vergnügt miteinander nach Haus: Und wenn sie nicht gestorben sind, so leben sie noch heute. So begab es sich, daß auf der Buxtehuder Heide der Igel den Hasen sich totlaufen ließ, und seit jener Zeit hat es sich kein Hase wieder einfallen lassen, mit dem Buxtehuder Igel um die Wette zu laufen.

Die Lehre aber aus dieser Geschichte ist erstens, daß keiner, und wenn er sich noch so vornehm dünkt, es sich einfallen lassen soll, über einen geringen Mann sich lustig zu machen, und wäre es auch nur ein Igel. Und zweitens, daß es ratsam ist, wenn einer freit, daß er sich eine Frau aus seinem Stand nimmt und die genau so aussieht wie er selbst. Wer also ein Igel ist, der muß zusehen, daß seine Frau auch ein Igel ist usw.

Schneewittchen

Es war einmal mitten im Winter, und die Schneeflocken fielen wie Federn vom Himmel herab, da saß eine Königin an einem Fenster, das einen Rahmen von schwarzem Ebenholz hatte, und nähte. Und wie sie so nähte und nach dem Schnee aufblickte, stach sie sich mit der Nadel in den Finger, und es fielen drei Tropfen Blut in den Schnee. Und weil das Rote im weißen Schnee so schön aussah, dachte sie bei sich »hätt ich ein Kind so weiß wie Schnee, so rot wie Blut und so schwarz wie das Holz an dem Rahmen.« Bald darauf bekam sie ein Töchterlein, das war so weiß wie Schnee, so rot wie Blut und so schwarzhaarig wie Ebenholz und ward darum das Schneewittchen genannt. Und wie das Kind geboren war, starb die Königin.

Über ein Jahr nahm sich der König eine andere Gemahlin. Es war eine schöne Frau, aber sie war stolz und übermütig und konnte nicht leiden, daß sie an Schönheit von jemand sollte übertroffen werden. Sie hatte einen wunderbaren Spiegel, wenn sie vor den trat und sich darin beschaute, sprach sie

> »Spieglein, Spieglein an der Wand,
> wer ist die Schönste im ganzen Land?«

so antwortete der Spiegel

> »Frau Königin, Ihr seid die Schönste im Land.«

Da war sie zufrieden, denn sie wußte, daß der Spiegel die Wahrheit sagte.

Schneewittchen aber wuchs heran und wurde immer schöner, und als es sieben Jahre alt war, war es so schön wie der klare Tag, und schöner als die Königin selbst. Als diese einmal ihren Spiegel fragte

> »Spieglein, Spieglein an der Wand,
> wer ist die Schönste im ganzen Land?«

so antwortete er

> »Frau Königin, Ihr seid die Schönste hier,
> aber Schneewittchen ist tausendmal
> schöner als Ihr.«

Da erschrak die Königin und ward gelb und grün vor Neid. Von Stund an, wenn sie Schneewittchen erblickte, kehrte sich ihr das Herz im Leibe herum, so haßte sie das Mädchen. Und der Neid und Hochmut wuchsen wie ein Unkraut in ihrem Herzen immer höher, daß sie Tag und Nacht keine Ruhe mehr hatte. Da rief sie einen Jäger und sprach »bring das Kind hinaus in den Wald, ich wills nicht mehr vor meinen Augen sehen. Du sollst es töten und mir Lunge und Leber zum Wahrzeichen mitbringen.« Der Jäger gehorchte und führte es hinaus, und als er den Hirschfänger gezogen hatte und Schneewittchens unschuldiges Herz durchbohren wollte, fing es an zu weinen und sprach »ach, lieber Jäger, laß mir mein Leben; ich will in den wilden Wald laufen und nimmermehr wieder heim kommen.« Und weil es so schön war, hatte der Jäger Mitleid und sprach »so lauf hin, du armes Kind.« »Die wilden Tiere werden dich bald gefressen haben«, dachte er, und doch wars ihm, als wär ein Stein von seinem Herzen gewälzt, weil er es nicht zu töten brauchte. Und als gerade ein junger Frischling dahergesprungen kam, stach er ihn ab, nahm Lunge und Leber heraus, und brachte sie als Wahrzeichen der Königin mit. Der Koch mußte sie in Salz kochen, und das boshafte Weib aß sie auf und meinte, sie hätte Schneewittchens Lunge und Leber gegessen.

Nun war das arme Kind in dem großen Wald

mutterselig allein, und ward ihm so angst, daß es alle Blätter an den Bäumen ansah und nicht wußte, wie es sich helfen sollte. Da fing es an zu laufen und lief über die spitzen Steine und durch die Dornen, und die wilden Tiere sprangen an ihm vorbei, aber sie taten ihm nichts. Es lief, solange nur die Füße noch fort konnten, bis es bald Abend werden wollte, da sah es ein kleines Häuschen und ging hinein, sich zu ruhen. In dem Häuschen war alles klein, aber so zierlich und reinlich, daß es nicht zu sagen ist. Da stand ein weißgedecktes Tischlein mit sieben kleinen Tellern, jedes Tellerlein mit seinem Löffelein, ferner sieben Messerlein und Gäblein, und sieben Becherlein. An der Wand waren sieben Bettlein nebeneinander aufgestellt und schneeweiße Laken darüber gedeckt. Schneewittchen, weil es so hungrig und durstig war, aß von jedem Tellerlein ein wenig Gemüs und Brot, und trank aus jedem Becherlein einen Tropfen Wein; denn es wollte nicht einem allein alles wegnehmen. Hernach, weil es so müde war, legte es sich in ein Bettchen, aber keins paßte; das eine war zu lang, das andere zu kurz, bis endlich das siebente recht war: und darin blieb es liegen, befahl sich Gott und schlief ein.

Als es ganz dunkel geworden war, kamen die

Herren von dem Häuslein, das waren die sieben Zwerge, die in den Bergen nach Erz hackten und gruben. Sie zündeten ihre sieben Lichtlein an, und wie es nun hell im Häuslein ward, sahen sie, daß jemand darin gewesen war, denn es stand nicht alles so in der Ordnung, wie sie es verlassen hatten. Der erste sprach »wer hat auf meinem Stühlchen gesessen?« Der zweite »wer hat von meinem Tellerchen gegessen?« Der dritte »wer hat von meinem Brötchen genommen?« Der vierte »wer hat von meinem Gemüschen gegessen?« Der fünfte »wer hat mit meinem Gäbelchen gestochen?« Der sechste »wer hat mit meinem Messerchen geschnitten?« Der siebente »wer hat aus meinem Becherlein getrunken?« Dann sah sich der erste um und sah, daß auf seinem Bett eine kleine Delle war, da sprach er »wer hat in mein Bettchen getreten?« Die andern kamen gelaufen und riefen »in meinem hat auch jemand gelegen.« Der siebente aber, als er in sein Bett sah, erblickte Schneewittchen, das lag darin und schlief. Nun rief er die andern, die kamen herbeigelaufen, und schrien vor Verwunderung, holten ihre sieben Lichtlein und beleuchteten Schneewittchen. »Ei, du mein Gott! Ei, du mein Gott!« riefen sie, »was ist das Kind so schön!« und hatten so große Freude, daß sie es nicht aufweckten, sondern im Bettlein fortschlafen ließen. Der siebente Zwerg aber schlief bei seinen Gesellen, bei jedem eine Stunde, da war die Nacht herum.

Als es Morgen war, erwachte Schneewittchen, und wie es die sieben Zwerge sah, erschrak es. Sie waren aber freundlich und fragten »wie heißt du?« »Ich heiße Schneewittchen«, antwortete es. »Wie bist du in unser Haus gekommen?« sprachen weiter die Zwerge. Da erzählte es ihnen, daß seine Stiefmutter es hätte wollen umbringen lassen, der Jäger hätte ihm aber das Leben geschenkt, und da wär es gelaufen den ganzen Tag, bis es endlich ihr Häuslein gefunden hätte. Die Zwerge sprachen »willst du unsern Haushalt versehen, kochen, betten, waschen, nähen und strikken, und willst du alles ordentlich und reinlich halten, so kannst du bei uns bleiben, und es soll dir an nichts fehlen.« »Ja«, sagte Schneewittchen, »von Herzen gern«, und blieb bei ihnen. Es hielt ihnen das Haus in Ordnung: morgens gingen sie in die Berge und suchten Erz und Gold, abends kamen sie wieder, und da mußte ihr Essen bereit sein. Den Tag über war das Mädchen allein, da warnten es die guten Zwerglein und sprachen »hüte dich vor deiner Stiefmutter, die wird bald wissen, daß du hier bist; laß ja niemand herein.«

Die Königin aber, nachdem sie Schneewittchens Lunge und Leber glaubte gegessen zu haben, dachte nicht anders, als sie wäre wieder die erste und Allerschönste, trat vor ihren Spiegel und sprach

»Spieglein, Spieglein an der Wand,
wer ist die Schönste im ganzen Land?«

Da antwortete der Spiegel

»Frau Königin, Ihr seid die Schönste hier,
aber Schneewittchen über den Bergen
bei den sieben Zwergen
ist noch tausendmal schöner als Ihr.«

Da erschrak sie, denn sie wußte, daß der Spiegel keine Unwahrheit sprach, und merkte, daß der Jäger sie betrogen hatte und Schneewittchen noch am Leben war. Und da sann und sann sie aufs neue, wie sie es umbringen wollte; denn solange sie nicht die Schönste war im ganzen Land, ließ ihr der Neid keine Ruhe. Und als sie sich endlich etwas ausgedacht hatte, färbte sie sich das Gesicht und kleidete sich wie eine alte Krämerin und war ganz unkenntlich. In dieser Gestalt ging sie über die sieben Berge zu den sieben Zwergen, klopfte an die Türe und rief »schöne Ware feil! feil!« Schneewittchen guckte zum Fenster heraus und rief »guten Tag, liebe Frau, was habt Ihr zu verkaufen?« »Gute Ware, schöne Ware«, antwortete sie, »Schnürriemen von allen Farben«, und holte einen hervor, der aus bunter Seide geflochten war. »Die ehrliche Frau kann ich hereinlassen«, dachte Schneewittchen, riegelte die Türe auf und kaufte sich den hübschen Schnürriemen. »Kind«, sprach die Alte, »wie du aussiehst! Komm, ich will dich einmal ordentlich schnüren.« Schneewittchen hatte kein Arg, stellte sich vor sie, und ließ sich mit dem neuen Schnürriemen schnüren: aber die Alte schnürte geschwind und schnürte so fest, daß dem Schneewittchen der Atem verging und es für tot hinfiel. »Nun bist du die Schönste gewesen«, sprach sie und eilte hinaus.

Nicht lange darauf, zur Abendzeit, kamen die sieben Zwerge nach Haus, aber wie erschraken sie, als sie ihr liebes Schneewittchen auf der Erde liegen sahen; und es regte und bewegte sich nicht, als wäre es tot. Sie hoben es in die Höhe, und weil sie sahen, daß es zu fest geschnürt war, schnitten sie den Schnürriemen entzwei: da fing es an ein wenig zu atmen, und ward nach und nach wieder lebendig. Als die Zwerge hörten, was geschehen war, sprachen sie »die alte Krämerfrau war niemand als die gottlose Königin: hüte dich und laß keinen Menschen herein, wenn wir nicht bei dir sind.«

Das böse Weib aber, als es nach Haus gekommen war, ging vor den Spiegel und fragte

»Spieglein, Spieglein an der Wand,
wer ist die Schönste im ganzen Land?«

Da antwortete er wie sonst

»Frau Königin, Ihr seid die Schönste hier,
aber Schneewittchen über den Bergen
bei den sieben Zwergen
ist noch tausendmal schöner als Ihr.«

Als sie das hörte, lief ihr alles Blut zum Herzen, so erschrak sie, denn sie sah wohl, daß Schneewittchen wieder lebendig geworden war. »Nun aber«, sprach sie, »will ich etwas aussinnen, das dich zugrunde richten soll«, und mit Hexenkünsten, die sie verstand, machte sie einen giftigen Kamm. Dann verkleidete sie sich und nahm die Gestalt eines andern alten Weibes an. So ging sie hin über die sieben Berge zu den sieben Zwergen, klopfte an die Türe und rief »gute Ware feil! feil!« Schneewittchen schaute heraus und sprach »geht nur weiter, ich darf niemand hereinlassen.« »Das Ansehen wird dir doch erlaubt sein«, sprach die Alte, zog den giftigen Kamm heraus und hielt ihn in die Höhe. Da gefiel er dem Kinde so gut, daß es sich betören ließ und die Türe öffnete. Als sie des Kaufs einig waren, sprach die Alte »nun will ich dich einmal ordentlich kämmen.« Das arme Schneewittchen dachte an nichts und ließ die Alte gewähren, aber kaum hatte sie den Kamm in die Haare gesteckt, als das Gift darin wirkte und das Mädchen ohne Besinnung niederfiel. »Du Ausbund von Schönheit«, sprach das boshafte Weib, »jetzt ists um dich geschehen«, und ging fort. Zum Glück aber war es bald Abend, wo die sieben Zwerglein nach Haus kamen. Als sie Schneewittchen wie tot auf der Erde liegen sahen, hatten sie gleich die Stiefmutter in Verdacht, suchten nach, und fanden den giftigen Kamm, und kaum hatten sie ihn herausgezogen, so kam Schneewittchen wieder zu sich und erzählte, was vorgegangen war. Da warnten sie es noch einmal, auf seiner Hut zu sein und niemand die Türe zu öffnen.

Die Königin stellte sich daheim vor den Spiegel und sprach

> »Spieglein, Spieglein an der Wand,
> wer ist die Schönste im ganzen Land?«

Da antwortete er wie vorher

> »Frau Königin, Ihr seid die Schönste hier,
> aber Schneewittchen über den Bergen
> bei den sieben Zwergen
> ist noch tausendmal schöner als Ihr.«

Als sie den Spiegel so reden hörte, zitterte und bebte sie vor Zorn. »Schneewittchen soll sterben«, rief sie, »und wenn es mein eignes Leben kostet.« Darauf ging sie in eine ganz verborgene einsame Kammer, wo niemand hinkam, und machte da einen giftigen giftigen Apfel. Äußerlich sah er schön aus, weiß mit roten Backen, daß jeder, der ihn erblickte, Lust danach bekam, aber wer ein Stückchen davon aß, der mußte sterben. Als der Apfel fertig war, färbte sie sich das Gesicht und verkleidete sich in eine Bauersfrau, und so ging sie über die sieben Berge zu den sieben Zwergen. Sie klopfte an, Schneewittchen streckte den Kopf zum Fenster heraus und sprach »ich darf keinen Menschen einlassen, die sieben Zwerge haben mirs verboten.« »Mir auch recht«, antwortete die Bäuerin, »meine Äpfel will ich schon los werden. Da, einen will ich dir schenken.« »Nein«, sprach Schneewittchen, »ich darf nichts annehmen.« »Fürchtest du dich vor Gift?« sprach die Alte, »siehst du, da schneide ich den Apfel in zwei Teile; den roten Backen iß du, den weißen will ich essen.« Der Apfel war aber so künstlich gemacht, daß der rote Backen allein vergiftet war. Schneewittchen lusterte den schönen Apfel an, und als es sah, daß die Bäuerin davon aß, so konnte es nicht länger widerstehen, streckte die Hand hinaus und nahm die giftige Hälfte. Kaum aber hatte es einen Bissen davon im Mund, so fiel es tot zur Erde nieder. Da betrachtete es die Königin mit grausigen Blicken und lachte überlaut und sprach »weiß wie Schnee, rot wie Blut, schwarz wie Ebenholz! Diesmal können dich die Zwerge nicht wieder erwecken.« Und als sie daheim den Spiegel befragte

»Spieglein, Spieglein an der Wand,
wer ist die Schönste im ganzen Land?«

so antwortete er endlich

»Frau Königin, Ihr seid die Schönste im Land.«

Da hatte ihr neidisches Herz Ruhe, so gut ein neidisches Herz Ruhe haben kann.

Die Zwerglein, wie sie abends nach Haus kamen, fanden Schneewittchen auf der Erde liegen, und es ging kein Atem mehr aus seinem Mund, und es war tot. Sie hoben es auf, suchten, ob sie was Giftiges fänden, schnürten es auf, kämmten ihm die Haare, wuschen es mit Wasser und Wein, aber es half alles nichts; das liebe Kind war tot und blieb tot. Sie legten es auf eine Bahre und setzten sich alle siebene daran und beweinten es, und weinten drei Tage lang. Da wollten sie es begraben, aber es sah noch so frisch aus wie ein lebender Mensch und hatte noch seine schönen roten Backen. Sie sprachen »das können wir nicht in die schwarze Erde versenken«, und ließen einen durchsichtigen Sarg von Glas machen, daß man es von allen Seiten sehen konnte, legten es hinein, und schrieben mit goldenen Buchstaben seinen Namen darauf, und daß es eine Königstochter wäre. Dann setzten sie den Sarg hinaus auf den Berg, und einer von ihnen blieb immer dabei und bewachte ihn. Und die Tiere kamen auch und beweinten Schneewittchen, erst eine Eule, dann ein Rabe, zuletzt ein Täubchen.

Nun lag Schneewittchen lange lange Zeit in dem Sarg und verweste nicht, sondern sah aus, als wenn es schliefe, denn es war noch so weiß als Schnee, so rot als Blut und so schwarzhaarig wie Ebenholz. Es geschah aber, daß ein Königssohn in den Wald geriet und zu dem Zwergenhaus kam, da zu übernachten. Er sah auf dem Berg den Sarg und das schöne Schneewittchen darin, und las, was mit goldenen Buchstaben darauf geschrieben war. Da sprach er zu den Zwergen »laßt mir den Sarg, ich will euch geben, was ihr dafür haben wollt.« Aber die Zwerge antworteten »wir geben ihn nicht um alles Gold in der Welt.« Da sprach er »so schenkt mir ihn, denn ich kann nicht leben, ohne Schneewittchen zu sehen, ich will es ehren und hochachten wie mein Liebstes.« Wie er so sprach, empfanden die guten Zwerglein Mitleiden mit ihm und gaben ihm den Sarg. Der Königssohn ließ ihn nun von seinen Dienern auf den Schultern forttragen. Da geschah es, daß sie über einen Strauch stolperten, und von dem Schüttern fuhr der giftige Apfelgrütz, den Schneewittchen abgebissen hatte, aus dem Hals. Und nicht lange, so öffnete es die Augen, hob den Deckel vom Sarg in die Höhe, und richtete sich auf, und war wieder lebendig. »Ach Gott, wo bin ich?« rief es. Der Königssohn sagte voll Freude »du bist bei mir«, und erzählte, was sich zugetragen hatte, und sprach »ich habe dich lieber als alles auf der Welt; komm mit mir in meines Vaters Schloß, du sollst meine Gemahlin werden.« Da war ihm Schneewittchen gut und ging mit ihm, und ihre Hochzeit ward mit großer Pracht und Herrlichkeit angeordnet.

Zu dem Fest wurde aber auch Schneewittchens gottlose Stiefmutter eingeladen. Wie sie sich nun mit schönen Kleidern angetan hatte, trat sie vor den Spiegel und sprach

»Spieglein, Spieglein an der Wand,
wer ist die Schönste im ganzen Land?«

Der Spiegel antwortete

> »Frau Königin, Ihr seid die Schönste hier,
> aber die junge Königin ist tausendmal schöner
> als Ihr.«

Da stieß das böse Weib einen Fluch aus, und ward ihr so angst, so angst, daß sie sich nicht zu lassen wußte. Sie wollte zuerst gar nicht auf die Hochzeit kommen: doch ließ es ihr keine Ruhe, sie mußte fort und die junge Königin sehen. Und wie sie hineintrat, erkannte sie Schneewittchen, und vor Angst und Schrecken stand sie da und konnte sich nicht regen. Aber es waren schon eiserne Pantoffeln über Kohlenfeuer gestellt und wurden mit Zangen hereingetragen und vor sie hingestellt. Da mußte sie in die rotglühenden Schuhe treten und so lange tanzen, bis sie tot zur Erde fiel.

Märchen von einem, der auszog, das Fürchten zu lernen

Ein Vater hatte zwei Söhne, davon war der älteste klug und gescheit und wußte sich in alles wohl zu schicken, der jüngste aber war dumm, konnte nichts begreifen und lernen: und wenn ihn die Leute sahen, sprachen sie »mit dem wird der Vater noch seine Last haben!« Wenn nun etwas zu tun war, so mußte es der älteste ausrichten: Hieß ihn der Vater noch spät oder gar in der Nacht etwas holen, und der Weg ging über den Kirchhof oder sonst einen schaurigen Ort, so antwortete er »ach nein, Vater, ich gehe nicht dahin, es gruselt mir!«, denn er fürchtete sich. Oder, wenn abends beim Feuer Geschichten erzählt wurden, wobei einem die Haut schaudert, so sprachen die Zuhörer manchmal »ach, es gruselt mir!« Der jüngste saß in einer Ecke und hörte das mit an, und konnte nicht begreifen, was es heißen sollte. »Immer sagen sie: es gruselt mir! es gruselt mir! mir gruselts nicht: das wird wohl eine Kunst sein, von der ich auch nichts verstehe.«

Nun geschah es, daß der Vater einmal zu ihm sprach »hör du, in der Ecke dort, du wirst groß und stark, du mußt auch etwas lernen, womit du dein Brot verdienst. Siehst du, wie dein Bruder sich Mühe gibt, aber an dir ist Hopfen und Malz verloren.« »Ei, Vater«, antwortete er, »ich will gerne was lernen; ja, wenns anginge, so möchte ich lernen, daß mirs gruselte; davon verstehe ich noch gar nichts.« Der älteste lachte, als er das hörte, und dachte bei sich »du lieber Gott, was ist mein Bruder ein Dummbart, aus dem wird sein Lebtag nichts: was ein Häkchen werden will, muß sich beizeiten krümmen.« Der Vater seufzte und antwortete ihm »das Gruseln, das sollst du schon lernen, aber dein Brot wirst du damit nicht verdienen.«

Bald danach kam der Küster zum Besuch ins Haus, da klagte ihm der Vater seine Not und erzählte, wie sein jüngster Sohn in allen Dingen so schlecht beschlagen wäre, er wüßte nichts und lernte nichts. »Denkt Euch, als ich ihn fragte, womit er sein Brot verdienen wollte, hat er gar verlangt, das Gruseln zu lernen.« »Wenns weiter nichts ist«, antwortete der Küster, »das kann er bei mir lernen; tut ihn nur zu mir, ich werde ihn schon abhobeln.« Der Vater war es zufrieden, weil er dachte »der Junge wird doch ein wenig zugestutzt.« Der Küster nahm ihn also ins Haus, und er mußte die Glocke läuten. Nach ein paar Tagen weckte er ihn um Mitternacht, hieß ihn aufstehen, in den Kirchturm steigen und läuten. »Du sollst schon lernen, was Gruseln ist«, dachte er, ging heimlich voraus, und als der Junge oben war, und sich umdrehte und das Glockenseil fassen wollte, so sah er auf der Treppe, dem Schalloch gegenüber, eine weiße Gestalt stehen. »Wer da?« rief er, aber die Gestalt gab keine Antwort, regte und bewegte sich nicht. »Gib Antwort«, rief der Junge, »oder mache, daß du fortkommst, du hast hier in der Nacht nichts zu schaffen.« Der Küster aber blieb unbeweglich stehen, damit der Junge glauben sollte, es wäre ein Gespenst. Der Junge rief zum zweitenmal »was willst du hier? Sprich, wenn du ein ehrlicher Kerl bist, oder ich werfe dich die Treppe hinab.« Der Küster dachte »das wird so schlimm nicht gemeint sein«, gab keinen Laut von sich und stand, als wenn er von Stein wäre. Da rief ihn der Junge zum drittenmal an, und als das auch vergeblich war, nahm er einen Anlauf und stieß das Gespenst die Treppe hinab, daß es zehn Stufen hinabfiel und in einer Ecke liegen blieb. Darauf läutete er die Glocke, ging heim, legte sich, ohne ein Wort zu sagen, ins Bett und schlief fort. Die Küsterfrau wartete lange Zeit auf ihren Mann, aber er wollte nicht wiederkommen. Da ward ihr endlich angst, sie weckte den Jungen und fragte »weißt du nicht, wo mein Mann geblieben ist? Er ist vor dir auf den Turm gestiegen.« »Nein«, antwortete der Junge, »aber da hat einer dem Schallloch gegenüber auf der Treppe gestanden, und weil er keine Antwort geben und auch nicht weggehen wollte, so habe ich ihn für einen Spitzbuben gehalten und hinuntergestoßen. Geht nur hin, so werdet Ihr sehen, ob ers gewesen ist, es sollte mir leid tun.« Die Frau sprang fort und fand ihren Mann, der in einer Ecke lag und jammerte, und ein Bein gebrochen hatte.

Sie trug ihn herab und eilte dann mit lautem Geschrei zu dem Vater des Jungen. »Euer Junge«, rief sie, »hat ein großes Unglück angerichtet, meinen Mann hat er die Treppe hinabgeworfen, daß er ein Bein gebrochen hat: schafft den Taugenichts aus unserm Haus.« Der Vater erschrak, kam herbeigelaufen und schalt den Jungen aus. »Was sind das für gottlose Streiche, die muß dir der Böse eingegeben haben.« »Vater«, antwortete er, »hört nur an, ich bin ganz unschuldig: Er stand da in der Nacht wie einer, der Böses im Sinne hat. Ich wußte nicht, wers war, und hab ihn dreimal ermahnt, zu reden oder wegzugehen.«

»Ach«, sprach der Vater, »mit dir erleb ich nur Unglück, geh mir aus den Augen, ich will dich nicht mehr ansehen.« »Ja, Vater, recht gerne, wartet nur, bis Tag ist, da will ich ausgehen und das Gruseln lernen, so versteh ich doch eine Kunst, die mich ernähren kann.« »Lerne, was du willst«, sprach der Vater, »mir ist alles einerlei. Da hast du fünfzig Taler, damit geh in die weite Welt und sage keinem Menschen, wo du her bist und wer dein Vater ist, denn ich muß mich deiner schämen.« »Ja, Vater, wie Ihrs haben wollt, wenn Ihr nicht mehr verlangt, das kann ich leicht in acht behalten.«

Als nun der Tag anbrach, steckte der Junge seine fünfzig Taler in die Tasche, ging hinaus auf die große Landstraße und sprach immer vor sich hin »wenn mirs nur gruselte! wenn mir's nur gruselte!« Da kam ein Mann heran, der hörte das Gespräch, das der Junge mit sich selber führte, und als sie ein Stück weiter waren, daß man den Galgen sehen konnte, sagte der Mann zu ihm »siehst du, dort ist der Baum, wo siebene mit des Seilers Tochter Hochzeit gehalten haben und jetzt das Fliegen lernen: setz dich darunter und warte, bis die Nacht kommt, so wirst du schon das Gruseln lernen.« »Wenn weiter nichts dazu gehört«, antwortete der Junge, »das ist leicht getan; lerne ich aber so geschwind das Gruseln, so sollst du meine fünfzig Taler haben, komm nur morgen früh wieder zu mir.« Da ging der Junge zu dem Galgen, setzte sich darunter und wartete, bis der Abend kam. Und weil ihn fror, machte er sich ein Feuer an: aber um Mitternacht ging der Wind so kalt, daß er trotz des Feuers nicht warm werden wollte. Und als der Wind die Gehenkten gegeneinander stieß, daß sie sich hin- und herbewegten, so dachte er »du frierst unten bei dem Feuer, was mögen die da oben erst frieren und zappeln.« Und weil er mitleidig war, legte er die Leiter an, stieg hinauf, knüpfte einen nach dem andern los, und holte sie alle siebene herab. Darauf schürte er das Feuer, blies es an und setzte sie ringsherum, daß sie sich wärmen sollten. Aber sie saßen da und regten sich nicht, und das Feuer ergriff ihre Kleider. Da sprach er »nehmt euch in acht, sonst häng ich euch wieder hinauf.« Die Toten aber hörten nicht, schwiegen und ließen ihre Lumpen fortbrennen. Da ward er bös und sprach »wenn ihr nicht achtgeben wollt, so kann ich euch nicht helfen, ich will nicht mit euch verbrennen«, und hing sie nach der Reihe wieder hinauf. Nun setzte er sich zu seinem Feuer und schlief ein, und am andern Morgen, da kam der Mann zu ihm, wollte die fünfzig Taler haben und sprach »nun, weißt du, was Gruseln ist?« »Nein«, antwortete er, »woher sollte ichs wissen? Die da droben haben das Maul nicht aufgetan und waren so dumm, daß sie die paar alten Lappen, die sie am Leibe haben, brennen ließen.« Da sah der Mann, daß er die fünfzig Taler heute nicht davontragen würde, ging fort und sprach »so einer ist mir noch nicht vorgekommen.«

Der Junge ging auch seines Wegs und fing wieder an, vor sich hin zu reden »ach, wenn mirs nur gruselte! Ach, wenn mirs nur gruselte!« Das hörte ein Fuhrmann, der hinter ihm herschritt, und fragte: »Wer bist du?« »Ich weiß nicht«, antwortete der Junge. Der Fuhrmann fragte weiter: »Wo bist du her?« »Ich weiß nicht.« »Wer ist dein Vater?« »Das darf ich nicht sagen.« »Was brummst du beständig in den Bart hinein?« »Ei«, antwortete der Junge, »ich wollte, daß mirs gruselte, aber niemand kann michs lehren.« »Laß dein dummes Geschwätz«, sprach der Fuhrmann, »komm, geh mit mir, ich will sehen, daß ich dich unterbringe.« Der Junge ging mit dem Fuhrmann, und abends gelangten sie zu einem Wirtshaus, wo sie übernachten wollten. Da sprach er beim Eintritt in die Stube wieder ganz laut »wenn mirs nur gruselte! Wenn mirs nur gruselte!« Der Wirt, der das hörte, lachte und sprach »wenn dich danach lüstet, dazu sollte hier wohl Gelegenheit sein.« »Ach schweig stille«, sprach die Wirtsfrau, »so mancher Vorwitzige hat schon sein Leben eingebüßt, es wäre Jammer und Schade um die schönen Augen, wenn die das Tageslicht nicht wieder sehen sollten.« Der Junge aber sagte »wenns noch so schwer wäre, ich wills einmal lernen, deshalb bin ich ja ausgezogen.« Er ließ dem Wirt auch keine Ruhe, bis dieser erzählte, nicht weit davon stünde ein verwünschtes Schloß, wo einer wohl lernen könnte, was Gruseln wäre, wenn er nur drei Nächte darin wachen wollte. Der König hätte dem, ders wagen sollte, seine Tochter zur Frau versprochen, und die wäre die schönste Jungfrau, welche die Sonne beschien: in dem Schlosse steckten auch große Schätze, von bösen Geistern bewacht, die würden dann frei und könnten einen Armen reich genug machen. Schon viele wären wohl hinein-, aber noch keiner wieder herausgekommen. Da ging der Junge am andern Morgen vor den König und sprach »wenns erlaubt wäre, so wollte ich wohl drei Nächte in dem verwünschten Schlosse wachen.« Der König sah ihn an, und weil er ihm gefiel, sprach er »du darfst dir noch dreierlei ausbitten, aber es müssen leblose Dinge sein, und das darfst du mit ins Schloß nehmen.«

Da antwortete er »so bitt ich um ein Feuer, eine Drehbank und eine Schnitzbank mit dem Messer.«

Der König ließ ihm das alles bei Tage in das Schloß tragen. Als es Nacht werden wollte, ging der Junge hinauf, machte sich in einer Kammer ein helles Feuer an, stellte die Schnitzbank mit dem Messer daneben und setzte sich auf die Drehbank. »Ach, wenn mirs nur gruselte!« sprach er, »aber hier werde ichs auch nicht lernen.« Gegen Mitternacht wollte er sich sein Feuer einmal aufschüren: wie er so hineinblies, da schries plötzlich aus einer Ecke »au, miau! Was uns friert!« »Ihr Narren«, rief er, »was schreit ihr? Wenn euch friert, kommt, setzt euch ans Feuer und wärmt euch.« Und wie er das gesagt hatte, kamen zwei große schwarze Katzen in einem gewaltigen Sprunge herbei, setzten sich ihm zu beiden Seiten und sahen ihn mit ihren feurigen Augen ganz wild an. Über ein Weilchen, als sie sich gewärmt hatten, sprachen sie »Kamerad, wollen wir eins in der Karte spielen?« »Warum nicht?« antwortete er, »aber zeigt einmal eure Pfoten her.« Da streckten sie die Krallen aus. »Ei«, sagte er, »was habt ihr lange Nägel! Wartet, die muß ich euch erst abschneiden.« Damit packte er sie beim Kragen, hob sie auf die Schnitzbank und schraubte ihnen die

Pfoten fest. »Euch habe ich auf die Finger gesehen«, sprach er, »da vergeht mir die Lust zum Kartenspiel«, schlug sie tot und warf sie hinaus ins Wasser. Als er aber die zwei zur Ruhe gebracht hatte und sich wieder zu seinem Feuer setzen wollte, da kamen aus allen Ecken und Enden schwarze Katzen und schwarze Hunde an glühenden Ketten, immer mehr und mehr, daß er sich nicht mehr bergen konnte: die schrien greulich, traten ihm auf sein Feuer, zerrten es auseinander und wollten es ausmachen. Das sah er ein Weilchen ruhig mit an, als es ihm aber zu arg ward, faßte er sein Schnitzmesser und rief »fort mit dir, du Gesindel«, und haute auf sie los. Ein Teil sprang weg, die andern schlug er tot und warf sie hinaus in den Teich. Als er wiedergekommen war, blies er aus den Funken sein Feuer frisch an und wärmte sich. Und als er so saß, wollten ihm die Augen nicht länger offen bleiben, und er bekam Lust zu schlafen. Da blickte er um sich und sah in der Ecke ein großes Bett, »das ist mir eben recht«, sprach er und legte sich hinein. Als er aber die Augen zutun wollte, so fing das Bett von selbst an zu fahren, und fuhr im ganzen Schloß herum. »Recht so«, sprach er, »nur besser zu.« Da rollte das Bett fort, als wären sechs Pferde vorgespannt, über Schwellen und Treppen auf und ab: auf einmal hopp hopp! warf es um, das unterste zuoberst, daß es wie ein Berg auf ihm lag. Aber er schleuderte Decken und Kissen in die Höhe, stieg heraus und sagte »nun mag fahren, wer Lust hat«, legte sich an sein Feuer und schlief, bis es Tag war. Am Morgen kam der König, und als er ihn da auf der Erde liegen sah, meinte er, die Gespenster hätten ihn umgebracht, und er wäre tot. Da sprach er »es ist doch schade um den schönen Menschen.« Das hörte der Junge, richtete sich auf und sprach »so weit ists noch nicht!« Da verwunderte sich der König, freute sich aber und fragte, wie es ihm gegangen wäre. »Recht gut«, antwortete er, »eine Nacht wäre herum, die zwei andern werden auch herumgehen.« Als er zum Wirt kam, da machte der große Augen. »Ich dachte nicht«, sprach er, »daß ich dich wieder lebendig sehen würde; hast du nun gelernt, was Gruseln ist?« »Nein«, sagte er, »es ist alles vergeblich: wenn mirs nur einer sagen könnte!«

Die zweite Nacht ging er abermals hinauf ins alte Schloß, setzte sich zum Feuer und fing sein altes Lied wieder an »wenn mirs nur gruselte!« Wie Mitternacht herankam, ließ sich ein Lärm und Gepolter hören, erst sachte, dann immer stärker, dann wars ein bißchen still, endlich kam mit lautem Geschrei ein halber Mensch den

Schornstein herab und fiel vor ihm hin. »Heda!« rief er, »noch ein halber gehört dazu, das ist zu wenig.« Da ging der Lärm von frischem an, es tobte und heulte, und fiel die andere Hälfte auch herab. »Wart«, sprach er, »ich will dir erst das Feuer ein wenig anblasen.« Wie er das getan hatte und sich wieder umsah, da waren die beiden Stücke zusammengefahren, und saß da ein greulicher Mann auf seinem Platz. »So haben wir nicht gewettet«, sprach der Junge, »die Bank ist mein.« Der Mann wollte ihn wegdrängen, aber der Junge ließ sichs nicht gefallen, schob ihn mit Gewalt weg und setzte sich wieder auf seinen Platz. Da fielen noch mehr Männer herab, einer nach dem andern, die holten neun Totenbeine und zwei Totenköpfe, setzten auf und spielten Kegel. Der Junge bekam auch Lust und fragte »hört ihr, kann ich mit sein?« »Ja, wenn du Geld hast.« »Geld genug«, antwortete er, »aber eure Kugeln sind nicht recht rund.« Da nahm er die Totenköpfe, setzte sie in die Drehbank und drehte sie rund. »So, jetzt werden sie besser schüppeln«, sprach er. »Heida! Nun gehts lustig!« Er spielte mit und verlor etwas von seinem Geld, als es aber zwölf schlug, war alles vor seinen Augen verschwunden. Er legte sich nieder und schlief ruhig ein. Am andern Morgen kam der König und wollte sich erkundigen. »Wie ist dirs diesmal ergangen?« fragte er. »Ich habe gekegelt«, antwortete er, »und ein paar Heller verloren.« »Hat dir denn nicht gegruselt?« »Ei was«, sprach er, »lustig hab ich mich gemacht. Wenn ich nur wüßte, was Gruseln wäre!«

In der dritten Nacht setzte er sich wieder auf seine Bank und sprach ganz verdrießlich »wenn es mir nur gruselte!« Als es spät ward, kamen sechs große Männer und brachten eine Totenlade hereingetragen. Da sprach er »ha ha, das ist gewiß mein Vetterchen, das erst vor ein paar Tagen gestorben ist«, winkte mit dem Finger und rief »komm Vetterchen, komm!« Sie stellten den Sarg auf die Erde, er aber ging hinzu und nahm den Deckel ab: da lag ein toter Mann darin. Er fühlte ihm ans Gesicht, aber es war kalt wie Eis. »Wart«, sprach er, »ich will dich ein bißchen wärmen«, ging ans Feuer, wärmte seine Hand und legte sie ihm aufs Gesicht, aber der Tote blieb kalt. Nun nahm er ihn heraus, setzte sich ans Feuer und legte ihn auf seinen Schoß, und rieb ihm die Arme, damit das Blut wieder in Bewegung kommen sollte. Als auch das nichts helfen wollte, fiel ihm ein »wenn zwei zusammen im Bett liegen, so wärmen sie sich«, brachte ihn ins Bett, deckte ihn zu und legte sich neben ihn. Über ein Weilchen ward auch der Tote warm und fing an sich zu regen. Da sprach der Junge »siehst du, Vetterchen, hätt ich dich nicht gewärmt!« Der Tote aber hub an und rief »jetzt will ich dich erwürgen.« »Was«, sagte er, »ist das mein Dank? Gleich sollst du wieder in deinen Sarg«, hub ihn auf, warf ihn hinein und machte den Deckel zu; da kamen die sechs Männer und trugen ihn wieder fort. »Es will mir nicht gruseln«, sagte er, »hier lerne ichs mein Lebtag nicht.«

Da trat ein Mann herein, der war größer als alle anderen und sah fürchterlich aus; er war aber alt und hatte einen langen weißen Bart. »O du Wicht«, rief er, »nun sollst du bald lernen, was Gruseln ist, denn du sollst sterben.« »Nicht so schnell«, antwortete der Junge, »soll ich sterben, so muß ich auch dabei sein.« »Dich will ich schon packen«, sprach der Unhold. »Sachte, sachte, mach dich nicht so breit; so stark wie du bin ich auch, und wohl noch stärker.« »Das wollen wir sehn«, sprach der Alte, »bist du stärker als ich, so will ich dich gehn lassen; komm, wir wollens versuchen.« Da führte er ihn durch dunkle Gänge zu einem Schmiedefeuer, nahm eine Axt und schlug den einen Amboß mit einem Schlag in die Erde. »Das kann ich noch besser«, sprach der Junge und ging zu dem andern Amboß: der Alte stellte sich neben hin und wollte zusehen, und sein weißer Bart hing herab. Da faßte der Junge die Axt, spaltete den Amboß auf einen Hieb und klemmte den Bart des Alten mit hinein. »Nun hab ich dich«, sprach der Junge, »jetzt ist das Sterben an dir.« Dann faßte er eine Eisenstange und schlug auf den Alten los, bis er wimmerte und bat, er möchte aufhören, er wollte ihm große Reichtümer geben. Der Junge zog die Axt raus, und ließ ihn los. Der Alte führte ihn wieder ins Schloß zurück und zeigte ihm in einem Keller drei Kasten voll Gold. »Davon«, sprach er, »ist ein Teil den Armen, der andere dem König, der dritte dein.« Indem schlug es zwölfe, und der Geist verschwand, also daß der Junge im Finstern stand. »Ich werde mir doch heraushelfen können«, sprach er, tappte herum, fand den Weg in die Kammer und schlief dort bei seinem Feuer ein. Am andern Morgen kam der König und sagte »nun wirst du gelernt haben, was Gruseln ist?« »Nein«, antwortete er, »was ists nur? Mein toter Vetter war da, und ein bärtiger Mann ist gekommen, der hat mir da unten viel Geld gezeigt, aber was Gruseln ist, hat mir keiner gesagt.« Da sprach der König »du hast das Schloß erlöst und sollst meine Tochter heiraten.« »Das ist all recht gut«, antwortete er, »aber ich weiß noch immer nicht, was Gruseln ist.«

Da ward das Gold heraufgebracht und die Hochzeit gefeiert, aber der junge König, so lieb er seine Gemahlin hatte und so vergnügt er war, sagte doch immer »wenn mir nur gruselte, wenn mir nur gruselte.« Das verdroß sie endlich. Ihr Kammermädchen sprach »ich will Hilfe schaffen, das Gruseln soll er schon lernen.« Sie ging hinaus zum Bach, der durch den Garten floß, und ließ sich einen ganzen Eimer voll Gründlinge holen. Nachts, als der junge König schlief, mußte seine Gemahlin ihm die Decke wegziehen und den Eimer voll kalt Wasser mit den Gründlingen über ihn herschütten, daß die kleinen Fische um ihn herumzappelten. Da wachte er auf und rief »ach was gruselt mir, was gruselt mir, liebe Frau! Ja, nun weiß ich, was Gruseln ist.«

Der Wolf und die sieben jungen Geißlein

Es war einmal eine alte Geiß, die hatte sieben junge Geißlein, und hatte sie lieb, wie eine Mutter ihre Kinder lieb hat. Eines Tages wollte sie in den Wald gehen und Futter holen, da rief sie alle sieben herbei und sprach »liebe Kinder, ich will hinaus in den Wald, seid auf eurer Hut vor dem Wolf, wenn er hereinkommt, so frißt er euch alle mit Haut und Haar. Der Bösewicht verstellt sich oft, aber an seiner rauhen Stimme und an seinen schwarzen Füßen werdet ihr ihn gleich erkennen.« Die Geißlein sagten »liebe Mutter, wir wollen uns schon in acht nehmen, Ihr könnt ohne Sorge fortgehen.« Da meckerte die Alte und machte sich getrost auf den Weg.

Es dauerte nicht lange, so klopfte jemand an die Haustür und rief »macht auf, ihr lieben Kinder, eure Mutter ist da und hat jedem von euch etwas mitgebracht.« Aber die Geißerchen hörten an der rauhen Stimme, daß es der Wolf war. »Wir machen nicht auf«, riefen sie, »du bist unsere Mutter nicht, die hat eine feine und liebliche Stimme, aber deine Stimme ist rauh; du bist der Wolf.« Da ging der Wolf fort zu einem Krämer und kaufte sich ein großes Stück Kreide: die aß er und machte damit seine Stimme fein. Dann kam er zurück, klopfte an die Haustür und rief »macht auf, ihr lieben Kinder, eure Mutter ist da und hat jedem von euch etwas mitgebracht.« Aber der Wolf hatte seine schwarze Pfote in das Fenster gelegt, das sahen die Kinder und riefen »wir machen nicht auf, unsere Mutter hat keinen schwarzen Fuß wie du: du bist der Wolf.« Da lief der Wolf zu einem Bäcker und sprach »ich habe mich an den Fuß gestoßen, streich mir Teig darüber.«Und als ihm der Bäcker die Pfote bestrichen hatte, so lief er zum Müller und sprach »streu mir weißes Mehl auf meine Pfote.« Der Müller dachte »der Wolf will einen betrügen«, und weigerte sich, aber der Wolf sprach »wenn du es nicht tust, so fresse ich dich.« Da fürchtete sich der Müller und machte ihm die Pfote weiß. Ja, so sind die Menschen.

Nun ging der Bösewicht zum drittenmal zu der Haustüre, klopfte an und sprach »macht mir auf, Kinder, euer liebes Mütterchen ist heimgekommen und hat jedem von euch etwas aus dem Walde mitgebracht.« Die Geißerchen riefen »zeig uns erst deine Pfote, damit wir wissen, daß du unser liebes Mütterchen bist.« Da legte er die Pfote ins Fenster, und als sie sahen, daß sie weiß war, so glaubten sie, es wäre alles wahr, was er sagte, und machten die Türe auf. Wer aber hereinkam, das war der Wolf. Sie erschraken und wollten sich verstecken. Das eine sprang unter den Tisch, das zweite ins Bett, das dritte in den Ofen, das vierte in die Küche, das fünfte in den Schrank, das sechste unter die Waschschüssel, das siebente in den Kasten der Wanduhr. Aber der Wolf fand sie alle und machte nicht langes Federlesen: eins nach dem andern schluckte er in seinen Rachen; nur das jüngste in dem Uhrkasten, das fand er nicht. Als der Wolf seine Lust gebüßt hatte, trollte er sich fort, legte sich draußen auf der grünen Wiese unter einen Baum und fing an zu schlafen.

Nicht lange danach kam die alte Geiß aus dem Walde wieder heim. Ach, was mußte sie da erblicken! Die Haustüre stand sperrweit auf: Tisch, Stühle und Bänke waren umgeworfen, die Waschschüssel lag in Scherben, Decke und Kissen waren aus dem Bett gezogen. Sie suchte ihre Kinder, aber nirgend waren sie zu finden. Sie rief sie nacheinander bei Namen, aber niemand antwortete. Endlich, als sie an das jüngste kam, da rief eine feine Stimme »liebe Mutter, ich stecke im

Uhrkasten.« Sie holte es heraus, und es erzählte ihr, daß der Wolf gekommen wäre und die andern alle gefressen hätte. Da könnt ihr denken, wie sie über ihre armen Kinder geweint hat.

Endlich ging sie mit ihrem Jammer hinaus, und das jüngste Geißlein lief mit. Als sie auf die Wiese kam, so lag da der Wolf an dem Baum und schnarchte, daß die Äste zitterten. Sie betrachtete ihn von allen Seiten und sah, daß in seinem angefüllten Bauch sich etwas regte und zappelte. »Ach Gott«, dachte sie, »sollten meine armen Kinder, die er zum Abendbrot hinuntergewürgt hat, noch am Leben sein?« Da mußte das Geißlein nach Haus laufen und Schere, Nadel und Zwirn holen. Dann schnitt sie dem Ungetüm den Wanst auf, und kaum hatte sie einen Schnitt getan, so streckte schon ein Geißlein den Kopf heraus, und als sie weiter schnitt, so sprangen nacheinander alle sechse heraus, und waren noch alle am Leben, und hatten nicht einmal Schaden gelitten, denn das Ungetüm hatte sie in der Gier ganz hinuntergeschluckt. Das war eine Freude! Da herzten sie ihre liebe Mutter und hüpften wie ein Schneider, der Hochzeit hält. Die Alte aber sagte »jetzt geht und sucht Wackersteine, damit wollen wir dem gottlosen Tier den Bauch füllen, solange es noch im Schlafe liegt.« Da schleppten die sieben Geißerchen in aller Eile die Steine herbei und steckten sie ihm in den Bauch, so viel sie hineinbringen konnten. Dann nähte ihn die Alte in aller Geschwindigkeit wieder zu, daß er nichts merkte und sich nicht einmal regte.

Als der Wolf endlich ausgeschlafen hatte, machte er sich auf die Beine, und weil ihm die Steine im Magen so großen Durst erregten, so wollte er zu einem Brunnen gehen und trinken. Als er aber anfing zu gehen und sich hin und her zu bewegen, so stießen die Steine in seinem Bauch aneinander und rappelten. Da rief er

»Was rumpelt und pumpelt
in meinem Bauch herum?
Ich meinte, es wären sechs Geißlein,
so sinds lauter Wackerstein.«

Und als er an den Brunnen kam und sich über das Wasser bückte und trinken wollte, da zogen ihn die schweren Steine hinein und er mußte jämmerlich ersaufen. Als die sieben Geißlein das sahen, da kamen sie herbeigelaufen, riefen laut »der Wolf ist tot! der Wolf ist tot!« und tanzten mit ihrer Mutter vor Freude um den Brunnen herum.

Brüderchen und Schwesterchen

Brüderchen nahm sein Schwesterchen an der Hand und sprach »seit die Mutter tot ist, haben wir keine gute Stunde mehr; die Stiefmutter schlägt uns alle Tage, und wenn wir zu ihr kommen, stößt sie uns mit den Füßen fort. Die harten Brotkrusten, die übrig bleiben, sind unsere Speise, und dem Hündlein unter dem Tisch gehts besser: dem wirft sie doch manchmal einen guten Bissen zu. Daß Gott erbarm, wenn das unsere Mutter wüßte! Komm, wir wollen miteinander in die weite Welt gehen.« Sie gingen den ganzen Tag über Wiesen, Felder und Steine, und wenn es regnete, sprach das Schwesterchen »Gott und unsere Herzen, die weinen zusammen!« Abends kamen sie in einen großen Wald und waren so müde von Jammer, Hunger und dem langen Weg, daß sie sich in einen hohlen Baum setzten und einschliefen.

Am andern Morgen, als sie aufwachten, stand die Sonne schon hoch am Himmel und schien heiß in den Baum hinein. Da sprach das Brüderchen »Schwesterchen, mich dürstet, wenn ich ein Brünnlein wüßte, ich ging und tränk einmal; ich mein, ich hört eins rauschen!« Brüderchen stand auf, nahm Schwesterchen an der Hand, und sie wollten das Brünnlein suchen. Die böse Stiefmutter aber war eine Hexe und hatte wohl gesehen, wie die beiden Kinder fortgegangen waren, war ihnen nachgeschlichen, heimlich, wie die Hexen schleichen, und hatte alle Brunnen im Walde verwünscht. Als sie nun ein Brünnlein fanden, das so glitzerig über die Steine sprang, wollte das Brüderchen daraus trinken: aber das Schwesterchen hörte, wie es im Rauschen sprach »wer aus mir trinkt, wird ein Tiger, wer aus mir trinkt, wird ein Tiger.« Da rief das Schwesterchen »ich bitte dich, Brüderchen, trink nicht, sonst wirst du ein wildes Tier und zerreißest mich.« Das Brüderchen trank nicht, ob es gleich so großen Durst hatte, und sprach »ich will warten bis zur nächsten Quelle.« Als sie zum zweiten Brünnlein kamen, hörte das Schwesterchen, wie auch dieses sprach »wer aus mir trinkt, wird ein Wolf, wer aus mir trinkt, wird ein Wolf!« Da rief das Schwesterchen »Brüderchen, ich bitte dich, trink nicht, sonst wirst du ein Wolf und frissest mich.« Das Brüderchen trank nicht, und sprach »ich will warten, bis wir zur nächsten Quelle kommen, aber dann muß ich trinken, du magst sagen, was du willst: mein Durst ist gar zu groß.« Und als sie zum dritten Brünnlein kamen, hörte das Schwesterlein, wie es im Rauschen sprach »wer aus mir trinkt, wird ein Reh, wer aus mir trinkt, wird ein Reh.« Das Schwesterchen sprach »ach, Brüderchen, ich bitte dich, trink nicht, sonst wirst du ein Reh und läufst mir fort.« Aber das Brüderchen hatte sich gleich beim Brünnlein niedergekniet, hinabgebeugt und von dem Wasser getrunken, und wie die ersten Tropfen auf seine Lippen gekommen waren, lag es da als ein Rehkälbchen.

Nun weinte das Schwesterchen über das arme verwünschte Brüderchen, und das Rehchen weinte auch und saß so traurig neben ihm. Da sprach das Mädchen endlich »sei still, liebes Rehchen, ich will dich ja nimmermehr verlassen.« Dann band es sein goldenes Strumpfband ab und tat es dem Rehchen um den Hals, und rupfte Binsen und flocht ein weiches Seil daraus. Daran band es das Tierchen und führte es weiter und ging immer tiefer in den Wald hinein. Und als sie lange lange gegangen waren, kamen sie endlich an ein kleines Haus, und das Mädchen schaute hinein, und weil es leer war, dachte es »hier können wir bleiben und wohnen.« Da suchte es dem Rehchen Laub und Moos zu einem weichen Lager, und jeden Morgen ging es aus und sammelte sich Wurzeln, Beeren und Nüsse, und für das Rehchen brachte es zartes Gras mit, das fraß es ihm aus der Hand, war vergnügt und spielte vor ihm herum. Abends, wenn Schwesterchen müde war und sein Gebet gesagt hatte, legte es seinen Kopf auf den Rücken des Rehkälbchens, das war sein Kissen, darauf es sanft einschlief. Und hätte das Brüderchen nur seine menschliche Gestalt gehabt, es wäre ein herrliches Leben gewesen.

Das dauerte eine Zeitlang, daß sie so allein in der Wildnis waren. Es trug sich aber zu, daß der König des Landes eine große Jagd in dem Walde hielt. Da schallte das Hörnerblasen, Hundegebell und das lustige Geschrei der Jäger durch die Bäume, und das Rehlein hörte es und wäre gar zu gerne dabei gewesen. »Ach«, sprach es zum Schwesterlein, »laß mich hinaus in die Jagd, ich kanns nicht länger mehr aushalten«, und bat so lange, bis es einwilligte. »Aber«, sprach es zu ihm, »komm mir ja abends wieder, vor den wilden Jägern schließ ich mein Türlein; und damit ich dich kenne, so klopf und sprich: mein Schwesterlein, laß mich herein; und wenn du nicht so sprichst, so schließ ich mein Türlein nicht auf.« Nun sprang das Rehchen hinaus, und war ihm so wohl und war so lustig in freier Luft. Der König und seine Jäger sahen das schöne Tier und setzten ihm nach, aber sie konnten es nicht einholen, und wenn sie meinten, sie hätten es gewiß, da sprang es über das Gebüsch weg und war verschwunden. Als es dunkel ward, lief es zu dem Häuschen, klopfte und sprach »mein Schwesterlein, laß mich herein.« Da ward ihm die kleine Tür aufgetan, es sprang hinein und ruhete sich die ganze Nacht auf seinem weichen Lager aus. Am andern Morgen ging die Jagd von neuem an, und als das Rehlein wieder das Hifthorn hörte und das ho, ho! der Jäger, da hatte es keine Ruhe und sprach »Schwesterchen, mach mir auf, ich muß hinaus.« Das Schwesterchen öffnete ihm die Türe und sprach »aber zu Abend mußt du wieder da sein und dein Sprüchlein sagen.« Als der König und seine Jäger das Rehlein mit dem goldenen Halsband wieder sahen, jagten sie ihm alle nach, aber es war ihnen zu schnell und behend. Das währte den ganzen Tag, endlich aber hatten es die Jäger abends umzingelt, und einer verwundete es ein wenig am Fuß, so daß es hinken mußte und langsam fortlief. Da schlich ihm ein Jäger nach bis zu dem Häuschen und hörte, wie es rief »mein Schwesterlein, laß mich herein«, und sah, daß die Tür ihm aufgetan und alsbald wieder zugeschlossen ward. Der Jäger behielt das alles wohl im Sinn, ging zum König und erzählte ihm, was er gesehen und gehört hatte. Da sprach der König »morgen soll noch einmal gejagt werden.«

Das Schwesterchen aber erschrak gewaltig, als es sah, daß sein Rehkälbchen verwundet war. Es wusch ihm das Blut ab, legte Kräuter auf und sprach »geh auf dein Lager, lieb Rehchen, daß du wieder heil wirst.« Die Wunde aber war so gering, daß das Rehchen am Morgen nichts mehr davon spürte. Und als es die Jagdlust wieder draußen hörte, sprach es »ich kanns nicht aushalten, ich muß dabei sein; so bald soll mich keiner kriegen.« Das Schwesterchen weinte und sprach »nun werden sie dich töten, und ich bin hier allein im Wald und bin verlassen von aller Welt: ich laß dich nicht hinaus.« »So sterb ich dir hier vor Betrübnis«, antwortete das Rehchen, »wenn ich das Hifthorn höre, so mein ich, ich müßt aus den Schuhen springen!« Da konnte das Schwesterchen nicht anders und schloß ihm mit schwerem Herzen die Tür auf, und das Rehchen sprang gesund und fröhlich in den Wald. Als es der König erblickte, sprach er zu seinen Jägern »nun jagt ihm nach den ganzen Tag bis in die Nacht, aber daß ihm keiner etwas zuleide tut.« Sobald die Sonne untergegangen war, sprach der König zum Jäger »nun komm und zeige mir das Waldhäuschen.« Und als er vor dem Türlein war, klopfte er an und rief »lieb Schwesterlein, laß mich herein.« Da ging die Tür auf, und der König trat herein, und da stand ein Mädchen, das war so schön, wie er noch keins gesehen hatte. Das Mädchen erschrak, als es sah, daß nicht das Rehlein, sondern ein Mann hereinkam, der eine goldene Krone auf dem Haupt hatte. Aber der König sah es freundlich an, reichte ihm die Hand und sprach »willst du mit mir gehen auf mein Schloß und meine liebe Frau sein?« »Ach ja«, antwortete das Mädchen, »aber das Rehchen muß auch mit, das verlaß ich nicht.« Sprach der König »es soll bei dir bleiben, so lange du lebst, und soll ihm an nichts fehlen.« Indem kam es hereingesprungen, da band es das Schwesterchen wieder an das Binsenseil, nahm es selbst in die Hand und ging mit ihm aus dem Waldhäuschen fort.

Der König nahm das schöne Mädchen auf sein Pferd und führte es in sein Schloß, wo die Hochzeit mit großer Pracht gefeiert wurde, und war es nun die Frau Königin, und lebten sie lange Zeit vergnügt zusammen; das Rehlein ward gehegt und gepflegt und sprang in dem Schloßgarten herum. Die böse Stiefmutter aber, um derentwillen die Kinder in die Welt hineingegangen waren, die meinte nicht anders, als Schwesterchen wäre von den wilden Tieren im Walde zerrissen worden und Brüderchen als ein Rehkalb von den Jägern totgeschossen. Als sie nun hörte, daß sie so glücklich waren und es ihnen so wohl ging, da wurden Neid und Mißgunst in ihrem Herzen rege und ließen ihr keine Ruhe, und sie hatte keinen andern Gedanken, als wie sie die beiden doch noch ins Unglück bringen könnte. Ihre rechte Tochter, die häßlich war wie die Nacht und nur ein Auge hatte, die machte ihr Vorwürfe und sprach »eine Königin zu werden, das Glück hätte mir gebührt.« »Sei nur still«, sagte die Alte und sprach sie zufrieden, »wenns Zeit ist, will ich schon bei der Hand sein.« Als nun die Zeit herangerückt war, und die Königin ein schönes Knäblein zur Welt gebracht hatte, und der König gerade auf der Jagd war, nahm die alte Hexe die Gestalt der Kammerfrau an, trat in die Stube, wo die Königin lag, und sprach zu der Kranken »kommt, das Bad ist fertig, das wird Euch wohltun und frische Kräfte geben: geschwind, eh es kalt wird.« Ihre Tochter war auch bei der Hand, sie trugen die schwache Königin in die Badstube und legten sie in die Wanne: dann schlossen sie die Tür ab und liefen davon. In der Badstube aber hatten sie ein rechtes Höllenfeuer angemacht, daß die schöne junge Königin bald ersticken mußte.

Als das vollbracht war, nahm die Alte ihre Tochter, setzte ihr eine Haube auf und legte sie ins Bett an der Königin Stelle. Sie gab ihr auch die Gestalt und das Ansehen der Königin, nur das verlorene Auge konnte sie ihr nicht wiedergeben. Damit es aber der König nicht merkte, mußte sie sich auf die Seite legen, wo sie kein Auge hatte. Am Abend, als er heimkam und hörte, daß ihm ein Söhnlein geboren war, freute er sich herzlich und wollte ans Bett seiner lieben Frau gehen und sehen, was sie machte. Da rief die Alte geschwind »beileibe, laßt die Vorhänge zu, die Königin darf noch nicht ins Licht sehen und muß Ruhe haben.« Der König ging zurück und wußte nicht, daß eine falsche Königin im Bette lag.

Als es aber Mitternacht war und alles schlief, da sah die Kinderfrau, die in der Kinderstube neben der Wiege saß und allein noch wachte, wie die Türe aufging, und die rechte Königin hereintrat. Sie nahm das Kind aus der Wiege, legte es in ihren Arm und gab ihm zu trinken. Dann schüttelte sie ihm sein Kisschen, legte es wieder hinein und deckte es mit dem Deckbettchen zu. Sie vergaß aber auch das Rehchen nicht, ging in die Ecke, wo es lag, und streichelte ihm über den

Rücken. Darauf ging sie ganz stillschweigend wieder zur Türe hinaus, und die Kinderfrau fragte am anderen Morgen die Wächter, ob jemand während der Nacht ins Schloß gegangen wäre, aber sie antworteten »nein, wir haben niemand gesehen.« So kam sie viele Nächte und sprach niemals ein Wort dabei; die Kinderfrau sah sie immer, aber sie getraute sich nicht, jemand etwas davon zu sagen.

Als nun so eine Zeit verflossen war, da hub die Königin in der Nacht an zu reden und sprach

»was macht mein Kind? was macht mein Reh?
Nun komm ich noch zweimal und dann
nimmermehr.«

Die Kinderfrau antwortete ihr nicht, aber als sie wieder verschwunden war, ging sie zum König und erzählte ihm alles. Sprach der König »ach Gott, was ist das! Ich will in der nächsten Nacht bei dem Kinde wachen.« Abends ging er in die Kinderstube, aber um Mitternacht erschien die Königin wieder und sprach

»was macht mein Kind? was macht mein Reh?
Nun komm ich noch einmal und dann
nimmermehr.«

Und pflegte dann des Kindes, wie sie gewöhnlich tat, ehe sie verschwand. Der König getraute sich nicht, sie anzureden, aber er wachte auch in der folgenden Nacht. Sie sprach abermals

> »was macht mein Kind? was macht mein Reh?
> Nun komm ich noch diesmal und dann
> nimmermehr.«

Da konnte sich der König nicht zurückhalten, sprang zu ihr und sprach »du kannst niemand anders sein als meine liebe Frau.« Da antwortete sie »ja, ich bin deine liebe Frau«, und hatte in dem Augenblick durch Gottes Gnade das Leben wiedererhalten, war frisch, rot und gesund. Darauf erzählte sie dem König den Frevel, den die böse Hexe und ihre Tochter an ihr verübt hatten. Der König ließ beide vor Gericht führen, und es ward ihnen das Urteil gesprochen. Die Tochter ward in den Wald geführt, wo sie die wilden Tiere zerrissen, die Hexe aber ward ins Feuer gelegt und mußte jammervoll verbrennen. Und wie sie zu Asche verbrannt war, verwandelte sich das Rehkälbchen und erhielt seine menschliche Gestalt wieder; Schwesterchen und Brüderchen aber lebten glücklich zusammen bis an ihr Ende.

Rapunzel

Es war einmal ein Mann und eine Frau, die wünschten sich schon lange vergeblich ein Kind, endlich machte sich die Frau Hoffnung, der liebe Gott werde ihren Wunsch erfüllen. Die Leute hatten in ihrem Hinterhaus ein kleines Fenster, daraus konnte man in einen prächtigen Garten sehen, der voll der schönsten Blumen und Kräuter stand; er war aber von einer hohen Mauer umgeben, und niemand wagte hineinzugehen, weil er einer Zauberin gehörte, die große Macht hatte und von aller Welt gefürchtet ward. Eines Tages stand die Frau an diesem Fenster und sah in den Garten hinab, da erblickte sie ein Beet, das mit den schönsten Rapunzeln bepflanzt war: und sie sahen so frisch und grün aus, daß sie lüstern ward und das größte Verlangen empfand, von den Rapunzeln zu essen. Das Verlangen nahm jeden Tag zu, und da sie wußte, daß sie keine davon bekommen konnte, so fiel sie ganz ab, sah blaß und elend aus. Da erschrak der Mann und fragte »was fehlt dir, liebe Frau?« »Ach«, antwortete sie, »wenn ich keine Rapunzeln aus dem Garten hinter unserm Hause zu essen kriege, so sterbe ich.« Der Mann, der sie lieb hatte, dachte »eh du deine Frau sterben lässest, holst du ihr von den Rapunzeln, es mag kosten, was es will.« In der Abenddämmerung stieg er also über die Mauer in den Garten der Zauberin, stach in aller Eile eine Handvoll Rapunzeln und brachte sie seiner Frau. Sie machte sich sogleich Salat daraus und aß sie in voller Begierde auf. Sie hatten ihr aber so gut, so gut geschmeckt, daß sie den andern Tag noch dreimal soviel Lust bekam. Sollte sie Ruhe haben, so mußte der Mann noch einmal in den Garten steigen. Er machte sich also in der Abenddämmerung wieder hinab, als er aber die Mauer herabgeklettert war, erschrak er gewaltig, denn er sah die Zauberin vor sich stehen. »Wie kannst du es wagen«, sprach sie mit zornigem Blick, »in meinen Garten zu steigen und wie ein Dieb mir meine Rapunzeln zu stehlen? Das soll dir schlecht bekommen.« »Ach«, antwortete er, »laßt Gnade vor Recht ergehen, ich habe mich nur aus Not dazu entschlossen: meine Frau hat Eure Rapunzeln aus dem Fenster erblickt, und empfindet ein so großes Gelüsten, daß sie sterben würde, wenn sie nicht davon zu essen bekäme.«

Da ließ die Zauberin in ihrem Zorne nach und sprach zu ihm »verhält es sich so, wie du sagst, so will ich dir gestatten, Rapunzeln mitzunehmen, soviel du willst, allein ich mache eine Bedingung: du mußt mir das Kind geben, das deine Frau zur Welt bringen wird. Es soll ihm gut gehen, und ich will für es sorgen wie eine Mutter.« Der Mann sagte in der Angst alles zu, und als die Frau in Wochen kam, so erschien sogleich die Zauberin, gab dem Kinde den Namen Rapunzel und nahm es mit sich fort.

Rapunzel ward das schönste Kind unter der Sonne. Als es zwölf Jahre alt war, schloß es die Zauberin in einen Turm, der in einem Walde lag und weder Treppe noch Türe hatte, nur ganz oben war ein kleines Fensterchen. Wenn die Zauberin hinein wollte, so stellte sie sich unten hin und rief

»Rapunzel, Rapunzel,
laß mir dein Haar herunter.«

Rapunzel hatte lange prächtige Haare, fein wie gesponnen Gold. Wenn sie nun die Stimme der Zauberin vernahm, so band sie ihre Zöpfe los, wickelte sie oben um einen Fensterhaken, und dann fielen die Haare zwanzig Ellen tief herunter, und die Zauberin stieg daran hinauf.

Nach ein paar Jahren trug es sich zu, daß der

Sohn des Königs durch den Wald ritt und an dem Turm vorüberkam. Da hörte er einen Gesang, der war so lieblich, daß er still hielt und horchte. Das war Rapunzel, die in ihrer Einsamkeit sich die Zeit damit vertrieb, ihre süße Stimme erschallen zu lassen. Der Königssohn wollte zu ihr hinaufsteigen und suchte nach einer Türe des Turms, aber es war keine zu finden. Er ritt heim, doch der Gesang hatte ihm so sehr das Herz gerührt, daß er jeden Tag hinaus in den Wald ging und zuhörte. Als er einmal so hinter einem Baum stand, sah er, daß eine Zauberin herankam, und hörte, wie sie hinaufrief

»Rapunzel, Rapunzel,
laß dein Haar herunter.«

Da ließ Rapunzel die Haarflechten herab, und die Zauberin stieg zu ihr hinauf. »Ist das die Leiter, auf welcher man hinaufkommt, so will ich auch einmal mein Glück versuchen.« Und den folgenden Tag, als es anfing dunkel zu werden, ging er zu dem Turme und rief

»Rapunzel, Rapunzel,
laß dein Haar herunter.«

Alsbald fielen die Haare herab, und der Königssohn stieg hinauf.

Anfangs erschrak Rapunzel gewaltig, als ein Mann zu ihr hereinkam, wie ihre Augen noch nie einen erblickt hatten, doch der Königssohn fing an ganz freundlich mit ihr zu reden und erzählte ihr, daß von ihrem Gesang sein Herz so sehr sei bewegt worden, daß es ihm keine Ruhe gelassen und er sie selbst habe sehen müssen. Da verlor Rapunzel ihre Angst, und als er sie fragte, ob sie ihn zum Mann nehmen wollte, und sie sah, daß er jung und schön war, so dachte sie »der wird mich lieber haben als die alte Frau Gotel« und sagte ja und legte ihre Hand in seine Hand. Sie sprach »ich will gerne mit dir gehen, aber ich weiß nicht, wie ich herabkommen kann. Wenn du kommst, so bringe jedesmal einen Strang Seide mit, daraus will ich eine Leiter flechten, und wenn die fertig ist, so steige ich herunter und du nimmst mich auf dein Pferd.« Sie verabredeten, daß er bis dahin alle Abend zu ihr kommen sollte, denn bei Tag kam die Alte. Die Zauberin merkte auch nichts davon, bis einmal Rapunzel anfing und zu ihr sagte »sag sie mir doch, Frau Gotel, wie kommt es nur, sie wird mir viel schwerer heraufzuziehen als der junge Königssohn, der ist in einem Augenblick bei mir.« »Ach du gottloses Kind«, rief die Zauberin, »was muß ich von dir hören, ich dachte, ich hätte dich von aller Welt geschieden, und du hast mich doch betrogen!« In ihrem Zorne packte sie die schönen Haare der Rapunzel, schlug sie ein paarmal um ihre linke Hand, griff eine Schere mit der rechten, und ritsch, ratsch waren sie abgeschnitten, und die schönen Flechten lagen auf der Erde. Und sie war so unbarmherzig, daß sie die arme Rapunzel in eine Wüstenei brachte, wo sie in großem Jammer und Elend leben mußte.

Denselben Tag aber, wo sie Rapunzel verstoßen hatte, machte abends die Zauberin die abgeschnittenen Flechten oben am Fensterhaken fest, und als der Königssohn kam und rief

»Rapunzel, Rapunzel,
laß dein Haar herunter«,

so ließ sie die Haare hinab. Der Königssohn stieg hinauf, aber er fand oben nicht seine liebste Rapunzel, sondern die Zauberin, die ihn mit bösen und giftigen Blicken ansah. »Aha«, rief sie höhnisch, »du willst die Frau Liebste holen, aber der schöne Vogel sitzt nicht mehr im Nest und singt nicht mehr, die Katze hat ihn geholt und wird dir auch noch die Augen auskratzen. Für dich ist Rapunzel verloren, du wirst sie nie wieder erblicken.« Der Königssohn geriet außer sich vor Schmerzen, und in der Verzweiflung sprang er den Turm herab: das Leben brachte er davon, aber die Dornen, in die er fiel, zerstachen ihm die Augen. Da irrte er blind im Walde umher, aß nichts als Wurzeln und Beeren, und tat nichts als jammern und weinen über den Verlust seiner liebsten Frau. So wanderte er einige Jahre im Elend umher und geriet endlich in die Wüstenei, wo Rapunzel mit den Zwillingen, die sie geboren hatte, einem Knaben und Mädchen, kümmerlich lebte. Er vernahm eine Stimme, und sie deuchte ihn so bekannt: da ging er darauf zu, und wie er herankam, erkannte ihn Rapunzel und fiel ihm um den Hals und weinte. Zwei von ihren Tränen aber benetzten seine Augen, da wurden sie wieder klar, und er konnte damit sehen wie sonst. Er führte sie in sein Reich, wo er mit Freude empfangen ward, und sie lebten noch lange glücklich und vergnügt.

Hänsel und Gretel

Vor einem großen Walde wohnte ein armer Holzhacker mit seiner Frau und seinen zwei Kindern; das Bübchen hieß Hänsel und das Mädchen Gretel. Er hatte wenig zu beißen und zu brechen, und einmal, als große Teuerung ins Land kam, konnte er auch das tägliche Brot nicht mehr schaffen. Wie er sich nun abends im Bette Gedanken machte und sich vor Sorgen herumwälzte, seufzte er und sprach zu seiner Frau »was soll aus uns werden? Wie können wir unsere armen Kinder ernähren, da wir für uns selbst nichts mehr haben?« »Weißt du was, Mann«, antwortete die Frau, »wir wollen morgen in aller Frühe die Kinder hinaus in den Wald führen, wo er am dicksten ist: da machen wir ihnen ein Feuer an und geben jedem noch ein Stückchen Brot, dann gehen wir an unsere Arbeit und lassen sie allein. Sie finden den Weg nicht wieder nach Haus, und wir sind sie los.« »Nein, Frau«, sagte der Mann, »das tue ich nicht; wie sollt ichs übers

Herz bringen, meine Kinder im Walde allein zu lassen, die wilden Tiere würden bald kommen und sie zerreißen.« »O du Narr«, sagte sie, »dann müssen wir alle viere Hungers sterben, du kannst nur die Bretter für die Särge hobeln«, und ließ ihm keine Ruhe, bis er einwilligte. »Aber die armen Kinder dauern mich doch«, sagte der Mann.

Die zwei Kinder hatten vor Hunger auch nicht einschlafen können und hatten gehört, was die Stiefmutter zum Vater gesagt hatte. Gretel weinte bittere Tränen und sprach zu Hänsel »nun ists um uns geschehen.« »Still, Gretel«, sprach Hänsel, »gräme dich nicht, ich will uns schon helfen.« Und als die Alten eingeschlafen waren, stand er auf, zog sein Röcklein an, machte die Untertüre auf und schlich sich hinaus. Da schien der Mond ganz helle, und die weißen Kieselsteine, die vor dem Haus lagen, glänzten wie lauter Batzen. Hänsel bückte sich und steckte so viel in sein Rocktäschlein, als nur hinein wollten. Dann ging er wieder zurück, sprach zu Gretel »sei getrost, liebes Schwesterchen, und schlaf nur ruhig ein, Gott wird uns nicht verlassen«, und legte sich wieder in sein Bett.

Als der Tag anbrach, noch ehe die Sonne aufgegangen war, kam schon die Frau und weckte die beiden Kinder »steht auf, ihr Faulenzer, wir wollen in den Wald gehen und Holz holen.« Dann gab sie jedem ein Stückchen Brot und sprach »da habt ihr etwas für den Mittag, aber eßts nicht vorher auf, weiter kriegt ihr nichts.« Gretel nahm das Brot unter die Schürze, weil Hänsel die Steine in der Tasche hatte. Danach machten sie sich alle zusammen auf den Weg nach dem Wald. Als sie ein Weilchen gegangen waren, stand Hänsel still und guckte nach dem Haus zurück und tat das wieder und immer wieder. Der Vater sprach »Hänsel, was guckst du da und bleibst zurück, hab acht und vergiß deine Beine nicht.« »Ach, Vater«, sagte Hänsel, »ich sehe nach meinem weißen Kätzchen, das sitzt oben auf dem Dach und will mir Ade sagen.« Die Frau sprach »Narr, das ist dein Kätzchen nicht, das ist die Morgensonne, die auf den Schornstein scheint.« Hänsel aber hatte nicht nach dem Kätzchen gesehen, sondern immer einen von den blanken Kieselsteinen aus seiner Tasche auf den Weg geworfen.

Als sie mitten in den Wald gekommen waren, sprach der Vater »nun sammelt Holz, ihr Kinder, ich will ein Feuer anmachen, damit ihr nicht friert.« Hänsel und Gretel trugen Reisig zusammen, einen kleinen Berg hoch. Das Reisig ward angezündet, und als die Flamme recht hoch brannte, sagte die Frau »nun legt euch ans Feuer, ihr Kinder, und ruht euch aus, wir gehen in den Wald und hauen Holz. Wenn wir fertig sind, kommen wir wieder und holen euch ab.«

Hänsel und Gretel saßen am Feuer, und als der Mittag kam, aß jedes sein Stücklein Brot. Und weil sie die Schläge der Holzaxt hörten, so glaubten sie, ihr Vater wäre in der Nähe. Es war aber nicht die Holzaxt, es war ein Ast, den er an einen dürren Baum gebunden hatte und den der Wind hin- und herschlug. Und als sie so lange gesessen hatten, fielen ihnen die Augen vor Müdigkeit zu, und sie schliefen fest ein. Als sie endlich erwachten, war es schon finstere Nacht. Gretel fing an zu weinen und sprach »wie sollen wir nun aus dem Wald kommen!« Hänsel aber tröstete sie »wart nur ein Weilchen, bis der Mond aufgegangen ist, dann wollen wir den Weg schon finden.« Und als der volle Mond aufgestiegen war, so nahm Hänsel sein Schwesterchen an der Hand und ging den Kieselsteinen nach, die schimmerten wie neu geschlagene Batzen und zeigten ihnen den Weg. Sie gingen die ganze Nacht hindurch und kamen bei anbrechendem Tag wieder zu ihres Vaters Haus. Sie klopften an die Tür, und als die Frau aufmachte und sah, daß es Hänsel und Gretel war, sprach sie »ihr bösen Kinder, was habt ihr so lange im Walde geschlafen, wir haben geglaubt, ihr wolltet gar nicht wiederkommen.« Der Vater aber freute sich, denn es war ihm zu Herzen gegangen, daß er sie so allein zurückgelassen hatte.

Nicht lange danach war wieder Not in allen Ecken, und die Kinder hörten, wie die Mutter nachts im Bette zu dem Vater sprach »alles ist wieder aufgezehrt, wir haben noch einen halben Laib Brot, hernach hat das Lied ein Ende. Die Kinder müssen fort, wir wollen sie tiefer in den Wald hineinführen, damit sie den Weg nicht wieder herausfinden; es ist sonst keine Rettung für uns.« Dem Mann fiels schwer aufs Herz und er dachte »es wäre besser, daß du den letzten Bissen mit deinen Kindern teiltest.« Aber die Frau hörte auf nichts, was er sagte, schalt ihn und machte ihm Vorwürfe. Wer A sagt, muß auch B sagen, und weil er das erstemal nachgegeben hatte, so mußte er es auch zum zweitenmal.

Die Kinder waren aber noch wach gewesen und hatten das Gespräch mit angehört. Als die Alten schliefen, stand Hänsel wieder auf, wollte hinaus und Kieselsteine auflesen wie das vorigemal, aber die Frau hatte die Tür verschlossen, und Hänsel konnte nicht heraus. Aber er tröstete sein Schwesterchen und sprach »weine nicht, Gretel, und schlaf nur ruhig, der liebe Gott wird uns schon helfen.«

Am frühen Morgen kam die Frau und holte die Kinder aus dem Bette. Sie erhielten ihr Stückchen Brot, das war aber noch kleiner als das vorigemal. Auf dem Wege nach dem Wald bröckelte es Hänsel in der Tasche, stand oft still und warf ein Bröcklein auf die Erde. »Hänsel, was stehst du und guckst dich um«, sagte der Vater, »geh deiner Wege.« »Ich sehe nach meinem Täubchen, das sitzt auf dem Dache und will mir Ade sagen«, antwortete Hänsel. »Narr«, sagte die Frau, »das ist dein Täubchen nicht, das ist die Morgensonne, die auf den Schornstein oben scheint.« Hänsel aber warf nach und nach alle Bröcklein auf den Weg.

Die Frau führte die Kinder noch tiefer in den Wald, wo sie ihr Lebtag noch nicht gewesen waren. Da ward wieder ein großes Feuer angemacht, und die Mutter sagte »bleibt nur da sitzen, ihr Kinder, und wenn ihr müde seid, könnt ihr ein wenig schlafen: wir gehen in den Wald und hauen Holz, und abends, wenn wir fertig sind, kommen wir und holen euch ab.« Als es Mittag war, teilte Gretel ihr Brot mit Hänsel, der sein Stück auf den Weg gestreut hatte. Dann schliefen sie ein, und der Abend verging, aber niemand kam zu den armen Kindern. Sie erwachten erst in der finsteren Nacht, und Hänsel tröstete sein Schwesterchen und sagte »wart nur, Gretel, bis der Mond aufgeht, dann werden wir die Brotbröcklein sehen, die ich ausgestreut habe, die zeigen uns den Weg nach Haus.« Als der Mond kam, machten sie sich auf, aber sie fanden kein Bröcklein mehr, denn die viel tausend Vögel, die im Walde und im Felde umherfliegen, die hatten sie weggepickt. Hänsel sagte zu Gretel »wir werden den Weg schon finden«, aber sie fanden ihn nicht. Sie gingen die ganze Nacht und noch einen Tag von Morgen bis Abend, aber sie kamen aus dem Wald nicht heraus und waren so hungrig, denn sie hatten nichts als die paar Beeren, die auf der Erde standen. Und weil sie so müde waren, daß die Beine sie nicht mehr tragen wollten, so legten sie sich unter einen Baum und schliefen ein.

Nun wars schon der dritte Morgen, daß sie ihres Vaters Haus verlassen hatten. Sie fingen wieder an zu gehen, aber sie gerieten immer tiefer in den Wald, und wenn nicht bald Hilfe kam, so mußten sie verschmachten. Als es Mittag war, sahen sie ein schönes schneeweißes Vöglein auf einem Ast sitzen, das sang so schön, daß sie stehen blieben und ihm zuhörten. Und als es fertig war, schwang es seine Flügel und flog vor ihnen her, und sie gingen ihm nach, bis sie zu einem Häuschen gelangten, auf dessen Dach es sich setzte, und als sie ganz nah herankamen, so sahen sie, daß das Häuslein aus Brot gebaut war und mit Kuchen gedeckt; aber die Fenster waren von hellem Zucker. »Da wollen wir uns dran machen«, sprach Hänsel, »und eine gesegnete Mahlzeit halten. Ich will ein Stück vom Dach essen, Gretel, du kannst vom Fenster essen, das schmeckt süß.« Hänsel reichte in die Höhe und brach sich ein wenig vom Dach ab, um zu versuchen, wie es schmeckte, und Gretel stellte sich an die Scheiben und knusperte daran. Da rief eine feine Stimme aus der Stube heraus

> »knusper knusper knäuschen,
> wer knuspert an meinem Häuschen?«

Die Kinder antworteten

> »der Wind, der Wind,
> das himmlische Kind«,

und aßen weiter, ohne sich irre machen zu lassen. Hänsel, dem das Dach sehr gut schmeckte, riß sich ein großes Stück davon herunter, und Gretel stieß eine ganze runde Fensterscheibe heraus, setzte sich nieder und tat sich wohl damit. Da ging auf einmal die Türe auf, und eine steinalte Frau, die sich auf eine Krücke stützte, kam herausgeschlichen. Hänsel und Gretel erschraken so gewaltig, daß sie fallen ließen, was sie in den Händen hielten. Die Alte aber wackelte mit dem Kopfe und sprach »ei, ihr lieben Kinder, wer hat euch hierher gebracht? Kommt nur herein und bleibt bei mir, es geschieht euch kein Leid.« Sie faßte beide an der Hand und führte sie in ihr Häuschen. Da ward gutes Essen aufgetragen, Milch und Pfannekuchen mit Zucker, Äpfel und Nüsse. Hernach wurden zwei schöne Bettlein weiß gedeckt, und Hänsel und Gretel legten sich hinein und meinten, sie wären im Himmel.

Die Alte hatte sich nur so freundlich angestellt, sie war aber eine böse Hexe, die den Kindern auflauerte, und hatte das Brothäuslein bloß gebaut, um sie herbeizulocken. Wenn eins in ihre Gewalt kam, so machte sie es tot, kochte es und aß es, und das war ihr ein Festtag. Die Hexen haben rote Augen und können nicht weit sehen, aber sie haben eine feine Witterung, wie die Tiere, und merkens, wenn Menschen herankommen. Als Hänsel und Gretel in ihre Nähe kamen, da lachte sie boshaft und sprach höhnisch »die habe ich, die sollen mir nicht wieder entwischen.« Frühmorgens, ehe die Kinder erwacht waren, stand sie schon auf, und als sie beide so lieblich ruhen sah, mit den vollen roten Backen, so murmelte sie vor sich hin »das wird ein guter Bissen werden.« Da packte sie Hänsel mit ihrer dürren Hand und trug ihn in einen kleinen Stall und sperrte ihn mit einer Gittertüre ein: er mochte schreien, wie er wollte, es half ihm nichts. Dann ging sie zur Gretel, rüttelte sie wach und rief »steh auf, Faulenzerin, trag Wasser und koch deinem Bruder etwas Gutes, der sitzt draußen im Stall und soll fett werden. Wenn er fett ist, so will ich ihn essen.« Gretel fing an bitterlich zu weinen, aber es war alles vergeblich, sie mußte tun, was die böse Hexe verlangte.

Nun ward dem armen Hänsel das beste Essen gekocht, aber Gretel bekam nichts als Krebsschalen. Jeden Morgen schlich die Alte zu dem Ställchen und rief »Hänsel, streck deine Finger heraus, damit ich fühle, ob du bald fett bist.« Hänsel streckte ihr aber ein Knöchlein heraus, und die Alte, die trübe Augen hatte, konnte es nicht sehen und meinte, es wären Hänsels Finger, und verwunderte sich, daß er gar nicht fett werden wollte. Als vier Wochen herum waren und Hänsel immer mager blieb, da übernahm sie die Ungeduld, und sie wollte nicht länger warten. »Heda, Gretel«, rief sie dem Mädchen zu, »sei flink und trag Wasser: Hänsel mag fett oder mager sein, morgen will ich ihn schlachten und kochen.« Ach, wie jammerte das arme Schwesterchen, als es das Wasser tragen mußte, und wie flossen ihm die Tränen über die Backen herunter! »Lieber Gott, hilf uns doch«, rief sie aus, »hätten uns nur die wilden Tiere im Wald gefressen, so wären wir doch zusammen gestorben.« »Spar nur dein Geplärre«, sagte die Alte, »es hilft dir alles nichts.«

Frühmorgens mußte Gretel heraus, den Kessel mit Wasser aufhängen und Feuer anzünden. »Erst wollen wir backen«, sagte die Alte, »ich habe den Backofen schon eingeheizt und den Teig geknetet!« Sie stieß das arme Gretel hinaus zu dem Backofen, aus dem die Feuerflammen schon herausschlugen. »Kriech hinein«, sagte die Hexe, »und sieh zu, ob recht eingeheizt ist, damit wir das Brot hineinschießen können.« Und wenn Gretel darin war, wollte sie den Ofen zumachen, und Gretel sollte darin braten, und dann wollte sies auch aufessen. Aber Gretel merkte, was sie im Sinn hatte, und sprach »ich weiß nicht, wie ichs machen soll; wie komm ich da hinein?« »Dumme Gans«, sagte die Alte, »die Öffnung ist groß genug, siehst du wohl, ich könnte selbst hinein«, krabbelte heran und steckte den Kopf in den Backofen. Da gab ihr Gretel einen Stoß, daß sie weit hineinfuhr, machte die eiserne Tür zu und schob den Riegel vor. Hu! Da fing sie an zu heulen, ganz grauselig; aber Gretel lief fort, und die gottlose Hexe mußte elendiglich verbrennen.

Gretel aber lief schnurstracks zum Hänsel, öffnete sein Ställchen und rief »Hänsel, wir sind erlöst, die alte Hexe ist tot!« Da sprang Hänsel heraus, wie ein Vogel aus dem Käfig, wenn ihm die Türe aufgemacht wird. Wie haben sie sich gefreut, sind sich um den Hals gefallen, sind herumgesprungen und haben sich geküßt! Und weil sie sich nicht mehr zu fürchten brauchten, so gingen sie in das Haus der Hexe hinein, da standen in allen Ecken Kasten mit Perlen und Edelsteinen. »Die sind noch besser als Kieselsteine«, sagte Hänsel und steckte in seine Taschen, was hinein wollte, und Gretel sagte »ich will auch etwas mit nach Haus bringen«, und füllte sich sein Schürzchen voll. »Aber jetzt wollen wir fort«, sagte Hänsel, »damit wir aus dem Hexenwald herauskommen.« Als sie aber ein paar Stunden gegangen waren, gelangten sie an ein großes Wasser. »Wir können nicht hinüber«, sprach Hänsel, »ich seh keinen Steg und keine Brücke.« »Hier fährt auch kein Schiffchen«, antwortete Gretel, »aber da schwimmt eine weiße Ente, wenn ich die bitte, so hilft sie uns hinüber.« Da rief sie

»Entchen, Entchen,
da steht Gretel und Hänsel.
Kein Steg und keine Brücke,
nimm uns auf deinen weißen Rücken.«

Das Entchen kam auch heran, und Hänsel setzte sich auf und bat sein Schwesterchen, sich zu ihm zu setzen. »Nein«, antwortete Gretel, »es wird dem Entchen zu schwer, es soll uns nacheinander hinüberbringen.« Das tat das gute Tierchen, und als sie glücklich drüben waren und ein Weilchen fortgingen, da kam ihnen der Wald immer bekannter und immer bekannter vor, und endlich erblickten sie von weitem ihres Vaters Haus. Da fingen sie an zu laufen, stürzten in die Stube hinein und fielen ihrem Vater um den Hals. Der Mann hatte keine frohe Stunde gehabt, seitdem er die Kinder im Walde gelassen hatte, die Frau aber war gestorben. Gretel schüttete sein Schürzchen aus, daß die Perlen und Edelsteine in der Stube herumsprangen, und Hänsel warf eine Handvoll nach der anderen aus seiner Tasche dazu. Da hatten alle Sorgen ein Ende, und sie lebten in lauter Freude zusammen. Mein Märchen ist aus, dort lauft eine Maus, wer sie fängt, darf sich eine große, große Pelzkappe daraus machen.

Strohhalm, Kohle und Bohne

In einem Dorfe wohnte eine arme alte Frau, die hatte ein Gericht Bohnen zusammengebracht und wollte sie kochen. Sie machte also auf ihrem Herd ein Feuer zurecht, und damit es desto schneller brennen sollte, zündete sie es mit einer Handvoll Stroh an. Als sie die Bohnen in den Topf schüttete, entfiel ihr unbemerkt eine, die auf dem Boden neben einem Strohhalm zu liegen kam; bald danach sprang auch eine glühende Kohle vom Herd zu den beiden herab. Da fing der Strohhalm an und sprach »liebe Freunde, von wannen kommt ihr her?« Die Kohle antwortete »ich bin zu gutem Glück dem Feuer entsprungen, und hätte ich das nicht mit Gewalt durchgesetzt, so war mir der Tod gewiß: ich wäre zu Asche verbrannt.« Die Bohne sagte »ich bin auch noch mit heiler Haut davongekommen, aber hätte mich die Alte in den Topf gebracht, ich wäre ohne Barmherzigkeit zu Brei gekocht worden, wie meine Kameraden.« »Wäre mir denn ein besser Schicksal zuteil geworden?« sprach das Stroh, »alle meine Brüder hat die Alte in Feuer und Rauch aufgehen lassen, sechzig hat sie auf einmal gepackt und ums Leben gebracht. Glücklicherweise bin ich ihr zwischen den Fingern durchgeschlüpft.« »Was sollen wir aber nun anfangen?« sprach die Kohle. »Ich meine«, antwortete die Bohne, »weil wir so glücklich dem Tode entronnen sind, so wollen wir uns als gute Gesellen zusammenhalten und, damit uns hier nicht wieder ein neues Unglück ereilt, gemeinschaftlich auswandern und in ein fremdes Land ziehen.«

Der Vorschlag gefiel den beiden andern, und sie machten sich miteinander auf den Weg. Bald aber kamen sie an einen kleinen Bach, und da keine Brücke oder Steg da war, so wußten sie nicht, wie sie hinüberkommen sollten. Der Strohhalm fand guten Rat und sprach »ich will mich querüber legen, so könnt ihr auf mir wie auf einer Brücke hinübergehen.« Der Strohhalm streckte sich also von einem Ufer zum andern, und die Kohle, die von hitziger Natur war, trippelte auch ganz keck auf die neugebaute Brücke. Als sie aber in die Mitte gekommen war und unter ihr das Wasser rauschen hörte, ward ihr doch angst: sie blieb stehen und getraute sich nicht weiter. Der Strohhalm aber fing an zu brennen, zerbrach in zwei Stücke und fiel in den Bach: die Kohle rutschte nach, zischte, wie sie ins Wasser kam, und gab den Geist auf. Die Bohne, die vorsichtigerweise noch auf dem Ufer zurückgeblieben war, mußte über die Geschichte lachen, konnte nicht aufhören und lachte so gewaltig, daß sie zerplatzte. Nun war es ebenfalls um sie geschehen, wenn nicht zu gutem Glück ein Schneider, der auf der Wanderschaft war, sich an dem Bach ausgeruht hätte. Weil er ein mitleidiges Herz hatte, so holte er Nadel und Zwirn heraus und nähte sie zusammen. Die Bohne bedankte sich bei ihm aufs schönste, aber da er schwarzen Zwirn gebraucht hatte, so haben seit der Zeit alle Bohnen eine schwarze Naht.

Von dem Fischer und seiner Frau

Es war einmal ein Fischer und seine Frau, die wohnten zusammen in einem Pißpott nahe an der See. Der Fischer ging jeden Tag hin und angelte; er angelte und angelte.

So saß er eines Tages wieder einmal bei der Angel und schaute immer in das klare Wasser hinein; und er saß und saß. Auf einmal wurde die Angel auf den Grund gezogen, tief hinunter, und als der Fischer sie heraufholte, hing ein großer Butt daran. Da sagte der zu ihm »lieber Fischer, ich bitt dich, laß mich leben! Ich bin kein richtiger Butt, ich bin ein verwünschter Prinz. Was hilft dir das, wenn du mich totmachst? Ich würde dir doch nicht recht schmecken. Wirf mich wieder ins Wasser und laß mich schwimmen.« – »Nu«, sagte der Fischer, »du brauchst nicht so viele Worte machen. Einen Butt, der sprechen kann, hätt ich doch wohl schwimmen lassen.« Damit setzte er den Butt wieder in das klare Wasser, der geht auf den Grund und ließ einen langen Streifen Blut hinter sich. Der Fischer stand auf und ging nach Hause zu seiner Frau.

»Mann«, sagt die Frau, »hast du heute nichts gefangen?« – »Nein«, sagt der Fischer, »ich habe einen Butt gefangen. Der sagte aber, er sei ein verwünschter Prinz, da hab ich ihn wieder schwimmen lassen.« – »Hast du dir denn nichts gewünscht?« fragt die Frau. »Nein«, sagt der Mann, »was sollte ich mir wünschen?« – »Ach«, ruft die Frau, »das ist doch schlimm, wenn wir hier immer in dem alten Pott wohnen müssen. Da stinkt es, und es ist so eklig. Du hättest uns doch ein hübsches Häuschen wünschen können. Geh noch einmal an die See, rufe den Butt und sag ihm, wir wollen ein kleines Häuschen haben. Der tut das bestimmt.« – »Ach«, sagt der Mann, »was soll ich da noch hingehen?« – »Ei«, sagt die Frau, »du hast ihn doch gefangen und hast ihn wieder schwimmen lassen, der tut das bestimmt. Geh gleich hin!«

Der Mann wollte immer noch nicht. Weil es aber seine Frau durchaus wollte, ging er schließlich doch. Als er an die See kam, war das Wasser grün und gelb und gar nicht mehr so klar. Er ging hin und sagte

»Manntje, Manntje, Timpe Te,
Buttje, Buttje in der See,
meine Frau, die Ilsebill,
will nicht so, wie ich wohl will.«

Da kam der Butt angeschwommen und sagte »na, was will sie denn?« – »Ach«, sagte der Mann, »ich habe dich doch gefangen und wieder freigelassen, und nun sagt meine Frau, ich hätte mir etwas wünschen sollen. Sie mag nicht mehr in dem Pißpott wohnen, sie möchte gern ein kleines Häuschen.« – »Geh nur hin«, sagte der Butt, »sie hat es schon.«

Der Fischer ging nach Hause. Da stand nicht mehr der alte Pott, sondern ein kleines Häuschen, und auf einer Bank vor der Tür saß seine Frau. Sie nahm ihn bei der Hand und sagte zu ihm »komm nur herein und schau! So ist das doch viel besser!« Da gingen sie hinein, und im Häuschen war ein kleiner Vorplatz und eine hübsche kleine Stube und eine Kammer, wo jedem sein Bett stand, und eine Küche mit Speisekammer und alles auf das beste eingerichtet, mit Zinnzeug und Messing, wie sich das gehört. Hinter dem Haus war ein Hof mit Hühnern und Enten und ein kleiner Garten mit Obstbäumen und Gemüse.

»Na«, sagt die Frau, »ist das nicht nett?« – »Ja«,

sagt der Mann, »so soll es bleiben. Nun wollen wir recht vergnügt leben.« – »Das wollen wir uns überlegen«, antwortet die Frau.

Dann aßen sie und gingen zu Bett.

So gingen wohl acht oder vierzehn Tage vorüber, da sagt die Frau »hör, Mann, das Häuschen ist auch gar zu eng und Hof und Garten doch zu klein. Der Butt hätte uns wohl auch ein größeres Haus schenken können. Ich möchte in einem großen steinernen Schloß wohnen. Geh zum Butt, er soll uns ein Schloß schenken.« – »Ach, Frau«, sagt der Mann, »das Häuschen ist doch gut genug. Wozu brauchen wir ein Schloß?« – »Ach was«, sagt die Frau, »geh nur hin, der Butt wird das schon tun.« – »Nein, Frau«, sagt der Mann, »der Butt hat uns eben erst das schöne Häuschen gegeben. Ich mag nicht schon wieder kommen. Das könnte den Butt verdrießen.« – »Geh nur«, sagt die Frau, »der Butt kann das schon und wird es gerne tun. Geh!« Dem Mann wurde das Herz ganz schwer, und er wollte nicht, er sagte zu sich selbst »das ist nicht recht!«, ging aber doch.

Als er an die See kam, war das Wasser ganz violett und grau und dick und dunkelblau und nicht mehr grün und gelb. Da ging er hin und sagte

»Manntje, Manntje, Timpe Te,
Buttje, Buttje in der See,
meine Frau, die Ilsebill,
will nicht so, wie ich wohl will.«

»Na, was will sie denn?« fragte der Butt. »Ach«, sagte der Mann bedrückt, »sie will in einem großen steinernen Schloß wohnen.« – »Geh nur hin«, sagte der Butt, »sie steht schon vor der Tür.«

Da ging der Mann heim. Als er aber zu Hause ankam, stand da ein großer steinerner Palast. Seine Frau stand auf der Treppe und wollte eben hineingehen, da nahm sie ihn bei der Hand und sagte »komm nur herein.« Und so ging er mit ihr hinein. In dem Schloß war eine große Diele aus Marmor. Und viele Diener waren da und rissen die großen Türen auf. Die Wände waren mit schönen Tapeten bespannt, in den Zimmern standen lauter goldene Stühle und Tische. Von der Decke hingen kristallene Kronleuchter, und in allen Räumen lagen Teppiche. Und so viele Speisen und der allerbeste Wein stand auf dem Tisch, daß der fast zusammenbrach. Hinter dem Schloß war ein großer Hof mit Pferde- und Kuhställen und den besten Kutschen. In einem wunderschönen Garten blühten die prächtigsten Blumen und standen die feinsten Obstbäume, und dahinter lag ein großer Park, wohl eine halbe Meile lang. Da gab es Hirsche, Rehe und Hasen und alles, was man sich nur wünschen kann.

»Na«, sagt die Frau, »ist das nicht schön?« – »Ach ja«, sagt der Mann, »so soll es auch bleiben. Jetzt wollen wir in diesem schönen Schloß wohnen und zufrieden sein.« – »Das wollen wir uns überlegen«, sagt die Frau. »Wir wollen es mal überschlafen.« Darauf gingen sie zu Bett.

Am anderen Morgen wachte die Frau zuerst auf und sah von ihrem Bett aus das herrliche Land vor sich liegen.

Da stößt sie ihren Mann mit den Ellbogen in die Seite und sagt »Mann, steh auf und guck einmal aus dem Fenster! Sag, können wir nicht König werden über das ganze Land? Geh hin zum Butt und sag, wir wollen König sein.« – »Ach, Frau«, sagt der Mann, »was wollen wir König sein? Das mag ich ihm nicht sagen.« – »Warum nicht?« fragt die Frau. »Geh schnell hin. Ich muß König sein!« Da ging der Mann und war ganz betrübt, daß seine Frau König werden wollte. »Das ist nicht recht, das ist nicht recht«, dachte der Mann. Er wollte nicht gehen, ging aber doch.

Als er an die See kam, war sie grauschwarz, das Wasser brodelte von unten herauf und stank ganz faul. Er ging hin und sagte

»Manntje, Manntje, Timpe Te,
Buttje, Buttje in der See,
meine Frau, die Ilsebill,
will nicht so, wie ich wohl will.«

»Na, was will sie denn?« fragte der Butt. »Ach«, sagte der Mann, »sie will König werden.« – »Geh nur hin, sie ist es schon«, sagte der Butt.

Da ging der Mann zurück, und als er zu dem Schloß kam, war es noch größer und prächtiger geworden und hatte einen großen Turm. Vor dem Tor stand eine Schildwache, und viele Soldaten waren da mit Pauken und Trompeten. Als der Mann in den Palast trat, war alles aus Marmor und purem Gold. Da gingen die Türen zum Saal auf, in dem der Hofstaat versammelt war. Seine Frau saß auf einem hohen Thron aus Gold und Diamanten und hatte eine große goldene Krone auf und ein Zepter aus Gold und Edelsteinen in der Hand. Zu beiden Seiten standen sechs Jungfrauen, eine immer einen Kopf kleiner als die andere.

Der Mann sagt »ach, Frau, bist du nun König?« – »Ja«, sagt die Frau, »nun bin ich König.« Da stand er auf und sah sie an, und als er sie eine Weile so angesehen hatte, sagt er »ach, Frau, wie ist das schön, daß du König bist! Nun wollen wir uns aber nichts mehr wünschen.« – »Nein, Mann«, sagt die Frau und war ganz ungeduldig,

»mir ist es schon langweilig. Ich kann das nicht mehr aushalten. Geh zum Butt. König bin ich, nun muß ich auch Kaiser werden!« – »Ach, Frau«, sagt der Mann, »was willst du Kaiser werden?« – »Mann«, sagt sie, »geh zum Butt, ich will Kaiser sein.« – »Ach, Frau«, sagt der Mann, »Kaiser kann er nicht machen. Ich mag ihm das nicht sagen; Kaiser gibts nur einen im Reich. Das kann er nicht und kann er nicht.« – »Was?« sagt die Frau. »Ich bin König, und du bist nur mein Mann. Sofort gehst du hin! Kann er Könige machen, kann er auch Kaiser machen. Ich will Kaiser sein! Gleich gehst du hin!«

Da mußte der Mann gehen, aber es wurde ihm angst und bange dabei. Während er so ging, dachte er bei sich »das geht nicht gut! Das geht nicht gut! Kaiser ist zu unverschämt, der Butt wird böse werden!«

Als er an die See kam, war sie ganz schwarz und dick und fing an, von unten herauf ganz gewaltig zu schäumen. Ein Wirbelwind ging darüber hin, so daß sich alles drehte. Den Mann packte das Grauen. Dann ging er hin und sagte

»Manntje, Manntje, Timpe Te,
Buttje, Buttje in der See,
meine Frau, die Ilsebill,
will nicht so, wie ich wohl will.«

»Na, was will sie denn?« fragte der Butt.

»Ach, Butt«, sagte der Fischer, »meine Frau will Kaiser werden.« – »Geh nur hin«, sagte der Butt, »sie ist es schon.«

Da ging der Mann zurück, und als er ankam, war der ganze Palast aus Marmor und mit Figuren aus Alabaster und goldenem Zierat geschmückt. Vor dem Tor marschierten Soldaten und bliesen Trompeten und schlugen Pauken und Trommeln. Im Schlosse aber gingen Barone, Grafen und Herzöge herum, als wären sie Diener. Sie machten ihm die Türen auf, die aus purem Gold waren.

Als er eintrat, saß seine Frau auf einem meilenhohen Thron, der war aus einem Stück Gold. Sie hatte eine große goldene Krone auf, die mit Brillanten und Edelsteinen besetzt war. In der einen Hand hatte sie ein Zepter, in der anderen den Reichsapfel. Zu beiden Seiten standen in einer Reihe die Trabanten, einer immer kleiner als der andere, vom allergrößten Riesen – er war zwei Meilen hoch – bis zum allerkleinsten Zwerg, der war gerade so groß wie mein kleiner Finger.

Der Mann geht schüchtern vor den Thron und sagt »Frau, bist du jetzt Kaiser?« – »Ja«, sagt sie, »ich bin Kaiser.« Da ging er näher hin und besah sie sich so recht. Als er sie eine Weile angesehen hat, sagt er »ach, Frau, wie ist es schön, daß du

Kaiser bist!« – »Mann«, sagt sie, »was stehst du da? Ich bin ja nun Kaiser, jetzt will ich aber auch Papst werden! Geh hin zum Butt!« – »Ach, Frau«, sagt der Mann, »was willst du nicht noch alles werden! Papst kannst du nicht werden, Papst gibt es nur einen in der Christenheit. Das kann der Butt nicht machen!« – »Mann«, sagt sie, »ich will Papst werden! Geh gleich hin, heute noch muß ich Papst werden!« – »Nein, Frau«, sagt der Mann, »das mag ich ihm nicht sagen, das geht nicht gut aus, das ist zuviel verlangt. Zum Papst kann dich der Butt nicht machen.« – »So ein Blödsinn, Mann!« sagt die Frau. »Kann er Kaiser machen, so kann er auch Päpste machen. Geh schnell, ich bin der Kaiser, und du bist nur mein Mann, willst du wohl gehen!«

Da wurde dem Mann bange, und er ging los. Er zitterte und betete, und die Knie und die Waden schlotterten ihm. Da erhob sich ein Wind, die Wolken flogen, und es wurde so düster, als wäre es Abend. Die Blätter wirbelten von den Bäumen, das Wasser ging hoch und brauste, als kochte es, und platschte an das Ufer. In der Ferne sah er Schiffe, die gaben Notschüsse ab und tanzten und sprangen auf den Wellen.

Nur der Himmel war in der Mitte noch ein bißchen blau, aber an den Seiten, da zog es herauf wie ein schweres Gewitter. Da ging er hin ganz verzagt und sagte:

»Manntje, Manntje, Timpe Te,
Buttje, Buttje in der See,
meine Frau, die Ilsebill,
will nicht so, wie ich wohl will.«

»Na, was will sie denn?« fragte der Butt. »Ach«, sagte der Mann, »sie will Papst werden.« – »Geh nur hin, sie ist es schon«, sagte der Butt.

Da ging der Mann, und als er zu Hause ankam, war da eine große Kirche, von lauter Palästen umgeben. Er drängte sich durchs Volk. Drinnen war alles mit tausend und abertausend Lichtern erleuchtet, und seine Frau saß, ganz in Gold gekleidet, auf einem noch viel höheren Thron und hatte drei große goldene Kronen auf, und um sie herum hatte es viel geistlichen Staat. Zu beiden Seiten des Thrones standen zwei Reihen von Lichtern, das größte so dick und groß wie der allergrößte Turm, bis zu dem allerkleinsten Küchenlicht. Kaiser und Könige lagen vor ihr auf den Knien und küßten ihr den Pantoffel.

»Frau«, sagt der Mann und sieht sie so recht an, »bist du jetzt Papst?« – »Ja«, sagt sie, »ich bin Papst.« Es war, als sähe er in die helle Sonne. Als er seine Frau eine Weile angesehen hatte, sagt er

»Frau, wie ist das schön, daß du jetzt Papst bist!« Sie aber sitzt ganz steif wie ein Baum und rührt und regt sich nicht. Da sagt er: »Frau, nun sei zufrieden. Jetzt wo du Papst bist, kannst du doch nichts mehr werden.« – »Das will ich mir noch überlegen«, sagt die Frau. Dann gingen sie beide zu Bett.

Aber die Frau war noch immer nicht zufrieden, die Gier ließ sie nicht schlafen. Sie dachte darüber nach, was sie noch werden könnte. Der Mann schlief gut und fest, er hatte am Tag viel laufen müssen. Die Frau aber konnte nicht einschlafen und warf sich die ganze Nacht von einer Seite auf die andere. Immer dachte sie darüber nach, was sie wohl noch werden könnte. Es fiel ihr aber nichts ein.

Als endlich die Sonne aufging und sie das Morgenrot sah, richtete die Frau sich im Bett auf und sah hinaus. »Ha«, dachte sie, »kann ich nicht die Sonne und den Mond aufgehen lassen?«

»Mann«, sagt sie und stößt ihn mit den Ellbogen in die Rippen, »wach auf! Geh zum Butt und sag ihm, ich will werden wie der liebe Gott!« Der Mann war noch ganz verschlafen, aber er erschrak so, daß er aus dem Bett fiel. Er meinte, er hätte sich verhört, rieb sich die Augen und fragte »was sagst du?« – »Mann«, sagt sie, »wenn ich nicht die Sonne und den Mond aufgehn lassen kann, halt ich das nicht mehr aus, und ich hab keine ruhige Stunde mehr.« Dabei sah sie ihn so böse an, daß ihn ein Schauder überkam. »Geh schnell, ich will werden wie der liebe Gott!« – »Ach, Frau«, sagt der Mann und fällt vor ihr auf die Knie, »das kann der Butt nicht. Kaiser und Papst kann er machen, ich bitte dich, geh in dich und bleib Papst!«

Da gerät die Frau in Wut. Die Haare fliegen ihr wild um den Kopf, sie reißt sich das Mieder auf, tritt ihn mit dem Fuß und schreit »ich halte das nicht aus! Willst du sofort hingehen?!« Da zieht er seine Hosen an und läuft wie von Sinnen fort.

Draußen aber ging ein Sturm und brauste, daß der Mann kaum auf den Füßen stehen konnte. Häuser und Bäume wurden umgelegt, die Berge bebten, und Felsstücke rollten in die See. Der Himmel war pechschwarz, und es donnerte und blitzte. Die See ging in schwarzen Wogen, hoch wie Kirchtürme und Berge, und oben hatten sie eine weiße Schaumkrone. Da schrie er, und er konnte sein eigenes Wort nicht hören

»Manntje, Manntje, Timpe Te,
Buttje, Buttje in der See,
meine Frau, die Ilsebill,
will nicht so, wie ich wohl will.«

»Na, was will sie denn?« fragte der Butt. »Ach«, sagte der Mann, »sie will werden wie der liebe Gott!« – »Geh nur, sie sitzt schon wieder in dem alten Pißpott.«

Und da sitzen sie noch bis auf den heutigen Tag.

Das tapfere Schneiderlein

An einem Sommermorgen saß ein Schneiderlein auf seinem Tisch am Fenster, war guter Dinge und nähte aus Leibeskräften. Da kam eine Bauersfrau die Straße herab und rief »gut Mus feil! gut Mus feil!« Das klang dem Schneiderlein lieblich in die Ohren, er steckte sein zartes Haupt zum Fenster hinaus und rief »hier herauf, liebe Frau, hier wird sie ihre Ware los.« Die Frau stieg die drei Treppen mit ihrem schweren Korbe zu dem Schneider herauf und mußte die Töpfe sämtlich vor ihm auspacken. Er besah sie alle, hob sie in die Höhe, hielt die Nase dran und sagte endlich »das Mus scheint mir gut, wieg sie mir doch vier Lot ab, liebe Frau, wenns auch ein Viertelpfund ist, kommt es mir nicht darauf an.« Die Frau, welche gehofft hatte, einen guten Absatz zu finden, gab ihm, was er verlangte, ging aber ganz ärgerlich und brummig fort. »Nun, das Mus soll mir Gott gesegnen«, rief das Schneiderlein, »und soll mir Kraft und Stärke geben«, holte das Brot aus dem Schrank, schnitt sich ein Stück über den ganzen Laib und strich das Mus darüber. »Das wird nicht bitter schmecken«, sprach er, »aber erst will ich den Wams fertig machen, eh ich anbeiße.« Er legte das Brot neben sich, nähte weiter und machte vor Freude immer größere Stiche. Indes stieg der Geruch von dem süßen Mus hinauf an die Wand, wo die Fliegen in großer Menge saßen, so daß sie herangelockt wurden und sich scharenweis darauf niederließen. »Ei, wer hat euch eingeladen?« sprach das Schneiderlein und jagte die ungebetenen Gäste fort. Die Fliegen aber, die kein deutsch verstanden, ließen sich nicht abweisen, sondern kamen in immer größerer Gesellschaft wieder. Da lief dem Schneiderlein endlich, wie man sagt, die Laus über die Leber, es langte aus seiner Hölle nach einem Tuchlappen, und »wart, ich will es euch geben!« schlug es unbarmherzig drauf. Als es abzog und zählte, so lagen nicht weniger als sieben vor ihm tot und streckten die Beine. »Bist du so ein Kerl?« sprach er und mußte selbst seine Tapferkeit bewundern, »das soll die ganze Stadt erfahren.« Und in der Hast schnitt sich das Schneiderlein einen Gürtel, nähte ihn und stickte mit großen Buchstaben darauf »siebene auf einen Streich!« »Ei was Stadt!« sprach er weiter, »die ganze Welt solls erfahren!« und sein Herz wackelte ihm vor Freude wie ein Lämmerschwänzchen.

Der Schneider band sich den Gürtel um den Leib und wollte in die Welt hinaus, weil er meinte, die Werkstätte sei zu klein für seine Tapferkeit. Ehe er abzog, suchte er im Haus herum, ob nichts da wäre, was er mitnehmen könnte, er fand aber nichts als einen alten Käs, den steckte er ein. Vor dem Tore bemerkte er einen Vogel, der sich im Gesträuch gefangen hatte, der mußte zu dem Käse in die Tasche. Nun nahm er den Weg tapfer zwischen die Beine, und weil er leicht und behend war, fühlte er keine Müdigkeit. Der Weg führte ihn auf einen Berg, und als er den höchsten Gipfel erreicht hatte, so saß da ein gewaltiger Riese und schaute sich ganz gemächlich um. Das Schneiderlein ging beherzt auf ihn zu, redete ihn an und sprach »guten Tag, Kamerad, gelt, du sitzest da und besiehst dir die weitläufige Welt? Ich bin eben auf dem Wege dahin und will mich versuchen. Hast du Lust mitzugehen?« Der Riese sah den Schneider verächtlich an und sprach »du Lump! du miserabler Kerl!« »Das wäre!« antwortete das Schneiderlein, knöpfte den Rock auf und zeigte dem Riesen den Gürtel, »da kannst du lesen, was ich für ein Mann bin.« Der Riese las »siebene auf einen Streich«, meinte, das wären

Menschen gewesen, die der Schneider erschlagen hätte, und kriegte ein wenig Respekt vor dem kleinen Kerl. Doch wollte er ihn erst prüfen, nahm einen Stein in die Hand, und drückte ihn zusammen, daß das Wasser heraustropfte. »Das mach mir nach«, sprach der Riese, »wenn du Stärke hast.« »Ists weiter nichts?« sagte das Schneiderlein, »das ist bei unsereinem Spielwerk«, griff in die Tasche, holte den weichen Käs und drückte ihn, daß der Saft herauslief. »Gelt«, sprach er, »das war ein wenig besser?« Der Riese wußte nicht, was er sagen sollte, und konnte es von dem Männlein nicht glauben. Da hob der Riese einen Stein auf und warf ihn so hoch, daß man ihn mit Augen kaum noch sehen konnte: »Nun, du Erpelmännchen, das tu mir nach.« »Gut geworfen«, sagte der Schneider, »aber der Stein hat doch wieder zur Erde herabfallen müssen, ich will dir einen werfen, der soll gar nicht wiederkommen«; griff in die Tasche, nahm den Vogel und warf ihn in die Luft. Der Vogel, froh über seine Freiheit, stieg auf, flog fort und kam nicht wieder. »Wie gefällt dir das Stückchen, Kamerad?« fragte der Schneider. »Werfen kannst du wohl«, sagte der Riese, »aber nun wollen wir sehen, ob du imstande bist, etwas Ordentliches zu tragen.« Er führte das Schneiderlein zu einem mächtigen

Eichbaum, der da gefällt auf dem Boden lag, und sagte: »Wenn du stark genug bist, so hilf mir den Baum aus dem Walde heraustragen.« »Gerne«, antwortete der kleine Mann, »nimm du nur den Stamm auf deine Schulter, ich will die Äste mit dem Gezweig aufheben und tragen, das ist doch das Schwerste.« Der Riese nahm den Stamm auf die Schulter, der Schneider aber setzte sich auf einen Ast, und der Riese, der sich nicht umsehen konnte, mußte den ganzen Baum und das Schneiderlein noch obendrein forttragen. Es war da hinten ganz lustig und guter Dinge, pfiff das Liedchen »Es ritten drei Schneider zum Tore hinaus«, als wär das Baumtragen ein Kinderspiel. Der Riese, nachdem er ein Stück Wegs die schwere Last fortgeschleppt hatte, konnte nicht weiter und rief »hör, ich muß den Baum fallen lassen.« Der Schneider sprang behendiglich herab, faßte den Baum mit beiden Armen, als wenn er ihn getragen hätte, und sprach zum Riesen »du bist ein so großer Kerl und kannst den Baum nicht einmal tragen.«

Sie gingen zusammen weiter, und als sie an einem Kirschbaum vorbeikamen, faßte der Riese die Krone des Baums, wo die zeitigsten Früchte hingen, bog sie herab, gab sie dem Schneider in die Hand und hieß ihn essen. Das Schneiderlein aber war viel zu schwach, um den Baum zu halten, und als der Riese losließ, fuhr der Baum in die Höhe, und der Schneider ward mit in die Luft geschnellt. Als er wieder ohne Schaden herabgefallen war, sprach der Riese »was ist das, hast du nicht Kraft, die schwache Gerte zu halten?« »An der Kraft fehlt es nicht«, antwortete das Schneiderlein, »meinst du, das wäre etwas für einen, der siebene mit einem Streich getroffen hat? Ich bin über den Baum gesprungen, weil die Jäger da unten in das Gebüsch schießen. Spring nach, wenn dus vermagst.« Der Riese machte den Versuch, konnte aber nicht über den Baum kommen, sondern blieb in den Ästen hängen, also daß das Schneiderlein auch hier die Oberhand behielt.

Der Riese sprach »wenn du ein so tapferer Kerl bist, so komm mit in unsere Höhle und übernachte bei uns.« Das Schneiderlein war bereit und folgte ihm. Als sie in der Höhle anlangten, saßen da noch andere Riesen beim Feuer, und jeder hatte ein gebratenes Schaf in der Hand und aß davon. Das Schneiderlein sah sich um und dachte »es ist doch hier viel weitläufiger als in meiner Werkstatt.« Der Riese wies ihm ein Bett an und sagte, er sollte sich hineinlegen und ausschlafen. Dem Schneiderlein war aber das Bett zu groß, er legte sich nicht hinein, sondern kroch in eine Ecke. Als es Mitternacht war und der Riese meinte, das Schneiderlein läge in tiefem Schlafe, so stand er auf, nahm eine große Eisenstange und schlug das Bett mit einem Schlag durch, und meinte, er hätte dem Grashüpfer den Garaus gemacht. Mit dem frühsten Morgen gingen die Riesen in den Wald und hatten das Schneiderlein ganz vergessen, da kam es auf einmal ganz lustig und verwegen dahergeschritten. Die Riesen erschraken, fürchteten, es schlüge sie alle tot, und liefen in einer Hast fort.

Das Schneiderlein zog weiter, immer seiner spitzen Nase nach. Nachdem es lange gewandert war, kam es in den Hof eines königlichen Palastes, und da es Müdigkeit empfand, so legte es sich ins Gras und schlief ein. Während es da lag, kamen die Leute, betrachteten es von allen Seiten und lasen auf dem Gürtel »siebene auf einen Streich.« »Ach«, sprachen sie, »was will der große Kriegsheld hier mitten im Frieden? Das muß ein mächtiger Herr sein.« Sie gingen und meldeten es dem König, und meinten, wenn Krieg ausbrechen sollte, wäre das ein wichtiger und nützlicher Mann, den man um keinen Preis fortlassen dürfte. Dem König gefiel der Rat, und er schickte einen von seinen Hofleuten an das Schneiderlein ab, der sollte ihm, wenn es aufgewacht wäre,

Kriegsdienste anbieten. Der Abgesandte blieb bei dem Schläfer stehen, wartete, bis er seine Glieder streckte und die Augen aufschlug, und brachte dann seinen Antrag vor. »Eben deshalb bin ich hierher gekommen«, antwortete er, »ich bin bereit, in des Königs Dienste zu treten.« Also ward er ehrenvoll empfangen und ihm eine besondere Wohnung angewiesen.

Die Kriegsleute aber waren dem Schneiderlein aufgesessen und wünschten, es wäre tausend Meilen weit weg. »Was soll daraus werden?« sprachen sie untereinander, »wenn wir Zank mit ihm kriegen und er haut zu, so fallen auf jeden Streich siebene. Da kann unsereiner nicht bestehen.« Also faßten sie einen Entschluß, begaben sich allesamt zum König und baten um ihren Abschied. »Wir sind nicht gemacht«, sprachen sie, »neben einem Mann auszuhalten, der siebene auf einen Streich schlägt.« Der König war traurig, daß er um des einen willen alle seine treuen Diener verlieren sollte, wünschte, daß seine Augen ihn nie gesehen hätten, und wäre ihn gerne wieder los gewesen. Aber er getrauete sich nicht, ihm den Abschied zu geben, weil er fürchtete, er möchte ihn samt seinem Volke totschlagen und sich auf den königlichen Thron setzen. Er sann lange hin und her, endlich fand er einen Rat. Er schickte zu dem

Schneiderlein und ließ ihm sagen, weil er ein so großer Kriegsheld wäre, so wollte er ihm ein Anerbieten machen. In einem Walde seines Landes hausten zwei Riesen, die mit Rauben, Morden, Sengen und Brennen großen Schaden stifteten, niemand dürfte sich ihnen nahen, ohne sich in Lebensgefahr zu setzen. Wenn er diese beiden Riesen überwände und tötete, so wollte er ihm seine einzige Tochter zur Gemahlin geben und das halbe Königreich zur Ehesteuer; auch sollten hundert Reiter mitziehen und ihm Beistand leisten. »Das wäre so etwas für einen Mann, wie du bist«, dachte das Schneiderlein, »eine schöne Königstochter und ein halbes Königreich wird einem nicht alle Tage angeboten.« »O ja«, gab er zur Antwort, »die Riesen will ich schon bändigen, und habe die hundert Reiter dabei nicht nötig: wer siebene auf einen Streich trifft, braucht sich vor zweien nicht zu fürchten.«

Das Schneiderlein zog aus, und die hundert Reiter folgten ihm. Als er zu dem Rand des Waldes kam, sprach er zu seinen Begleitern »bleibt hier nur halten, ich will schon allein mit den Riesen fertig werden.« Dann sprang er in den Wald hinein und schaute sich rechts und links um. Über ein Weilchen erblickte er beide Riesen: sie lagen unter einem Baume und schliefen und schnarchten dabei, daß sich die Äste auf- und niederbogen. Das Schneiderlein, nicht faul, las beide Taschen voll Steine und stieg damit auf den Baum. Als es in der Mitte war, rutschte es auf einen Ast, bis es gerade über die Schläfer zu sitzen kam, und ließ dem einen Riesen einen Stein nach dem andern auf die Brust fallen. Der Riese spürte lange nichts, doch endlich wachte er auf, stieß seinen Gesellen an und sprach »was schlägst du mich?« »Du träumst«, sagte der andere, »ich schlage dich nicht.« Sie legten sich wieder zum Schlaf, da warf der Schneider auf den zweiten einen Stein herab. »Was soll das?« rief der andere, »warum wirfst du mich?« »Ich werfe dich nicht«, antwortete der erste und brummte. Sie zankten sich eine Weile herum, doch weil sie müde waren, ließen sies gut sein, und die Augen fielen ihnen wieder zu. Das Schneiderlein fing sein Spiel von neuem an, suchte den dicksten Stein aus und warf ihn dem ersten Riesen mit aller Gewalt auf die Brust. »Das ist zu arg!« schrie er, sprang wie ein Unsinniger auf und stieß seinen Gesellen wider den Baum, daß dieser zitterte. Der andere zahlte mit gleicher Münze, und sie gerieten in solche Wut, daß sie Bäume ausrissen, aufeinander losschlugen, so lang, bis sie endlich beide zugleich tot auf die Erde fielen. Nun sprang das Schneiderlein herab. »Ein Glück nur«, sprach es, »daß sie den Baum, auf dem ich saß, nicht ausgerissen haben, sonst hätte ich wie ein Eichhörnchen auf einen andern springen müssen: doch unsereiner ist flüchtig!« Es zog sein Schwert und versetzte jedem ein paar tüchtige Hiebe in die Brust, dann ging es hinaus zu den Reitern und sprach: »Die Arbeit ist getan, ich habe beiden den Garaus gemacht: aber hart ist es hergegangen, sie haben in der Not Bäume ausgerissen und sich gewehrt, doch das hilft alles nichts, wenn einer kommt wie ich, der siebene auf einen Streich schlägt.« »Seid Ihr denn nicht verwundet?« fragten die Reiter. »Das hat gute Wege«, antwortete der Schneider, »kein Haar haben sie mir gekrümmt.« Die Reiter wollten ihm keinen Glauben beimessen und ritten in den Wald hinein: da fanden sie die Riesen in ihrem Blute schwimmend, und ringsherum lagen die ausgerissenen Bäume.

Das Schneiderlein verlangte von dem König die versprochene Belohnung, den aber reute sein Versprechen und er sann aufs neue, wie er sich den Helden vom Halse schaffen könnte. »Ehe du meine Tochter und das halbe Reich erhältst«, sprach er zu ihm, »mußt du noch eine Heldentat vollbringen. In dem Walde läuft ein Einhorn, das großen Schaden anrichtet, das mußt du erst einfangen.« »Vor einem Einhorne fürchte ich mich noch weniger als vor zwei Riesen; siebene auf einen Streich, das ist meine Sache.« Er nahm sich einen Strick und eine Axt mit, ging hinaus in den Wald und hieß abermals die, welche ihm zugeordnet waren, außen warten. Er brauchte nicht lange zu suchen, das Einhorn kam bald daher und sprang geradezu auf den Schneider los, als wollte es ihn ohne Umstände aufspießen. »Sachte, sachte«, sprach er, »so geschwind geht das nicht«, blieb stehen und wartete, bis das Tier ganz nahe war, dann sprang er behendiglich hinter den Baum. Das Einhorn rannte mit aller Kraft gegen den Baum und spießte sein Horn so fest in den Stamm, daß es nicht Kraft genug hatte, es wieder herauszuziehen, und so war es gefangen. »Jetzt hab ich das Vöglein«, sagte der Schneider, kam hinter dem Baum hervor, legte dem Einhorn den Strick erst um den Hals, dann hieb er mit der Axt das Horn aus dem Baum, und als alles in Ordnung war, führte er das Tier ab und brachte es dem König.

Der König wollte ihm den verheißenen Lohn noch nicht gewähren, und machte eine dritte Forderung. Der Schneider sollte ihm vor der Hochzeit erst ein Wildschwein fangen, das in dem Wald großen Schaden tat; die Jäger sollten ihm Beistand leisten. »Gerne«, sprach der

Schneider, »das ist ein Kinderspiel.« Die Jäger nahm er nicht mit in den Wald, und sie warens wohl zufrieden, denn das Wildschwein hatte sie schon mehrmals so empfangen, daß sie keine Lust hatten, ihm nachzustellen. Als das Schwein den Schneider erblickte, lief es mit schäumendem Munde und wetzenden Zähnen auf ihn zu und wollte ihn zur Erde werfen: der flüchtige Held aber sprang in eine Kapelle, die in der Nähe war, und gleich oben zum Fenster in einem Satze wieder hinaus. Das Schwein war hinter ihm hergelaufen, er aber hüpfte außen herum und schlug die Türe hinter ihm zu; da war das wütende Tier gefangen, das viel zu schwer und unbehilflich war, um zu dem Fenster hinauszuspringen. Das Schneiderlein rief die Jäger herbei, die mußten den Gefangenen mit eigenen Augen sehen: der Held aber begab sich zum Könige, der nun, er mochte wollen oder nicht, sein Versprechen halten mußte und ihm seine Tochter und das halbe Königreich übergab. Hätte er gewußt, daß kein Kriegsheld, sondern ein Schneiderlein vor ihm stand, es wäre ihm noch mehr zu Herzen gegangen. Die Hochzeit ward also mit großer Pracht und kleiner Freude gehalten, und aus einem Schneider ein König gemacht.

Nach einiger Zeit hörte die junge Königin in

der Nacht, wie ihr Gemahl im Traume sprach »Junge, mach mir den Wams und flick mir die Hosen, oder ich will dir die Elle über die Ohren schlagen.« Da merkte sie, in welcher Gasse der junge Herr geboren war, klagte am andern Morgen ihrem Vater ihr Leid und bat, er möchte ihr von dem Manne helfen, der nichts anders als ein Schneider wäre. Der König sprach ihr Trost zu und sagte »laß in der nächsten Nacht deine Schlafkammer offen, meine Diener sollen außen stehen und, wenn er eingeschlafen ist, hineingehen, ihn binden und auf ein Schiff tragen, das ihn in die weite Welt führt.« Die Frau war damit zufrieden, des Königs Waffenträger aber, der alles mit angehört hatte, war dem jungen Herrn gewogen und hinterbrachte ihm den ganzen Anschlag. »Dem Ding will ich einen Riegel vorschieben«, sagte das Schneiderlein. Abends legte es sich zu gewöhnlicher Zeit mit seiner Frau zu Bett: als sie glaubte, er sei eingeschlafen, stand sie auf, öffnete die Türe und legte sich wieder. Das Schneiderlein, das sich nur stellte, als wenn es schlief, fing an mit heller Stimme zu rufen: »Junge, mach den Wams und flick mir die Hosen, oder ich will dir die Elle über die Ohren schlagen! Ich habe siebene mit einem Streiche getroffen, zwei Riesen getötet, ein Einhorn fortgeführt und ein Wildschwein gefangen, und sollte mich vor denen fürchten, die draußen vor der Kammer stehen!« Als diese den Schneider so sprechen hörten, überkam sie eine große Furcht, sie liefen, als wenn das wilde Heer hinter ihnen wäre, und keiner wollte sich mehr an ihn wagen. Also war und blieb das Schneiderlein sein Lebtag König.

Aschenputtel

Einem reichen Manne, dem wurde seine Frau krank, und als sie fühlte, daß ihr Ende herankam, rief sie ihr einziges Töchterlein zu sich ans Bett und sprach »liebes Kind, bleibe fromm und gut, so wird dir der liebe Gott immer beistehen, und ich will vom Himmel auf dich herabblicken, und will um dich sein.« Darauf tat sie die Augen zu und verschied. Das Mädchen ging jeden Tag hinaus zu dem Grabe der Mutter und weinte, und blieb fromm und gut. Als der Winter kam, deckte der Schnee ein weißes Tüchlein auf das Grab, und als die Sonne im Frühjahr es wieder herabgezogen hatte, nahm sich der Mann eine andere Frau.

Die Frau hatte zwei Töchter mit ins Haus gebracht, die schön und weiß von Angesicht waren, aber garstig und schwarz von Herzen. Da ging eine schlimme Zeit für das arme Stiefkind an. »Soll die dumme Gans bei uns in der Stube sitzen!« sprachen sie, »wer Brot essen will, muß es verdienen: hinaus mit der Küchenmagd!« Sie nahmen ihm seine schönen Kleider weg, zogen ihm einen grauen alten Kittel an, und gaben ihm hölzerne Schuhe. »Seht einmal die stolze Prinzessin, wie sie geputzt ist!« riefen sie, lachten und führten es in die Küche. Da mußte es von Morgen bis Abend schwere Arbeit tun, früh vor Tag aufstehn, Wasser tragen, Feuer anmachen, kochen und waschen. Obendrein taten ihm die Schwestern alles ersinnliche Herzeleid an, verspotteten es und schütteten ihm die Erbsen und Linsen in die Asche, so daß es sitzen und sie wieder auslesen mußte. Abends, wenn es sich müde gearbeitet hatte, kam es in kein Bett, sondern mußte sich neben den Herd in die Asche legen. Und weil es darum immer staubig und schmutzig aussah, nannten sie es Aschenputtel.

Es trug sich zu, daß der Vater einmal in die Messe ziehen wollte, da fragte er die beiden Stieftöchter, was er ihnen mitbringen sollte. »Schöne Kleider«, sagte die eine, »Perlen und Edelsteine«, die zweite. »Aber du, Aschenputtel«, sprach er, »was willst du haben?« »Vater, das erste Reis, das Euch auf Eurem Heimweg an den Hut stößt, das brecht für mich ab.« Er kaufte nun für die beiden Stiefschwestern schöne Kleider, Perlen und Edelsteine, und auf dem Rückweg, als er durch einen grünen Busch ritt, streifte ihn ein Haselreis und stieß ihm den Hut ab. Da brach er das Reis ab und nahm es mit. Als er nach Haus kam, gab er den Stieftöchtern, was sie sich gewünscht hatten, und dem Aschenputtel gab er das Reis von dem Haselbusch. Aschenputtel dankte ihm, ging zu seiner Mutter Grab und pflanzte das Reis darauf, und weinte so sehr, daß die Tränen darauf niederfielen und es begossen. Es wuchs aber, und ward ein schöner Baum. Aschenputtel ging alle Tage dreimal darunter, weinte und betete, und allemal kam ein weißes Vöglein auf den Baum, und wenn es einen Wunsch aussprach, so warf ihm das Vöglein herab, was es sich gewünscht hatte.

Es begab sich aber, daß der König ein Fest anstellte, das drei Tage dauern sollte, und wozu alle schönen Jungfrauen im Lande eingeladen wurden, damit sich sein Sohn eine Braut aussuchen möchte. Die zwei Stiefschwestern, als sie hörten, daß sie auch dabei erscheinen sollten, waren guter Dinge, riefen Aschenputtel und sprachen »kämm uns die Haare, bürste uns die Schuhe und mache uns die Schnallen fest, wir gehen zur Hochzeit auf des Königs Schloß.« Aschenputtel gehorchte, weinte aber, weil es auch gern zum Tanz mitgegangen wäre, und bat die Stiefmutter, sie möchte es ihm erlauben. »Du Aschenputtel«, sprach sie, »bist voll Staub und Schmutz, und willst zur Hochzeit? Du hast keine Kleider und Schuhe, und willst tanzen!« Als es aber mit Bitten anhielt, sprach sie endlich: »Da habe ich dir eine Schüssel Linsen in die Asche geschüttet, wenn du die Linsen in zwei Stunden wieder ausgelesen hast, so sollst du mitgehen.« Das Mädchen ging durch die Hintertür nach dem Garten und rief »ihr zahmen Täubchen, ihr Turteltäubchen, all ihr Vöglein unter dem Himmel, kommt und helft mir lesen,

> die guten ins Töpfchen,
> die schlechten ins Kröpfchen.«

Da kamen zum Küchenfenster zwei weiße Täubchen herein, und danach die Turteltäubchen, und endlich schwirrten und schwärmten alle Vöglein unter dem Himmel herein und ließen sich um die Asche nieder. Und die Täubchen nickten mit den Köpfchen und fingen an pick, pick, pick, pick, und da fingen die übrigen auch an pick, pick, pick, pick, und lasen alle guten Körnlein in die Schüssel. Kaum war eine Stunde herum, so waren sie schon fertig und flogen alle wieder hinaus. Da brachte das Mädchen die Schüssel der Stiefmutter, freute sich und glaubte, es dürfte nun mit auf die Hochzeit gehen. Aber sie sprach »nein,

Aschenputtel, du hast keine Kleider, und kannst nicht tanzen: du wirst nur ausgelacht.« Als es nun weinte, sprach sie »wenn du mir zwei Schüsseln voll Linsen in einer Stunde aus der Asche rein lesen kannst, so sollst du mitgehen«, und dachte »das kann es ja nimmermehr.« Als sie die zwei Schüsseln Linsen in die Asche geschüttet hatte, ging das Mädchen durch die Hintertür nach dem Garten und rief »ihr zahmen Täubchen, ihr Turteltäubchen, all ihr Vöglein unter dem Himmel, kommt und helft mir lesen,

die guten ins Töpfchen,
die schlechten ins Kröpfchen.«

Da kamen zum Küchenfenster zwei weiße Täubchen herein, und danach die Turteltäubchen, und endlich schwirrten und schwärmten alle Vögel unter dem Himmel herein und ließen sich um die Asche nieder. Und die Täubchen nickten mit ihren Köpfchen und fingen an pick, pick, pick, pick, und da fingen die übrigen auch an pick, pick, pick, pick, und lasen alle guten Körner in die Schüsseln. Und ehe eine halbe Stunde herum war, waren sie schon fertig, und flogen alle wieder hinaus. Da trug das Mädchen die Schüsseln zu der Stiefmutter, freute sich und glaubte, nun dürfte es mit auf die Hochzeit gehen. Aber sie sprach »es hilft dir alles nichts: du kommst nicht mit, denn du hast keine Kleider und kannst nicht tanzen; wir müßten uns deiner schämen.« Darauf kehrte sie ihm den Rücken zu und eilte mit ihren zwei stolzen Töchtern fort.

Als nun niemand mehr daheim war, ging Aschenputtel zu seiner Mutter Grab unter den Haselbaum und rief

»Bäumchen, rüttel dich und schüttel dich,
wirf Gold und Silber über mich.«

Da warf ihm der Vogel ein golden und silbern Kleid herunter und mit Seide und Silber ausgestickte Pantoffeln. In aller Eile zog es das Kleid an und ging zur Hochzeit. Seine Schwestern aber und die Stiefmutter kannten es nicht und meinten, es müsse eine fremde Königstochter sein, so schön sah es in dem goldenen Kleide aus. An Aschenputtel dachten sie gar nicht und dachten, es säße daheim im Schmutz und suchte die Linsen aus der Asche. Der Königssohn kam ihm entgegen, nahm es bei der Hand und tanzte mit ihm. Er wollte auch sonst mit niemand tanzen, also daß er ihm die Hand nicht losließ, und wenn ein anderer kam, es aufzufordern, sprach er »das ist meine Tänzerin.«

Es tanzte, bis es Abend war, da wollte es nach

Hause gehen. Der Königssohn aber sprach »ich gehe mit und begleite dich«, denn er wollte sehen, wem das schöne Mädchen angehörte. Sie entwischte ihm aber und sprang in das Taubenhaus. Nun wartete der Königssohn, bis der Vater kam, und sagte ihm, das fremde Mädchen wär in das Taubenhaus gesprungen. Der Alte dachte »sollte es Aschenputtel sein?« und sie mußten ihm Axt und Hacken bringen, damit er das Taubenhaus entzweischlagen konnte: aber es war niemand darin. Und als sie ins Haus kamen, lag Aschenputtel in seinen schmutzigen Kleidern in der Asche, und ein trübes Öllämpchen brannte im Schornstein; denn Aschenputtel war geschwind aus dem Taubenhaus hinten herabgesprungen und war zu dem Haselbäumchen gelaufen: da hatte es die schönen Kleider abgezogen und aufs Grab gelegt, und der Vogel hatte sie wieder weggenommen, und dann hatte es sich in seinem grauen Kittelchen in die Küche zur Asche gesetzt.

Am andern Tag, als das Fest von neuem anhub und die Eltern und Stiefschwestern wieder fort waren, ging Aschenputtel zu dem Haselbaum und sprach

»Bäumchen, rüttel dich und schüttel dich,
wirf Gold und Silber über mich.«

Da warf der Vogel ein noch viel stolzeres Kleid herab als am vorigen Tag. Und als es mit diesem Kleide auf der Hochzeit erschien, erstaunte jedermann über seine Schönheit. Der Königssohn aber hatte gewartet, bis es kam, nahm es gleich bei der Hand und tanzte nur allein mit ihm. Wenn die andern kamen und es aufforderten, sprach er »das ist meine Tänzerin.« Als es nun Abend war, wollte es fort, und der Königssohn ging ihm nach und wollte sehen, in welches Haus es ging: aber es sprang ihm fort und in den Garten hinter dem Haus. Darin stand ein schöner großer Baum, an dem die herrlichsten Birnen hingen, es kletterte so behend wie ein Eichhörnchen zwischen die Äste, und der Königssohn wußte nicht, wo es hingekommen war. Er wartete aber, bis der Vater kam, und sprach zu ihm »das fremde Mädchen ist mir entwischt, und ich glaube, es ist auf den Birnbaum gesprungen.« Der Vater dachte »sollte es Aschenputtel sein?«, ließ sich die Axt holen und hieb den Baum um, aber es war niemand darauf. Und als sie in die Küche kamen, lag Aschenputtel da in der Asche, wie sonst auch, denn es war auf der andern Seite vom Baum herabgesprungen, hatte dem Vogel auf dem Haselbäumchen die schönen Kleider wiedergebracht und sein graues Kittelchen angezogen.

Am dritten Tag, als die Eltern und Schwestern fort waren, ging Aschenputtel wieder zu seiner Mutter Grab und sprach zu dem Bäumchen

»Bäumchen, rüttel dich und schüttel dich,
wirf Gold und Silber über mich.«

Nun warf ihm der Vogel ein Kleid herab, das war so prächtig und glänzend, wie es noch keins gehabt hatte, und die Pantoffeln waren ganz golden. Als es in dem Kleid zu der Hochzeit kam, wußten sie alle nicht, was sie vor Verwunderung sagen sollten. Der Königssohn tanzte ganz allein mit ihm, und wenn es einer aufforderte, sprach er »das ist meine Tänzerin.«

Als es nun Abend war, wollte Aschenputtel fort, und der Königssohn wollte es begleiten, aber es entsprang ihm so geschwind, daß er nicht folgen konnte. Der Königssohn hatte aber eine List gebraucht, und hatte die ganze Treppe mit Pech bestreichen lassen: da war, als es hinabsprang, der linke Pantoffel des Mädchens hängen geblieben. Der Königssohn hob ihn auf, und er war klein und zierlich und ganz golden. Am nächsten Morgen ging er damit zu dem Mann und sagte zu ihm »keine andere soll meine Gemahlin werden als die, an deren Fuß dieser goldene Schuh paßt.« Da freuten sich die beiden

Schwestern, denn sie hatten schöne Füße. Die älteste ging mit dem Schuh in die Kammer und wollte ihn anprobieren, und die Mutter stand dabei. Aber sie konnte mit der großen Zehe nicht hineinkommen, und der Schuh war ihr zu klein, da reichte ihr die Mutter ein Messer und sprach »hau die Zehe ab: wenn du Königin bist, so brauchst du nicht mehr zu Fuß zu gehen.« Das Mädchen hieb die Zehe ab, zwängte den Fuß in den Schuh, verbiß den Schmerz und ging heraus zum Königssohn. Da nahm er sie als seine Braut aufs Pferd und ritt mit ihr fort. Sie mußten aber an dem Grabe vorbei, da saßen die zwei Täubchen auf dem Haselbäumchen und riefen

»rucke di gu, rucke di gu,
Blut ist im Schuh:
Der Schuh ist zu klein,
die rechte Braut sitzt noch daheim.«

Da blickte er auf ihren Fuß und sah, wie das Blut herausquoll. Er wendete sein Pferd um, brachte die falsche Braut wieder nach Hause und sagte, das wäre nicht die rechte, die andere Schwester solle den Schuh anziehen. Da ging diese in die Kammer und kam mit den Zehen glücklich in den Schuh, aber die Ferse war zu groß. Da reichte ihr die Mutter ein Messer und sprach »hau ein Stück von der Ferse ab: wenn du Königin bist, brauchst du nicht mehr zu Fuß zu gehen.« Das Mädchen hieb ein Stück von der Ferse ab, zwängte den Fuß in den Schuh, verbiß den Schmerz und ging heraus zum Königssohn. Da nahm er sie als seine Braut aufs Pferd und ritt mit ihr fort. Als sie an dem Haselbäumchen vorbeikamen, saßen die zwei Täubchen darauf und riefen

»rucke di gu, rucke di gu,
Blut ist im Schuh:
Der Schuh ist zu klein,
die rechte Braut sitzt noch daheim.«

Er blickte nieder auf ihren Fuß und sah, wie das Blut aus dem Schuh quoll und an den weißen Strümpfen ganz rot heraufgestiegen war. Da wendete er sein Pferd und brachte die falsche Braut wieder nach Haus. »Das ist auch nicht die rechte«, sprach er, »habt ihr keine andere Tochter?« »Nein«, sagte der Mann, »nur von meiner verstorbenen Frau ist noch ein kleines verbuttetes Aschenputtel da: das kann unmöglich die Braut sein.« Der Königssohn sprach, er sollte es heraufschicken, die Mutter aber antwortete »ach nein, das ist viel zu schmutzig, das darf sich nicht sehen lassen.« Er wollte es aber durchaus haben, und Aschenputtel mußte gerufen werden. Da wusch es sich erst Hände und Angesicht rein, ging dann hin und neigte sich vor dem Königssohn, der ihm den goldenen Schuh reichte. Dann setzte es sich auf einen Schemel, zog den Fuß aus dem schweren Holzschuh und steckte ihn in den Pantoffel, der war wie angegossen. Und als es sich in die Höhe richtete und der König ihm ins Gesicht sah, so erkannte er das schöne Mädchen, das mit ihm getanzt hatte, und rief »das ist die rechte Braut.« Die Stiefmutter und die beiden Schwestern erschraken und wurden bleich vor Ärger: er aber nahm Aschenputtel aufs Pferd und ritt mit ihm fort. Als sie an dem Haselbäumchen vorbeikamen, riefen die zwei weißen Täubchen

»rucke di gu, rucke di gu,
kein Blut im Schuh:
Der Schuh ist nicht zu klein,
die rechte Braut, die führt er heim.«

Und als sie das gerufen hatten, kamen sie beide herabgeflogen und setzten sich dem Aschenputtel auf die Schultern, eine rechts, die andere links, und blieben da sitzen.

Als die Hochzeit mit dem Königssohn sollte gehalten werden, kamen die falschen Schwestern, wollten sich einschmeicheln und teil an seinem Glück nehmen. Als die Brautleute nun zur Kirche gingen, war die älteste zur rechten, die jüngste zur linken Seite: da pickten die Tauben einer jeden das eine Auge aus. Hernach, als sie herausgingen, war die älteste zur linken und die jüngste zur rechten: da pickten die Tauben einer jeden das andere Auge aus. Und waren sie also für ihre Bosheit und Falschheit mit Blindheit auf ihr Lebtag gestraft.

Von dem Mäuschen, Vögelchen und der Bratwurst

Es waren einmal ein Mäuschen, ein Vögelchen und eine Bratwurst in Gesellschaft geraten, hatten einen Haushalt geführt, lange wohl und köstlich im Frieden gelebt, und trefflich an Gütern zugenommen. Des Vögelchens Arbeit war, daß es täglich im Wald fliegen und Holz beibringen müßte. Die Maus sollte Wasser tragen, Feuer anmachen und den Tisch decken, die Bratwurst aber sollte kochen.

Wem zu wohl ist, den gelüstet immer nach neuen Dingen! Also eines Tages stieß dem Vöglein unterwegs ein anderer Vogel auf, dem es seine treffliche Gelegenheit erzählte und rühmte. Derselbe andere Vogel schalt es aber einen armen Tropf, der große Arbeit, die beiden zu Haus aber gute Tage hätten. Denn, wenn die Maus ihr Feuer angemacht und Wasser getragen hatte, so begab sie sich in ihr Kämmerlein zur Ruhe, bis man sie hieß den Tisch decken. Das Würstlein blieb beim Hafen, sah zu, daß die Speise wohl kochte, und wenn es bald Essenszeit war, schlingte es sich ein mal viere durch den Brei oder das Gemüs, so war es geschmalzen, gesalzen und bereitet. Kam dann das Vöglein heim und legte seine Bürde ab, so saßen sie zu Tisch, und nach gehabtem Mahl schliefen sie sich die Haut voll bis an den andern Morgen; und das war ein herrlich Leben.

Das Vöglein anderes Tages wollte aus Anstiftung nicht mehr ins Holz, sprechend, es wäre lang genug Knecht gewesen, und hätte gleichsam ihr Narr sein müssen, sie sollten einmal umwechseln und es auf eine andere Weise auch versuchen. Und wiewohl die Maus und auch die Bratwurst heftig dafür bat, so war der Vogel doch Meister: es mußte gewagt sein, spieleten derowegen, und kam das Los auf die Bratwurst, die mußte Holz tragen, die Maus ward Koch, und der Vogel sollte Wasser holen.

Was geschieht? Das Bratwürstchen zog fort gen Holz, das Vöglein machte Feuer an, die Maus stellte den Topf zu, und erwarteten allein, bis Bratwürstchen heim käme und Holz für den andern Tag brächte. Es blieb aber das Würstlein so lang unterwegs, daß ihnen beiden nichts Gutes vorkam, und das Vöglein ein Stück Luft hinaus entgegenflog. Unfern aber findet es einen Hund am Weg, der das arme Bratwürstlein als freie Beut angetroffen, angepackt und niedergemacht. Das Vöglein beschwerte sich auch dessen als eines offenbaren Raubes sehr gegen den Hund, aber es half kein Wort, denn, sprach der Hund, er hätte falsche Briefe bei der Bratwurst gefunden, deswegen wäre sie ihm des Lebens verfallen gewesen.

Das Vöglein, traurig, nahm das Holz auf sich, flog heim und erzählte, was es gesehn und gehöret. Sie waren sehr betrübt, verglichen sich aber, das Beste zu tun und beisammen zu bleiben. Derowegen so deckte das Vöglein den Tisch und die Maus rüstete das Essen und wollte anrichten, und in den Hafen, wie zuvor das Würstlein, durch das Gemüs schlingen und schlupfen, dasselbe zu schmälzen: Aber ehe sie in die Mitte kam, ward sie angehalten und mußte Haut und Haar und dabei das Leben lassen.

Als das Vöglein kam und wollte das Essen auftragen, da war kein Koch vorhanden. Das Vöglein warf bestürzt das Holz hin und her, rufte und suchte, konnte aber seinen Koch nicht mehr finden. Aus Unachtsamkeit kam das Feuer in das Holz, also daß eine Brunst entstand; das Vöglein eilte, Wasser zu langen, da entfiel ihm der Eimer in den Brunnen, und es mit hinab, daß es sich nicht mehr erholen konnte und da ersaufen mußte.

Frau Holle

Eine Witwe hatte zwei Töchter, davon war die eine schön und fleißig, die andere häßlich und faul. Sie hatte aber die häßliche und faule, weil sie ihre rechte Tochter war, viel lieber, und die andere mußte alle Arbeit tun und der Aschenputtel im Hause sein. Das arme Mädchen mußte sich täglich auf die große Straße bei einem Brunnen setzen, und mußte so viel spinnen, daß ihm das Blut aus den Fingern sprang. Nun trug es sich zu, daß die Spule einmal ganz blutig war, da bükkte es sich damit in den Brunnen und wollte sie abwaschen: sie sprang ihm aber aus der Hand und fiel hinab. Es weinte, lief zur Stiefmutter und erzählte ihr das Unglück. Sie schalt es aber so heftig und war so unbarmherzig, daß sie sprach »hast du die Spule hinunterfallen lassen, so hol sie auch wieder herauf.« Da ging das Mädchen zu dem Brunnen zurück und wußte nicht, was es anfangen sollte: und in seiner Herzensangst sprang es in den Brunnen hinein, um die Spule zu holen. Es verlor die Besinnung, und als es erwachte und wieder zu sich selber kam, war es auf einer schönen Wiese, wo die Sonne schien und viel tausend Blumen standen. Auf dieser Wiese ging es fort und kam zu einem Backofen, der war voller Brot; das Brot aber rief »ach, zieh mich raus, zieh mich raus, sonst verbrenn ich: ich bin schon längst ausgebacken.« Da trat es herzu und holte mit dem Brotschieber alles nacheinander heraus. Danach ging es weiter und kam zu einem Baum, der hing voll Äpfel und rief ihm zu »ach schüttel mich, schüttel mich, wir Äpfel sind alle miteinander reif.« Da schüttelte es den Baum, daß die Äpfel fielen, als regneten sie, und schüttelte, bis keiner mehr oben war; und als es alle in einen Haufen zusammengelegt hatte, ging es wieder weiter. Endlich kam es zu einem kleinen Haus, daraus guckte eine alte Frau, weil sie aber so große Zähne hatte, ward ihm angst, und es wollte fortlaufen. Die alte Frau aber rief ihm nach »was fürchtest du dich, liebes Kind? Bleib bei mir, wenn du alle Arbeit im Hause ordentlich tun willst, so soll dirs gut gehn. Du mußt nur acht geben, daß du mein Bett gut machst und es fleißig aufschüttelst, daß die Federn fliegen, dann schneit es in der Welt; ich bin die Frau Holle.« Weil die Alte ihm so gut zusprach, so faßte sich das Mädchen ein Herz, willigte ein und begab sich in ihren Dienst. Es besorgte auch alles nach ihrer Zufriedenheit, und schüttelte ihr das Bett immer gewaltig auf, daß die Federn wie Schneeflocken umherflogen; dafür hatte es auch ein gut Leben bei ihr, kein böses Wort, und alle Tage Gesottenes und Gebratenes. Nun war es eine Zeitlang bei der Frau Holle, da ward es traurig und wußte anfangs selbst nicht, was ihm fehlte, endlich merkte es, daß es Heimweh war; ob es ihm hier gleich viel tausendmal besser ging als zu Hause, so hatte es doch ein Verlangen dahin. Endlich sagte es zu ihr »ich habe den Jammer nach Haus kriegt, und wenn es mir auch noch so gut hier unten geht, so kann ich doch nicht länger bleiben, ich muß wieder hinauf zu den Meinigen.« Die Frau Holle sagte »es gefällt mir, daß du wieder nach Hause verlangst, und weil du mir so treu gedient hast, so will ich dich selbst wieder hinaufbringen.« Sie nahm es darauf bei der Hand und führte es vor ein großes Tor. Das Tor ward aufgetan, und wie das Mädchen gerade darunter stand, fiel ein gewaltiger Goldregen, und alles Gold blieb an ihm hängen, so daß es über und über davon bedeckt war. »Das sollst du haben, weil du so fleißig gewesen bist«, sprach die Frau Holle und gab ihm auch die Spule wieder, die ihm in den Brunnen gefallen war. Darauf ward das Tor verschlossen, und das Mädchen befand sich oben auf der Welt, nicht weit von seiner Mutter Haus: und als es in den Hof kam, saß der Hahn auf dem Brunnen und rief

»Kikeriki,
unsere goldene Jungfrau ist wieder hie.«

Da ging es hinein zu seiner Mutter, und weil es so mit Gold bedeckt ankam, ward es von ihr und der Schwester gut aufgenommen.

Das Mädchen erzählte alles, was ihm begegnet war, und als die Mutter hörte, wie es zu dem großen Reichtum gekommen war, wollte sie der andern häßlichen und faulen Tochter gerne dasselbe Glück verschaffen. Sie mußte sich an den Brunnen setzen und spinnen; und damit ihre Spule blutig ward, stach sie sich in die Finger und stieß sich die Hand in die Dornhecke. Dann warf sie die Spule in den Brunnen und sprang selber hinein. Sie kam, wie die andere, auf die schöne Wiese und ging auf demselben Pfade weiter. Als sie zu dem Backofen gelangte, schrie das Brot wieder »ach zieh mich raus, zieh mich raus, sonst verbrenn ich, ich bin schon längst ausgebacken.« Die Faule aber antwortete »da hätt ich Lust, mich schmutzig zu machen«, und ging fort. Bald kam sie zu dem

Apfelbaum, der rief »ach schüttel mich, schüttel mich, wir Äpfel sind alle miteinander reif.« Sie antwortete aber »du kommst mir recht, es könnte mir einer auf den Kopf fallen«, und ging damit weiter. Als sie vor der Frau Holle Haus kam, fürchtete sie sich nicht, weil sie von ihren großen Zähnen schon gehört hatte, und verdingte sich gleich zu ihr. Am ersten Tag tat sie sich Gewalt an, war fleißig und folgte der Frau Holle, wenn sie ihr etwas sagte, denn sie dachte an das viele Gold, das sie ihr schenken würde; am zweiten Tag aber fing sie schon an zu faulenzen, am dritten noch mehr, da wollte sie morgens gar nicht aufstehen. Sie machte auch der Frau Holle das Bett nicht, wie sichs gebührte, und schüttelte es nicht, daß die Federn aufflogen. Das ward die Frau Holle bald müde und sagte ihr den Dienst auf. Die Faule war das wohl zufrieden und meinte, nun würde der Goldregen kommen; die Frau Holle führte sie auch zu dem Tor, als sie aber darunter stand, ward statt des Goldes ein großer Kessel voll Pech ausgeschüttet. »Das ist zur Belohnung deiner Dienste«, sagte die Frau Holle und schloß das Tor zu. Da kam die Faule heim, aber sie war ganz mit Pech bedeckt, und der Hahn auf dem Brunnen, als er sie sah, rief

»Kikeriki,
unsere schmutzige Jungfrau ist wieder hie.«

Das Pech aber blieb fest an ihr hängen und wollte, solange sie lebte, nicht abgehen.

Die sieben Raben

Ein Mann hatte sieben Söhne und immer noch kein Töchterchen, so sehr er sichs auch wünschte; endlich gab ihm seine Frau wieder gute Hoffnung zu einem Kinde, und wies zur Welt kam, war es auch ein Mädchen. Die Freude war groß, aber das Kind war schmächtig und klein, und sollte wegen seiner Schwachheit die Nottaufe haben. Der Vater schickte einen der Knaben eilends zur Quelle, Taufwasser zu holen: die andern sechs liefen mit, und weil jeder der erste beim Schöpfen sein wollte, so fiel ihnen der Krug in den Brunnen. Da standen sie und wußten nicht, was sie tun sollten, und keiner getraute sich heim. Als sie immer nicht zurückkamen, ward der Vater ungeduldig und sprach »gewiß haben sies wieder über ein Spiel vergessen, die gottlosen Jungen.« Es ward ihm angst, das Mädchen müßte ungetauft verscheiden, und im Ärger rief er »ich wollte, daß die Jungen alle zu Raben würden.« Kaum war das Wort ausgeredet, so hörte er ein Geschwirr über seinem Haupt in der Luft, blickte in die Höhe und sah sieben kohlschwarze Raben auf- und davonfliegen.

Die Eltern konnten die Verwünschung nicht mehr zurücknehmen, und so traurig sie über den Verlust ihrer sieben Söhne waren, trösteten sie sich doch einigermaßen durch ihr liebes Töchterchen, das bald zu Kräften kam, und mit jedem Tage schöner ward. Es wußte lange Zeit nicht einmal, daß es Geschwister gehabt hatte, denn die Eltern hüteten sich, ihrer zu erwähnen, bis es eines Tags von ungefähr die Leute von sich sprechen hörte, das Mädchen wäre wohl schön, aber doch eigentlich schuld an dem Unglück seiner sieben Brüder. Da ward es ganz betrübt, ging zu Vater und Mutter und fragte, ob es denn Brüder gehabt hätte, und wo sie hingeraten wären. Nun durften die Eltern das Geheimnis nicht länger verschweigen, sagten jedoch, es sei so des Himmels Verhängnis und seine Geburt nur der unschuldige Anlaß gewesen. Allein das Mädchen machte sich täglich ein Gewissen daraus und glaubte, es müßte seine Geschwister wieder erlösen. Es hatte nicht Ruhe und Rast, bis es sich heimlich aufmachte und in die weite Welt ging, seine Brüder irgendwo aufzuspüren und zu befreien, es möchte kosten, was es wollte. Es nahm nichts mit sich als ein Ringlein von seinen Eltern zum Andenken, einen Laib Brot für den Hunger, ein Krüglein Wasser für den Durst und ein Stühlchen für die Müdigkeit.

Nun ging es immerzu, weit weit, bis an der Welt Ende. Da kam es zur Sonne, aber die war zu heiß und fürchterlich und fraß die kleinen Kinder. Eilig lief es weg und lief hin zu dem Mond, aber der war gar zu kalt und auch grausig und bös, und als er das Kind merkte, sprach er »ich rieche rieche Menschenfleisch.« Da machte es sich geschwind fort und kam zu den Sternen, die waren ihm freundlich und gut, und jeder saß auf seinem besondern Stühlchen. Der Morgenstern aber stand auf, gab ihm ein Hinkelbeinchen und sprach: »Wenn du das Beinchen nicht hast, kannst du den Glasberg nicht aufschließen, und in dem Glasberg, da sind deine Brüder.«

Das Mädchen nahm das Beinchen, wickelte es wohl in ein Tüchlein, und ging wieder fort, so lange, bis es an den Glasberg kam. Das Tor war verschlossen und es wollte das Beinchen hervorholen, aber wie es das Tüchlein aufmachte, so war es leer, und es hatte das Geschenk der guten Sterne verloren. Was sollte es nun anfangen? Seine Brüder wollte es erretten und hatte keinen Schlüssel zum Glasberg. Das gute Schwesterchen nahm ein Messer, schnitt sich ein kleines Fingerchen ab, steckte es in das Tor und schloß glücklich auf. Als es eingegangen war, kam ihm ein Zwerglein entgegen, das sprach »mein Kind, was suchst du?« »Ich suche meine Brüder, die sieben Raben«, antwortete es. Der Zwerg sprach »die Herren Raben sind nicht zu Haus, aber willst du hier so lang warten, bis sie kommen, so tritt ein.« Darauf trug das Zwerglein die Speise der Raben herein auf sieben Tellerchen und in sieben Becherchen, und von jedem Tellerchen aß das Schwesterchen ein Bröckchen, und aus jedem Becherchen trank es ein Schlückchen; in das letzte Becherchen aber ließ es das Ringlein fallen, das es mitgenommen hatte.

Auf einmal hörte es in der Luft ein Geschwirr und ein Geweh, da sprach das Zwerglein »jetzt kommen die Herren Raben heim geflogen.« Da kamen sie, wollten essen und trinken, und suchten ihre Tellerchen und Becherchen. Da sprach einer nach dem andern »wer hat von meinem Tellerchen gegessen? Wer hat aus meinem Becherchen getrunken? Das ist eines Menschen Mund gewesen.« Und wie der siebente auf den Grund des Bechers kam, rollte ihm das Ringlein entgegen. Da sah er es an und erkannte, daß es ein Ring von Vater und Mutter war, und sprach

»Gott gebe, unser Schwesterlein wäre da, so wären wir erlöst.« Wie das Mädchen, das hinter der Türe stand und lauschte, den Wunsch hörte, so trat es hervor, und da bekamen alle die Raben ihre menschliche Gestalt wieder. Und sie herzten und küßten einander und zogen fröhlich heim.

Rotkäppchen

Es war einmal eine kleine süße Dirne, die hatte jedermann lieb, der sie nur ansah, am allerliebsten aber ihre Großmutter, die wußte gar nicht, was sie alles dem Kinde geben sollte. Einmal schenkte sie ihm ein Käppchen von rotem Sammet, und weil ihm das so wohl stand und es nichts anders mehr tragen wollte, hieß es nur das Rotkäppchen. Eines Tages sprach seine Mutter zu ihm »komm, Rotkäppchen, da hast du ein Stück Kuchen und eine Flasche Wein, bring das der Großmutter hinaus; sie ist krank und schwach und wird sich daran laben. Mach dich auf, bevor es heiß wird, und wenn du hinauskommst, so geh hübsch sittsam und lauf nicht vom Weg ab, sonst fällst du und zerbrichst das Glas, und die Großmutter hat nichts. Und wenn du in ihre Stube kommst, so vergiß nicht, guten Morgen zu sagen, und guck nicht erst in alle Ecken herum.«

»Ich will schon alles gut machen«, sagte Rotkäppchen zur Mutter und gab ihr die Hand darauf. Die Großmutter aber wohnte draußen im Wald, eine halbe Stunde vom Dorf. Wie nun Rotkäppchen in den Wald kam, begegnete ihm der Wolf. Rotkäppchen aber wußte nicht, was das für ein böses Tier war, und fürchtete sich nicht vor ihm. »Guten Tag, Rotkäppchen«, sprach er. »Schönen Dank, Wolf.« »Wo hinaus so früh, Rotkäppchen?« »Zur Großmutter.« »Was trägst du unter der Schürze?« »Kuchen und Wein. Gestern haben wir gebacken, da soll sich die kranke und schwache Großmutter etwas zugut tun und sich damit stärken.« »Rotkäppchen, wo wohnt deine Großmutter?« »Noch eine gute Viertelstunde weiter im Wald, unter den drei großen Eichbäumen, da steht ihr Haus, unten sind die Nußhecken, das wirst du ja wissen«, sagte Rotkäppchen. Der Wolf dachte bei sich »das junge zarte Ding, das ist ein fetter Bissen, der wird noch besser schmecken als die Alte: du mußt es listig anfangen, damit du beide erschnappst.« Da ging er ein Weilchen neben Rotkäppchen her, dann sprach er »Rotkäppchen, sieh einmal die schönen Blumen, die ringsumher stehen, warum guckst du dich nicht um? Ich glaube, du hörst gar nicht, wie die Vöglein so lieblich singen? Du gehst ja für dich hin, als wenn du zur Schule gingst, und ist so lustig draußen in dem Wald.«

Rotkäppchen schlug die Augen auf, und als es sah, wie die Sonnenstrahlen durch die Bäume hin- und hertanzten und alles voll schöner Blumen stand, dachte es »wenn ich der Großmutter einen frischen Strauß mitbringe, der wird ihr auch Freude machen; es ist so früh am Tag, daß ich doch zu rechter Zeit ankomme«, lief vom Wege ab in den Wald hinein und suchte Blumen. Und wenn es eine gebrochen hatte, meinte es, weiter hinaus stände eine schönere, und lief darnach und geriet immer tiefer in den Wald hinein. Der Wolf aber ging geradewegs nach dem Haus der Großmutter und klopfte an die Türe. »Wer ist draußen?« »Rotkäppchen, das bringt Kuchen und Wein, mach auf.« »Drück nur auf die Klinke«, rief die Großmutter, »ich bin zu schwach und kann nicht aufstehen.« Der Wolf drückte auf die Klinke, die Türe sprang auf und er ging, ohne ein Wort zu sprechen, gerade zum Bett der Großmutter und verschluckte sie. Dann tat er ihre Kleider an, setzte ihre Haube auf, legte sich in ihr Bett und zog die Vorhänge zu.

Rotkäppchen aber war nach den Blumen herumgelaufen, und als es so viel zusammen hatte, daß es keine mehr tragen konnte, fiel ihm die Großmutter wieder ein, und es machte sich auf den Weg zu ihr. Es wunderte sich, daß die Türe aufstand, und wie es in die Stube trat, so kam es ihm so seltsam darin vor, daß es dachte »ei, du mein Gott, wie ängstlich wird mirs heute zumut, und ich bin sonst so gerne bei der Großmutter!« Es rief »guten Morgen«, bekam aber keine Antwort. Darauf ging es zum Bett und zog die Vorhänge zurück; da lag die Großmutter und hatte die Haube tief ins Gesicht gesetzt und sah so wunderlich aus. »Ei, Großmutter, was hast du für große Ohren!« »Daß ich dich besser hören kann.« »Ei, Großmutter, was hast du für große Augen!« »Daß ich dich besser sehen kann.« »Ei, Großmutter, was hast du für große Hände!« »Daß ich dich besser packen kann.« »Aber, Großmutter, was hast du für ein entsetzlich großes Maul!« »Daß ich dich besser fressen kann.« Kaum hatte der Wolf das gesagt, so tat er einen Satz aus dem Bette und verschlang das arme Rotkäppchen.

Wie der Wolf sein Gelüsten gestillt hatte, legte er sich wieder ins Bett, schlief ein und fing an überlaut zu schnarchen. Der Jäger ging eben an dem Haus vorbei und dachte »wie die alte Frau schnarcht, du mußt doch sehen, ob ihr etwas fehlt.« Da trat er in die Stube, und wie er vor das Bette kam, so sah er, daß der Wolf darin lag. »Finde ich dich hier, du alter Sünder«, sagte er,

»ich habe dich lange gesucht.« Nun wollte er seine Büchse anlegen, da fiel ihm ein, der Wolf könnte die Großmutter gefressen haben, und sie wäre noch zu retten: schoß nicht, sondern nahm eine Schere und fing an, dem schlafenden Wolf den Bauch aufzuschneiden. Wie er ein paar Schnitte getan hatte, da sah er das rote Käppchen leuchten, und noch ein paar Schnitte, da sprang das Mädchen heraus und rief »ach, wie war ich erschrocken, wie wars so dunkel in dem Wolf seinem Leib!« Und dann kam die alte Großmutter auch noch lebendig heraus und konnte kaum atmen. Rotkäppchen aber holte geschwind große Steine, damit füllten sie dem Wolf den Leib, und wie er aufwachte, wollte er fortspringen, aber die Steine waren so schwer, daß er gleich niedersank und sich totfiel.

Da waren alle drei vergnügt; der Jäger zog dem Wolf den Pelz ab und ging damit heim, die Großmutter aß den Kuchen und trank den Wein, den Rotkäppchen gebracht hatte, und erholte sich wieder, Rotkäppchen aber dachte »du willst dein Lebtag nicht wieder allein vom Wege ab in den Wald laufen, wenn dirs die Mutter verboten hat.«

Es wird auch erzählt, daß einmal, als Rotkäppchen der alten Großmutter wieder Gebackenes brachte, ein anderer Wolf ihm zugesprochen und es vom Wege habe ableiten wollen. Rotkäppchen aber hütete sich und ging gerade fort seines Wegs und sagte der Großmutter, daß es dem Wolf begegnet wäre, der ihm guten Tag gewünscht, aber so bös aus den Augen geguckt hätte: »Wenns nicht auf offner Straße gewesen wäre, er hätte mich gefressen.« »Komm«, sagte die Großmutter, »wir wollen die Türe verschließen, daß er nicht herein kann.« Bald darnach klopfte der Wolf an und rief »mach auf, Großmutter, ich bin das Rotkäppchen, ich bring dir Gebackenes.« Sie schwiegen aber still und machten die Türe nicht auf: da schlich der Graukopf etlichemal um das Haus, sprang endlich aufs Dach und wollte warten, bis Rotkäppchen abends nach Hause ginge, dann wollte er ihm nachschleichen und wollts in der Dunkelheit fressen. Aber die Großmutter merkte, was er im Sinn hatte. Nun stand vor dem Haus ein großer Steintrog, da sprach sie zu dem Kind »nimm den Eimer, Rotkäppchen, gestern hab ich Würste gekocht, da trag das Wasser, worin sie gekocht sind, in den Trog.« Rotkäppchen trug so lange, bis der große, große Trog ganz voll war. Da stieg der Geruch von den Würsten dem Wolf in die Nase, er schnupperte und guckte hinab, endlich machte er den Hals so lang, daß er sich nicht mehr halten konnte und anfing, zu rutschen: so rutschte er vom Dach herab, gerade in den großen Trog hinein, und ertrank. Rotkäppchen aber ging fröhlich nach Haus, und tat ihm niemand etwas zuleid.

Die Bremer Stadtmusikanten

Es hatte ein Mann einen Esel, der schon lange Jahre die Säcke unverdrossen zur Mühle getragen hatte, dessen Kräfte aber nun zu Ende gingen, so daß er zur Arbeit immer untauglicher ward. Da dachte der Herr daran, ihn aus dem Futter zu schaffen, aber der Esel merkte, daß kein guter Wind wehte, lief fort und machte sich auf den Weg nach Bremen: dort, meinte er, könnte er ja Stadtmusikant werden. Als er ein Weilchen fortgegangen war, fand er einen Jagdhund auf dem Wege liegen, der jappte wie einer, der sich müde gelaufen hat. »Nun, was jappst du so, Packan?« fragte der Esel. »Ach«, sagte der Hund, »weil ich alt bin und jeden Tag schwächer werde, auch auf der Jagd nicht mehr fort kann, hat mich mein Herr wollen totschlagen, da hab ich Reißaus genommen; aber womit soll ich nun mein Brot verdienen?« »Weißt du was«, sprach der Esel, »ich gehe nach Bremen und werde dort Stadtmusikant, geh mit und laß dich auch bei der Musik annehmen. Ich spiele die Laute, und du schlägst die Pauken.« Der Hund wars zufrieden, und sie gingen weiter. Es dauerte nicht lange, so saß da eine Katze an dem Weg und machte ein Gesicht wie drei Tage Regenwetter. »Nun, was ist dir in die Quere gekommen, alter Bartputzer?« sprach der Esel. »Wer kann da lustig sein, wenns einem an den Kragen geht«, antwortete die Katze, »weil ich nun zu Jahren komme, meine Zähne stumpf werden, und ich lieber hinter dem Ofen sitze und spinne, als nach Mäusen herumjage, hat mich meine Frau ersäufen wollen; ich habe mich zwar noch fortgemacht, aber nun ist guter Rat teuer: wo soll ich hin?« »Geh mit uns nach Bremen, du verstehst dich doch auf die Nachtmusik, da kannst du ein Stadtmusikant werden.« Die Katze hielt das für gut und ging mit. Darauf kamen die drei Landesflüchtigen an einem Hof vorbei, da saß auf dem Tor der Haushahn und schrie aus Leibeskräften. »Du schreist einem durch Mark und Bein«, sprach der Esel, »was hast du vor?« »Da hab ich gut Wetter prophezeit«, sprach der Hahn, »weil unserer lieben Frauen Tag ist, wo sie dem Christkindlein die Hemdchen gewaschen hat und sie trocknen will; aber weil morgen zum Sonntag Gäste kommen, so hat die Hausfrau doch kein Erbarmen, und hat der Köchin gesagt, sie wollte mich morgen in der Suppe essen, und da soll ich mir heute abend den Kopf abschneiden lassen. Nun schrei ich aus vollem Hals, solang ich noch kann.« »Ei was, du Rotkopf«, sagte der Esel, »zieh lieber mit uns fort, wir gehen nach Bremen, etwas Besseres als den Tod findest du überall; du hast eine gute Stimme, und wenn wir zusammen musizieren, so muß es eine Art haben.« Der Hahn ließ sich den Vorschlag gefallen, und sie gingen alle viere zusammen fort.

Sie konnten aber die Stadt Bremen in einem Tag nicht erreichen und kamen abends in einen Wald, wo sie übernachten wollten. Der Esel und der Hund legten sich unter einen großen Baum, die Katze und der Hahn machten sich in die Äste, der Hahn aber flog bis in die Spitze, wo es am sichersten für ihn war. Ehe er einschlief, sah er sich noch einmal nach allen vier Winden um, da deuchte ihn, er sähe in der Ferne ein Fünkchen brennen, und rief seinen Gesellen zu, es müßte nicht gar weit ein Haus sein, denn es scheine ein Licht. Sprach der Esel »so müssen wir uns aufmachen und noch hingehen, denn hier ist die Herberge schlecht.« Der Hund meinte, ein paar Knochen und etwas Fleisch dran täten ihm auch gut. Also machten sie sich auf den Weg nach der Gegend, wo das Licht war, und sahen es bald heller schimmern, und es ward immer größer, bis sie vor ein hell erleuchtetes Räuberhaus kamen. Der Esel, als der größte, näherte sich dem Fenster und schaute hinein. »Was siehst du, Grauschimmel?« fragte der Hahn. »Was ich sehe?« antwortete der Esel, »einen gedeckten Tisch mit schönem Essen und Trinken, und Räuber sitzen daran und lassens sich wohl sein.« »Das wäre was für uns«, sprach der Hahn. »Ja, ja, ach, wären wir da!« sagte der Esel. Da ratschlagten die Tiere, wie sie es anfangen müßten, um die Räuber hinauszujagen, und fanden endlich ein Mittel. Der Esel mußte sich mit den Vorderfüßen auf das Fenster stellen, der Hund auf des Esels Rücken springen, die Katze auf den Hund klettern, und endlich flog der Hahn hinauf und setzte sich der Katze auf den Kopf. Wie das geschehen war, fingen sie auf ein Zeichen insgesamt an, ihre Musik zu machen: der Esel schrie, der Hund bellte, die Katze miaute, und der Hahn krähte; dann stürzten sie durch das Fenster in die Stube hinein, daß die Scheiben klirrten. Die Räuber fuhren bei dem entsetzlichen Geschrei in die Höhe, meinten nicht anders, als ein Gespenst käme herein, und flohen in größter Furcht in den Wald hinaus. Nun setzten sich die vier Gesellen an den Tisch, nahmen mit dem vorlieb, was übrig geblieben war, und aßen, als wenn sie vier Wochen hungern sollten.

Wie die vier Spielleute fertig waren, löschten sie das Licht aus und suchten sich eine Schlafstätte, jeder nach seiner Natur und Bequemlichkeit. Der Esel legte sich auf den Mist, der Hund hinter die Türe, die Katze auf den Herd bei der warmen Asche, und der Hahn setzte sich auf den Hahnenbalken: und weil sie müde waren von ihrem langen Weg, schliefen sie auch bald ein. Als Mitternacht vorbei war und die Räuber von weitem sahen, daß kein Licht mehr im Haus brannte, auch alles ruhig schien, sprach der Hauptmann »wir hätten uns doch nicht sollen ins Bockshorn jagen lassen«, und hieß einen hingehen und das Haus untersuchen. Der Abgeschickte fand alles still, ging in die Küche, ein Licht anzuzünden, und weil er die glühenden, feurigen Augen der Katze für lebendige Kohlen ansah, hielt er ein Schwefelhölzchen daran, daß es Feuer fangen sollte. Aber die Katze verstand keinen Spaß, sprang ihm ins Gesicht, spie und kratzte. Da erschrak er gewaltig, lief und wollte zur Hintertüre hinaus, aber der Hund, der da lag, sprang auf und biß ihn ins Bein: und als er über den Hof an dem Miste vorbeirannte, gab ihm der Esel noch einen tüchtigen Schlag mit dem Hinterfuß; der Hahn aber, der vom Lärmen aus dem Schlaf geweckt und munter geworden war, rief vom Balken herab »kikeriki!« Da lief der Räuber, was er konnte, zu seinem Hauptmann zurück und sprach »ach, in dem Haus sitzt eine greuliche Hexe, die hat mich angehaucht und mit ihren langen Fingern mir das Gesicht zerkratzt; und vor der Türe steht ein Mann mit einem Messer, der hat mich ins Bein gestochen; und auf dem Hof liegt ein schwarzes Ungetüm, das hat mit einer Holzkeule auf mich losgeschlagen; und oben auf dem Dache, da sitzt der Richter, der rief: bringt mir den Schelm her. Da machte ich, daß ich fortkam.« Von nun an getrauten sich die Räuber nicht weiter in das Haus, den vier Bremer Musikanten gefiels aber so wohl darin, daß sie nicht wieder heraus wollten. Und der das zuletzt erzählt hat, dem ist der Mund noch warm.

Der Teufel mit den drei goldenen Haaren

Es war einmal eine arme Frau, die gebar ein Söhnlein, und weil es eine Glückshaut umhatte, als es zur Welt kam, so ward ihm geweissagt, es werde im vierzehnten Jahr die Tochter des Königs zur Frau haben. Es trug sich zu, daß der König bald darauf ins Dorf kam, und niemand wußte, daß es der König war, und als er die Leute fragte, was es Neues gäbe, so antworteten sie »es ist in diesen Tagen ein Kind mit einer Glückshaut geboren: was so einer unternimmt, das schlägt ihm zum Glück aus. Es ist ihm auch vorausgesagt, in seinem vierzehnten Jahre solle er die Tochter des Königs zur Frau haben.« Der König, der ein böses Herz hatte und über die Weissagung sich ärgerte, ging zu den Eltern, tat ganz freundlich und sagte »ihr armen Leute, überlaßt mir euer Kind, ich will es versorgen.« Anfangs weigerten sie sich, da aber der fremde Mann schweres Gold dafür bot und sie dachten »es ist ein Glückskind, es muß doch zu seinem Besten ausschlagen«, so willigten sie endlich ein und gaben ihm das Kind.

Der König legte es in eine Schachtel und ritt damit weiter, bis er zu einem tiefen Wasser kam: da warf er die Schachtel hinein und dachte »vor dem unerwarteten Freier habe ich meine Tochter bewahrt.« Die Schachtel aber ging nicht unter, sondern schwamm wie ein Schiffchen, und es drang auch kein Tröpfchen Wasser hinein. So schwamm sie bis zwei Meilen von des Königs Hauptstadt, wo eine Mühle war, an dessen Wehr sie hängen blieb. Ein Mahlbursche, der glücklicherweise da stand und sie bemerkte, zog sie mit einem Haken heran und meinte große Schätze zu finden, als er sie aber aufmachte, lag ein schöner Knabe darin, der ganz frisch und munter war. Er brachte ihn zu den Müllersleuten, und weil diese keine Kinder hatten, freuten sie sich und sprachen »Gott hat es uns beschert.« Sie pflegten den Findling wohl, und er wuchs in allen Tugenden heran.

Es trug sich zu, daß der König einmal bei einem Gewitter in die Mühle trat und die Müllersleute fragte, ob der große Junge ihr Sohn wäre. »Nein«, antworteten sie, »es ist ein Findling, er ist vor vierzehn Jahren in einer Schachtel ans Wehr geschwommen, und der Mahlbursche hat ihn aus dem Wasser gezogen.« Da merkte der König, daß es niemand anders als das Glückskind war, das er ins Wasser geworfen hatte, und sprach »ihr guten Leute, könnte der Junge nicht einen Brief an die Frau Königin bringen, ich will ihm zwei Goldstücke zum Lohn geben?« »Wie der Herr König gebietet«, antworteten die Leute und hießen den Jungen sich bereit halten. Da schrieb der König einen Brief an die Königin, worin stand »sobald der Knabe mit diesem Schreiben angelangt ist, soll er getötet und begraben werden, und das alles soll geschehen sein, ehe ich zurückkomme.«

Der Knabe machte sich mit diesem Briefe auf den Weg, verirrte sich aber und kam abends in einen großen Wald. In der Dunkelheit sah er ein kleines Licht, ging darauf zu und gelangte zu einem Häuschen. Als er hineintrat, saß eine alte Frau beim Feuer ganz allein. Sie erschrak, als sie den Knaben erblickte, und sprach »wo kommst du her und wo willst du hin?« »Ich komme von der Mühle«, antwortete er, »und will zur Frau Königin, der ich einen Brief bringen soll. Weil ich mich aber in dem Walde verirrt habe, so wollte ich hier gerne übernachten.« »Du armer Junge«, sprach die Frau, »du bist in ein Räuberhaus geraten, und wenn sie heim kommen, so bringen sie dich um.« »Mag kommen, wer will«, sagte der

Junge, »ich fürchte mich nicht: ich bin aber so müde, daß ich nicht weiter kann«, streckte sich auf eine Bank und schlief ein. Bald hernach kamen die Räuber und fragten zornig, was da für ein fremder Knabe läge. »Ach«, sagte die Alte, »es ist ein unschuldiges Kind, es hat sich im Walde verirrt, und ich habe ihn aus Barmherzigkeit aufgenommen. Er soll einen Brief an die Frau Königin bringen.« Die Räuber erbrachen den Brief und lasen ihn, und es stand darin, daß der Knabe sogleich, wie er ankäme, sollte ums Leben gebracht werden. Da empfanden die hartherzigen Räuber Mitleid, und der Anführer zerriß den Brief und schrieb einen andern, und es stand darin, sowie der Knabe ankäme, sollte er sogleich mit der Königstochter vermählt werden. Sie ließen ihn dann ruhig bis zum andern Morgen auf der Bank liegen, und als er aufgewacht war, gaben sie ihm den Brief und zeigten ihm den rechten Weg. Die Königin aber, als sie den Brief empfangen und gelesen hatte, tat, wie darin stand, hieß ein prächtiges Hochzeitsfest anstellen, und die Königstochter ward mit dem Glückskind vermählt; und da der Jüngling schön und freundlich war, so lebte sie vergnügt und zufrieden mit ihm.

Nach einiger Zeit kam der König wieder in sein Schloß und sah, daß die Weissagung erfüllt und das Glückskind mit seiner Tochter vermählt war. »Wie ist das zugegangen?« sprach er, »ich habe in meinem Brief einen ganz andern Befehl erteilt.« Da reichte ihm die Königin den Brief und sagte, er möchte selbst sehen, was darin stände. Der König las den Brief und merkte wohl, daß er mit einem andern war vertauscht worden. Er fragte den Jüngling, wie es mit dem anvertrauten Briefe zugegangen wäre, warum er einen andern dafür gebracht hätte. »Ich weiß von nichts«, antwortete er, »er muß mir in der Nacht vertauscht sein, als ich im Walde geschlafen habe.« Voll Zorn sprach der König »so leicht soll es dir nicht werden, wer meine Tochter haben will, der muß mir aus der Hölle drei goldene Haare von dem Haupte des Teufels holen; bringst du mir, was ich verlange, so sollst du meine Tochter behalten.« Damit hoffte der König ihn auf immer los zu werden. Das Glückskind aber antwortete »die goldenen Haare will ich wohl holen, ich fürchte mich vor dem Teufel nicht.« Darauf nahm er Abschied und begann seine Wanderschaft.

Der Weg führte ihn zu einer großen Stadt, wo ihn der Wächter an dem Tore ausfragte, was für ein Gewerbe er verstünde und was er wüßte. »Ich weiß alles«, antwortete das Glückskind. »So kannst du uns einen Gefallen tun«, sagte der

Wächter, »wenn du uns sagst, warum unser Marktbrunnen, aus dem sonst Wein quoll, trokken geworden ist und nicht einmal mehr Wasser gibt.« »Das sollt ihr erfahren«, antwortete er, »wartet nur, bis ich wiederkomme.« Da ging er weiter und kam vor eine andere Stadt, da fragte der Torwächter wiederum, was für ein Gewerb er verstünde und was er wüßte. »Ich weiß alles«, antwortete er. »So kannst du uns einen Gefallen tun und uns sagen, warum ein Baum in unserer Stadt, der sonst goldene Äpfel trug, jetzt nicht einmal Blätter hervortreibt.« »Das sollt ihr erfahren«, antwortete er, »wartet nur, bis ich wiederkomme.« Da ging er weiter und kam an ein großes Wasser, über das er hinüber mußte. Der Fährmann fragte ihn, was er für ein Gewerb verstünde und was er wüßte. »Ich weiß alles«, antwortete er. »So kannst du mir einen Gefallen tun«, sprach der Fährmann, »und mir sagen, warum ich immer hin- und herfahren muß und niemals abgelöst werde.« »Das sollst du erfahren«, antwortete er, »warte nur, bis ich wiederkomme.«

Als er über das Wasser hinüber war, so fand er den Eingang zur Hölle. Es war schwarz und rußig darin, und der Teufel war nicht zu Haus, aber seine Großmutter saß da in einem breiten Sorgenstuhl. »Was willst du?« sprach sie zu ihm, sah aber gar nicht so böse aus. »Ich wollte gerne drei goldene Haare von des Teufels Kopf«, antwortete er, »sonst kann ich meine Frau nicht behalten.« »Das ist viel verlangt«, sagte sie, »wenn der Teufel heim kommt und findet dich, so geht dirs an den Kragen; aber du dauerst mich, ich will sehen, ob ich dir helfen kann.« Sie verwandelte ihn in eine Ameise und sprach »kriech in meine Rockfalten, da bist du sicher.« »Ja«,antwortete er, »das ist schon gut, aber drei Dinge möchte ich gerne noch wissen, warum ein Brunnen, aus dem sonst Wein quoll, trocken geworden ist, jetzt nicht einmal mehr Wasser gibt: warum ein Baum, der sonst goldene Äpfel trug, nicht einmal mehr Laub treibt: und warum ein Fährmann immer herüber- und hinüberfahren muß und nicht abgelöst wird.« »Das sind schwere Fragen«, antwortete sie, »aber halte dich nur still und ruhig, und hab acht, was der Teufel spricht, wenn ich ihm die drei goldenen Haare ausziehe.«

Als der Abend einbrach, kam der Teufel nach Haus. Kaum war er eingetreten, so merkte er, daß die Luft nicht rein war. »Ich rieche rieche Menschenfleisch«, sagte er, »es ist hier nicht richtig.« Dann guckte er in alle Ecken und suchte, konnte aber nichts finden. Die Großmutter schalt ihn aus, »eben ist erst gekehrt«, sprach sie, »und alles in Ordnung gebracht, nun wirfst du mirs wieder untereinander; immer hast du Menschenfleisch in der Nase! Setze dich nieder und iß dein Abendbrot.« Als er gegessen und getrunken hatte, war er müde, legte der Großmutter seinen Kopf in den Schoß und sagte, sie sollte ihn ein wenig lausen. Es dauerte nicht lange, so schlummerte er ein, blies und schnarchte. Da faßte die Alte ein goldenes Haar, riß es aus und legte es neben sich. »Autsch!« schrie der Teufel, »was hast du vor?« »Ich habe einen schweren Traum gehabt«, antwortete die Großmutter, »da hab ich dir in die Haare gefaßt.« »Was hat dir denn geträumt?« fragte der Teufel. »Mir hat geträumt, ein Marktbrunnen, aus dem sonst Wein quoll, sei versiegt und es habe nicht einmal Wasser daraus quellen wollen, was ist wohl schuld daran?« »He, wenn sies wüßten!« antwortete der Teufel, »es sitzt eine Kröte unter einem Stein im Brunnen, wenn sie die töten, so wird der Wein schon wieder fließen.« Die Großmutter lauste ihn wieder, bis er einschlief und schnarchte, daß die Fenster zitterten. Da riß sie ihm das zweite Haar aus. »Hu! Was machst du?« schrie der Teufel zornig. »Nimms nicht übel«, antwortete sie, »ich habe es im Traum getan.« »Was hat dir wieder geträumt?« fragte er. »Mir hat geträumt, in einem Königreiche ständ ein Obstbaum, der hätte sonst goldene Äpfel getragen und wollte jetzt nicht einmal Laub treiben. Was war wohl die Ursache davon?« »He, wenn sies wüßten!« antwortete der Teufel, »an der Wurzel nagt eine Maus, wenn sie die töten, so wird er schon wieder goldene Äpfel tragen, nagt sie aber noch länger, so verdorrt der Baum gänzlich. Aber laß mich mit deinen Träumen in Ruhe, wenn du mich noch einmal im Schlafe störst, so kriegst du eine Ohrfeige.« Die Großmutter sprach ihm gut zu und lauste ihn wieder, bis er eingeschlafen war und schnarchte. Da faßte sie das dritte goldene Haar und riß es ihm aus. Der Teufel fuhr in die Höhe, schrie und wollte übel mit ihr wirtschaften, aber sie besänftigte ihn nochmals und sprach »wer kann für böse Träume!« »Was hat dir denn geträumt?« fragte er und war doch neugierig. »Mir hat von einem Fährmann geträumt, der sich beklagte, daß er immer hin- und herfahren müßte, und nicht abgelöst würde. Was ist wohl schuld?« »He, der Dummbart!« antwortete der Teufel, »wenn einer kommt und will überfahren, so muß er ihm die Stange in die Hand geben, dann muß der andere überfahren, und er ist frei.« Da die Großmutter ihm die drei goldenen Haare ausgerissen hatte und die drei Fragen beantwortet waren, so ließ sie den alten Drachen in Ruhe, und er schlief, bis der Tag anbrach.

Als der Teufel wieder fortgezogen war, holte die Alte die Ameise aus der Rockfalte und gab dem Glückskind die menschliche Gestalt zurück. »Da hast du die drei goldenen Haare«, sprach sie, »was der Teufel zu deinen drei Fragen gesagt hat, wirst du wohl gehört haben.« »Ja«, antwortete er, »ich habe es gehört und wills wohl behalten.« »So ist dir geholfen«, sagte sie, »und nun kannst du deiner Wege ziehen.« Er bedankte sich bei der Alten für die Hilfe in der Not, verließ die Hölle und war vergnügt, daß ihm alles so wohl geglückt war. Als er zu dem Fährmann kam, sollte er ihm die versprochene Antwort geben. »Fahr mich erst hinüber«, sprach das Glückskind, »so will ich dir sagen, wie du erlöst wirst«, und als er auf dem jenseitigen Ufer angelangt war, gab er ihm des Teufels Rat »wenn wieder einer kommt und will übergefahren sein, so gib ihm nur die Stange in die Hand.« Er ging weiter und kam zu der Stadt, worin der unfruchtbare Baum stand und wo der Wächter auch Antwort haben wollte. Da sagte er ihm, wie er vom Teufel gehört hatte »tötet die Maus, die an seiner Wurzel nagt, so wird er wieder goldene Äpfel tragen.« Da dankte ihm der Wächter und gab ihm zur Belohnung zwei mit

Gold beladene Esel, die mußten ihm nachfolgen. Zuletzt kam er zu der Stadt, deren Brunnen versiegt war. Da sprach er zu dem Wächter, wie der Teufel gesprochen hatte, »es sitzt eine Kröte im Brunnen unter einem Stein, die müßt ihr aufsuchen und töten, so wird er wieder reichlich Wein geben.« Der Wächter dankte und gab ihm ebenfalls zwei mit Gold beladene Esel.

Endlich langte das Glückskind daheim bei seiner Frau an, die sich herzlich freute, als sie ihn wiedersah und hörte, wie wohl ihm alles gelungen war. Dem König brachte er, was er verlangt hatte, die drei goldenen Haare des Teufels, und als dieser die vier Esel mit dem Golde sah, ward er ganz vergnügt und sprach »nun sind alle Bedingungen erfüllt und du kannst meine Tochter behalten. Aber, lieber Schwiegersohn, sage mir doch, woher ist das viele Gold? Das sind ja gewaltige Schätze!« »Ich bin über einen Fluß gefahren«, antwortete er, »und da habe ich es mitgenommen, es liegt dort statt des Sandes am Ufer.« »Kann ich mir auch davon holen?« sprach der König und war ganz begierig. »So viel Ihr nur wollt«, antwortete er, »es ist ein Fährmann auf dem Fluß, von dem laßt Euch überfahren, so könnt Ihr drüben Eure Säcke füllen.« Der habsüchtige König machte sich in aller Eile auf den

Weg, und als er zu dem Fluß kam, so winkte er dem Fährmann, der sollte ihn übersetzen. Der Fährmann kam und hieß ihn einsteigen, und als sie an das jenseitige Ufer kamen, gab er ihm die Ruderstange in die Hand und sprang davon. Der König aber mußte von nun an fahren zur Strafe für seine Sünden.

»Fährt er wohl noch?« »Was denn? Es wird ihm niemand die Stange abgenommen haben.«

Die kluge Else

Es war ein Mann, der hatte eine Tochter, die hieß die kluge Else. Als sie nun erwachsen war, sprach der Vater »wir wollen sie heiraten lassen.« »Ja«, sagte die Mutter, »wenn nur einer käme, der sie haben wollte.« Endlich kam von weither einer, der hieß *Hans,* und hielt um sie an, er machte aber die Bedingung, daß die kluge Else auch recht gescheit wäre. »Oh«, sprach der Vater, »die hat Zwirn im Kopf«, und die Mutter sagte »ach, die sieht den Wind auf der Gasse laufen und hört die Fliegen husten.« »Ja«, sprach der Hans, »wenn sie nicht recht gescheit ist, so nehm ich sie nicht.« Als sie nun zu Tisch saßen und gegessen hatten, sprach die Mutter »Else, geh in den Keller und hol Bier.« Da nahm die kluge Else den Krug von der Wand, ging in den Keller und klappte unterwegs brav mit dem Deckel, damit ihr die Zeit ja nicht lang würde. Als sie unten war, holte sie ein Stühlchen und stellte es vors Faß, damit sie sich nicht zu bücken brauchte und ihrem Rücken etwa nicht wehe täte und unverhofften Schaden nähme. Dann stellte sie die Kanne vor sich und drehte den Hahn auf, und während der Zeit, daß das Bier hineinlief, wollte sie doch ihre Augen nicht müßig lassen, sah oben an die Wand hinauf und erblickte nach vielem Hin- und Herschauen eine Kreuzhacke gerade über sich, welche die Maurer da aus Versehen hatten stecken lassen. Da fing die kluge Else an zu weinen und sprach »wenn ich den Hans kriege, und wir kriegen ein Kind, und das ist groß, und wir schicken das Kind in den Keller, daß es hier soll Bier zapfen, so fällt ihm die Kreuzhacke auf den Kopf und schlägts tot.« Da saß sie und weinte und schrie aus Leibeskräften über das bevorstehende Unglück. Die oben warteten auf den Trank, aber die kluge Else kam immer nicht. Da sprach die Frau zur Magd »geh doch hinunter in den Keller und sieh, wo die Else bleibt.« Die Magd ging und fand sie vor dem Fasse sitzend und laut schreiend. »Else, was weinst du?« fragte die Magd. »Ach«, antwortete sie, »soll ich nicht weinen? Wenn ich den Hans kriege, und wir kriegen ein Kind, und das ist groß, und soll hier Trinken zapfen, so fällt ihm vielleicht die Kreuzhacke auf den Kopf und schlägt es tot.« Da sprach die Magd »was haben wir für eine kluge Else!«, setzte sich zu ihr und fing auch an über das Unglück zu weinen. Über eine Weile, als die Magd nicht wiederkam und die droben durstig nach dem Trank waren, sprach der Mann zum Knecht »geh doch hinunter in den Keller und sieh, wo die Else und die Magd bleiben.« Der Knecht ging hinab, da saß die kluge Else und die Magd, und weinten beide zusammen. Da fragte er »was weint ihr denn?« »Ach«, sprach die Else, »soll ich nicht weinen? Wenn ich den Hans kriege, und wir kriegen ein Kind, und das ist groß, und soll hier Trinken zapfen, so fällt ihm die Kreuzhacke auf den Kopf und schlägts tot.« Da sprach der Knecht »was haben wir für eine kluge Else!«, setzte sich zu ihr und fing auch an laut zu heulen. Oben warteten sie auf den Knecht, als er aber immer nicht kam, sprach der Mann zur Frau »geh doch hinunter in den Keller und sieh, wo die Else bleibt.« Die Frau ging hinab und fand alle drei in Wehklagen und fragte nach der Ursache, da erzählte ihr die Else auch, daß ihr zukünftiges Kind wohl würde von der Kreuzhacke totgeschlagen werden, wenn es erst groß wäre, und Bier zapfen sollte, und die Kreuzhacke fiele herab. Da sprach die Mutter gleichfalls »ach, was haben wir für eine kluge Else!«, setzte sich hin und weinte mit. Der Mann oben wartete noch ein Weilchen, als aber seine Frau nicht wiederkam und sein Durst immer stärker ward, sprach er »ich muß nur selber in den Keller gehn und sehen, wo die Else bleibt.« Als er aber in den Keller kam, und alle da beieinander saßen und weinten, und er die Ursache hörte, daß das Kind der Else schuld wäre, das sie vielleicht einmal zur Welt brächte und von der Kreuzhacke könnte totgeschlagen werden, wenn es gerade zur Zeit, wo sie herabfiele, darunter säße, Bier zu zapfen: da rief er »was für eine kluge Else!«, setzte sich und weinte auch mit. Der Bräutigam blieb lange oben allein, da niemand wiederkommen wollte, dachte er »sie werden unten auf dich warten, du mußt auch hingehen und sehen, was sie vorhaben.« Als er hinabkam, saßen da fünfe und schrien und jammerten ganz erbärmlich, einer immer besser als der andere. »Was für ein Unglück ist denn geschehen?« fragte er. »Ach, lieber Hans«, sprach die Else, »wenn wir einander heiraten und haben ein Kind, und es ist groß, und wir schickens vielleicht hierher, Trinken zu zapfen, da kann ihm ja die Kreuzhacke, die da oben ist stecken geblieben, wenn sie herabfallen sollte, den Kopf zerschlagen, daß es liegen bleibt; sollen wir da nicht weinen?« »Nun«, sprach Hans, »mehr Verstand ist für meinen Haushalt nicht nötig; weil du so eine kluge Else bist, so will ich dich haben«, packte sie bei der Hand und nahm sie mit hinauf und hielt Hochzeit mit ihr.

Als sie den Hans eine Weile hatte, sprach er »Frau, ich will ausgehen arbeiten und uns Geld verdienen, geh du ins Feld und schneid das Korn, daß wir Brot haben.« »Ja, mein lieber Hans, das will ich tun.« Nachdem der Hans fort war, kochte sie sich einen guten Brei und nahm ihn mit ins Feld. Als sie vor den Acker kam, sprach sie zu sich selbst »was tu ich? Schneid ich ehr? Oder eß ich ehr? Hei, ich will erst essen.« Nun aß sie ihren Topf mit Brei aus, und als sie dick satt war, sprach sie wieder »was tu ich? Schneid ich ehr, oder schlaf ich ehr? Hei, ich will erst schlafen.« Da legte sie sich ins Korn und schlief ein. Der Hans war längst zu Haus, aber die Else wollte nicht kommen, da sprach er »was hab ich für eine kluge Else, die ist so fleißig, daß sie nicht einmal nach Haus kommt und ißt.« Als sie aber noch immer ausblieb und es Abend ward, ging der Hans hinaus und wollte sehen, was sie geschnitten hätte: aber es war nichts geschnitten, sondern sie lag im Korn und schlief. Da eilte Hans geschwind heim und holte ein Vogelgarn mit kleinen Schellen und hängte es um sie herum; und sie schlief noch immer fort. Dann lief er heim, schloß die Haustüre zu und setzte sich auf seinen Stuhl und arbeitete. Endlich, als es schon ganz dunkel war, erwachte die kluge Else, und als sie aufstand, rappelte es um sie herum, und die Schellen klingelten bei jedem Schritte, den sie tat. Da erschrak sie, ward irre, ob sie auch wirklich die kluge Else wäre, und sprach »bin ichs, oder bin ichs nicht?« Sie wußte aber nicht, was sie darauf antworten sollte, und stand eine Zeitlang zweifelhaft: endlich dachte sie »ich will nach Haus gehen und fragen, ob ichs bin oder ob ichs nicht bin, die werdens ja wissen.« Sie lief vor ihre Haustüre, aber die war verschlossen: da klopfte sie an das Fenster und rief »Hans, ist die Else drinnen?« »Ja«, antwortete Hans, »sie ist drinnen.« Da erschrak sie und sprach »ach Gott, dann bin ichs nicht« und ging vor eine andere Tür; als aber die Leute das Klingeln der Schellen hörten, wollten sie nicht aufmachen, und sie konnte nirgends unterkommen. Da lief sie fort zum Dorfe hinaus, und niemand hat sie wieder gesehen.

Tischchen deck dich, Goldesel und Knüppel aus dem Sack

Vor Zeiten war ein Schneider, der drei Söhne hatte und nur eine einzige Ziege. Aber die Ziege, weil sie alle zusammen mit ihrer Milch ernährte, mußte ihr gutes Futter haben und täglich hinaus auf die Weide geführt werden. Die Söhne taten das auch nach der Reihe. Einmal brachte sie der älteste auf den Kirchhof, wo die schönsten Kräuter standen, ließ sie da fressen und herumspringen. Abends, als es Zeit war heimzugehen, fragte er »Ziege, bist du satt?« Die Ziege antwortete

»Ich bin so satt,
ich mag kein Blatt: meh! meh!«

»So komm nach Haus«, sprach der Junge, faßte sie am Strickchen, führte sie in den Stall und band sie fest. »Nun«, sagte der alte Schneider, »hat die Ziege ihr gehöriges Futter?« »O«, antwortete der Sohn, »die ist so satt, sie mag kein Blatt.« Der Vater aber wollte sich selbst überzeugen, ging hinab in den Stall, streichelte das liebe Tier und fragte »Ziege, bist du auch satt?« Die Ziege antwortete

»wovon sollt ich satt sein?
Ich sprang nur über Gräbelein
und fand kein einzig Blättelein: meh! meh!«

»Was muß ich hören!« rief der Schneider, lief hinauf und sprach zu dem Jungen »ei, du Lügner, sagst, die Ziege wäre satt, und hast sie hungern lassen?« Und in seinem Zorne nahm er die Elle von der Wand und jagte ihn mit Schlägen hinaus.

Am andern Tag war die Reihe am zweiten Sohn, der suchte an der Gartenhecke einen Platz aus, wo lauter gute Kräuter standen, und die Ziege fraß sie rein ab. Abends, als er heim wollte, fragte er »Ziege, bist du satt?« Die Ziege antwortete

»ich bin so satt,
ich mag kein Blatt: meh! meh!«

»So komm nach Haus«, sprach der Junge, zog sie heim und band sie im Stall fest. »Nun«, sagte der alte Schneider, »hat die Ziege ihr gehöriges Futter?« »O«, antwortete der Sohn, »die ist so satt, sie mag kein Blatt.« Der Schneider wollte sich darauf nicht verlassen, ging hinab in den Stall und fragte »Ziege, bist du auch satt?« Die Ziege antwortete

»wovon sollt ich satt sein?
Ich sprang nur über Gräbelein
und fand kein einzig Blättelein: meh!«

»Der gottlose Bösewicht!« schrie der Schneider, »so ein frommes Tier hungern zu lassen!«, lief hinauf und schlug mit der Elle den Jungen zur Haustüre hinaus.

Die Reihe kam jetzt an den dritten Sohn, der wollte seine Sache gut machen, suchte Buschwerk mit dem schönsten Laube aus, und ließ die Ziege daran fressen. Abends, als er heim wollte, fragte er »Ziege, bist du auch satt?« Die Ziege antwortete

»ich bin so satt,
ich mag kein Blatt: meh! meh!«

»So komm nach Haus«, sagte der Junge, führte sie in den Stall und band sie fest. »Nun«, sagte der alte Schneider, »hat die Ziege ihr gehöriges Futter?« »O«, antwortete der Sohn, »die ist so satt, sie mag kein Blatt.« Der Schneider traute nicht, ging hinab und fragte »Ziege, bist du auch satt?« Das boshafte Tier antwortete

»wovon sollt ich satt sein?
Ich sprang nur über Gräbelein
und fand kein einzig Blättelein: meh! meh!«

»O die Lügenbrut!« rief der Schneider, »einer so gottlos und pflichtvergessen wie der andere! Ihr sollt mich nicht länger zum Narren haben!«, und vor Zorn ganz außer sich sprang er hinauf und gerbte dem armen Jungen mit der Elle den Rücken so gewaltig, daß er zum Haus hinaussprang.

Der alte Schneider war nun mit seiner Ziege allein. Am andern Morgen ging er hinab in den Stall, liebkoste die Ziege und sprach »komm, mein liebes Tierlein, ich will dich selbst zur Weide führen.« Er nahm sie am Strick und brachte sie zu grünen Hecken und unter Schafrippe und was sonst die Ziegen gerne fressen. »Da kannst du dich einmal nach Herzenslust sättigen«, sprach er zu ihr und ließ sie weiden bis zum Abend. Da fragte er »Ziege, bist du satt?« Sie antwortete

»ich bin so satt,
ich mag kein Blatt: meh! meh!«

»So komm nach Haus«, sagte der Schneider, führte sie in den Stall und band sie fest. Als er wegging, kehrte er sich noch einmal um und sagte

»nun bist du doch einmal satt!« Aber die Ziege machte es ihm nicht besser und rief

> »wie sollt ich satt sein?
> Ich sprang nur über Gräbelein
> und fand kein einzig Blättelein: meh! meh!«

Als der Schneider das hörte, stutzte er und sah wohl, daß er seine drei Söhne ohne Ursache verstoßen hatte. »Wart«, rief er, »du undankbares Geschöpf, dich fortzujagen ist noch zu wenig, ich will dich zeichnen, daß du dich unter ehrbaren Schneidern nicht mehr darfst sehen lassen.« In einer Hast sprang er hinauf, holte sein Bartmesser, seifte der Ziege den Kopf ein und schor sie so glatt wie seine flache Hand. Und weil die Elle zu ehrenvoll gewesen wäre, holte er die Peitsche und versetzte ihr solche Hiebe, daß sie in gewaltigen Sprüngen davonlief.

Der Schneider, als er so ganz einsam in seinem Hause saß, verfiel in große Traurigkeit und hätte seine Söhne gerne wiedergehabt, aber niemand wußte, wo sie hingeraten waren. Der älteste war zu einem Schreiner in die Lehre gegangen, da lernte er fleißig und unverdrossen, und als seine Zeit herum war, daß er wandern sollte, schenkte ihm der Meister ein Tischchen, das gar kein besonderes Ansehen hatte und von gewöhnlichem

Holz war: aber es hatte eine gute Eigenschaft. Wenn man es hinstellte und sprach »Tischchen, deck dich«, so war das gute Tischchen auf einmal mit einem saubern Tüchlein bedeckt, und stand da ein Teller, und Messer und Gabel daneben und Schüsseln mit Gesottenem und Gebratenem, so viel Platz hatten, und ein großes Glas mit rotem Wein leuchtete, daß einem das Herz lachte. Der junge Gesell dachte »damit hast du genug für dein Lebtag«, zog guter Dinge in der Welt umher und bekümmerte sich gar nicht darum, ob ein Wirtshaus gut oder schlecht und ob etwas darin zu finden war oder nicht. Wenn es ihm gefiel, so kehrte er gar nicht ein, sondern im Felde, im Wald, auf einer Wiese, wo er Lust hatte, nahm er sein Tischchen vom Rücken, stellte es vor sich und sprach »deck dich«, so war alles da, was sein Herz begehrte. Endlich kam es ihm in den Sinn, er wollte zu seinem Vater zurückkehren, sein Zorn würde sich gelegt haben, und mit dem Tischchen deck dich würde er ihn gerne wieder aufnehmen. Es trug sich zu, daß er auf dem Heimweg abends in ein Wirtshaus kam, das mit Gästen angefüllt war: sie hießen ihn willkommen und luden ihn ein, sich zu ihnen zu setzen und mit ihnen zu essen, sonst würde er schwerlich noch etwas bekommen. »Nein«, antwortete der

Schreiner, »die paar Bissen will ich euch nicht vor dem Munde nehmen, lieber sollt ihr meine Gäste sein.« Sie lachten und meinten, er triebe seinen Spaß mit ihnen. Er aber stellte sein hölzernes Tischchen mitten in die Stube und sprach »Tischchen, deck dich.« Augenblicklich war es mit Speisen besetzt, so gut, wie sie der Wirt nicht hätte herbeischaffen können, und wovon der Geruch den Gästen lieblich in die Nase stieg. »Zugegriffen, liebe Freunde«, sprach der Schreiner, und die Gäste, als sie sahen, wie es gemeint war, ließen sich nicht zweimal bitten, rückten heran, zogen ihre Messer und griffen tapfer zu. Und was sie am meisten verwunderte, wenn eine Schüssel leer geworden war, so stellte sich gleich von selbst eine volle an ihren Platz. Der Wirt stand in einer Ecke und sah dem Dinge zu; er wußte gar nicht, was er sagen sollte, dachte aber »einen solchen Koch könntest du in deiner Wirtschaft wohl brauchen.« Der Schreiner und seine Gesellschaft waren lustig bis in die späte Nacht, endlich legten sie sich schlafen, und der junge Geselle ging auch zu Bett und stellte sein Wünschtischchen an die Wand. Dem Wirte aber ließen seine Gedanken keine Ruhe, es fiel ihm ein, daß in seiner Rumpelkammer ein altes Tischchen stände, das gerade so aussähe: das holte er ganz sachte herbei und vertauschte es mit dem Wünschtischchen. Am andern Morgen zahlte der Schreiner sein Schlafgeld, packte sein Tischchen auf, dachte gar nicht daran, daß er ein falsches hätte, und ging seiner Wege. Zu Mittag kam er bei seinem Vater an, der ihn mit großer Freude empfing. »Nun, mein lieber Sohn, was hast du gelernt?« sagte er zu ihm. »Vater, ich bin ein Schreiner geworden.« »Ein gutes Handwerk«, erwiderte der Alte, »aber was hast du von deiner Wanderschaft mitgebracht?« »Vater, das Beste, was ich mitgebracht habe, ist das Tischchen.« Der Schneider betrachtete es von allen Seiten und sagte »daran hast du kein Meisterstück gemacht, das ist ein altes und schlechtes Tischchen.« »Aber es ist ein Tischchen deck dich«, antwortete der Sohn, »wenn ich es hinstelle und sage ihm, es solle sich decken, so stehen gleich die schönsten Gerichte darauf und ein Wein dabei, der das Herz erfreut. Ladet nur alle Verwandten und Freunde ein, die sollen sich einmal laben und erquicken, denn das Tischchen macht sie alle satt.« Als die Gesellschaft beisammen war, stellte er sein Tischchen mitten in die Stube und sprach »Tischchen, deck dich.« Aber das Tischchen regte sich nicht und blieb so leer wie ein anderer Tisch, der die Sprache nicht versteht. Da merkte der arme Geselle, daß ihm das

Tischchen vertauscht war, und schämte sich, daß er wie ein Lügner dastand. Die Verwandten aber lachten ihn aus und mußten ungetrunken und ungegessen wieder heim wandern. Der Vater holte seine Lappen wieder herbei und schneiderte fort, der Sohn aber ging bei einem Meister in die Arbeit.

Der zweite Sohn war zu einem Müller gekommen und bei ihm in die Lehre gegangen. Als er seine Jahre herum hatte, sprach der Meister »weil du dich so wohl gehalten hast, so schenke ich dir einen Esel von einer besondern Art, er zieht nicht am Wagen und trägt auch keine Säcke.« »Wozu ist er denn nütze?« fragte der junge Geselle. »Er speit Gold«, antwortete der Müller, »wenn du ihn auf ein Tuch stellst und sprichst ›Bricklebrit‹, so speit dir das gute Tier Goldstücke aus, hinten und vorn.« »Das ist eine schöne Sache«, sprach der Geselle, dankte dem Meister und zog in die Welt. Wenn er Gold nötig hatte, brauchte er nur zu seinem Esel »Bricklebrit« zu sagen, so regnete es Goldstücke, und er hatte weiter keine Mühe, als sie von der Erde aufzuheben. Wo er hinkam, war ihm das Beste gut genug, und je teurer je lieber, denn er hatte immer einen vollen Beutel. Als er sich eine Zeitlang in der Welt umgesehen hatte, dachte er »du mußt deinen Vater aufsuchen, wenn du mit dem Goldesel kommst, so wird er seinen Zorn vergessen und dich gut aufnehmen.« Es trug sich zu, daß er in dasselbe Wirtshaus geriet, in welchem seinem Bruder das Tischchen vertauscht war. Er führte seinen Esel an der Hand, und der Wirt wollte ihm das Tier abnehmen und anbinden, der junge Geselle aber sprach »gebt Euch keine Mühe, meinen Grauschimmel führe ich selbst in den Stall und binde ihn auch selbst an, denn ich muß wissen, wo er steht.« Dem Wirt kam es wunderlich vor, und er meinte, einer, der seinen Esel selbst besorgen müßte, hätte nicht viel zu verzehren: als aber der Fremde in die Tasche griff, zwei Goldstücke herausholte und sagte, er sollte nur etwas Gutes für ihn einkaufen, so machte er große Augen, lief und suchte das Beste, das er auftreiben konnte. Nach der Mahlzeit fragte der Gast, was er schuldig wäre, der Wirt wollte die doppelte Kreide nicht sparen und sagte, noch ein paar Goldstücke müßte er zulegen. Der Geselle griff in die Tasche, aber sein Gold war eben zu Ende. »Wartet einen Augenblick, Herr Wirt«, sprach er, »ich will nur gehen und Gold holen«; nahm aber das Tischtuch mit. Der Wirt wußte nicht, was das heißen sollte, war neugierig, schlich ihm nach, und da der Gast die Stalltüre zuriegelte, so guckte er durch ein Astloch. Der

Fremde breitete unter dem Esel das Tuch aus, rief »Bricklebrit«, und augenblicklich fing das Tier an, Gold zu speien von hinten und vorn, daß es ordentlich auf die Erde herabregnete. »Ei der tausend«, sagte der Wirt, »da sind die Dukaten bald geprägt! So ein Geldbeutel ist nicht übel!« Der Gast bezahlte seine Zeche und legte sich schlafen, der Wirt aber schlich in der Nacht herab in den Stall, führte den Münzmeister weg und band einen andern Esel an seine Stelle. Den folgenden Morgen in der Frühe zog der Geselle mit seinem Esel ab und meinte, er hätte seinen Goldesel. Mittags kam er bei seinem Vater an, der sich freute, als er ihn wiedersah, und ihn gerne aufnahm. »Was ist aus dir geworden, mein Sohn?« fragte der Alte. »Ein Müller, lieber Vater«, antwortete er. »Was hast du von deiner Wanderschaft mitgebracht?« »Weiter nichts als einen Esel.« »Esel gibts hier genug«, sagte der Vater, »da wäre mir doch eine gute Ziege lieber gewesen.« »Ja«, antwortete der Sohn, »aber es ist kein gemeiner Esel, sondern ein Goldesel: wenn ich sage ›Bricklebrit‹, so speit Euch das gute Tier ein ganzes Tuch voll Goldstücke. Laßt nur alle Verwandte herbeirufen, ich mache sie alle zu reichen Leuten.« »Das laß ich mir gefallen«, sagte der Schneider, »dann brauch ich mich mit der Nadel nicht weiter zu quälen«, sprang selbst fort und rief die Verwandten herbei. Sobald sie beisammen waren, hieß sie der Müller Platz machen, breitete sein Tuch aus, und brachte den Esel in die Stube. »Jetzt gebt acht«, sagte er und rief »Bricklebrit«, aber es waren keine Goldstücke, was herabfiel, und es zeigte sich, daß das Tier nichts von der Kunst verstand, denn es bringts nicht jeder Esel so weit. Da machte der arme Müller ein langes Gesicht, sah, daß er betrogen war, und bat die Verwandten um Verzeihung, die so arm heimgingen, als sie gekommen waren. Es blieb nichts übrig, der Alte mußte wieder nach der Nadel greifen und der Junge sich bei einem Müller verdingen.

Der dritte Bruder war zu einem Drechsler in die Lehre gegangen, und weil es ein kunstreiches Handwerk ist, mußte er am längsten lernen. Seine Brüder aber meldeten ihm in einem Briefe, wie schlimm es ihnen ergangen wäre, und wie sie der Wirt noch am letzten Abende um ihre schönen Wünschdinge gebracht hätte. Als der Drechsler nun ausgelernt hatte und wandern sollte, so schenkte ihm sein Meister, weil er sich so wohl gehalten, einen Sack und sagte »es liegt ein Knüppel darin.« »Den Sack kann ich umhängen, und er kann mir gute Dienste leisten, aber was soll der Knüppel darin? Der macht ihn nur schwer.« »Das will ich dir sagen«, antwortete der Meister, »hat dir jemand etwas zuleid getan, so sprich nur ›Knüppel, aus dem Sack‹, so springt dir der Knüppel heraus unter die Leute und tanzt ihnen so lustig auf dem Rücken herum, daß sie sich acht Tage lang nicht regen und bewegen können; und eher läßt er nicht ab, als bis du sagst ›Knüppel, in den Sack.‹« Der Gesell dankte ihm, hing den Sack um, und wenn ihm jemand zu nahe kam und auf den Leib wollte, so sprach er »Knüppel, aus dem Sack«, alsbald sprang der Knüppel heraus und klopfte einem nach dem andern den Rock oder Wams gleich auf dem Rücken aus und wartete nicht erst, bis er ihn ausgezogen hatte; und das ging so geschwind, daß, eh sichs einer versah, die Reihe schon an ihm war. Der junge Drechsler langte zur Abendzeit in dem Wirtshaus an, wo seine Brüder waren betrogen worden. Er legte seinen Ranzen vor sich auf den Tisch und fing an zu erzählen, was er alles Merkwürdiges in der Welt gesehen habe. »Ja«, sagte er, »man findet wohl ein Tischchen deck dich, einen Goldesel und dergleichen: lauter gute Dinge, die ich nicht verachte, aber das ist alles nichts gegen den Schatz, den ich mir erworben habe und mit mir da in meinem Sacke führe.« Der Wirt spitzte die Ohren »was in aller Welt mag das sein?« dachte er, »der Sack ist wohl mit lauter Edelsteinen angefüllt; den sollte ich billig auch noch haben, denn aller guten Dinge sind drei.« Als Schlafenszeit war, streckte sich der Gast auf die Bank und legte seinen Sack als Kopfkissen unter. Der Wirt, als er meinte, der Gast läge in tiefem Schlaf, ging herbei, rückte und zog ganz sachte und vorsichtig an dem Sack, ob er ihn vielleicht wegziehen und einen andern unterlegen könnte. Der Drechsler aber hatte schon lange darauf gewartet, wie nun der Wirt eben einen herzhaften Ruck tun wollte, rief er »Knüppel, aus dem Sack.« Alsbald fuhr das Knüppelchen heraus, dem Wirt auf den Leib, und rieb ihm die Nähte, daß es eine Art hatte. Der Wirt schrie zum Erbarmen, aber je lauter er schrie, desto kräftiger schlug der Knüppel ihm den Takt dazu auf dem Rücken, bis er endlich erschöpft zur Erde fiel. Da sprach der Drechsler »wo du das Tischchen deck dich und den Goldesel nicht wieder herausgibst, so soll der Tanz von neuem angehen.« »Ach nein«, rief der Wirt ganz kleinlaut, »ich gebe alles gerne wieder heraus, laßt nur den verwünschten Kobold wieder in den Sack kriechen.« Da sprach der Geselle »ich will Gnade für Recht ergehen lassen, aber hüte dich vor Schaden!« Dann rief er »Knüppel, in den Sack!« und ließ ihn ruhen.

Der Drechsler zog am andern Morgen mit dem

Tischchen deck dich und dem Goldesel heim zu seinem Vater. Der Schneider freute sich, als er ihn wiedersah, und fragte auch ihn, was er in der Fremde gelernt hätte. »Lieber Vater«, antwortete er, »ich bin ein Drechsler geworden.« »Ein kunstreiches Handwerk«, sagte der Vater, »was hast du von der Wanderschaft mitgebracht?« »Ein kostbares Stück, lieber Vater«, antwortete der Sohn, »einen Knüppel in dem Sack.« »Was!« rief der Vater, »einen Knüppel! Das ist der Mühe wert! Den kannst du dir von jedem Baume abhauen.« »Aber einen solchen nicht, lieber Vater: sage ich ›Knüppel, aus dem Sack‹, so springt der Knüppel heraus und macht mit dem, der es nicht gut mit mir meint, einen schlimmen Tanz und läßt nicht eher nach, als bis er auf der Erde liegt und um gut Wetter bittet. Seht Ihr, mit diesem Knüppel habe ich das Tischchen deck dich und den Goldesel wieder herbeigeschafft, die der diebische Wirt meinen Brüdern abgenommen hatte. Jetzt laßt sie beide rufen und ladet alle Verwandten ein, ich will sie speisen und tränken und will ihnen die Taschen noch mit Gold füllen.« Der alte Schneider wollte nicht recht trauen, brachte aber doch die Verwandten zusammen. Da deckte der Drechsler ein Tuch in die Stube, führte den Goldesel herein und sagte zu seinem Bruder »nun, lieber Bruder, sprich mit ihm.« Der Müller sagte »Bricklebrit«, und augenblicklich sprangen die Goldstücke auf das Tuch herab, als käme ein Platzregen, und der Esel hörte nicht eher auf, als bis alle so viel hatten, daß sie nicht mehr tragen konnten. (Ich sehe dirs an, du wärst auch gerne dabei gewesen.) Dann holte der Drechsler das Tischchen und sagte »lieber Bruder, nun sprich mit ihm.« Und kaum hatte der Schreiner »Tischchen, deck dich« gesagt, so war es gedeckt und mit den schönsten Schüsseln reichlich besetzt. Da ward eine Mahlzeit gehalten, wie der gute Schneider noch keine in seinem Hause erlebt hatte, und die ganze Verwandtschaft blieb beisammen bis in die Nacht, und waren alle lustig und vergnügt. Der Schneider verschloß Nadel und Zwirn, Elle und Bügeleisen in einen Schrank, und lebte mit seinen drei Söhnen in Freude und Herrlichkeit.

Wo ist aber die Ziege hingekommen, die schuld war, daß der Schneider seine drei Söhne fortjagte? Das will ich dir sagen. Sie schämte sich, daß sie einen kahlen Kopf hatte, lief in eine Fuchshöhle und verkroch sich hinein. Als der Fuchs nach Haus kam, funkelten ihm ein paar große Augen aus der Dunkelheit entgegen, daß er erschrak und wieder zurücklief. Der Bär begegnete ihm, und da der Fuchs ganz verstört aussah, so sprach er

»was ist dir, Bruder Fuchs, was machst du für ein Gesicht?« »Ach«, antwortete der Rote, »ein grimmig Tier sitzt in meiner Höhle und hat mich mit feurigen Augen angeglotzt.« »Das wollen wir bald austreiben«, sprach der Bär, ging mit zu der Höhle und schaute hinein; als er aber die feurigen Augen erblickte, wandelte ihn ebenfalls Furcht an: er wollte mit dem grimmigen Tiere nichts zu tun haben und nahm Reißaus. Die Biene begegnete ihm, und da sie merkte, daß es ihm in seiner Haut nicht wohl zumute war, sprach sie »Bär, du machst ja ein gewaltig verdrießlich Gesicht, wo ist deine Lustigkeit geblieben?« »Du hast gut reden«, antwortete der Bär, »es sitzt ein grimmiges Tier mit Glotzaugen in dem Hause des Roten, und wir können es nicht herausjagen.« Die Biene sprach »du dauerst mich, Bär, ich bin ein armes schwaches Geschöpf, das ihr im Wege nicht anguckt, aber ich glaube doch, daß ich euch helfen kann.« Sie flog in die Fuchshöhle, setzte sich der Ziege auf den glatten geschorenen Kopf und stach sie so gewaltig, daß sie aufsprang, »meh! meh!« schrie, und wie toll in die Welt hineinlief; und weiß niemand auf diese Stunde, wo sie hingelaufen ist.

Daumesdick

Es war ein armer Bauersmann, der saß abends beim Herd und schürte das Feuer, und die Frau saß und spann. Da sprach er »wie ists so traurig, daß wir keine Kinder haben! Es ist so still bei uns, und in den andern Häusern ists so laut und lustig.« »Ja«, antwortete die Frau und seufzte, »wenns nur ein einziges wäre, und wenns auch ganz klein wäre, nur Daumens groß, so wollte ich schon zufrieden sein; wir hättens doch von Herzen lieb.« Nun geschah es, daß die Frau kränklich ward und nach sieben Monaten ein Kind gebar, das zwar an allen Gliedern vollkommen, aber nicht länger als ein Daumen war. Da sprachen sie »es ist, wie wir es gewünscht haben, und es soll unser liebes Kind sein«, und nannten es nach seiner Gestalt Daumesdick. Sie ließens nicht an Nahrung fehlen, aber das Kind ward nicht größer, sondern blieb, wie es in der ersten Stunde gewesen war; doch schaute es verständig aus den Augen und zeigte sich bald als ein kluges und behendes Ding, dem alles glückte, was es anfing.

Der Bauer machte sich eines Tages fertig, in den Wald zu gehen und Holz zu fällen, da sprach er so vor sich hin »nun wollt ich, daß einer da wäre, der mir den Wagen nachbrächte.« »O Vater«, rief Daumesdick, »den Wagen will ich schon bringen, verlaßt Euch drauf, er soll zur bestimmten Zeit im Walde sein.« Da lachte der Mann und sprach »wie sollte das zugehen, du bist viel zu klein, um das Pferd mit dem Zügel zu leiten.« »Das tut nichts, Vater, wenn nur die Mutter anspannen will, ich setze mich dem Pferd ins Ohr und rufe ihm zu, wie es gehen soll.« »Nun«, antwortete der Vater, »einmal wollen wirs versuchen.« Als die Stunde kam, spannte die Mutter an und setzte Daumesdick ins Ohr des Pferdes, und dann rief der Kleine, wie das Pferd gehen sollte, »jüh und joh! hott und har!« Da ging es ganz ordentlich als wie bei einem Meister, und der Wagen fuhr den rechten Weg nach dem Walde. Es trug sich zu, als er eben um eine Ecke bog und der Kleine »har, har!« rief, daß zwei fremde Männer daherkamen. »Mein«, sprach der eine, »was ist das? Da fährt ein Wagen, und ein Fuhrmann ruft dem Pferde zu und ist doch nicht zu sehen.« »Das geht nicht mit rechten Dingen zu«, sagte der andere, »wir wollen dem Karren folgen und sehen, wo er anhält.« Der Wagen aber fuhr vollends in den Wald hinein und richtig zu dem Platze, wo das Holz gehauen ward. Als Daumesdick seinen Vater erblickte, rief er ihm zu: »Siehst du, Vater, da bin ich mit dem Wagen, nun hol mich herunter.« Der Vater faßte das Pferd mit der Linken und holte mit der Rechten sein Söhnlein aus dem Ohr, das sich ganz lustig auf einen Strohhalm niedersetzte. Als die beiden fremden Männer den Daumesdick erblickten, wußten sie nicht, was sie vor Verwunderung sagen sollten. Da nahm der eine den andern beiseit und sprach: »Hör, der kleine Kerl könnte unser Glück machen, wenn wir ihn in einer großen Stadt für Geld sehen ließen. Wir wollen ihn kaufen.« Sie gingen zu dem Bauer und sprachen: »Verkauft uns den kleinen Mann, er solls gut bei uns haben.« »Nein«, antwortete der Vater, »es ist mein Herzblatt, und ist mir für alles Gold in der Welt nicht feil!« Daumesdick aber, als er von dem Handel gehört, war an den Rockfalten seines Vaters hinaufgekrochen, stellte sich ihm auf die Schulter und wisperte ihm ins Ohr: »Vater, gib mich nur hin, ich will schon wieder zurückkommen.« Da gab ihn der Vater für ein schönes Stück Geld den beiden Männern hin. »Wo willst du sitzen?« sprachen sie zu ihm.

»Ach, setzt mich nur an den Rand von eurem Hut, da kann ich auf und ab spazieren und die Gegend betrachten und falle doch nicht herunter.« Sie taten ihm den Willen, und als Daumesdick Abschied von seinem Vater genommen hatte, machten sie sich mit ihm fort. So gingen sie, bis es dämmrig ward, da sprach der Kleine »hebt mich einmal herunter, es ist nötig.« »Bleib nur droben«, sprach der Mann, auf dessen Kopf er saß, »ich will mir nichts draus machen, die Vögel lassen mir auch manchmal was drauf fallen.« »Nein«, sprach Daumesdick, »ich weiß auch, was sich schickt: hebt mich nur geschwind herab.« Der Mann nahm den Hut ab und setzte den Kleinen auf einen Acker am Weg, da sprang und kroch er ein wenig zwischen den Schollen hin und her, dann schlüpfte er plötzlich in ein Mausloch, das er sich ausgesucht hatte. »Guten Abend, ihr Herren, geht nur ohne mich heim«, rief er ihnen zu und lachte sie aus. Sie liefen herbei und stachen mit Stöcken in das Mausloch, aber das war vergebliche Mühe: Daumesdick kroch immer weiter zurück, und da es bald ganz dunkel ward, so mußten sie mit Ärger und mit leerem Beutel wieder heim wandern.

Als Daumesdick merkte, daß sie fort waren, kroch er aus dem unterirdischen Gang wieder hervor. »Es ist auf dem Acker in der Finsternis so gefährlich gehen«, sprach er, »wie leicht bricht einer Hals und Bein.« Zum Glück stieß er an ein leeres Schneckenhaus. »Gottlob«, sagte er, »da kann ich die Nacht sicher zubringen«, und setzte sich hinein. Nicht lang, als er eben einschlafen wollte, so hörte er zwei Männer vorübergehen, davon sprach der eine »wie wirs nur anfangen, um dem reichen Pfarrer sein Geld und sein Silber zu holen?« »Das könnt ich dir sagen«, rief Daumesdick dazwischen. »Was war das?« sprach der eine Dieb erschrocken, »ich hörte jemand sprechen.« Sie blieben stehen und horchten, da sprach Daumesdick wieder »nehmt mich mit, so will ich euch helfen.« »Wo bist du denn?« »Sucht nur auf der Erde und merkt, wo die Stimme herkommt«, antwortete er. Da fanden ihn endlich die Diebe und hoben ihn in die Höhe. »Du kleiner Wicht, was willst du uns helfen!« sprachen sie. »Seht«, antwortete er, »ich krieche zwischen den Eisenstäben in die Kammer des Pfarrers und reiche euch heraus, was ihr haben wollt.« »Wohlan«, sagten sie, »wir wollen sehen, was du kannst.« Als sie zu dem Pfarrhaus kamen, kroch Daumesdick in die Kammer, schrie aber gleich aus Leibeskräften »wollt ihr alles haben, was hier ist?« Die Diebe erschraken und sagten »so sprich doch leise, damit niemand aufwacht.« Aber Daumesdick tat, als hätte er sie nicht verstanden, und schrie von neuem »was wollt ihr? Wollt ihr alles haben, was hier ist?« Das hörte die Köchin, die in der Stube daran schlief, richtete sich im Bett auf und horchte. Die Diebe aber waren vor Schrecken ein Stück Wegs zurückgelaufen, endlich faßten sie wieder Mut und dachten »der kleine Kerl will uns necken.« Sie kamen zurück und flüsterten ihm zu »nun mach Ernst und reich uns etwas heraus.« Da schrie Daumesdick noch einmal, so laut er konnte »ich will euch ja alles geben, reicht nur die Hände herein.« Das hörte die horchende Magd ganz deutlich, sprang aus dem Bett und stolperte zur Tür herein. Die Diebe liefen fort und rannten, als wäre der wilde Jäger hinter ihnen; die Magd aber, als sie nichts bemerken konnte, ging ein Licht anzünden. Wie sie damit herbeikam, machte sich Daumesdick, ohne daß er gesehen wurde, hinaus in die Scheune: die Magd aber, nachdem sie alle Winkel durchgesucht und nichts gefunden hatte, legte sich endlich wieder zu Bett und glaubte, sie hätte mit offenen Augen und Ohren doch nur geträumt.

Daumesdick war in den Heuhälmchen herumgeklettert und hatte einen schönen Platz zum

Schlafen gefunden: da wollte er sich ausruhen, bis es Tag wäre, und dann zu seinen Eltern wieder heimgehen. Aber er mußte andere Dinge erfahren! Ja, es gibt viel Trübsal und Not auf der Welt! Die Magd stieg, als der Tag graute, schon aus dem Bett, um das Vieh zu füttern. Ihr erster Gang war in die Scheune, wo sie einen Arm voll Heu packte, und gerade dasjenige, worin der arme Daumesdick lag und schlief. Er schlief aber so fest, daß er nichts gewahr ward und nicht eher aufwachte, als bis er in dem Maul der Kuh war, die ihn mit dem Heu aufgerafft hatte. »Ach Gott«, rief er, »wie bin ich in die Walkmühle geraten!«, merkte aber bald, wo er war. Da hieß es aufpassen, daß er nicht zwischen die Zähne kam und zermalmt ward, und hernach mußte er doch mit in den Magen hinabrutschen. »In dem Stübchen sind die Fenster vergessen«, sprach er, »und scheint keine Sonne hinein: ein Licht wird auch nicht gebracht.« Überhaupt gefiel ihm das Quartier schlecht, und was das Schlimmste war, es kam immer mehr neues Heu zur Türe hinein, und der Platz ward immer enger. Da rief er endlich in der Angst, so laut er konnte, »bringt mir kein frisch Futter mehr, bringt mir kein frisch Futter mehr.« Die Magd melkte gerade die Kuh, und als sie sprechen hörte, ohne jemand zu sehen, und es dieselbe Stimme war, die sie auch in der Nacht gehört hatte, erschrak sie so, daß sie von ihrem Stühlchen herabglitschte und die Milch verschüttete. Sie lief in der größten Hast zu ihrem Herrn und rief »ach Gott, Herr Pfarrer, die Kuh hat geredet.« »Du bist verrückt«, antwortete der Pfarrer, ging aber doch selbst in den Stall und wollte nachsehen, was es da gäbe. Kaum aber hatte er den Fuß hineingesetzt, so rief Daumesdick aufs neue »bringt mir kein frisch Futter mehr, bringt mir kein frisch Futter mehr.« Da erschrak der Pfarrer selbst, meinte, es wäre ein böser Geist in die Kuh gefahren, und hieß sie töten. Sie ward geschlachtet, der Magen aber, worin Daumesdick steckte, auf den Mist geworfen. Daumesdick hatte große Mühe, sich hindurchzuarbeiten, und hatte große Mühe damit, doch brachte ers so weit, daß er Platz bekam, aber als er eben sein Haupt herausstrecken wollte, kam ein neues Unglück. Ein hungriger Wolf lief heran und verschlang den ganzen Magen mit einem Schluck. Daumesdick verlor den Mut nicht, »vielleicht«, dachte er, »läßt der Wolf mit sich reden«, und rief ihm aus dem Wanste zu: »Lieber Wolf, ich weiß dir einen herrlichen Fraß.« »Wo ist der zu holen?« sprach der Wolf. »In dem und dem Haus, da mußt du durch die Gosse hineinkriechen und wirst Kuchen, Speck und Wurst finden, soviel du essen willst«, und beschrieb ihm genau seines Vaters Haus. Der Wolf ließ sich das nicht zweimal sagen, drängte sich in der Nacht zur Gosse hinein und fraß in der Vorratskammer nach Herzenslust. Als er sich gesättigt hatte, wollte er wieder fort, aber er war so dick geworden, daß er denselben Weg nicht wieder hinaus konnte. Darauf hatte Daumesdick gerechnet und fing nun an, in dem Leib des Wolfes einen gewaltigen Lärm zu machen, tobte und schrie, was er konnte. »Willst du stille sein«, sprach der Wolf, »du weckst die Leute auf.« »Ei was«, antwortete der Kleine, »du hast dich satt gefressen, ich will mich auch lustig machen«, und fing von neuem an, aus allen Kräften zu schreien. Davon erwachte endlich sein Vater und seine Mutter, liefen an die Kammer und schauten durch die Spalte hinein. Wie sie sahen, daß ein Wolf darin hauste, liefen sie davon, und der Mann holte die Axt, und die Frau die Sense. »Bleib dahinten«, sprach der Mann, als sie in die Kammer traten, »wenn ich ihm einen Schlag gegeben habe und er davon noch nicht tot ist, so mußt du auf ihn einhauen und ihm den Leib zerschneiden.« Da hörte Daumesdick die Stimme seines Vaters und rief »lieber Vater, ich bin hier, ich stecke im Leibe des Wolfs.« Sprach der Vater voll Freuden »gottlob, unser liebes Kind hat sich wiedergefunden«, und hieß die Frau die Sense wegtun, damit Daumesdick nicht beschädigt würde. Danach holte er aus, und schlug dem Wolf einen Schlag auf den Kopf, daß er tot niederstürzte, dann suchten sie Messer und Schere, schnitten ihm den Leib auf und zogen den Kleinen wieder hervor. »Ach«, sprach der Vater, »was haben wir für Sorge um dich ausgestanden!« »Ja, Vater, ich bin viel in der Welt herumgekommen; gottlob, daß ich wieder frische Luft schöpfe!« »Wo bist du denn all gewesen?« »Ach, Vater, ich war in einem Mauseloch, in einer Kuh Bauch und in eines Wolfes Wanst: nun bleib ich bei euch.« »Und wir verkaufen dich um alle Reichtümer der Welt nicht wieder«, sprachen die Eltern, herzten und küßten ihren lieben Daumesdick. Sie gaben ihm zu essen und trinken und ließen ihm neue Kleider machen, denn die seinigen waren ihm auf der Reise verdorben.

Herr Korbes

Es war einmal ein Hühnchen und ein Hähnchen, die wollten zusammen eine Reise machen. Da baute das Hähnchen einen schönen Wagen, der vier rote Räder hatte, und spannte vier Mäuschen davor. Das Hühnchen setzte sich mit dem Hähnchen auf, und sie fuhren fort. Nicht lange, so begegnete ihnen eine Katze, die sprach »wo wollt ihr hin?« Hähnchen antwortete

»als hinaus
nach des Herrn Korbes seinem Haus.«

»Nehmt mich mit«, sprach die Katze. Hähnchen antwortete »recht gerne, setz dich hinten auf, daß du vornen nicht herabfällst.

Nehmt euch wohl in acht,
daß ihr meine roten Räderchen nicht schmutzig macht.
Ihr Räderchen, schweift,
ihr Mäuschen, pfeift,
als hinaus
nach des Herrn Korbes seinem Haus.«

Danach kam ein Mühlstein, dann ein Ei, dann eine Ente, dann eine Stecknadel, und zuletzt eine Nähnadel, die setzten sich auch auf den Wagen und fuhren mit. Wie sie aber zu des Herrn Korbes Haus kamen, so war der Herr Korbes nicht da. Die Mäuschen fuhren den Wagen in die Scheune, das Hühnchen flog mit dem Hähnchen auf eine Stange, die Katze setzte sich in den Kamin, die Ente in den Bottich, das Ei wickelte sich ins Handtuch, die Stecknadel steckte sich ins Stuhlkissen, die Nähnadel sprang mitten ins Kopfkissen, und der Mühlstein legte sich über die Türe. Da kam der Herr Korbes nach Haus, ging an den Kamin und wollte Feuer machen, da warf ihm die Katze das Gesicht voll Asche. Er lief geschwind in die Küche und wollte sich waschen, da spritzte ihm die Ente Wasser ins Gesicht. Er wollte sich an dem Handtuch trocknen, aber das Ei rollte ihm entgegen, zerbrach und klebte ihm die Augen zu. Er wollte ruhen und setzte sich auf den Stuhl, da stach ihn die Stecknadel. Er geriet in Zorn und warf sich aufs Bett, wie er aber den Kopf aufs Kissen legte, stach ihn die Nähnadel, so daß er aufschrie und ganz wütend in die weite Welt laufen wollte. Wie er aber an die Haustür kam, sprang der Mühlstein herunter und schlug ihn tot. Der Herr Korbes muß ein recht böser Mann gewesen sein.

Der Gevatter Tod

Es hatte ein armer Mann zwölf Kinder und mußte Tag und Nacht arbeiten, damit er ihnen nur Brot geben konnte. Als nun das dreizehnte zur Welt kam, wußte er sich in seiner Not nicht zu helfen, lief hinaus auf die große Landstraße und wollte den ersten, der ihm begegnete, zu Gevatter bitten. Der erste, der ihm begegnete, das war der liebe Gott, der wußte schon, was er auf dem Herzen hatte, und sprach zu ihm »armer Mann, du dauerst mich, ich will dein Kind aus der Taufe heben, will für es sorgen und es glücklich machen auf Erden.« Der Mann sprach »wer bist du?« »Ich bin der liebe Gott.« »So begehr ich dich nicht zu Gevatter«, sagte der Mann, »du gibst dem Reichen und lässest den Armen hungern.« Das sprach der Mann, weil er nicht wußte, wie weislich Gott Reichtum und Armut verteilt. Also wendete er sich von dem Herrn und ging weiter. Da trat der Teufel zu ihm und sprach »was suchst du? Willst du mich zum Paten deines

Kindes nehmen, so will ich ihm Gold die Hülle und Fülle und alle Lust der Welt dazu geben.« Der Mann fragte »wer bist du?« »Ich bin der Teufel.« »So begehr ich dich nicht zum Gevatter«, sprach der Mann, »du betrügst und verführst die Menschen.« Er ging weiter, da kam der dürrbeinige Tod auf ihn zugeschritten und sprach »nimm mich zu Gevatter.« Der Mann fragte »wer bist du?« »Ich bin der Tod, der alle gleich macht.« Da sprach der Mann »du bist der rechte, du holst den Reichen wie den Armen ohne Unterschied, du sollst mein Gevattersmann sein.« Der Tod antwortete »ich will dein Kind reich und berühmt machen, denn wer mich zum Freunde hat, dem kanns nicht fehlen.« Der Mann sprach »künftigen Sonntag ist die Taufe, da stelle dich zu rechter Zeit ein.« Der Tod erschien, wie er versprochen hatte, und stand ganz ordentlich Gevatter.

Als der Knabe zu Jahren gekommen war, trat zu einer Zeit der Pate ein und hieß ihn mitgehen. Er führte ihn hinaus in den Wald, zeigte ihm ein Kraut, das da wuchs, und sprach »jetzt sollst du dein Patengeschenk empfangen. Ich mache dich zu einem berühmten Arzt. Wenn du zu einem Kranken gerufen wirst, so will ich dir jedesmal erscheinen: steh ich zu Häupten des Kranken, so kannst du keck sprechen, du wolltest ihn wieder gesund machen, und gibst du ihm dann von jenem Kraut ein, so wird er genesen; steh ich aber zu Füßen des Kranken, so ist er mein, und du mußt sagen, alle Hilfe sei umsonst, und kein Arzt in der Welt könne ihn retten. Aber hüte dich, daß du das Kraut nicht gegen meinen Willen gebrauchst, es könnte dir schlimm ergehen.«

Es dauerte nicht lange, so war der Jüngling der berühmteste Arzt auf der ganzen Welt. »Er braucht nur den Kranken anzusehen, so weiß er schon, wie es steht, ob er wieder gesund wird oder ob er sterben muß«, so hieß es von ihm, und weit und breit kamen die Leute herbei, holten ihn zu den Kranken und gaben ihm so viel Gold, daß er bald ein reicher Mann war. Nun trug es sich zu, daß der König erkrankte: der Arzt ward berufen und sollte sagen, ob Genesung möglich wäre. Wie er aber zu dem Bette trat, so stand der Tod zu den Füßen des Kranken, und da war für ihn kein Kraut mehr gewachsen. »Wenn ich doch einmal den Tod überlisten könnte«, dachte der Arzt, »er wirds freilich übelnehmen, aber da ich sein Pate bin, so drückt er wohl ein Auge zu: ich wills wagen.« Er faßte also den Kranken und legte ihn verkehrt, so daß der Tod zu Häupten desselben zu stehen kam. Dann gab er ihm von dem Kraute ein, und der König erholte sich und ward wieder gesund. Der Tod aber kam zu dem Arzte, machte ein böses und finsteres Gesicht, drohte mit dem Finger und sagte »du hast mich hinter das Licht geführt: diesmal will ich dirs nachsehen, weil du mein Pate bist, aber wagst du das noch einmal, so geht dirs an den Kragen, und ich nehme dich selbst mit fort.«

Bald hernach verfiel die Tochter des Königs in eine schwere Krankheit. Sie war sein einziges Kind, er weinte Tag und Nacht, daß ihm die Augen erblindeten, und ließ bekanntmachen, wer sie vom Tode errettete, der sollte ihr Gemahl werden und die Krone erben. Der Arzt, als er zu dem Bette der Kranken kam, erblickte den Tod zu ihren Füßen. Er hätte sich der Warnung seines Paten erinnern sollen, aber die große Schönheit der Königstochter und das Glück, ihr Gemahl zu werden, betörten ihn so, daß er alle Gedanken in den Wind schlug. Er sah nicht, daß der Tod ihm zornige Blicke zuwarf, die Hand in die Höhe hob und mit der dürren Faust drohte; er hob die Kranke auf und legte ihr Haupt dahin, wo die Füße gelegen hatten. Dann gab er ihr das Kraut ein, und alsbald röteten sich ihre Wangen, und das Leben regte sich von neuem.

Der Tod, als er sich zum zweitenmal um sein

Eigentum betrogen sah, ging mit langen Schritten auf den Arzt zu und sprach »es ist aus mit dir und die Reihe kommt nun an dich«, packte ihn mit seiner eiskalten Hand so hart, daß er nicht widerstehen konnte, und führte ihn in eine unterirdische Höhle. Da sah er, wie tausend und tausend Lichter in unübersehbaren Reihen brannten, einige groß, andere halbgroß, andere klein. Jeden Augenblick verloschen einige, und andere brannten wieder auf, also daß die Flämmchen in beständigem Wechsel hin- und herzuhüpfen schienen. »Siehst du«, sprach der Tod, »das sind die Lebenslichter der Menschen. Die großen gehören Kindern, die halbgroßen Eheleuten in ihren besten Jahren, die kleinen gehören Greisen. Doch auch Kinder und junge Leute haben oft nur ein kleines Lichtchen.« »Zeige mir mein Lebenslicht«, sagte der Arzt und meinte, es wäre noch recht groß. Der Tod deutete auf ein kleines Endchen, das eben auszugehen drohte, und sagte »siehst du, da ist es.« »Ach, lieber Pate«, sagte der erschrockene Arzt, »zündet mir ein neues an, tut mirs zuliebe, damit ich meines Lebens genießen kann, König werde und Gemahl der schönen Königstochter.« »Ich kann nicht«, antwortete der Tod, »erst muß eins verlöschen, eh ein neues anbrennt.« »So setzt das alte auf ein neues, das gleich fortbrennt, wenn jenes zu Ende ist«, bat der Arzt. Der Tod stellte sich, als ob er seinen Wunsch erfüllen wollte, langte ein frisches großes Licht herbei: aber weil er sich rächen wollte, versah ers beim Umstecken absichtlich, und das Stückchen fiel um und verlosch. Alsbald sank der Arzt zu Boden, und war nun selbst in die Hand des Todes geraten.

Von dem Wacholderbaum

Das ist nun schon alles lange her, wohl an die zweitausend Jahr, da war einmal ein reicher Mann, der hatte eine schöne fromme Frau, und sie hatten einander sehr lieb. Sie hatten aber keine Kinder und wünschten sich doch sehr welche. Die Frau betete Tag und Nacht darum, aber sie kriegten und kriegten keine. Vor ihrem Haus war ein Hof, in dem ein Wacholderbaum stand, unter dem stand die Frau einmal im Winter und schälte sich einen Apfel, und wie sie den Apfel so schälte, da schnitt sie sich in den Finger, und das Blut fiel in den Schnee. »Ach«, sagte die Frau und seufzte tief, besah das Blut vor sich und wurde ganz wehmütig, »hätte ich doch ein Kind, so rot wie Blut und so weiß wie Schnee.« Und wie sie das gesagt hatte, da wurde ihr ganz froh zumute, und ihr schien, als sollte das etwas werden. Da ging sie ins Haus, und es ging ein Mond dahin, der Schnee schmolz; und es vergingen zwei Monde, da war alles grün; drei Monde, da sprossen die Blumen aus der Erde; vier Monde, da drängten sich alle Bäume im Holz und die grünen Zweige waren ineinandergewachsen: da sangen die Vögelchen, daß es im ganzen Holz widerhallte, und die Blüten fielen von den Bäumen; da war der fünfte Mond vorüber, und sie stand unter dem Wacholderbaum, der roch so gut, da hüpfte ihr das Herz, und sie fiel auf die Knie und konnte sich vor Freude nicht fassen; und als der sechste Mond dahingegangen war, da waren die Früchte dick und stark, da wurde sie ganz still; und der siebte Mond, da griff sie nach den Wacholderbeeren und aß sie so gierig, daß sie traurig und krank davon wurde; da ging der achte Mond dahin, und sie rief ihren Mann und weinte und sagte »wenn ich sterbe, so begrabe mich unter dem Wacholderbaum.« Da war sie getröstet und freute sich, bis der neunte Mond vorbei war, da bekam sie ein Kind, das war so weiß wie Schnee und so rot wie Blut, und als sie das sah, freute sie sich so sehr, daß sie starb.

Da begrub ihr Mann sie unter dem Wacholderbaum, und er fing an, bitterlich zu weinen; nach einer Zeit ließ es ein wenig nach, und als er noch etwas geweint hatte, da hörte er auf, und als noch ein wenig Zeit vergangen war, da nahm er sich wieder eine Frau.

Mit der zweiten Frau bekam er eine Tochter,

das Kind aber von der ersten Frau war ein kleiner Sohn, der war so rot wie Blut und so weiß wie Schnee. Wenn die Frau ihre Tochter ansah, so hatte sie diese sehr lieb, aber dann sah sie den kleinen Jungen an, und das gab ihr einen Stich ins Herz. Es deuchte sie, daß er ihr immerzu im Wege stünde, und sie dachte darüber nach, wie sie ihrer Tochter das ganze Vermögen zuwenden könne, und der Böse gab ihr das ein, daß sie dem kleinen Jungen ganz gram wurde, und sie stellte ihn von einer Ecke in die andere und puffte ihn hier und knuffte ihn dort, so daß das arme Kind immer in Angst lebte. Wenn er aus der Schule kam, hatte er kein ruhiges Eckchen.

Einst war die Frau in die Kammer gegangen, da kam die kleine Tochter auch herein und sagte »Mutter, gib mir einen Apfel.« »Ja, mein Kind«, sagte die Frau und gab ihr einen schönen Apfel aus der Kiste; die Kiste hatte aber einen großen schweren Deckel mit einem großen scharfen eisernen Schloß. »Mutter«, sagte die kleine Tochter, »soll Bruder nicht auch einen haben?« Das verdroß die Frau, doch sagte sie »ja, wenn er aus der Schule kommt.« Und als sie aus dem Fenster gewahr wurde, daß er kam, so war es ganz, als ob der Böse über sie käme, und sie griff zu und nahm ihrer Tochter den Apfel wieder weg und sagte

»du sollst nicht eher einen haben als Bruder.« Sie schmiß den Apfel in die Kiste und machte die Kiste zu. Als der kleine Junge durch die Tür kam, da gab ihr der Böse ein, daß sie freundlich zu ihm sagte »mein Sohn, willst du einen Apfel haben?« und sah ihn ganz böse an. »Mutter«, sagte der kleine Junge, »was siehst du so grimmig aus! Ja, gib mir einen Apfel.« Da war ihr, als müsse sie ihm gut zureden. »Komm mit mir«, sagte sie und machte den Deckel auf, »hol dir einen Apfel heraus.« Und als sich der kleine Junge hineinbückte, so sprach zu ihr der Böse, bratsch! schlug sie den Deckel zu, daß der Kopf abflog und zwischen die roten Äpfel fiel. Da überkam sie die Angst und sie dachte »könnte ich das nur von mir wenden!« Sie ging hinauf in die Stube zu ihrer Kommode und holte aus der obersten Schublade ein weißes Tuch und setzte den Kopf wieder auf den Hals, band das Tuch darum, daß man nichts sehen konnte, setzte ihn vor die Tür auf einen Stuhl und gab ihm den Apfel in die Hand.

Da kam Marlenchen zu ihrer Mutter in die Küche, die stand vor dem Feuer und hatte einen Topf mit heißem Wasser vor sich und rührte immer darin. »Mutter«, sagte Marlenchen, »Bruder sitzt vor der Tür und sieht ganz weiß aus und hat einen Apfel in der Hand. Ich habe ihn gebeten, mir den

Apfel zu geben, aber er antwortet nicht, da wurde mir ganz unheimlich.« »Geh noch einmal hin«, sagte die Mutter, »und wenn er dir nicht antworten will, so gib ihm eins auf die Ohren.« Da ging Marlenchen hin und sagte »Bruder, gib mir den Apfel.« Aber er schwieg still, da gab sie ihm eins auf die Ohren, da fiel der Kopf herunter. Darüber erschrak sie und fing an zu weinen und zu schreien und lief zu ihrer Mutter und sagte »ach, Mutter, ich hab meinem Bruder den Kopf abgeschlagen«, und weinte und weinte und wollte sich nicht beruhigen. »Marlenchen«, sagte die Mutter, »was hast du getan! Aber schweig schön still, daß es kein Mensch merkt, es ist nun doch nicht mehr zu ändern; wir wollen ihn in Essig kochen.« Da nahm die Mutter den kleinen Jungen und hackte ihn in Stücke, tat ihn in den Topf und kochte ihn in Essig. Marlenchen aber stand dabei und weinte und weinte, und die Tränen fielen alle in den Topf, und sie brauchten gar kein Salz.

Da kam der Vater nach Haus und setzte sich an den Tisch und sagte »wo ist denn mein Sohn?« Da trug die Mutter eine große große Schüssel Schwarzsauer auf, und Marlenchen weinte und konnte sich nicht halten. Da sagte der Vater wieder »wo ist denn mein Sohn?« »Ach«, sagte die Mutter, »er ist übers Land gegangen, zum Großonkel der Mutter, er will da ein bißchen bleiben.« »Was macht er denn da? Und hat mir nicht einmal adieu gesagt!« »Oh, er wollte gern hin und bat mich, ob er wohl sechs Wochen da bleiben dürfe. Er ist ja dort wohl gut aufgehoben.« »Ach«, sagte der Mann, »mir ist so recht traurig, das ist doch nicht recht, er hätte mir doch adieu sagen sollen.« Damit fing er an zu essen und sagte »Marlenchen, was weinst du? Bruder wird ja wiederkommen.« »Ach, Frau«, sagte er dann, »was schmeckt mir das Essen gut! Gib mir mehr!« Und je mehr er aß, desto mehr wollte er, und sagte »gebt mir mehr, ihr sollt nichts davon abhaben, das ist, als ob das alles meins wäre.« Und er aß und aß, und die Knochen schmiß er alle unter den Tisch, bis er alles aufgegessen hatte. Marlenchen aber ging nach hinten an die Kommode und nahm aus der untersten Schublade ihr bestes Seidentuch und holte alle Gebeine und Knochen unter dem Tisch hervor und band sie in das Seidentuch, trug sie vor die Tür und weinte ihre blutigen Tränen. Dort legte sie sie unter den Wacholderbaum in das grüne Gras, und als sie sie da hingelegt hatte, wurde ihr mit einemmal ganz leicht ums Herz, und sie weinte nicht mehr. Da fing der Wacholderbaum an sich zu bewegen, und die Zweige bogen sich auseinander und wieder zusammen, ganz wie einer, der sich freut und mit den Händen so tut. Derweil stieg ein Nebel von dem Baum auf, und in dem Nebel, da brannte ein Feuer, und aus dem Feuer flog so ein schöner Vogel heraus, der sang so herrlich und flog hoch in die Luft, und als er weg war, da war der Wacholderbaum so, wie er vorher gewesen war, und das Tuch mit den Knochen war weg. Marlenchen aber war ganz leicht und vergnügt zumute, ganz als ob ihr Bruder noch lebte. Da ging sie fröhlich zurück ins Haus, setzte sich an den Tisch und aß. Der Vogel aber flog fort und setzte sich auf eines Goldschmieds Haus und fing an zu singen

»mein Mutter, die mich schlacht,
mein Vater, der mich aß,
mein Schwester, das Marlenichen,
sucht alle meine Benichen,
bind't sie in ein seiden Tuch,
legts unter den Wacholderbaum.
Kywitt, kywitt, was fürn schöön Vogel
bin ich!«

Der Goldschmied saß in seiner Werkstatt und machte eine goldene Kette, da hörte er den Vogel, der auf seinem Dach saß und sang, und das dünkte ihn sehr schön. Da stand er auf, und als er über die Schwelle trat, verlor er einen Pantoffel. Er ging aber genauso die Straße hinauf, einen

Pantoffel und einen Socken an den Füßen. Das Schurzfell hatte er vorgebunden, in der einen Hand hatte er die goldene Kette und in der anderen die Zange; und die Sonne schien ganz hell auf die Straße. Da blieb er so stehen und sah den Vogel an. »Vogel«, sagte er da, »wie schön du singen kannst! Sing mir das Lied noch einmal.« »Nein«, sagte der Vogel, »zweimal sing ich nicht umsonst. Gib mir die goldene Kette, so will ich es dir noch einmal singen.« »Da«, sagte der Goldschmied, »hast du die goldene Kette, nun sing mir das noch einmal.« Da kam der Vogel und nahm die goldene Kette in die rechte Kralle, er setzte sich vor den Goldschmied und sang

»mein Mutter, die mich schlacht,
mein Vater, der mich aß,
mein Schwester, das Marlenichen,
sucht alle meine Benichen,
bind't sie in ein seiden Tuch,
legts unter den Wacholderbaum.
Kywitt, kywitt, was fürn schöön Vogel
bin ich!«

Da flog der Vogel fort zu einem Schuster und setzte sich auf dessen Dach und sang

»mein Mutter, die mich schlacht,
mein Vater, der mich aß,

mein Schwester, das Marlenichen,
sucht alle meine Benichen,
bind't sie in ein seiden Tuch,
legts unter den Wacholderbaum.
Kywitt, kywitt, was fürn schöön Vogel
bin ich!«

Der Schuster hörte das und lief in Hemdsärmeln vor die Tür und sah zu seinem Dach hinauf und mußte die Hand vor die Augen halten, daß die Sonne ihn nicht blendete. »Vogel«, sagte er, »was kannst du schön singen.« Da rief er zur Tür hinein »Frau, komm einmal heraus, da ist ein Vogel, sieh mal den Vogel, der kann einmal schön singen.« Da rief er seine Tochter und Kinder und Gesellen, Knecht und Magd, und sie kamen alle die Straße herauf und sahen den Vogel an, wie schön er war, und er hatte wunderbar rote und grüne Federn, der Hals schien wie aus Gold zu sein, und die Augen blinkten in seinem Kopf wie Sterne. »Vogel«, sagte der Schuster, »nun sing mir das Lied noch einmal.« »Nein«, sagte der Vogel, »zweimal sing ich nicht umsonst, du mußt mir was schenken.« »Frau«, sagte der Mann, »geh auf den Boden: auf dem obersten Brett steht ein Paar rote Schuhe, die bring herunter.« Da ging die Frau hin und holte die Schuhe. »Da, Vogel«, sagte der Mann, »nun sing mir das Lied noch einmal.«

Da kam der Vogel, nahm die Schuhe in die linke Kralle und flog wieder auf das Dach und sang

»mein Mutter, die mich schlacht,
mein Vater, der mich aß,
mein Schwester, das Marlenichen,
sucht alle meine Benichen,
bind't sie in ein seiden Tuch,
legts unter den Wacholderbaum.
Kywitt, kywitt, was fürn schöön Vogel
bin ich!«

Und wie er fertig gesungen hatte, so flog er fort, die Kette hatte er in der rechten und die Schuhe in der linken Kralle, und er flog weit weg zu einer Mühle, und die Mühle ging »klippe klappe, klippe klappe, klippe klappe«. Und in der Mühle, da saßen zwanzig Müllersburschen, die behauten einen Stein und hackten »hick hack, hick hack, hick hack«, und die Mühle ging »klippe klappe, klippe klappe, klippe klappe«. Da setzte der Vogel sich auf eine Linde, die vor der Mühle stand, und sang

»mein Mutter, die mich schlacht,«

da hörte einer auf,

»mein Vater, der mich aß,«

da hörten noch zwei auf und hörten zu

»mein Schwester, das Marlenichen,«

da hörten wieder vier auf,

»sucht alle meine Benichen,
bind't sie in ein seiden Tuch,«

nun hackten nur noch acht,

»legts unter«

nun nur noch fünf,

»den Wacholderbaum.«

nun nur noch einer.

»Kywitt, kywitt, was fürn schöön Vogel
bin ich!«

Da hörte der letzte auch auf und hatte den Schluß noch gehört. »Vogel«, sagte er, »was singst du schön! Laß mich das auch hören, sing mir das noch einmal.« »Nein«, sagte der Vogel, »zweimal sing ich nicht umsonst, gib mir den Mühlstein, so will ich das noch einmal singen.« »Ja«, sagte er, »wenn er mir allein gehörte, so solltest du ihn haben.« »Ja«, sagten die anderen, »wenn er noch einmal singt, so soll er ihn haben.« Da kam der Vogel herunter, und die Müller faßten alle zwanzig an und hoben den Stein auf, »hu uh uhp, hu uh uhp, hu uh uhp!« Da steckte der Vogel den

Hals durch das Loch, legte ihn um wie einen Kragen und flog wieder auf den Baum hinauf und sang

> »mein Mutter, die mich schlacht,
> mein Vater, der mich aß,
> mein Schwester, das Marlenichen,
> sucht alle meine Benichen,
> bind't sie in ein seiden Tuch,
> legts unter den Wacholderbaum.
> Kywitt, kywitt, was fürn schöön Vogel
> bin ich!«

Und wie er fertig gesungen hatte, da breitete er die Flügel aus und hatte in der rechten Kralle die Kette und in der linken die Schuhe und um den Hals den Mühlstein und flog weit weg zu seines Vaters Haus.

In der Stube saßen der Vater, die Mutter und Marlenchen bei Tisch, und der Vater sagte »ach, was wird mir leicht, mir ist so wohl zumute.« »Nein«, sagte die Mutter, »mir ist ganz bange, ganz als ob ein Gewitter käme.« Marlenchen aber saß und weinte und weinte, da kam der Vogel geflogen, und als er sich auf das Dach gesetzt hatte, sagte der Vater »ach, mir ist so freudig zumute, und die Sonne scheint draußen so schön, mir ist, als ob ich einen alten Bekannten wiedersehen sollte.« »Nein«, sagte die Frau, »mir ist angst und bange, die Zähne klappern mir, und es ist mir, als ob ein Feuer in meinen Adern brenne.« Und sie riß sich ihr Leibchen auf und noch mehr, aber Marlenchen saß in der Ecke und weinte und hatte die Schürze vor den Augen und weinte die Schürze patschnaß. Da setzte sich der Vogel auf den Wacholderbaum und sang

»mein Mutter, die mich schlacht,«

Da hielt sich die Mutter die Ohren zu und kniff die Augen zu und wollte nicht sehen und hören, aber das brauste ihr in den Ohren wie der allerstärkste Sturm, und die Augen brannten ihr und zuckten wie Blitze.

»mein Vater, der mich aß,«

»Ach, Mutter«, sagte der Mann, »da ist ein schöner Vogel, der singt so herrlich, die Sonne scheint so warm, und das riecht ganz wie nach Zimt.«

»mein Schwester, das Marlenichen,«

Da legte Marlenchen den Kopf auf die Knie und weinte in einem fort, der Mann aber sagte »ich gehe hinaus, ich muß den Vogel von nahem sehen.« »Ach, geh nicht«, sagte die Frau, »mir ist, als bebe das ganze Haus und stünde in Flammen.« Aber der Mann ging hinaus und sah den Vogel an.

»sucht alle meine Benichen,
bind't sie in ein seiden Tuch,
legts unter den Wacholderbaum.
Kywitt, kywitt, was fürn schöön Vogel
bin ich!«

Damit ließ der Vogel die goldene Kette fallen und sie fiel dem Mann um den Hals, genau so herum, daß sie ihm recht schön paßte. Da ging er hinein und sagte »sieh, was ist das für ein schöner Vogel, hat mir so eine schöne goldene Kette geschenkt und sieht so schön aus.« Die Frau aber war so voller Angst und fiel längs in der Stube hin, und die Mütze fiel ihr vom Kopf. Da sang der Vogel wieder

»mein Mutter, die mich schlacht,«

»Ach, daß ich tausend Fuß unter der Erde wär, daß ich das nicht hören müßt!«

»mein Vater, der mich aß,«

Da fiel die Frau wie tot nieder.

»mein Schwester, das Marlenichen,«

»Ach«, sagte Marlenchen, »ich will auch hinausgehen und sehen, ob der Vogel mir was schenkt.« Da ging sie hinaus.

»sucht alle meine Benichen,
bind't sie in ein seiden Tuch«,

Da warf er ihr die Schuhe hinunter.

»legts unter den Wacholderbaum.
Kywitt, kywitt, was fürn schöön Vogel
bin ich!«

Da war ihr so leicht und fröhlich. Sie zog die neuen roten Schuhe an und tanzte und sprang hinein. »Ach«, sagte sie, »ich war so traurig, als ich hinausging, und nun ist mir so leicht, das ist vielleicht ein herrlicher Vogel, hat mir ein Paar rote Schuhe geschenkt.« »Nein«, sagte die Frau und sprang auf, und die Haare standen ihr zu Berge wie Feuersflammen, »mir ist, als werde die Welt untergehen, ich will auch hinaus, ob es mir leichter wird.« Und als sie aus der Tür herauskam, bratsch! schmiß ihr der Vogel den Mühlstein auf den Kopf, daß sie ganz zerquetscht wurde. Der Vater und Marlenchen hörten das und gingen hinaus: da ging ein Dampf und Flammen und Feuer auf vor dem Haus, und als das vorbei war, da stand der kleine Bruder da, und er nahm seinen Vater und Marlenchen bei der Hand, und alle drei waren so recht vergnügt und gingen ins Haus, setzten sich zu Tisch und aßen.

Fundevogel

Es war einmal ein Förster, der ging in den Wald auf die Jagd, und wie er in den Wald kam, hörte er schreien, als obs ein kleines Kind wäre. Er ging dem Schreien nach und kam zu einem hohen Baum, und oben drauf saß ein kleines Kind. Es war die Mutter mit dem Kinde unter dem Baum eingeschlafen, und ein Raubvogel hatte das Kind in ihrem Schoße gesehen: da war er hinzugeflogen, hatte es mit seinem Schnabel genommen und auf den Baum gesetzt.

Der Förster stieg hinauf, holte das Kind herunter und dachte »du willst das Kind mit nach Haus nehmen und mit deinem Lenchen zusammen aufziehn.« Er brachte es also heim, und die zwei Kinder wuchsen miteinander auf. Das aber, das auf dem Baum gefunden worden war, und weil es ein Vogel weggetragen hatte, wurde Fundevogel geheißen. Fundevogel und Lenchen hatten sich so lieb, nein so lieb, daß, wenn eins das andere nicht sah, ward es traurig.

Der Förster hatte aber eine alte Köchin, die nahm eines Abends zwei Eimer und fing an Wasser zu schleppen, und ging nicht einmal, sondern vielemal hinaus an den Brunnen. Lenchen sah es und sprach »hör einmal, alte Sanne, was trägst du denn so viel Wasser zu?« »Wenn dus keinem Menschen weitersagen willst, so will ich dirs wohl sagen.« Da sagte Lenchen nein, sie wollte es keinem Menschen weitersagen, so sprach die Köchin »morgen früh, wenn der Förster auf der Jagd ist, da koche ich das Wasser, und wenns im Kessel siedet, werfe ich den Fundevogel hinein und will ihn darin kochen.«

Des andern Morgens in aller Frühe stieg der Förster auf und ging auf die Jagd, und als er weg war, lagen die Kinder noch im Bett. Da sprach Lenchen zum Fundevogel »verläßt du mich nicht, so verlaß ich dich auch nicht«; so sprach der Fundevogel »nun und nimmermehr.« Da sprach Lenchen »ich will es dir nur sagen, die alte Sanne schleppte gestern abend so viel Eimer Wasser ins Haus, da fragte ich sie, warum sie das täte, so sagte sie, wenn ich es keinem Menschen sagen wollte, so wollte sie es mir wohl sagen: sprach ich, ich wollte es gewiß keinem Menschen sagen: da sagte sie, morgen früh, wenn der Vater auf die Jagd wäre, wollte sie den Kessel voll Wasser sieden, dich hineinwerfen und kochen. Wir wollen aber geschwind aufstehen, uns anziehen und zusammen fortgehen.«

Also standen die beiden Kinder auf, zogen sich geschwind an und gingen fort. Wie nun das Wasser im Kessel kochte, ging die Köchin in die Schlafkammer, wollte den Fundevogel holen und ihn hineinwerfen. Aber als sie hineinkam und zu den Betten trat, waren die Kinder alle beide fort: da wurde ihr grausam angst, und sie sprach vor sich »was will ich nun sagen, wenn der Förster heim kommt und sieht, daß die Kinder weg sind? Geschwind hintennach, daß wir sie wiederkriegen.«

Da schickte die Köchin drei Knechte nach, die sollten laufen und die Kinder einfangen. Die Kinder aber saßen vor dem Wald, und als sie die drei Knechte von weitem laufen sahen, sprach Lenchen zum Fundevogel »verläßt du mich nicht, so verlaß ich dich auch nicht.« So sprach Fundevogel »nun und nimmermehr.« Da sagte Lenchen »werde du zum Rosenstöckchen, und ich zum Röschen darauf.« Wie nun die drei Knechte vor den Wald kamen, so war nichts da als ein Rosenstrauch und ein Röschen oben drauf, die Kinder aber nirgends. Da sprachen sie »hier ist nichts zu machen« und gingen heim und sagten der Köchin, sie hätten nichts in der Welt gesehen als nur ein Rosenstöckchen und ein Röschen oben darauf. Da schalt die alte Köchin »ihr Einfaltspinsel, ihr hättet das Rosenstöckchen sollen entzweischneiden und das Röschen abbrechen und mit nach Haus bringen, geschwind und tuts.« Sie mußten also zum zweitenmal hinaus und suchen. Die Kinder sahen sie aber von weitem kommen, da sprach Lenchen »Fundevogel, verläßt du mich nicht, so verlaß ich dich auch nicht.« Fundevogel sagte »nun und nimmermehr.« Sprach Lenchen »so werde du eine Kirche und ich die Krone darin.« Wie nun die drei Knechte dahinkamen, war nichts da als eine Kirche und eine Krone darin. Sie sprachen also zueinander »was sollen wir hier machen, laßt uns nach Hause gehen.« Wie sie nach Haus kamen, fragte die Köchin, ob sie nichts gefunden hätten: so sagten sie nein, sie hätten nichts gefunden als eine Kirche, da wäre eine Krone darin gewesen. »Ihr Narren«, schalt die Köchin, »warum habt ihr nicht die Kirche zerbrochen und die Krone mit heim gebracht?« Nun machte sich die alte Köchin selbst auf die Beine und ging mit den drei Knechten den Kindern nach. Die Kinder sahen aber die drei Knechte von weitem kommen, und die Köchin wackelte hintennach. Da sprach Lenchen »Fundevogel, verläßt du mich nicht, so verlaß ich dich auch nicht.« Da sprach der Fundevogel »nun und nimmermehr.« Sprach Lenchen »werde zum Teich und ich die Ente drauf.« Die Köchin aber kam herzu, und als sie den Teich sah, legte sie sich drüberhin und wollte ihn aussaufen. Aber die Ente kam schnell geschwommen, faßte sie mit ihrem Schnabel beim Kopf und zog sie ins Wasser hinein: da mußte die alte Hexe ertrinken. Da gingen die Kinder zusammen nach Haus und waren herzlich froh; und wenn sie nicht gestorben sind, leben sie noch.

König Drosselbart

Ein König hatte eine Tochter, die war über alle Maßen schön, aber dabei so stolz und übermütig, daß ihr kein Freier gut genug war. Sie wies einen nach dem andern ab und trieb noch dazu Spott mit ihnen. Einmal ließ der König ein großes Fest anstellen und lud dazu aus der Nähe und Ferne die heiratslustigen Männer ein. Sie wurden alle in eine Reihe nach Rang und Stand geordnet; erst kamen die Könige, dann die Herzöge, die Fürsten, Grafen und Freiherrn, zuletzt die Edelleute. Nun ward die Königstochter durch die Reihen geführt, aber an jedem hatte sie etwas auszusetzen. Der eine war ihr zu dick »das Weinfaß!« sprach sie. Der andere zu lang »lang und schwank hat keinen Gang.« Der dritte zu kurz »kurz und dick hat kein Geschick.« Der vierte zu blaß »der bleiche Tod!«, der fünfte zu rot »der Zinshahn!«, der sechste war nicht gerad genug »grünes Holz, hinterm Ofen getrocknet!« Und so hatte sie an einem jeden etwas auszusetzen, besonders aber machte sie sich über einen guten König lustig, der ganz oben stand und dem das Kinn ein wenig krumm gewachsen war. »Ei«, rief sie und lachte, »der hat ein Kinn wie die Drossel einen Schnabel«; und seit der Zeit bekam er den Namen Drosselbart. Der alte König aber, als er sah, daß seine Tochter nichts tat als über die Leute spotten und alle Freier, die da versammelt waren, verschmähte, ward er zornig und schwur, die sollte den ersten besten Bettler zum Manne nehmen, der vor seine Türe käme.

Ein paar Tage darauf hub ein Spielmann an unter dem Fenster zu singen, um damit ein geringes Almosen zu verdienen. Als es der König hörte, sprach er »laßt ihn heraufkommen.« Da trat der Spielmann in seinen schmutzigen verlumpten Kleidern herein, sang vor dem König und seiner Tochter und bat, als er fertig war, um eine milde Gabe. Der König sprach »dein Gesang hat mir so wohl gefallen, daß ich dir meine Tochter da zur Frau geben will.« Die Königstochter erschrak, aber der König sagte »ich habe den Eid getan, dich dem ersten besten Bettelmann zu geben, den will ich auch halten.« Es half keine Einrede, der Pfarrer ward geholt, und sie mußte sich gleich mit dem Spielmann trauen lassen. Als das geschehen war, sprach der König »nun schickt sichs nicht, daß du als ein Bettelweib noch länger in meinem Schloß bleibst, du kannst nur mit deinem Manne fortziehen.«

Der Bettelmann führte sie an der Hand hinaus, und sie mußte mit ihm zu Fuß fortgehen. Als sie in einen großen Wald kamen, da fragte sie

»ach, wem gehört der schöne Wald?«
»Der gehört dem König Drosselbart;
hättst dun genommen, so wär er dein.«
»Ich arme Jungfer zart,
ach, hätt ich genommen den König Drosselbart!«

Darauf kamen sie über eine Wiese, da fragte sie wieder

»wem gehört die schöne grüne Wiese?«
»Sie gehört dem König Drosselbart;
hättst dun genommen, so wär sie dein.«
»Ich arme Jungfer zart,
ach, hätt ich genommen den König Drosselbart!«

Dann kamen sie durch eine große Stadt, da fragte sie wieder

»wem gehört diese schöne große Stadt?«
»Sie gehört dem König Drosselbart;
hättst dun genommen, so wär sie dein.«
»Ich arme Jungfer zart,
ach, hätt ich genommen den König Drosselbart!«

»Es gefällt mir gar nicht«, sprach der Spielmann, »daß du dir immer einen andern zum Mann wünschest: bin ich dir nicht gut genug?« Endlich kamen sie an ein ganz kleines Häuschen, da sprach sie

»ach, Gott, was ist das Haus so klein!
wem mag das elende winzige Häuschen sein?«

Der Spielmann antwortete »das ist mein und dein Haus, wo wir zusammen wohnen.« Sie mußte sich bücken, damit sie zu der niedrigen Tür hineinkam. »Wo sind die Diener?« sprach die Königstochter. »Was Diener!« antwortete der Bettelmann, »du mußt selber tun, was du willst getan haben. Mach nur gleich Feuer an und stell Wasser auf, daß du mir mein Essen kochst; ich bin ganz müde.« Die Königstochter verstand aber nichts vom Feueranmachen und Kochen, und der Bettelmann mußte selber mit Hand anlegen, daß es noch so leidlich ging. Als sie die schmale Kost verzehrt hatten, legten sie sich zu Bett: aber am Morgen trieb er sie schon ganz früh heraus, weil sie das Haus besorgen sollte. Ein paar Tage lebten sie auf diese Art schlecht und recht, und zehrten ihren Vorrat auf. Da sprach der Mann »Frau, so gehts nicht länger, daß wir hier zehren und nichts verdienen. Du sollst Körbe flechten.« Er ging aus, schnitt Weiden und brachte sie heim: da fing sie an zu flechten, aber die harten Weiden stachen ihr die zarten Hände wund. »Ich sehe, das geht nicht«, sprach der Mann, »spinn lieber, vielleicht kannst du das besser.« Sie setzte sich hin und versuchte zu spinnen, aber der harte Faden schnitt ihr bald in die weichen Finger, daß das Blut daran herunterlief. »Siehst du«, sprach der Mann, »du taugst zu keiner Arbeit, mit dir bin ich schlimm angekommen. Nun will ichs versuchen und einen Handel mit Töpfen und irdenem Geschirr anfangen: du sollst dich auf den Markt setzen und die Ware feil halten.« »Ach«, dachte sie, »wenn auf den Markt Leute aus meines Vaters Reich kommen, und sehen mich da sitzen und feil halten, wie werden sie mich verspotten!« Aber es half nichts, sie mußte sich fügen, wenn sie nicht Hungers sterben wollten. Das erstemal gings gut, denn die Leute kauften der Frau, weil sie schön war, gern ihre Ware ab und bezahlten, was sie forderte. Ja, viele gaben ihr das Geld und ließen ihr die Töpfe noch dazu. Nun lebten sie von dem Erworbenen, solange es dauerte, da handelte der Mann wieder eine Menge neues Geschirr ein. Sie setzte sich damit an eine Ecke des Marktes und stellte es um sich her und hielt feil. Da kam plötzlich ein trunkener Husar dahergejagt und ritt geradezu in die Töpfe hinein, daß alles in tausend Scherben zersprang. Sie fing an zu weinen und wußte vor Angst nicht, was sie anfangen sollte. »Ach, wie wird mirs ergehen!« rief sie, »was wird mein Mann dazu sagen!« Sie lief heim und erzählte ihm das Unglück. »Wer setzt sich auch an die Ecke des Marktes mit irdenem Geschirr!« sprach der Mann, »laß nur das Weinen, ich sehe wohl, du bist zu keiner ordentlichen Arbeit zu gebrauchen. Da bin ich in unseres Königs Schloß gewesen und habe gefragt, ob sie nicht eine Küchenmagd brauchen könnten, und sie haben mir versprochen, sie wollten dich dazu nehmen; dafür bekommst du freies Essen.«

Nun ward die Königstochter eine Küchenmagd, mußte dem Koch zur Hand gehen und die sauerste Arbeit tun. Sie machte sich in beiden Taschen ein Töpfchen fest, darin brachte sie nach Haus, was ihr von dem Übriggebliebenen zuteil ward, und davon nährten sie sich. Es trug sich zu, daß die Hochzeit des ältesten Königssohnes sollte gefeiert werden, da ging die arme Frau hinauf, stellte sich vor die Saaltüre und wollte zusehen. Als nun die Lichter angezündet waren und immer einer schöner als der andere hereintrat und alles voll Pracht und Herrlichkeit war, da dachte sie mit betrübtem Herzen an ihr Schicksal und verwünschte ihren Stolz und Übermut, der sie erniedrigt und in so große Armut gestürzt hatte. Von den köstlichen Speisen, die da ein- und ausgetragen wurden und von welchen der Geruch zu ihr aufstieg, warfen ihr Diener manchmal ein paar Brocken zu, die tat sie in ihr Töpfchen und wollte es heimtragen. Auf einmal trat der Königssohn herein, war in Samt und Seide gekleidet und hatte goldene Ketten um den Hals. Und als er die schöne Frau in der Türe stehen sah, ergriff er sie bei der Hand und wollte mit ihr tanzen, aber sie weigerte sich und erschrak, denn sie sah, daß es der König Drosselbart war, der um sie gefreit und den sie mit Spott abgewiesen hatte. Ihr Sträuben half nichts, er zog sie in den Saal: da zerriß das Band, an welchem die Taschen hingen, und die Töpfe fielen heraus, daß die Suppe floß und die Brocken umhersprangen. Und wie das die Leute sahen, entstand ein allgemeines Gelächter und Spotten, und sie war so beschämt, daß sie sich lieber tausend Klafter unter die Erde gewünscht hätte. Sie sprang zur Türe hinaus und wollte entfliehen, aber auf der Treppe holte sie ein Mann ein und brachte sie zurück: und wie sie ihn ansah, war es wieder der König Drosselbart. Er sprach ihr freundlich zu »fürchte dich nicht, ich und der Spielmann, der mit dir in dem elenden Häuschen gewohnt hat, sind eins: dir zuliebe habe ich mich so verstellt, und der Husar, der dir die Töpfe entzweigeritten hat, bin ich auch gewesen. Das alles ist geschehen, um deinen stolzen Sinn zu beugen und dich für deinen Hochmut zu strafen, womit du mich verspottet hast.« Da weinte sie bitterlich und sagte »ich habe großes Unrecht gehabt und bin nicht wert, deine Frau zu sein.« Er aber sprach »tröste dich, die bösen Tage sind vorüber, jetzt wollen wir unsere Hochzeit feiern.« Da kamen die Kammerfrauen und taten ihr die prächtigsten Kleider an, und ihr Vater kam und der ganze Hof und wünschten ihr Glück zu ihrer Vermählung mit dem König Drosselbart, und die rechte Freude fing jetzt erst an. Ich wollte, du und ich, wir wären auch dabei gewesen.

Rumpelstilzchen

Es war einmal ein Müller, der war arm, aber er hatte eine schöne Tochter. Nun traf es sich, daß er mit dem König zu sprechen kam, und um sich ein Ansehen zu geben, sagte er zu ihm »ich habe eine Tochter, die kann Stroh zu Gold spinnen.« Der König sprach zum Müller »das ist eine Kunst, die mir wohl gefällt, wenn deine Tochter so geschickt ist, wie du sagst, so bring sie morgen in mein Schloß, da will ich sie auf die Probe stellen.« Als nun das Mädchen zu ihm gebracht ward, führte er es in eine Kammer, die ganz voll Stroh lag, gab ihr Rad und Haspel und sprach »jetzt mache dich an die Arbeit, und wenn du diese Nacht durch bis morgen früh dieses Stroh nicht zu Gold versponnen hast, so mußt du sterben.« Darauf schloß er die Kammer selbst zu, und sie blieb allein darin.

Da saß nun die arme Müllerstochter und wußte um ihr Leben keinen Rat: sie verstand gar nichts davon, wie man Stroh zu Gold spinnen konnte, und ihre Angst ward immer größer, daß sie endlich zu weinen anfing. Da ging auf einmal die Türe auf, und trat ein kleines Männchen herein und sprach »guten Abend, Jungfer Müllerin, warum weint sie so sehr?« »Ach«, antwortete das Mädchen, »ich soll Stroh zu Gold spinnen und verstehe das nicht.« Sprach das Männchen »was gibst du mir, wenn ich dirs spinne?« »Mein Halsband«, sagte das Mädchen. Das Männchen nahm das Halsband, setzte sich vor das Rädchen, und schnurr, schnurr, schnurr, dreimal gezogen, war die Spule voll. Dann steckte es eine andere auf, und schnurr, schnurr, schnurr, dreimal gezogen, war auch die zweite voll: und so gings fort bis zum Morgen, da war alles Stroh versponnen, und alle Spulen waren voll Gold. Bei Sonnenaufgang kam schon der König, und als er das Gold erblikkte, erstaunte er und freute sich, aber sein Herz ward nur noch goldgieriger. Er ließ die Müllerstochter in eine andere Kammer voll Stroh bringen, die noch viel größer war, und befahl ihr, das auch in einer Nacht zu spinnen, wenn ihr das Leben lieb wäre. Das Mädchen wußte sich nicht zu helfen und weinte, da ging abermals die Türe auf, und das kleine Männchen erschien und sprach »was gibst du mir, wenn ich dir das Stroh zu Gold spinne?« »Meinen Ring von dem Finger«, antwortete das Mädchen. Das Männchen nahm den Ring, fing wieder an zu schnurren mit dem Rade und hatte bis zum Morgen alles Stroh zu glänzendem Gold gesponnen. Der König freute sich über die Maßen bei dem Anblick, war aber noch immer nicht Goldes satt, sondern ließ die Müllerstochter in eine noch größere Kammer voll Stroh bringen und sprach »die mußt du noch in dieser Nacht verspinnen: Gelingt dirs aber, so sollst du meine Gemahlin werden.« »Wenns auch eine Müllerstochter ist«, dachte er, »eine reichere Frau finde ich in der ganzen Welt nicht.« Als das Mädchen allein war, kam das Männlein zum drittenmal wieder und sprach »was gibst du mir, wenn ich dir noch diesmal das Stroh spinne?« »Ich habe nichts mehr, das ich geben könnte«, antwortete das Mädchen. »So versprich mir, wenn du Königin wirst, dein erstes Kind.« »Wer weiß, wie das noch geht«, dachte die Müllerstochter und wußte sich auch in der Not nicht anders zu helfen; sie versprach also dem Männchen, was es verlangte, und das Männchen spann dafür noch einmal das Stroh zu Gold. Und als am Morgen der König kam und alles fand, wie er gewünscht hatte, so hielt er Hochzeit mit ihr, und die schöne Müllerstochter ward eine Königin.

Über ein Jahr brachte sie ein schönes Kind zur Welt und dachte gar nicht mehr an das Männchen: da trat es plötzlich in ihre Kammer und sprach »nun gib mir, was du versprochen hast.« Die Königin erschrak und bot dem Männchen alle Reichtümer des Königreichs an, wenn es ihr das Kind lassen wollte: aber das Männchen sprach »nein, etwas Lebendes ist mir lieber als alle Schätze der Welt.« Da fing die Königin so an zu jammern und zu weinen, daß das Männchen Mitleiden mit ihr hatte »drei Tage will ich dir Zeit lassen«, sprach er, »wenn du bis dahin meinen Namen weißt, so sollst du dein Kind behalten.«

Nun besann sich die Königin die ganze Nacht über auf alle Namen, die sie jemals gehört hatte, und schickte einen Boten über Land, der sollte sich erkundigen weit und breit, was es sonst noch für Namen gäbe. Als am andern Tag das Männchen kam, fing sie an mit Kaspar, Melchior, Balzer und sagte alle Namen, die sie wußte, nach der Reihe her, aber bei jedem sprach das Männlein »so heiß ich nicht.« Den zweiten Tag ließ sie in der Nachbarschaft herumfragen, wie die Leute da genannt würden, und sagte dem Männlein die ungewöhnlichsten und seltsamsten Namen vor »heißt du vielleicht Rippenbiest oder Hammelswade oder Schnürbein?« Aber es antwortete immer »so heiß ich nicht.« Den dritten Tag kam der Bote wieder zurück und erzählte »neue Namen habe ich keinen einzigen finden können, aber wie ich an einen hohen Berg um die Waldecke kam, wo Fuchs und Has sich gute Nacht sagen, so sah ich da ein kleines Haus, und vor dem Haus brannte ein Feuer, und um das Feuer sprang ein gar zu lächerliches Männchen, hüpfte auf einem Bein und schrie

»heute back ich, morgen brau ich,
übermorgen hol ich der Königin ihr Kind;
ach, wie gut, daß niemand weiß,
daß ich Rumpelstilzchen heiß!«

Da könnt ihr denken, wie die Königin froh war, als sie den Namen hörte, und als bald hernach das Männlein hereintrat und fragte »nun, Frau Königin, wie heiß ich?«, fragte sie erst »heißest du Kunz?« »Nein.« »Heißest du Heinz?« »Nein.«

»Heißt du etwa Rumpelstilzchen?«

»Das hat dir der Teufel gesagt, das hat dir der Teufel gesagt«, schrie das Männlein und stieß mit dem rechten Fuß vor Zorn so tief in die Erde, daß es bis an den Leib hineinfuhr, dann packte es in seiner Wut den linken Fuß mit beiden Händen und riß sich selbst mitten entzwei.

Die drei Federn

Es war einmal ein König, der hatte drei Söhne, davon waren zwei klug und gescheit, aber der dritte sprach nicht viel, war einfältig und hieß nur der Dummling. Als der König alt und schwach ward und an sein Ende dachte, wußte er nicht, welcher von scinen Söhnen nach ihm das Reich erben sollte. Da sprach er zu ihnen »zieht aus, und wer mir den feinsten Teppich bringt, der soll nach meinem Tod König sein.« Und damit es keinen Streit unter ihnen gab, führte er sie vor sein Schloß, blies drei Federn in die Luft und sprach »wie die fliegen, so sollt ihr ziehen.« Die eine Feder flog nach Osten, die andere nach Westen, die dritte flog aber geradeaus und flog nicht weit, sondern fiel bald zur Erde. Nun ging der eine Bruder rechts, der andere ging links, und sie lachten den Dummling aus, der bei der dritten Feder, da, wo sie niedergefallen war, bleiben mußte.

Der Dummling setzte sich nieder und war traurig. Da bemerkte er auf einmal, daß neben der Feder eine Falltüre lag. Er hob sie in die Höhe, fand eine Treppe und stieg hinab. Da kam er vor eine andere Türe, klopfte an und hörte, wie es inwendig rief

»Jungfer grün und klein,
Hutzelbein,
Hutzelbeins Hündchen,
Hutzel hin und her,
laß geschwind sehen, wer draußen wär.«

Die Türe tat sich auf, und er sah eine große dicke Itsche, eine dicke fette Kröte, sitzen und rings um sie eine Menge kleiner Itschen. Die dicke Itsche fragte, was sein Begehren wäre. Er antwortete »ich hätte gerne den schönsten und feinsten Teppich.« Da rief sie eine junge und sprach

»Jungfer grün und klein,
Hutzelbein,
Hutzelbeins Hündchen,
Hutzel hin und her,
bring mir die große Schachtel her.«

Die junge Itsche holte die Schachtel, und die dicke Itsche machte sie auf und gab dem Dummling einen Teppich daraus, so schön und so fein, wie oben auf der Erde keiner konnte gewebt werden. Da dankte er ihr und stieg wieder hinauf.

Die beiden andern hatten aber ihren jüngsten Bruder für so albern gehalten, daß sie glaubten, er würde gar nichts finden und aufbringen. »Was sollen wir uns mit Suchen groß Mühe geben«, sprachen sie, nahmen dem ersten besten Schäfersweib, das ihnen begegnete, die groben Tücher vom Leib und trugen sie dem König heim. Zu derselben Zeit kam auch der Dummling zurück und brachte seinen schönen Teppich, und als der König den sah, staunte er und sprach »wenn es dem Recht nach gehen soll, so gehört dem jüngsten das Königreich.« Aber die zwei andern ließen dem Vater keine Ruhe und sprachen, unmöglich könnte der Dummling, dem es in allen Dingen an Verstand fehlte, König werden, und baten ihn, er möchte eine neue Bedingung machen. Da sagte der Vater »der soll das Reich erben, der mir den schönsten Ring bringt«, führte die drei Brüder hinaus und blies drei Federn in die Luft, denen sie nachgehen sollten. Die zwei ältesten zogen wieder nach Osten und Westen, und für den Dummling flog die Feder geradeaus und fiel neben der Erdtüre nieder. Da stieg er wieder hinab zu der dicken Itsche und sagte ihr, daß er den schönsten Ring brauchte. Sie ließ sich gleich ihre große Schachtel holen und gab ihm daraus einen Ring, der glänzte von Edelsteinen und war so schön, daß ihn kein Goldschmied auf der Erde hätte machen können. Die zwei ältesten lachten über den Dummling, der einen goldenen Ring suchen wollte, gaben sich gar keine Mühe, sondern schlugen einem alten Wagenring die Nägel aus und brachten ihn dem König. Als aber der Dummling seinen goldenen Ring vorzeigte, so sprach der Vater abermals »ihm gehört das Reich.« Die zwei ältesten ließen nicht ab, den König zu quälen, bis er noch eine dritte Bedingung machte und den Ausspruch tat, der sollte das Reich haben, der die schönste Frau heimbrächte. Die drei Federn blies er nochmals in die Luft, und sie flogen wie die vorigemale.

Da ging der Dummling ohne weiteres hinab zu der dicken Itsche und sprach »ich soll die schönste Frau heimbringen.« »Ei«, antwortete die Itsche, »die schönste Frau! Die ist nicht gleich zur Hand, aber du sollst sie doch haben.« Sie gab ihm eine ausgehöhlte gelbe Rübe mit sechs Mäuschen bespannt. Da sprach der Dummling ganz traurig »was soll ich damit anfangen?« Die Itsche antwortete »setze nur eine von meinen kleinen Itschen hinein.« Da griff er aufs Geratewohl eine aus dem Kreis und setzte sie in die gelbe Kutsche, aber kaum saß sie darin, so ward sie zu einem wunderschönen Fräulein, die Rübe zur Kutsche, und die sechs Mäuschen zu Pferden. Da küßte er sie, jagte mit den Pferden davon und brachte sie zu dem König. Seine Brüder kamen nach, die hatten sich gar keine Mühe gegeben, eine schöne Frau zu suchen, sondern die ersten besten Bauernweiber mitgenommen. Als der König sie erblickte, sprach er »dem jüngsten gehört das Reich nach meinem Tod.« Aber die zwei ältesten betäubten die Ohren des Königs aufs neue mit ihrem Geschrei »wir könnens nicht zugeben, daß der Dummling König wird«, und verlangten, der sollte den Vorzug haben, dessen Frau durch einen Ring springen könnte, der da mitten in dem Saal hing. Sie dachten »die Bauernweiber können das wohl, die sind stark genug, aber das zarte Fräulein springt sich tot.« Der alte König gab das auch noch zu. Da sprangen die zwei Bauernweiber, sprangen auch durch den Ring, waren aber so plump, daß sie fielen und ihre groben Arme und Beine entzweibrachen. Darauf sprang das schöne Fräulein, das der Dummling mitgebracht hatte, und sprang so leicht hindurch wie ein Reh, und aller Widerspruch mußte aufhören. Also erhielt er die Krone und hat lange in Weisheit geherrscht.

Allerleirauh

Es war einmal ein König, der hatte eine Frau mit goldenen Haaren, und sie war so schön, daß sich ihresgleichen nicht mehr auf Erden fand. Es geschah, daß sie krank lag, und als sie fühlte, daß sie bald sterben würde, rief sie den König und sprach »wenn du nach meinem Tode dich wieder vermählen willst, so nimm keine, die nicht ebenso schön ist, als ich bin, und die nicht solche goldenen Haare hat, wie ich habe; das mußt du mir versprechen.« Nachdem es ihr der König versprochen hatte, tat sie die Augen zu und starb.

Der König war lange Zeit nicht zu trösten und dachte nicht daran, eine zweite Frau zu nehmen. Endlich sprachen seine Räte »es geht nicht anders, der König muß sich wieder vermählen, damit wir eine Königin haben.« Nun wurden Boten weit und breit umhergeschickt, eine Braut zu suchen, die an Schönheit der verstorbenen Königin ganz gleichkäme. Es war aber keine in der ganzen Welt zu finden, und wenn man sie auch gefunden hätte, so war doch keine da, die solche goldenen Haare gehabt hätte. Also kamen die Boten unverrichteter Sache wieder heim.

Nun hatte der König eine Tochter, die war gerade so schön wie ihre verstorbene Mutter und hatte auch solche goldenen Haare. Als sie herangewachsen war, sah sie der König einmal an und sah, daß sie in allem seiner verstorbenen Gemahlin ähnlich war, und fühlte plötzlich eine heftige Liebe zu ihr. Da sprach er zu seinen Räten »ich will meine Tochter heiraten, denn sie ist das Ebenbild meiner verstorbenen Frau, und sonst kann ich doch keine Braut finden, die ihr gleicht.« Als die Räte das hörten, erschraken sie und sprachen »Gott hat verboten, daß der Vater seine Tochter heirate, aus der Sünde kann nichts Gutes entspringen, und das Reich wird mit ins Verderben gezogen.« Die Tochter erschrak noch mehr, als sie den Entschluß ihres Vaters vernahm, hoffte aber, ihn von seinem Vorhaben noch abzubringen. Da sagte sie zu ihm »eh ich Euren Wunsch erfülle, muß ich erst drei Kleider haben, eins so golden wie die Sonne, eins so silbern wie der Mond und eins so glänzend wie die Sterne; ferner verlange ich einen Mantel von tausenderlei Pelz und Rauhwerk zusammengesetzt, und ein jedes Tier in Eurem Reich muß ein Stück von seiner Haut dazu geben.« Sie dachte aber »das anzuschaffen ist ganz unmöglich, und ich bringe damit meinen Vater von seinen bösen Gedanken ab.« Der König ließ aber nicht ab, und die geschicktesten Jungfrauen in seinem Reiche mußten die drei Kleider weben, eines so golden wie die Sonne, eins so silbern wie der Mond und eins so glänzend wie die Sterne; und seine Jäger mußten alle Tiere im ganzen Reich auffangen und ihnen ein Stück von ihrer Haut abziehen; daraus ward ein Mantel von tausenderlei Rauhwerk gemacht. Endlich, als alles fertig war, ließ der König den Mantel herbeiholen, breitete ihn vor ihr aus und sprach »morgen soll die Hochzeit sein.«

Als nun die Königstochter sah, daß keine Hoffnung mehr war, ihres Vaters Herz umzuwenden, so faßte sie den Entschluß zu entfliehen. In der Nacht, während alles schlief, stand sie auf und nahm von ihren Kostbarkeiten dreierlei, einen goldenen Ring, ein goldenes Spinnrädchen und ein goldenes Haspelchen; die drei Kleider von Sonne, Mond und Sternen tat sie in eine Nußschale, zog den Mantel von allerlei Rauhwerk an und machte sich Gesicht und Hände mit Ruß schwarz. Dann befahl sie sich Gott und ging fort und ging die ganze Nacht, bis sie in einen großen

Wald kam. Und weil sie müde war, setzte sie sich in einen hohlen Baum und schlief ein.

Die Sonne ging auf, und sie schlief fort und schlief noch immer, als es schon hoher Tag war. Da trug es sich zu, daß der König, dem dieser Wald gehörte, darin jagte. Als seine Hunde zu dem Baum kamen, schnupperten sie, liefen rings herum und bellten. Sprach der König zu den Jägern »seht doch, was dort für ein Wild sich versteckt hat.« Die Jäger folgten dem Befehl, und als sie wiederkamen, sprachen sie »in dem hohlen Baum liegt ein wunderliches Tier, wie wir noch niemals eins gesehen haben: an seiner Haut ist tausenderlei Pelz; es liegt aber und schläft.« Sprach der König »seht zu, ob ihrs lebendig fangen könnt, dann bindets auf den Wagen und nehmts mit.« Als die Jäger das Mädchen anfaßten, erwachte es voll Schrecken und rief ihnen zu »ich bin ein armes Kind, von Vater und Mutter verlassen, erbarmt euch mein und nehmt mich mit.« Da sprachen sie »Allerleirauh, du bist gut für die Küche, komm nur mit, da kannst du die Asche zusammenkehren.« Also setzten sie es auf den Wagen und fuhren heim in das königliche Schloß. Dort wiesen sie ihm ein Ställchen an unter der Treppe, wo kein Tageslicht hinkam, und sagten »Rauhtierchen, da kannst du wohnen und schlafen.« Dann ward es in die Küche geschickt, da trug es Holz und Wasser, schürte das Feuer, rupfte das Federvieh, belas das Gemüs, kehrte die Asche und tat alle schlechte Arbeit.

Da lebte Allerleirauh lange Zeit recht armselig. Ach, du schöne Königstochter, wie solls mit dir noch werden! Es geschah aber einmal, daß ein Fest im Schloß gefeiert ward, da sprach sie zum Koch »darf ich ein wenig hinaufgehen und zusehen? Ich will mich außen vor die Tür stellen.« Antwortete der Koch »ja, geh nur hin, aber in einer halben Stunde mußt du wieder hier sein und die Asche zusammentragen.« Da nahm sie ihr Öllämpchen, ging in ihr Ställchen, zog den Pelzrock aus und wusch sich den Ruß von dem Gesicht und den Händen ab, so daß ihre volle Schönheit wieder an den Tag kam. Dann machte sie die Nuß auf und holte ihr Kleid hervor, das wie die Sonne glänzte. Und wie das geschehen war, ging sie hinauf zum Fest, und alle traten ihr aus dem Weg, denn niemand kannte sie, und meinten nicht anders, als daß es eine Königstochter wäre. Der König aber kam ihr entgegen, reichte ihr die Hand und tanzte mit ihr und dachte in seinem Herzen »so schön haben meine Augen noch keine gesehen.« Als der Tanz zu Ende war, verneigte sie sich, und wie sich der König umsah, war sie verschwunden, und niemand wußte, wohin. Die Wächter, die vor dem Schlosse standen, wurden gerufen und ausgefragt, aber niemand hatte sie erblickt.

Sie war aber in ihr Ställchen gelaufen, hatte geschwind ihr Kleid ausgezogen, Gesicht und Hände schwarz gemacht und den Pelzmantel umgetan und war wieder Allerleirauh. Als sie nun in die Küche kam und an ihre Arbeit gehen und die Asche zusammenkehren wollte, sprach der Koch »laß das gut sein bis morgen und koche mir da die Suppe für den König, ich will auch einmal ein bißchen oben zugucken: aber laß mir kein Haar hineinfallen, sonst kriegst du in Zukunft nichts mehr zu essen.« Da ging der Koch fort, und Allerleirauh kochte die Suppe für den König und kochte eine Brotsuppe, so gut es konnte, und wie sie fertig war, holte es in dem Ställchen seinen goldenen Ring und legte ihn in die Schüssel, in welche die Suppe angerichtet ward. Als der Tanz zu Ende war, ließ sich der König die Suppe bringen und aß sie, und sie schmeckte ihm so gut, daß er meinte, niemals eine bessere Suppe gegessen zu haben. Wie er aber auf den Grund kam, sah er da einen goldenen Ring liegen und konnte nicht begreifen, wie er dahin geraten war. Da befahl er, der Koch sollte vor ihn kommen. Der Koch erschrak, wie er den Befehl hörte, und sprach zu Allerleirauh »gewiß hast du ein Haar in die Suppe fallen lassen; wenns wahr ist, so kriegst du Schläge.« Als er vor den König kam, fragte dieser, wer die Suppe gekocht hätte. Antwortete der Koch »ich habe sie gekocht.« Der König aber sprach »das ist nicht wahr, denn sie war auf andere Art und viel besser gekocht als sonst.« Antwortete er »ich muß gestehen, daß ich sie nicht gekocht habe, sondern das Rauhtierchen.« Sprach der König »geh und laß es heraufkommen.«

Als Allerleirauh kam, fragte der König »wer bist du?« »Ich bin ein armes Kind, das keinen Vater und keine Mutter mehr hat.« Fragte er weiter »wozu bist du in meinem Schloß?« Antwortete es »ich bin zu nichts gut, als daß mir die Stiefeln um den Kopf geworfen werden.« Fragte er weiter »wo hast du den Ring her, der in der Suppe war?« Antwortete es »von dem Ring weiß ich nichts.« Also konnte der König nichts erfahren und mußte es wieder fortschicken.

Über eine Zeit war wieder ein Fest, da bat Allerleirauh den Koch wie vorigesmal um Erlaubnis, zusehen zu dürfen. Antwortete er »ja, aber komm in einer halben Stunde wieder und koch dem König die Brotsuppe, die er so gerne ißt.« Da lief es in sein Ställchen, wusch sich geschwind und nahm aus der Nuß das Kleid, das so silbern war wie der Mond, und tat es an. Dann ging es hinauf, und glich einer Königstochter: und der König trat ihr entgegen und freute sich, daß er sie wiedersah, und weil eben der Tanz anhub, so tanzten sie zusammen. Als aber der Tanz zu Ende war, verschwand sie wieder so schnell, daß der König nicht bemerken konnte, wo sie hinging. Sie sprang aber in ihr Ställchen, und machte sich wieder zum Rauhtierchen, und ging in die Küche, die Brotsuppe zu kochen. Als der Koch oben war, holte es das goldene Spinnrad und tat es in die Schüssel, so daß die Suppe darüber angerichtet wurde. Danach ward sie dem König gebracht, der aß sie, und sie schmeckte ihm so gut wie das vorigemal, und ließ den Koch kommen, der mußte auch diesmal gestehen, daß Allerleirauh die Suppe gekocht hätte. Allerleirauh kam da wieder vor den König, aber sie antwortete, daß sie nur dazu da wäre, daß ihr die Stiefeln an den Kopf geworfen würden, und daß sie von dem goldenen Spinnrädchen gar nichts wüßte.

Als der König zum drittenmal ein Fest anstellte, da ging es nicht anders als die vorigemale. Der Koch sprach zwar »du bist eine Hexe, Rauhtierchen, und tust immer etwas in die Suppe, davon sie so gut wird, und dem König besser schmeckt, als was ich koche«; doch weil es so bat, so ließ er es auf die bestimmte Zeit hingehen. Nun zog es ein Kleid an, das wie die Sterne glänzte, und trat damit in den Saal. Der König tanzte wieder mit der schönen Jungfrau und meinte, daß sie noch niemals so schön gewesen wäre. Und während er tanzte, steckte er ihr, ohne daß sie es merkte, einen goldenen Ring an den Finger und hatte befohlen, daß der Tanz recht lang währen sollte. Wie er zu Ende war, wollte er sie an den Händen festhalten, aber sie riß sich los und sprang so geschwind unter die Leute, daß sie vor seinen Augen verschwand. Sie lief, was sie konnte, in ihr Ställchen unter der Treppe, weil sie aber zu lange und über eine halbe Stunde geblieben war, so konnte sie das schöne Kleid nicht ausziehen, sondern warf nur den Mantel von Pelz darüber, und in der Eile machte sie sich auch nicht ganz rußig, sondern ein Finger blieb weiß. Allerleirauh lief nun in die Küche, kochte dem König die Brotsuppe und legte, wie der Koch fort war, den goldenen Haspel hinein. Der König, als er den Haspel auf dem Grunde fand, ließ Allerleirauh rufen: da erblickte er den weißen Finger und sah den Ring, den er im Tanze ihr angesteckt hatte. Da ergriff er sie an der Hand und hielt sie fest, und als sie sich losmachen und fortspringen wollte, tat sich der Pelzmantel ein wenig auf, und das Sternenkleid schimmerte hervor. Der König faßte den Mantel und riß ihn ab. Da kamen die goldenen Haare hervor und sie stand da in voller Pracht und konnte sich nicht länger verbergen. Und als sie Ruß und Asche aus ihrem Gesicht gewischt hatte, da war sie schöner, als man noch jemand auf Erden gesehen hatte. Der König aber sprach »du bist meine liebe Braut und wir scheiden nimmermehr voneinander.« Darauf ward die Hochzeit gefeiert, und sie lebten vergnügt bis an ihren Tod.

Jorinde und Joringel

Es war einmal ein altes Schloß mitten in einem großen dicken Wald, darinnen wohnte eine alte Frau ganz allein, das war eine Erzzauberin. Am Tage machte sie sich zur Katze oder zur Nachteule, des Abends aber wurde sie wieder ordentlich wie ein Mensch gestaltet. Sie konnte das Wild und die Vögel herbeilocken, und dann schlachtete sies, kochte und briet es. Wenn jemand auf hundert Schritte dem Schloß nahekam, so mußte er stille stehen und konnte sich nicht von der Stelle bewegen, bis sie ihn lossprach: wenn aber eine keusche Jungfrau in diesen Kreis kam, so verwandelte sie dieselbe in einen Vogel, und sperrte sie dann in einen Korb ein und trug den Korb in eine Kammer des Schlosses. Sie hatte wohl siebentausend solcher Körbe mit so raren Vögeln im Schlosse.

Nun war einmal eine Jungfrau, die hieß Jorinde; sie war schöner als alle anderen Mädchen. Die und dann ein gar schöner Jüngling, namens

Joringel, hatten sich zusammen versprochen. Sie waren in den Brauttagen und sie hatten ihr größtes Vergnügen eins am andern. Damit sie nun einsmalen vertraut zusammen reden könnten, gingen sie in den Wald spazieren. »Hüte dich«, sagte Joringel, »daß du nicht so nahe ans Schloß kommst.« Es war ein schöner Abend, die Sonne schien zwischen den Stämmen der Bäume hell ins dunkle Grün des Waldes, und die Turteltaube sang kläglich auf den alten Maibuchen.

Jorinde weinte zuweilen, setzte sich hin im Sonnenschein und klagte; Joringel klagte auch. Sie waren so bestürzt, als wenn sie hätten sterben sollen: sie sahen sich um, waren irre und wußten nicht, wohin sie nach Hause gehen sollten. Noch halb stand die Sonne über dem Berg und halb war sie unter. Joringel sah durchs Gebüsch und sah die alte Mauer des Schlosses nah bei sich; er erschrak und wurde todbang. Jorinde sang

»mein Vöglein mit dem Ringlein rot
singt Leide, Leide, Leide:
es singt dem Täubelein seinen Tod,
singt Leide, Lei – zicküth, zicküth, zicküth.«

Joringel sah nach Jorinde. Jorinde war in eine Nachtigall verwandelt, die sang »zicküth, zicküth«. Eine Nachteule mit glühenden Augen flog dreimal um sie herum und schrie dreimal »schu, hu, hu, hu«. Joringel konnte sich nicht regen: er stand da wie ein Stein, konnte nicht weinen, nicht reden, nicht Hand noch Fuß regen. Nun war die Sonne unter: die Eule flog in einen Strauch, und gleich darauf kam eine alte krumme Frau aus diesem hervor, gelb und mager: große rote Augen, krumme Nase, die mit der Spitze ans Kinn reichte. Sie murmelte, fing die Nachtigall und trug sie auf der Hand fort. Joringel konnte nichts sagen, nicht von der Stelle kommen; die Nachtigall war fort. Endlich kam das Weib wieder und sagte mit dumpfer Stimme »grüß dich, Zachiel, wenns Möndel ins Körbel scheint, bind los, Zachiel, zu guter Stund.« Da wurde Joringel los. Er fiel vor dem Weib auf die Knie und bat, sie möchte ihm seine Jorinde wiedergeben, aber sie sagte, er sollte sie nie wiederhaben, und ging fort. Er rief, er weinte, er jammerte, aber alles umsonst. »Uu, was soll mir geschehen?« Joringel ging fort und kam endlich in ein fremdes Dorf: da hütete er die Schafe lange Zeit. Oft ging er rund um das Schloß herum, aber nicht zu nahe dabei. Endlich träumte er einmal des Nachts, er fände eine blutrote Blume, in deren Mitte eine schöne große Perle war. Die Blume brach er ab, ging damit zum Schlosse: alles, was er mit der Blume berührte, ward von der Zauberei frei: auch träumte er, er hätte seine Jorinde dadurch wiederbekommen. Des Morgens, als er erwachte, fing er an, durch Berg und Tal zu suchen, ob er eine solche Blume fände: er suchte bis an den neunten Tag, da fand er die blutrote Blume am Morgen früh. In der Mitte war ein großer Tautropfen, so groß wie die schönste Perle. Diese Blume trug er Tag und Nacht bis zum Schloß. Wie er auf hundert Schritt nahe bis zum Schloß kam, da ward er nicht fest, sondern ging fort bis ans Tor. Joringel freute sich hoch, berührte die Pforte mit der Blume, und sie sprang auf. Er ging hinein, durch den Hof, horchte, wo er die vielen Vögel vernähme: endlich hörte ers. Er ging und fand den Saal, darauf war die Zauberin und fütterte die Vögel in den siebentausend Körben. Wie sie den Joringel sah, ward sie bös, sehr bös, schalt, spie Gift und Galle gegen ihn aus, aber sie konnte auf zwei Schritte nicht an ihn kommen. Er kehrte sich nicht an sie und ging, besah die Körbe mit den Vögeln; da waren aber viele hundert Nachtigallen, wie sollte er nun seine Jorinde wiederfinden? Indem er so zusah, merkte er, daß die Alte heimlich ein Körbchen mit einem Vogel wegnahm und damit nach der Türe ging. Flugs sprang er hinzu, berührte das Körbchen mit der Blume und auch das alte

Weib: nun konnte sie nichts mehr zaubern, und Jorinde stand da, hatte ihn um den Hals gefaßt, so schön, wie sie ehemals war. Da machte er auch alle die andern Vögel wieder zu Jungfrauen, und da ging er mit seiner Jorinde nach Hause und sie lebten lange vergnügt zusammen.

Das kluge Gretel

Es war eine Köchin, die hieß Gretel, die trug Schuhe mit roten Absätzen, und wenn sie damit ausging, so drehte sie sich hin und her, war ganz fröhlich und dachte »du bist doch ein schönes Mädel.« Und wenn sie nach Haus kam, so trank sie aus Fröhlichkeit einen Schluck Wein, und weil der Wein auch Lust zum Essen macht, so versuchte sie das Beste, was sie kochte, so lang, bis sie satt war, und sprach »die Köchin muß wissen, wies Essen schmeckt.«

Es trug sich zu, daß der Herr einmal zu ihr sagte »Gretel, heut abend kommt ein Gast, richte mir zwei Hühner fein wohl zu.« »Wills schon machen, Herr«, antwortete Gretel. Nun stachs die Hühner ab, brühte sie, rupfte sie, streckte sie an den Spieß, und brachte sie, wies gegen Abend ging, zum Feuer, damit sie braten sollten. Die Hühner fingen an braun und gar zu werden, aber der Gast war noch nicht gekommen. Da rief Gretel dem Herrn »kommt der Gast nicht, so muß ich die Hühner vom Feuer tun, ist aber Jammer und Schade, wenn sie nicht bald gegessen werden, wo sie am besten im Saft sind.« Sprach der Herr »so will ich nur selbst laufen und den Gast holen.« Als der Herr den Rücken gekehrt hatte, legte Gretel den Spieß mit den Hühnern beiseite und dachte »so lange da beim Feuer stehen macht schwitzen und durstig, wer weiß, wann die kommen! Derweil spring ich in den Keller und tue einen Schluck.« Lief hinab, setzte einen Krug an, sprach »Gott gesegnes dir, Gretel«, und tat einen guten Zug. »Der Wein hängt aneinander«, sprachs weiter, »und ist nicht gut abbrechen«, und tat noch einen ernsthaften Zug. Nun ging es und stellte die Hühner wieder übers Feuer, strich sie mit Butter und trieb den Spieß lustig herum. Weil aber der Braten so gut roch, dachte Gretel »es könnte etwas fehlen, versucht muß er werden!«, schleckte mit dem Finger und sprach »ei, was sind die Hühner so gut! Ist ja Sünd und Schand, daß man sie nicht gleich ißt!« Lief zum Fenster, ob der Herr mit dem Gast noch nicht käm, aber es sah niemand: stellte sich wieder zu den Hühnern, dachte »der eine Flügel verbrennt, besser ists, ich eß ihn weg.« Also schnitt es ihn ab und aß ihn auf, und er schmeckte ihm, und wie es damit fertig war, dachte es »der andere muß auch herab, sonst merkt der Herr, daß etwas fehlt.« Wie die zwei Flügel verzehrt waren, ging es wieder und schaute nach dem Herrn und sah ihn nicht. »Wer weiß«, fiel ihm ein, »sie kommen wohl gar nicht und sind wo eingekehrt.« Da sprachs »hei, Gretel, sei guter Dinge, das eine ists doch angegriffen, tu noch einen frischen Trunk und iß es vollends auf, wenns all ist, hast du Ruhe: warum soll die gute Gottesgabe umkommen?« Also lief es noch einmal in den Keller, tat einen ehrbaren Trunk und aß das eine Huhn in aller Freudigkeit auf. Wie das eine Huhn hinunter war und der Herr noch immer nicht kam, sah Gretel das andere an und sprach »wo das eine ist, muß das andere auch sein, die zwei gehören zusammen: was dem einen recht ist, das ist dem andern billig; ich glaube, wenn ich noch einen Trunk tue, so sollte mirs nicht schaden.« Also tat es noch einen herzhaften Trunk und ließ das zweite Huhn wieder zum andern laufen.

Wie es so im besten Essen war, kam der Herr dahergegangen und rief »eil dich, Gretel, der Gast kommt gleich nach.« »Ja, Herr, wills schon zurichten«, antwortete Gretel. Der Herr sah indessen, ob der Tisch wohl gedeckt war, nahm das große Messer, womit er die Hühner zerschneiden wollte, und wetzte es auf dem Gang. Indem kam der Gast, klopfte sittig und höflich an der Haustüre. Gretel lief und schaute, wer da war, und als es den Gast sah, hielt es den Finger an den Mund und sprach »still! still! macht geschwind, daß Ihr wieder fortkommt, wenn Euch mein Herr erwischt, so seid Ihr unglücklich; er hat Euch zwar zum Nachtessen eingeladen, aber er hat nichts anders im Sinn, als Euch die beiden Ohren abzuschneiden. Hört nur, wie er das Messer dazu wetzt.« Der Gast hörte das Wetzen und eilte, was er konnte, die Stiegen wieder hinab. Gretel war nicht faul, lief schreiend zu dem Herrn und rief »da habt Ihr einen schönen Gast eingeladen!« »Ei, warum, Gretel? Was meinst du damit?« »Ja«, sagte es, »der hat mir beide Hühner, die ich eben auftragen wollte, von der Schüssel genommen und ists damit fortgelaufen.« »Das ist feine Weise!« sprach der Herr, und ward ihm leid um die schönen Hühner, »wenn er mir dann wenigstens das eine gelassen hätte, damit mir was zu essen geblieben wäre.« Er rief ihm nach, er sollte bleiben, aber der Gast tat, als hörte er es nicht. Da lief er hinter ihm her, das Messer noch immer in der Hand, und schrie »nur eins! nur eins!« und meinte, der Gast sollte ihm nur ein Huhn lassen und nicht alle beide nehmen: der Gast aber meinte nicht anders, als er sollte eins von seinen Ohren hergeben, und lief, als wenn Feuer unter ihm brennte, damit er sie beide heim brächte.

Bruder Lustig

Es war einmal ein großer Krieg, und als der Krieg zu Ende war, bekamen viele Soldaten ihren Abschied. Nun bekam der Bruder Lustig auch seinen Abschied und sonst nichts als ein kleines Laibchen Kommißbrot und vier Kreuzer an Geld; damit zog er fort. Der heilige Petrus aber hatte sich als ein armer Bettler an den Weg gesetzt, und wie der Bruder Lustig daherkam, bat er ihn um ein Almosen. Er antwortete »lieber Bettelmann, was soll ich dir geben? Ich bin Soldat gewesen und habe meinen Abschied bekommen und habe sonst nichts als das kleine Kommißbrot und vier Kreuzer Geld, wenn das all ist, muß ich betteln, so gut wie du. Doch geben will ich dir was.« Darauf teilte er den Laib in vier Teile und gab davon dem Apostel einen und auch einen Kreuzer. Der heilige Petrus bedankte sich, ging weiter und setzte sich in einer andern Gestalt wieder als Bettelmann dem Soldaten an den Weg, und als er zu ihm kam, bat er ihn, wie das vorigemal, um eine Gabe. Der Bruder Lustig sprach wie vorher und gab ihm wieder ein Viertel von dem Brot und einen Kreuzer. Der heilige Petrus bedankte sich und ging weiter, setzte sich aber zum drittenmal in einer andern Gestalt als ein Bettler an den Weg und sprach den Bruder Lustig an. Der Bruder Lustig gab ihm auch das dritte Viertel Brot und den dritten Kreuzer. Der heilige Petrus bedankte sich, und der Bruder Lustig ging weiter und hatte nicht mehr als ein Viertel Brot und einen Kreuzer. Damit ging er in ein Wirtshaus, aß das Brot und ließ sich für den Kreuzer Bier dazu geben. Als er fertig war, zog er weiter, und da ging ihm der heilige Petrus gleichfalls in der Gestalt eines verabschiedeten Soldaten entgegen und redete ihn an »guten Tag, Kamerad, kannst du mir nicht ein Stück Brot geben und einen Kreuzer zu einem Trunk?« »Wo soll ichs hernehmen«, antwortete der Bruder Lustig, »ich habe meinen Abschied und sonst nichts als einen Laib Kommißbrot und vier Kreuzer an Geld bekommen. Drei Bettler sind mir auf der Landstraße begegnet, davon hab ich jedem ein Viertel von meinem Brot und einen Kreuzer Geld gegeben. Das letzte Viertel habe ich im Wirtshaus gegessen und für den letzten Kreuzer dazu getrunken. Jetzt bin ich leer, und wenn du auch nichts mehr hast, so können wir miteinander betteln gehen.« »Nein«, antwortete der heilige Petrus, »das wird just nicht nötig sein: ich verstehe mich ein wenig auf die Doktorei, und damit will ich mir schon so viel verdienen, als ich brauche.« »Ja«, sagte der Bruder Lustig, »davon verstehe ich nichts, also muß ich allein betteln gehen.« »Nun komm nur mit«, sprach der heilige Petrus, »wenn ich was verdiene, sollst du die Hälfte davon haben.« »Das ist mir wohl recht«, sagte der Bruder Lustig. Also zogen sie miteinander fort.

Nun kamen sie an ein Bauernhaus und hörten darin gewaltig jammern und schreien, da gingen sie hinein, so lag der Mann darin auf den Tod krank und war nah am Verscheiden, und die Frau heulte und weinte ganz laut. »Laßt Euer Heulen und Weinen«, sprach der heilige Petrus, »ich will den Mann wieder gesund machen«, nahm eine Salbe aus der Tasche und heilte den Kranken augenblicklich, so daß er aufstehen konnte und ganz gesund war. Sprachen Mann und Frau in großer Freude »wie können wir Euch lohnen? was sollen wir Euch geben?« Der heilige Petrus aber wollte nichts nehmen, und je mehr ihn die Bauersleute baten, desto mehr weigerte er sich. Der Bruder Lustig aber stieß den heiligen Petrus und sagte »so nimm doch was, wir brauchens ja.« Endlich brachte die Bäuerin ein Lamm und sprach zu dem heiligen Petrus, das müßte er annehmen, aber er wollte es nicht. Da stieß ihn der Bruder Lustig in die Seite und sprach »nimms doch, dummer Teufel, wir brauchens ja.« Da sagte der heilige Petrus endlich »ja, das Lamm will ich nehmen, aber ich trags nicht: wenn dus willst, so mußt du es tragen.« »Das hat keine Not«, sprach der Bruder Lustig, »das will ich schon tragen«, und nahms auf die Schulter. Nun gingen sie fort und kamen in einen Wald, da war das Lamm dem Bruder Lustig schwer geworden, er aber war hungrig, also sprach er zu dem heiligen Petrus »schau, da ist ein schöner Platz, da könnten wir das Lamm kochen und verzehren.« »Mir ists recht«, antwortete der heilige Petrus, »doch kann ich mit der Kocherei nicht umgehen: willst du kochen, so hast du da einen Kessel, ich will derweil auf- und abgehen, bis es gar ist. Du mußt aber nicht eher zu essen anfangen, als bis ich wieder zurück bin; ich will schon zu rechter Zeit kommen.« »Geh nur«, sagte Bruder Lustig, »ich verstehe mich aufs Kochen, ich wills schon machen.« Da ging der heilige Petrus fort, und der Bruder Lustig schlachtete das Lamm, machte Feuer an, warf das Fleisch in den Kessel und kochte. Das Lamm war aber schon gar und der

Apostel immer noch nicht zurück, da nahm es der Bruder Lustig aus dem Kessel, zerschnitt es und fand das Herz. »Das soll das Beste sein«, sprach er und versuchte es, zuletzt aber aß er es ganz auf. Endlich kam der heilige Petrus zurück und sprach »du kannst das ganze Lamm allein essen, ich will nur das Herz davon, das gib mir.« Da nahm Bruder Lustig Messer und Gabel, tat, als suchte er eifrig in dem Lammfleisch herum, konnte aber das Herz nicht finden; endlich sagte er kurzweg »es ist keins da.« »Nun, wo solls denn sein?« sagte der Apostel. »Das weiß ich nicht«, antwortete der Bruder Lustig, »aber schau, was sind wir alle beide für Narren, suchen das Herz vom Lamm, und fällt keinem von uns ein, ein Lamm hat ja kein Herz!« »Ei«, sprach der heilige Petrus, »das ist was ganz Neues, jedes Tier hat ja ein Herz, warum sollt ein Lamm kein Herz haben?« »Nein, gewißlich, Bruder, ein Lamm hat kein Herz, denk nur recht nach, so wird dirs einfallen, es hat im Ernst keins.« »Nun, es ist schon gut«, sagte der heilige Petrus, »ist kein Herz da, so brauch ich auch nichts vom Lamm, du kannsts allein essen.« »Was ich halt nicht aufessen kann, das nehm ich mit in meinem Ranzen«, sprach der Bruder Lustig, aß das halbe Lamm und steckte das übrige in seinen Ranzen.

Sie gingen weiter, da machte der heilige Petrus, daß ein großes Wasser quer über den Weg floß und sie hindurch mußten. Sprach der heilige Petrus »geh du nur voran.« »Nein«, antwortete der Bruder Lustig, »geh du voran«, und dachte »wenn dem das Wasser zu tief ist, so bleib ich zurück.« Da schritt der heilige Petrus hindurch, und das Wasser ging ihm nur bis ans Knie. Nun wollte Bruder Lustig auch hindurch, aber das Wasser wurde größer und stieg ihm an den Hals. Da rief er »Bruder, hilf mir.« Sagte der heilige Petrus »willst du auch gestehen, daß du das Herz von dem Lamm gegessen hast?« »Nein«, antwortete er, »ich hab es nicht gegessen.« Da ward das Wasser noch größer und stieg ihm bis an den Mund, »hilf mir, Bruder«, rief der Soldat. Sprach der heilige Petrus noch einmal »willst du auch gestehen, daß du das Herz vom Lamm gegessen hast?« »Nein«, antwortete er, »ich hab es nicht gegessen.« Der heilige Petrus wollte ihn doch nicht ertrinken lassen, ließ das Wasser wieder fallen und half ihm hinüber.

Nun zogen sie weiter und kamen in ein Reich, da hörten sie, daß die Königstochter todkrank läge. »Holla, Bruder«, sprach der Soldat zum heiligen Petrus »da ist ein Fang für uns, wenn wir die gesund machen, so ist uns auf ewige Zeiten geholfen.« Da war ihm der heilige Petrus nicht geschwind genug »nun, heb die Beine auf, Bruderherz«, sprach er zu ihm, »daß wir noch zu rechter Zeit hinkommen.« Der heilige Petrus ging aber immer langsamer, wie auch der Bruder Lustig ihn trieb und schob, bis sie endlich hörten, die Königstochter wäre gestorben. »Da haben wirs«, sprach der Bruder Lustig, »das kommt von deinem schläfrigen Gang.« »Sei nur still«, antwortete der heilige Petrus, »ich kann noch mehr als Kranke gesund machen, ich kann auch Tote wieder ins Leben erwecken.« »Nun, wenn das ist«, sagte der Bruder Lustig, »so laß ich mirs gefallen, das halbe Königreich mußt du uns aber zum wenigsten damit verdienen.« Darauf gingen sie in das königliche Schloß, wo alles in großer Trauer war: der heilige Petrus aber sagte zu dem König, er wolle die Tochter wieder lebendig machen. Da ward er zu ihr geführt, und dann sprach er »bringt mir einen Kessel mit Wasser«, und wie der gebracht war, hieß er jedermann hinausgehen, und nur der Bruder Lustig durfte bei ihm bleiben. Darauf schnitt er alle Glieder der Toten los und warf sie ins Wasser, machte Feuer unter den Kessel und ließ sie kochen. Und wie alles Fleisch von den Knochen herabgefallen war, nahm er das schöne weiße Gebein heraus und legte es auf eine Tafel, und reihte und legte es nach seiner natürlichen Ordnung zusammen. Als das geschehen war, trat er davor und sprach dreimal: »Im Namen der allerheiligsten Dreifaltigkeit, Tote, steh auf.« Und beim drittenmal erhob sich die Königstochter lebendig, gesund und schön. Nun war der König darüber in großer Freude und sprach zum heiligen Petrus »begehre deinen Lohn, und wenns mein halbes Königreich wäre, so will ich dirs geben.« Der heilige Petrus aber antwortete »ich verlange nichts dafür.« »O, du Hans Narr!« dachte der Bruder Lustig bei sich, stieß seinen Kameraden in die Seite und sprach »sei doch nicht so dumm, wenn du nichts willst, so brauch ich doch was.« Der heilige Petrus aber wollte nichts; doch weil der König sah, daß der andere gerne was wollte, ließ er ihm vom Schatzmeister seinen Ranzen mit Gold anfüllen.

Sie zogen darauf weiter, und wie sie in einen Wald kamen, sprach der heilige Petrus zum Bruder Lustig »jetzt wollen wir das Gold teilen.« »Ja«, antwortete er, »das wollen wir tun.« Da teilte der heilige Petrus das Gold und teilte es in drei Teile. Dachte der Bruder Lustig »was er wieder für einen Sparren im Kopf hat! Macht drei Teile, und unser sind zwei.« Der heilige Petrus aber sprach »nun habe ich genau geteilt, ein Teil für mich, ein Teil für dich, und ein Teil für den, der das Herz vom Lamm gegessen hat.« »O, das hab ich gegessen«, antwortete der Bruder Lustig und strich geschwind das Gold ein, »das kannst du mir glauben.« »Wie kann das wahr sein«, sprach der heilige Petrus, »ein Lamm hat ja kein Herz.« »Ei, was, Bruder, wo denkst du hin! Ein Lamm hat ja ein Herz, so gut wie jedes Tier, warum sollte das allein keins haben?« »Nun, es ist schon gut«, sagte der heilige Petrus, »behalt das Gold allein, aber ich bleibe nicht mehr bei dir und will meinen Weg allein gehen.« »Wie du willst, Bruderherz«, antwortete der Soldat, »leb wohl.«

Da ging der heilige Petrus eine andere Straße, Bruder Lustig aber dachte »es ist gut, daß er abtrabt, es ist doch ein wunderlicher Heiliger.« Nun hatte er zwar Geld genug, wußte aber nicht mit umzugehen, vertats, verschenkts, und wie eine Zeit herum war, hatte er wieder nichts. Da kam er in ein Land, wo er hörte, daß die Königstochter gestorben wäre. »Holla!« dachte er, »das kann gut werden, die will ich wieder lebendig machen und mirs bezahlen lassen, daß es eine Art hat.« Ging also zum König und bot ihm an, die Tote wieder zu erwecken. Nun hatte der König gehört, daß ein abgedankter Soldat herumziehe und die Gestorbenen wieder lebendig mache, und dachte, der Bruder Lustig wäre dieser Mann, doch weil er kein Vertrauen zu ihm hatte, fragte er erst seine Räte, die sagten aber, er könnte es wagen, da seine Tochter doch tot wäre. Nun ließ sich der Bruder Lustig Wasser im Kessel bringen, hieß jedermann hinausgehen, schnitt die Glieder ab, warf sie ins Wasser und machte Feuer darunter, gerade wie er es beim heiligen Petrus gesehen hatte. Das Wasser fing an zu kochen, und das Fleisch fiel herab, da nahm er das Gebein heraus und tat es auf die Tafel; er wußte aber nicht, in welcher Ordnung es liegen mußte, und legte alles verkehrt durcheinander. Dann stellte er sich davor und sprach »im Namen der allerheiligsten Dreifaltigkeit, Tote, steh auf« und sprachs dreimal, aber die Gebeine rührten sich nicht. Da sprach er es noch dreimal, aber gleichfalls umsonst. »Du Blitzmädel, steh auf«, rief er, »steh auf, oder es geht dir nicht gut.« Wie er das gesprochen, kam der heilige Petrus auf einmal in seiner vorigen Gestalt, als verabschiedeter Soldat, durchs Fenster hereingegangen und sprach »du gottloser Mensch, was treibst du da, wie kann die Tote auferstehen, da du ihr Gebein so untereinander geworfen hast?« »Bruderherz, ich habs gemacht, so gut ich konnte«, antwortete er. »Diesmal will ich dir aus der Not helfen, aber das sag ich dir, wo du noch einmal so etwas unternimmst, so bist du unglücklich, auch darfst du von dem König nicht das Geringste dafür begehren oder annehmen.« Darauf legte der heilige Petrus die Gebeine in ihre rechte Ordnung, sprach dreimal zu ihr »im Namen der allerheiligsten Dreifaltigkeit, Tote, steh auf«, und die Königstochter stand auf, war gesund und schön wie vorher. Nun ging der heilige Petrus wieder durchs Fenster hinaus: der Bruder Lustig war froh, daß es so gut abgelaufen war, ärgerte sich aber doch, daß er nichts dafür nehmen sollte. »Ich möchte nur wissen«, dachte er, »was der für Mucken im Kopf hat, denn was er mit der einen Hand gibt, das nimmt er mit der anderen: da ist kein Verstand drin.« Nun bot der König dem Bruder Lustig an, was er haben wollte, er durfte aber nichts nehmen, doch brachte er es durch Anspielung und Listigkeit dahin, daß ihm der König seinen Ranzen mit Gold füllen ließ, und damit zog er ab. Als er hinauskam, stand vor dem Tor der heilige Petrus und sprach »schau, was du für ein Mensch bist, habe ich dir nicht verboten, etwas zu nehmen, und nun hast du den Ranzen doch voll Gold.« »Was kann ich dafür«, antwortete Bruder Lustig, »wenn mirs hineingesteckt wird.« »Das sag ich dir, daß du nicht zum zweitenmal solche Dinge unternimmst, sonst soll es dir schlimm ergehen.« »Ei, Bruder, sorg doch nicht, jetzt hab ich Gold, was soll ich mich da mit dem Knochenwaschen abgeben.« »Ja«, sprach der heilige Petrus, »das Gold wird lang dauern! Damit du aber hernach nicht wieder auf unerlaubten Wegen gehst, so will ich deinem Ranzen die Kraft geben, daß alles, was du dir hineinwünschest, auch darin sein soll. Leb wohl, du siehst mich nun nicht wieder.« »Gott befohlen«, sprach der Bruder Lustig und dachte »ich bin froh, daß du fortgehst, du wunderlicher Kauz, ich will dir wohl nicht nachgehen.« An die Wunderkraft aber, die seinem Ranzen verliehen war, dachte er nicht weiter.

Bruder Lustig zog mit seinem Gold umher und vertats und verfumfeits wie das erstemal. Als er nun nichts mehr als vier Kreuzer hatte, kam er an einem Wirtshaus vorbei und dachte »das Geld muß fort« und ließ sich für drei Kreuzer Wein und einen Kreuzer Brot geben. Wie er da saß und trank, kam ihm der Geruch von gebratenen Gänsen in die Nase. Bruder Lustig schaute und guckte und sah, daß der Wirt zwei Gänse in der Ofenröhre stehen hatte. Da fiel ihm ein, daß ihm sein Kamerad gesagt hatte, was er sich in seinen Ranzen wünschte, das sollte darin sein. »Holla, das mußt du mit den Gänsen versuchen!« Also ging er hinaus und vor der Tür sprach er »so wünsch ich die zwei gebratenen Gänse aus der Ofenröhre in meinen Ranzen.« Wie er das gesagt hatte, schnallte er ihn auf und schaute hinein, da lagen sie beide darin. »Ach, so ists recht«, sprach er, »nun bin ich ein gemachter Kerl«, ging fort auf eine Wiese und holte den Braten hervor. Wie er so im besten Essen war, kamen zwei Handwerksburschen daher und sahen die eine Gans, die noch nicht angerührt war, mit hungrigen Augen an. Dachte der Bruder Lustig »mit einer hast du genug«, rief die zwei Burschen herbei und sprach »da nehmt die Gans und verzehrt sie auf meine Gesundheit.« Sie bedankten sich, gingen damit ins Wirtshaus, ließen sich eine Halbe Wein und ein Brot geben, packten die geschenkte Gans aus und fingen an zu essen. Die Wirtin sah zu und sprach zu ihrem Mann »die zwei essen eine Gans, sieh doch nach, obs nicht eine von unsern aus der Ofenröhre ist.« Der Wirt lief hin, da war die Ofenröhre leer »was, ihr Diebsgesindel, so wohlfeil wollt ihr Gänse essen! gleich bezahlt, oder ich werde euch mit grünem Haselsaft waschen.« Die zwei sprachen »wir sind keine Diebe, ein abgedankter Soldat hat uns die Gans draußen auf der Wiese geschenkt.« »Ihr sollt mir keine Nase drehen, der Soldat ist hier gewesen, aber als ein ehrlicher Kerl zur Tür hinausgegangen, auf den hab ich acht gehabt: ihr seid die Diebe und sollt bezahlen.« Da sie aber nicht bezahlen konnten, nahm er den Stock und prügelte sie zur Türe hinaus.

Bruder Lustig ging seiner Wege und kam an einen Ort, da stand ein prächtiges Schloß und nicht weit davon ein schlechtes Wirtshaus. Er ging in das Wirtshaus und bat um ein Nachtlager, aber der Wirt wies ihn ab und sprach »es ist kein Platz mehr da, das Haus ist voll vornehmer Gäste.« »Das nimmt mich wunder«, sprach der Bruder Lustig, »daß sie zu Euch kommen und nicht in das prächtige Schloß gehen.« »Ja«, antwortete der Wirt, »es hat was an sich, dort eine Nacht zu liegen, wers noch versucht hat, ist nicht lebendig wieder herausgekommen.« »Wenns andere versucht haben«, sagte der Bruder Lustig, »will ichs auch versuchen.« »Das laßt nur bleiben«, sprach der Wirt, »es geht Euch an den Hals.« »Es wird nicht gleich an den Hals gehen«, sagte der Bruder Lustig, »gebt mir nur die Schlüssel und brav Essen und Trinken mit.« Nun gab ihm der Wirt die Schlüssel und Essen und Trinken, und damit ging der Bruder Lustig ins Schloß, ließ sichs gut schmecken, und als er endlich schläfrig wurde, legte er sich auf die Erde, denn es war kein Bett da. Er schlief auch bald ein, in der Nacht aber wurde er von einem großen Lärm aufgeweckt, und wie er sich ermunterte, sah er neun häßliche Teufel in dem Zimmer, die hatten einen Kreis um ihn gemacht und tanzten um ihn herum. Sprach der Bruder Lustig »nun tanzt, solange ihr wollt, aber komm mir keiner zu nah.« Die Teufel aber drangen immer näher auf ihn ein und traten ihm mit ihren garstigen Füßen fast ins Gesicht. »Habt Ruh, ihr Teufelsgespenster«, sprach er, aber sie triebens immer ärger. Da ward der Bruder Lustig bös und rief »holla, ich will bald Ruhe stiften!«, kriegte ein Stuhlbein und schlug mitten hinein. Aber neun Teufel gegen einen Soldaten war doch zuviel, und wenn er auf den vordern zuschlug, so packten ihn die andern hinten bei den Haaren und rissen ihn erbärmlich. »Teufelspack«, rief er, »jetzt wird mirs zu arg: wartet aber! Alle neune in meinen Ranzen hinein!« Husch, steckten sie darin, und nun schnallte er ihn zu und warf ihn in eine Ecke. Da wars auf einmal still und Bruder Lustig legte sich wieder hin und schlief bis an den hellen Morgen. Nun kamen der Wirt und der Edelmann, dem das Schloß gehörte, und wollten sehen, wie es ihm ergangen wäre; als sie ihn gesund und munter erblickten, erstaunten sie und fragten »haben Euch denn die Geister nichts getan?« »Warum nicht gar«, antwortete Bruder Lustig, »ich habe sie alle neune in meinem Ranzen. Ihr könnt Euer Schloß wieder ganz ruhig bewohnen, es wird von nun an keiner mehr darin umgehen!« Da dankte ihm der Edelmann, beschenkte ihn reichlich und bat ihn, in seinen Diensten zu bleiben, er wollte ihn auf sein Lebtag versorgen. »Nein«, antwortete er, »ich bin an das Herumwandern gewöhnt, ich will weiterziehen.« Da ging der Bruder Lustig fort, trat in eine Schmiede und legte den Ranzen, worin die neun Teufel waren, auf den Amboß und bat den Schmied und seine Gesellen zuzuschlagen. Die schlugen mit ihren großen Hämmern aus allen Kräften zu, daß die Teufel ein erbärmliches Gekreisch erhoben. Wie er danach den Ranzen aufmachte, waren achte tot, einer aber, der in einer Falte gesessen hatte, war noch lebendig, schlüpfte heraus und fuhr wieder in die Hölle.

Darauf zog der Bruder Lustig noch lange in der Welt herum, und wers wüßte, könnte viel davon erzählen. Endlich aber wurde er alt und dachte an sein Ende, da ging er zu einem Einsiedler, der als ein frommer Mann bekannt war, und sprach zu ihm »ich bin das Wandern müde und will nun trachten, in das Himmelreich zu kommen.« Der Einsiedler antwortete »es gibt zwei Wege, der eine ist breit und angenehm und führt zur Hölle, der andere ist eng und rauh und führt zum Himmel.« »Da müßt ich ein Narr sein«, dachte der Bruder Lustig, »wenn ich den engen und rauhen Weg gehen sollte.« Machte sich auf und ging den breiten und angenehmen Weg und kam endlich zu einem großen schwarzen Tor, und das war das Tor der Hölle. Bruder Lustig klopfte an, und der Torwächter guckte, wer da wäre. Wie er aber den Bruder Lustig sah, erschrak er, denn er war gerade der neunte Teufel, der mit in dem Ranzen gesteckt hatte und mit einem blauen Auge davongekommen war. Darum schob er den Riegel geschwind wieder vor, lief zum Obersten der Teufel und sprach »draußen ist ein Kerl mit einem Ranzen und will herein, aber laßt ihn beileibe nicht herein, er wünscht sonst die ganze Hölle in seinen Ranzen. Er hat mich einmal garstig darin hämmern lassen.« Also ward dem Bruder Lustig hinausgerufen, er sollte wieder abgehen, er käme nicht herein. »Wenn sie mich da nicht wollen«, dachte er, »will ich sehen, ob ich im Himmel ein Unterkommen finde, irgendwo muß ich doch bleiben.« Kehrte also um und zog weiter, bis er vor das Himmelstor kam, wo er auch anklopfte. Der heilige Petrus saß gerade dabei als Torwächter: der Bruder Lustig erkannte ihn gleich und dachte »hier findest du einen alten Freund, da wirds besser gehen.« Aber der heilige Petrus sprach »ich glaube gar, du willst in den Himmel?« »Laß mich doch ein, Bruder, ich muß doch wo einkehren; hätten sie mich in der Hölle aufgenommen, so wär ich nicht hierher gegangen.« »Nein«, sagte der heilige Petrus, »du kommst nicht herein.« »Nun, willst du mich nicht einlassen, so nimm auch deinen Ranzen wieder: dann will ich gar nichts von dir haben«, sprach der Bruder Lustig. »So gib ihn her«, sagte der heilige Petrus. Da reichte er den Ranzen durchs Gitter in den Himmel hinein, und der heilige Petrus nahm ihn und hing ihn neben seinen Sessel auf. Da sprach der Bruder Lustig »nun wünsch ich mich selbst in meinen Ranzen hinein.« Husch, war er darin, und saß nun im Himmel, und der heilige Petrus mußte ihn darin lassen.

Jungfrau Maleen

Es war einmal ein König, der hatte einen Sohn, der warb um die Tochter eines mächtigen Königs, die hieß Jungfrau Maleen und war wunderschön. Weil ihr Vater sie einem andern geben wollte, so ward sie ihm versagt. Da sich aber beide von Herzen liebten, so wollten sie nicht voneinander lassen, und die Jungfrau Maleen sprach zu ihrem Vater »ich kann und will keinen andern zu meinem Gemahl nehmen.« Da geriet der Vater in Zorn und ließ einen finstern Turm bauen, in den kein Strahl von Sonne oder Mond fiel. Als er fertig war, sprach er »darin sollst du sieben Jahre lang sitzen, dann will ich kommen und sehen, ob dein trotziger Sinn gebrochen ist.« Für die sieben Jahre ward Speise und Trank in den Turm getragen, dann ward sie und ihre Kammerjungfer hineingeführt und eingemauert und also von Himmel und Erde geschieden. Da saßen sie in der Finsternis, wußten nicht, wann Tag oder Nacht anbrach. Der Königssohn ging oft um den

Turm herum und rief ihren Namen, aber kein Laut drang von außen durch die dicken Mauern. Was konnten sie anders tun als jammern und klagen? Indessen ging die Zeit dahin, und an der Abnahme von Speise und Trank merkten sie, daß die sieben Jahre ihrem Ende sich näherten. Sie dachten, der Augenblick der Erlösung wäre gekommen, aber kein Hammerschlag ließ sich hören und kein Stein wollte aus der Mauer fallen: es schien, als ob ihr Vater sie vergessen hätte. Als sie nur noch für kurze Zeit Nahrung hatten und einen jämmerlichen Tod voraussahen, da sprach die Jungfrau Maleen »wir müssen das Letzte versuchen und sehen, ob wir die Mauer durchbrechen.« Sie nahm das Brotmesser, grub und bohrte an dem Mörtel eines Steins, und wenn sie müd war, so löste sie die Kammerjungfer ab. Nach langer Arbeit gelang es ihnen, einen Stein herauszunehmen, dann einen zweiten und dritten, und nach drei Tagen fiel der erste Lichtstrahl in ihre Dunkelheit, und endlich war die Öffnung so groß, daß sie hinausschauen konnten. Der Himmel war blau, und eine frische Luft wehte ihnen entgegen, aber wie traurig sah ringsumher alles aus: das Schloß ihres Vaters lag in Trümmern, die Stadt und die Dörfer waren, soweit man sehen konnte, verbrannt, die Felder weit und breit verheert: keine Menschenseele ließ sich erblicken. Als die Öffnung in der Mauer so groß war, daß sie hindurchschlüpfen konnten, so sprang zuerst die Kammerjungfer herab, und dann folgte die Jungfrau Maleen. Aber wo sollten sie sich hinwenden? Die Feinde hatten das ganze Reich verwüstet, den König verjagt und alle Einwohner erschlagen. Sie wanderten fort, um ein anderes Land zu suchen, aber sie fanden nirgend ein Obdach oder einen Menschen, der ihnen einen Bissen Brot gab, und ihre Not war so groß, daß sie ihren Hunger an einem Brennesselstrauch stillen mußten. Als sie nach langer Wanderung in ein anderes Land kamen, boten sie überall ihre Dienste an, aber wo sie anklopften, wurden sie abgewiesen, und niemand wollte sich ihrer erbarmen. Endlich gelangten sie in eine große Stadt und gingen nach dem königlichen Hof. Aber auch da hieß man sie weitergehen, bis endlich der Koch sagte, sie könnten in der Küche bleiben und als Aschenputtel dienen.

Der Sohn des Königs, in dessen Reich sie sich befanden, war aber gerade der Verlobte der Jungfrau Maleen gewesen. Der Vater hatte ihm eine andere Braut bestimmt, die ebenso häßlich von Angesicht als bös von Herzen war. Die Hochzeit war festgesetzt und die Braut schon angelangt, bei ihrer großen Häßlichkeit aber ließ sie sich vor niemand sehen und schloß sich in ihre Kammer ein, und die Jungfrau Maleen mußte ihr das Essen aus der Küche bringen. Als der Tag herankam, wo die Braut mit dem Bräutigam in die Kirche gehen sollte, so schämte sie sich ihrer Häßlichkeit und fürchtete, wenn sie sich auf der Straße zeigte, würde sie von den Leuten verspottet und ausgelacht. Da sprach sie zur Jungfrau Maleen »dir steht ein großes Glück bevor, ich habe mir den Fuß vertreten und kann nicht gut über die Straße gehen: du sollst meine Brautkleider anziehen und meine Stelle einnehmen: eine größere Ehre kann dir nicht zuteil werden.« Die Jungfrau Maleen aber schlug es aus und sagte »ich verlange keine Ehre, die mir nicht gebührt.« Es war auch vergeblich, daß sie ihr Gold anbot. Endlich sprach sie zornig »wenn du mir nicht gehorchst, so kostet es dir dein Leben: ich brauche nur ein Wort zu sagen, so wird dir der Kopf vor die Füße gelegt.« Da mußte sie gehorchen und die prächtigen Kleider der Braut samt ihrem Schmuck anlegen. Als sie in den königlichen Saal eintrat, erstaunten alle über ihre große Schönheit, und der König sagte zu seinem Sohn »das ist die Braut, die ich dir ausgewählt habe und die du zur Kirche führen sollst.« Der Bräutigam erstaunte und dachte

»sie gleicht meiner Jungfrau Maleen, und ich würde glauben, sie wäre es selbst, aber die sitzt schon lange im Turm gefangen oder ist tot.« Er nahm sie an der Hand und führte sie zur Kirche. An dem Wege stand ein Brennesselbusch, da sprach sie

»Brennessel,
Brennessel so kleine,
was stehst du hier alleine?
Ich hab die Zeit gekannt,
da hab ich dich ungesotten
ungebraten gegessen.«

»Was sprichst du da?« fragte der Königssohn. »Nichts«, antwortete sie, »ich dachte nur an die Jungfrau Maleen.« Er verwunderte sich, daß sie von ihr wußte, schwieg aber still. Als sie an den Steg vor dem Kirchhof kamen, sprach sie

»Kirchensteg, brich nicht,
bin die rechte Braut nicht.«

»Was sprichst du da?« fragte der Königssohn. »Nichts«, antwortete sie, »ich dachte nur an die Jungfrau Maleen.« »Kennst du die Jungfrau Maleen?« »Nein«, antwortete sie, »wie sollt ich sie kennen, ich habe nur von ihr gehört.« Als sie an die Kirchtüre kamen, sprach sie abermals

»Kirchentür, brich nicht,
bin die rechte Braut nicht.«

»Was sprichst du da?« fragte er. »Ach«, antwortete sie, »ich habe nur an die Jungfrau Maleen gedacht.« Da zog er ein kostbares Geschmeide hervor, legte es ihr an den Hals und hakte die Kettenringe ineinander. Darauf traten sie in die Kirche, und der Priester legte vor dem Altar ihre Hände ineinander und vermählte sie. Er führte sie zurück, aber sie sprach auf dem ganzen Weg kein Wort. Als sie wieder in dem königlichen Schloß angelangt waren, eilte sie in die Kammer der Braut, legte die prächtigen Kleider und den Schmuck ab, zog ihren grauen Kittel an und behielt nur das Geschmeide um den Hals, das sie von dem Bräutigam empfangen hatte.

Als die Nacht herankam und die Braut in das Zimmer des Königssohns sollte geführt werden, so ließ sie den Schleier über ihr Gesicht fallen, damit er den Betrug nicht merken sollte. Sobald alle Leute fortgegangen waren, sprach er zu ihr »was hast du doch zu dem Brennesselbusch gesagt, der an dem Wege stand?« »Zu welchem Brennesselbusch?« fragte sie, »ich spreche mit keinem Brennesselbusch.« »Wenn du es nicht getan hast, so bist du die rechte Braut nicht«, sagte er. Da half sie sich und sprach

»Muß heraus zu meiner Magd,
die mir die Gedanken tragt.«

Sie ging hinaus und fuhr die Jungfrau Maleen an »Dirne, was hast du zu dem Brennesselbusch gesagt?« »Ich sagte nichts als

Brennessel,
Brennessel so kleine,
was stehst du hier alleine?
Ich hab die Zeit gekannt,
da hab ich dich ungesotten
ungebraten gegessen.«

Die Braut lief in die Kammer zurück und sagte »jetzt weiß ich, was ich zu dem Brennesselbusch gesprochen habe«, und wiederholte die Worte, die sie eben gehört hatte. »Aber was sagtest du zu dem Kirchensteg, als wir darübergingen?« fragte der Königssohn. »Zu dem Kirchensteg?« antwortete sie, »ich spreche mit keinem Kirchensteg.« »Dann bist du auch die rechte Braut nicht.« Sie sagte wiederum

»Muß heraus zu meiner Magd,
die mir die Gedanken tragt.«

Lief hinaus und fuhr die Jungfrau Maleen an »Dirne, was hast du zu dem Kirchsteg gesagt?« »Ich sagte nichts als

Kirchensteg, brich nicht,
bin die rechte Braut nicht.«

»Das kostet dich dein Leben«, rief die Braut, eilte aber in die Kammer und sagte »jetzt weiß ich, was ich zu dem Kirchensteg gesprochen«, und wiederholte die Worte. »Aber was sagtest du zur Kirchentür?« »Zur Kirchentür?« antwortete sie, »ich spreche mit keiner Kirchentür.« »Dann bist du auch die rechte Braut nicht.« Sie ging hinaus, fuhr die Jungfrau Maleen an »Dirne, was hast du zu der Kirchentür gesagt?« »Ich sagte nichts als

Kirchentür, brich nicht,
bin die rechte Braut nicht.«

»Das bricht dir den Hals«, rief die Braut und geriet in den größten Zorn, eilte aber zurück in die Kammer und sagte »jetzt weiß ich, was ich zu der Kirchentür gesprochen habe«, und wiederholte die Worte. »Aber wo hast du das Geschmeide, das ich dir an der Kirchentür gab?« »Was für ein Geschmeide?« antwortete sie, »du hast mir kein Geschmeide gegeben.« »Ich habe es dir selbst um den Hals gelegt und selbst eingehakt: wenn du das nicht weißt, so bist du die rechte Braut nicht.« Er zog ihr den Schleier vom Gesicht, und als er ihre grundlose Häßlichkeit erblickte, sprang er erschrocken zurück und sprach »wie kommst du hierher? Wer bist du?« »Ich bin deine verlobte Braut, aber weil ich fürchtete, die Leute würden mich verspotten, wenn sie mich draußen erblickten, so habe ich dem Aschenputtel befohlen, meine Kleider anzuziehen und statt meiner zur Kirche zu gehen.« »Wo ist das Mädchen?« sagte er, »ich will es sehen, geh und hol es hierher.« Sie ging hinaus und sagte den Dienern, das Aschenputtel sei eine Betrügerin, sie sollten es in den Hof hinabführen und ihm den Kopf abschlagen. Die Diener packten es und wollten es fortschleppen, aber es schrie so laut um Hilfe, daß der Königssohn seine Stimme vernahm, aus seinem Zimmer herbeieilte und den Befehl gab, das Mädchen augenblicklich loszulassen. Es wurden Lichter herbeigeholt, und da bemerkte er an ihrem Hals den Goldschmuck, den er ihm vor der Kirchentür gegeben hatte. »Du bist die rechte Braut«, sagte er, »die mit mir zur Kirche gegangen ist: komm mit mir in meine Kammer.« Als sie beide allein waren, sprach er »du hast auf dem Kirchgang die Jungfrau Maleen genannt, die meine verlobte Braut war: wenn ich dächte, es wäre möglich, so müßte ich glauben, sie stände vor mir: du gleichst ihr in allem.« Sie antwortete »ich bin die Jungfrau Maleen, die um dich sieben Jahre in der Finsternis gefangen gesessen, Hunger und Durst gelitten und so lange in Not und Armut gelebt hat: aber heute bescheint mich die Sonne wieder. Ich bin dir in der Kirche angetraut und bin deine rechtmäßige Gemahlin.« Da küßten sie einander und waren glücklich für ihr Lebtag. Der falschen Braut ward zur Vergeltung der Kopf abgeschlagen.

Der Turm, in welchem die Jungfrau Maleen gesessen hatte, stand noch lange Zeit, und wenn die Kinder vorbeigingen, so sangen sie

»Kling klang kloria
Wer sitzt in diesem Toria?
Da sitzt ne Königstochter drin,
die kann ich nicht zu sehen kriegn.
Die Mauer will nicht brechen.
Die Steine wolln nicht stechen
Hänschen mit der bunten Jack,
komm und folg mir hintennach.«

Hans im Glück

Hans hatte sieben Jahre bei seinem Herrn gedient, da sprach er zu ihm »Herr, meine Zeit ist herum, nun wollte ich gerne wieder heim zu meiner Mutter, gebt mir meinen Lohn.« Der Herr antwortete »du hast mir treu und ehrlich gedient, wie der Dienst war, so soll der Lohn sein«, und gab ihm ein Stück Gold, das so groß als Hansens Kopf war. Hans zog ein Tüchlein aus der Tasche, wickelte den Klumpen hinein, setzte ihn auf die Schulter und machte sich auf den Weg nach Haus. Wie er so dahinging und immer ein Bein vor das andere setzte, kam ihm ein Reiter in die Augen, der frisch und fröhlich auf einem muntern Pferd vorbeitrabte. »Ach«, sprach Hans ganz laut, »was ist das Reiten ein schönes Ding! Da sitzt einer wie auf einem Stuhl, stößt sich an keinem Stein, spart die Schuh und kommt fort, er weiß nicht wie.« Der Reiter, der das gehört hatte, hielt an und rief »ei, Hans, warum laufst du auch zu Fuß?« »Ich muß ja wohl«, antwortete er, »da habe ich einen Klumpen heim zu tragen: es ist zwar Gold, aber ich kann den Kopf dabei nicht gerad halten, auch drückt mirs auf die Schulter.« »Weißt du was«, sagte der Reiter, »wir wollen tauschen: ich gebe dir mein Pferd, und du gibst mir deinen Klumpen.« »Von Herzen gern«, sprach Hans, »aber ich sage Euch, Ihr müßt Euch damit schleppen.« Der Reiter stieg ab, nahm das Gold und half dem Hans hinauf, gab ihm die Zügel fest in die Hände und sprach »wenns nun recht geschwind soll gehen, so mußt du mit der Zunge schnalzen und hopp hopp rufen.«

Hans war seelenfroh, als er auf dem Pferde saß und so frank und frei dahinritt. Über ein Weilchen fiels ihm ein, es sollte noch schneller gehen, und fing an mit der Zunge zu schnalzen und hopp hopp zu rufen. Das Pferd setzte sich in starken Trab, und ehe sichs Hans versah, war er abgeworfen und lag in einem Graben, der die Äcker von der Landstraße trennte. Das Pferd wäre auch durchgegangen, wenn es nicht ein Bauer aufgehalten hätte, der des Weges kam und eine Kuh vor sich hertrieb. Hans suchte seine Glieder zusammen und machte sich wieder auf die Beine. Er war aber verdrießlich und sprach zu dem Bauer »es ist ein schlechter Spaß, das Reiten, zumal, wenn man auf so eine Mähre gerät wie diese, die stößt und einen herabwirft, daß man den Hals brechen kann; ich setze mich nun und nimmermehr wieder auf. Da lob ich mir Eure Kuh, da kann einer mit Gemächlichkeit hinterhergehen und hat obendrein seine Milch, Butter und Käse jeden Tag gewiß. Was gäb ich darum, wenn ich so eine Kuh hätte!« »Nun«, sprach der Bauer, »geschieht Euch so ein großer Gefallen, so will ich Euch wohl die Kuh für das Pferd vertauschen.« Hans willigte mit tausend Freuden ein: der Bauer schwang sich aufs Pferd und ritt eilig davon.

Hans trieb seine Kuh ruhig vor sich her und bedachte den glücklichen Handel. »Hab ich nur ein Stück Brot, und daran wird mirs noch nicht fehlen, so kann ich, sooft mirs beliebt, Butter und Käse dazu essen; hab ich Durst, so melk ich meine Kuh und trinke Milch. Herz, was verlangst du mehr?« Als er zu einem Wirtshaus kam, machte er halt, aß in der großen Freude alles, was er bei sich hatte, sein Mittags- und Abendbrot, rein auf und ließ sich für seine letzten paar Heller ein halbes Glas Bier einschenken. Dann trieb er seine Kuh weiter, immer nach dem Dorfe seiner Mutter zu. Die Hitze ward drückender, je näher der Mittag kam, und Hans befand sich in einer Heide, die wohl noch eine Stunde dauerte. Da ward es ihm ganz heiß, so daß ihm vor Durst die Zunge am Gaumen klebte. »Dem Ding ist zu helfen«, dachte Hans, »jetzt will ich meine Kuh melken und mich an der Milch laben.« Er band sie an einen dürren Baum, und da er keinen Eimer hatte, so stellte er seine Ledermütze unter, aber wie er sich auch bemühte, es kam kein Tropfen Milch zum Vorschein. Und weil er sich ungeschickt dabei anstellte, so gab ihm das ungeduldige Tier endlich mit einem der Hinterfüße einen solchen Schlag vor den Kopf, daß er zu Boden taumelte und eine Zeitlang sich gar nicht besinnen konnte, wo er war. Glücklicherweise kam gerade ein Metzger des Weges, der auf einem Schubkarren ein junges Schwein liegen hatte. »Was sind das für Streiche?« rief er und half dem guten Hans auf. Hans erzählte, was vorgefallen war. Der Metzger reichte ihm seine Flasche und sprach »da trinkt einmal und erholt Euch. Die Kuh will wohl keine Milch geben, das ist ein altes Tier, das höchstens noch zum Ziehen taugt oder zum Schlachten.« »Ei, ei«, sprach Hans und strich sich die Haare über den Kopf, »wer hätte das gedacht! Es ist freilich gut, wenn man so ein Tier ins Haus abschlachten kann, was gibts für Fleisch! Aber ich mache mir aus dem Kuhfleisch nicht viel, es ist mir nicht saftig genug. Ja, wer so ein junges Schwein hätte! Das schmeckt anders, dabei noch die Würste.« »Hört, Hans«, sprach da der Metzger, »Euch zuliebe will ich tauschen und will Euch das Schwein für die Kuh lassen.« »Gott lohn Euch Eure Freundschaft«, sprach Hans, übergab ihm die Kuh, ließ sich das Schweinchen vom Karren losmachen und den Strick, woran es gebunden war, in die Hand geben.

Hans zog weiter und überdachte, wie ihm doch alles nach Wunsch ginge, begegnete ihm ja eine Verdrießlichkeit, so würde sie doch gleich wieder gutgemacht. Es gesellte sich danach ein Bursch zu ihm, der trug eine schöne weiße Gans unter dem Arm. Sie boten einander die Zeit, und Hans fing an, von seinem Glück zu erzählen und wie er immer so vorteilhaft getauscht hätte. Der Bursch erzählte ihm, daß er die Gans zu einem Kindtaufschmaus brächte. »Hebt einmal«, fuhr er fort und packte sie bei den Flügeln, »wie schwer sie ist, die ist aber auch acht Wochen lang genudelt worden. Wer in den Braten beißt, muß sich das Fett von beiden Seiten abwischen.« »Ja«, sprach Hans und wog sie mit der einen Hand, »die hat ihr Gewicht, aber mein Schwein ist auch keine Sau.« Indessen sah sich der Bursch nach allen Seiten ganz bedenklich um, schüttelte auch wohl mit dem Kopf. »Hört«, fing er darauf an, »mit Eurem Schweine mags nicht ganz richtig sein. In dem Dorfe, durch das ich gekommen bin, ist eben dem Schulzen eins aus dem Stall gestohlen worden. Ich fürchte, ich fürchte, Ihr habts da in der Hand. Sie haben Leute ausgeschickt, und es wäre ein schlimmer Handel, wenn sie Euch mit dem Schwein erwischten: das Geringste ist, daß Ihr ins finstere Loch gesteckt werdet.« Dem guten Hans ward bang, »ach Gott«, sprach er, »helft mir aus der Not, Ihr wißt hier herum bessern Bescheid, nehmt mein Schwein da und laßt mir Eure Gans.« »Ich muß schon etwas aufs Spiel setzen«, antwortete der Bursche, »aber ich will doch nicht schuld sein, daß Ihr ins Unglück geratet.« Er nahm also das Seil in die Hand und trieb das Schwein schnell auf einen Seitenweg fort: der gute Hans aber ging, seiner Sorgen entledigt, mit der Gans unter dem Arme der Heimat zu. »Wenn ichs recht überlege«, sprach er mit sich selbst, »habe ich noch Vorteil bei dem Tausch: erstlich den guten Braten, hernach die Menge von Fett, die herausträufeln wird, das gibt Gänsefettbrot auf ein Vierteljahr, und endlich die schönen weißen Federn, die laß ich mir in mein Kopfkissen stopfen, und darauf will ich wohl ungewiegt einschlafen. Was wird meine Mutter eine Freude haben!«

Als er durch das letzte Dorf gekommen war,

stand da ein Scherenschleifer mit seinem Karren, sein Rad schnurrte, und er sang dazu

»ich schleife die Schere und drehe geschwind
und hänge mein Mäntelchen nach dem Wind.«

Hans blieb stehen und sah ihm zu; endlich redete er ihn an und sprach »euch gehts wohl, weil Ihr so lustig bei Eurem Schleifen seid.« »Ja«, antwortete der Scherenschleifer, »das Handwerk hat einen güldenen Boden. Ein rechter Schleifer ist ein Mann, der, sooft er in die Tasche greift, auch Geld darin findet. Aber wo habt Ihr die schöne Gans gekauft?« »Die hab ich nicht gekauft, sondern für mein Schwein eingetauscht.« »Und das Schwein?« »Das hab ich für eine Kuh gekriegt.« »Und die Kuh?« »Die hab ich für ein Pferd bekommen.« »Und das Pferd?« »Dafür hab ich einen Klumpen Gold, so groß als mein Kopf, gegeben.« »Und das Gold?« »Ei, das war mein Lohn für sieben Jahre Dienst.« »Ihr habt Euch jederzeit zu helfen gewußt«, sprach der Schleifer, »könnt Ihrs nun dahin bringen, daß Ihr das Geld in der Tasche springen hört, wenn Ihr aufsteht, so habt Ihr Euer Glück gemacht.« »Wie soll ich das anfangen?« sprach Hans. »Ihr müßt ein Schleifer werden wie ich; dazu gehört eigentlich nichts als ein Wetzstein, das andere findet sich schon von selbst. Da hab ich einen, der ist zwar ein wenig schadhaft, dafür sollt Ihr mir aber auch weiter nichts als Eure Gans geben; wollt Ihr das?« »Wie könnt Ihr noch fragen«, antwortete Hans, »ich werde ja zum glücklichsten Menschen auf Erden; habe ich Geld, sooft ich in die Tasche greife, was brauche ich da länger zu sorgen?«, reichte ihm die Gans hin und nahm den Wetzstein in Empfang. »Nun«, sprach der Schleifer und hob einen gewöhnlichen schweren Feldstein, der neben ihm lag, auf, »da habt Ihr noch einen tüchtigen Stein dazu, auf dem sichs gut schlagen läßt und Ihr Eure alten Nägel gerade klopfen könnt. Nehmt ihn und hebt ihn ordentlich auf.«

Hans lud den Stein auf und ging mit vergnügtem Herzen weiter; seine Augen leuchteten vor Freude, »ich muß in einer Glückshaut geboren sein«, rief er aus, »alles, was ich wünsche, trifft mir ein, wie einem Sonntagskind.« Indessen, weil er seit Tagesanbruch auf den Beinen gewesen war, begann er müde zu werden; auch plagte ihn der Hunger, da er allen Vorrat auf einmal in der Freude über die erhandelte Kuh aufgezehrt hatte. Er konnte endlich nur mit Mühe weitergehen und mußte jeden Augenblick halt machen; dabei drückten ihn die Steine ganz erbärmlich. Da konnte er sich des Gedankens nicht erwehren, wie gut es wäre, wenn er sie gerade jetzt nicht zu tragen brauchte. Wie eine Schnecke kam er zu einem Feldbrunnen geschlichen, wollte da ruhen und sich mit einem frischen Trunk laben: damit er aber die Steine im Niedersitzen nicht beschädigte, legte er sie bedächtig neben sich auf den Rand des Brunnens. Darauf setzte er sich nieder und wollte sich zum Trinken bücken, da versah ers, stieß ein klein wenig an, und beide Steine plumpten hinab. Hans, als er sie mit seinen Augen in die Tiefe hatte versinken sehen, sprang vor Freuden auf, kniete dann nieder und dankte Gott mit Tränen in den Augen, daß er ihm auch diese Gnade noch erwiesen und ihn auf eine so gute Art, und ohne daß er sich einen Vorwurf zu machen brauchte, von den schweren Steinen befreit hätte, die ihm allein noch hinderlich gewesen wären. »So glücklich wie ich«, rief er aus, »gibt es keinen Menschen unter der Sonne.« Mit leichtem Herzen und frei von aller Last sprang er nun fort, bis er daheim bei seiner Mutter war.

Der Arme und der Reiche

Vor alten Zeiten, als der liebe Gott noch selber auf Erden unter den Menschen wandelte, trug es sich zu, daß er eines Abends müde war und ihn die Nacht überfiel, bevor er zu einer Herberge kommen konnte. Nun standen auf dem Weg vor ihm zwei Häuser einander gegenüber, das eine groß und schön, das andere klein und ärmlich anzusehen, und gehörte das große einem reichen, das kleine einem armen Manne. Da dachte unser Herrgott »dem Reichen werde ich nicht beschwerlich fallen: bei ihm will ich übernachten.« Der Reiche, als er an seine Türe klopfen hörte, machte das Fenster auf und fragte den Fremdling, was er suche. Der Herr antwortete »ich bitte um ein Nachtlager.« Der Reiche guckte den Wandersmann von Haupt bis zu den Füßen an, und weil der liebe Gott schlichte Kleider trug und nicht aussah wie einer, der viel Geld in der Tasche hat, schüttelte er mit dem Kopf und sprach »ich kann Euch nicht aufnehmen, meine

Kammern liegen voll Kräuter und Samen, und sollte ich einen jeden beherbergen, der an meine Tür klopft, so könnte ich selber den Bettelstab in die Hand nehmen. Sucht Euch anderswo ein Auskommen.« Schlug damit sein Fenster zu und ließ den lieben Gott stehen. Also kehrte ihm der liebe Gott den Rücken und ging hinüber zu dem kleinen Haus. Kaum hatte er angeklopft, so klinkte der Arme schon sein Türchen auf und bat den Wandersmann einzutreten. »Bleibt die Nacht über bei mir«, sagte er, »es ist schon finster, und heute könnt Ihr doch nicht weiterkommen.« Das gefiel dem lieben Gott, und er trat zu ihm ein. Die Frau des Armen reichte ihm die Hand, hieß ihn willkommen und sagte, er möchte sichs bequem machen und vorlieb nehmen, sie hätten nicht viel, aber was es wäre, gäben sie von Herzen gerne. Dann setzte sie Kartoffeln ans Feuer, und derweil sie kochten, melkte sie ihre Ziege, damit sie ein wenig Milch dazu hätten. Und als der Tisch gedeckt war, setzte sich der liebe Gott nieder und aß mit ihnen, und schmeckte ihm die schlechte Kost gut, denn es waren vergnügte Gesichter dabei. Nachdem sie gegessen hatten und Schlafenszeit war, rief die Frau heimlich ihren Mann und sprach »hör, lieber Mann, wir wollen uns heute nacht eine Streu machen, damit der arme Wanderer sich in unser Bett legen und ausruhen kann: er ist den ganzen Tag über gegangen, da wird einer müde.« »Von Herzen gern«, antwortete er, »ich wills ihm anbieten«, ging zu dem lieben Gott und bat ihn, wenns ihm recht wäre, möchte er sich in ihr Bett legen und seine Glieder ordentlich ausruhen. Der liebe Gott wollte den beiden Alten ihr Lager nicht nehmen, aber sie ließen nicht ab, bis er es endlich tat und sich in ihr Bett legte: sich selbst aber machten sie eine Streu auf die Erde. Am andern Morgen standen sie vor Tag schon auf und kochten dem Gast ein Frühstück, so gut sie es hatten. Als nun die Sonne durchs Fensterlein schien und der liebe Gott aufgestanden war, aß er wieder mit ihnen und wollte dann seines Weges ziehen. Als er in der Türe stand, kehrte er sich um und sprach »weil ihr so mitleidig und fromm seid, so wünscht euch dreierlei, das will ich euch erfüllen.« Da sagte der Arme »was soll ich mir sonst wünschen als die ewige Seligkeit und daß wir zwei, solang wir leben, gesund dabei bleiben und unser notdürftiges tägliches Brot haben; fürs dritte weiß ich mir nichts zu wünschen.« Der liebe Gott sprach »willst du dir nicht ein neues Haus für das alte wünschen?« »O ja«, sagte der Mann, »wenn ich das auch noch erhalten kann, so wär mirs wohl lieb.« Da erfüllte der Herr ihre Wünsche, verwandelte ihr altes Haus in ein neues, gab ihnen nochmals seinen Segen und zog weiter.

Es war schon voller Tag, als der Reiche aufstand. Er legte sich ins Fenster und sah gegenüber ein neues reinliches Haus mit roten Ziegeln, wo sonst eine alte Hütte gestanden hatte. Da machte er große Augen, rief seine Frau herbei und sprach »sag mir, was ist geschehen? Gestern abend stand noch die alte elende Hütte, und heute steht da ein schönes neues Haus. Lauf hinüber und höre, wie das gekommen ist.« Die Frau ging und fragte den Armen aus: er erzählte ihr »gestern abend kam ein Wanderer, der suchte Nachtherberge, und heute morgen beim Abschied hat er uns drei Wünsche gewährt, die ewige Seligkeit, Gesundheit in diesem Leben und das notdürftige tägliche Brot dazu und zuletzt noch statt unserer alten Hütte ein schönes neues Haus.« Die Frau des Reichen lief eilig zurück und erzählte ihrem Manne, wie alles gekommen war. Der Mann sprach »ich möchte mich zerreißen und zerschlagen: hätte ich das nur gewußt! Der Fremde ist zuvor hier gewesen und hat bei uns übernachten wollen, ich habe ihn aber abgewiesen.« »Eil dich«, sprach die Frau, »und setze dich auf dein Pferd, so kannst du den Mann noch einholen, und dann mußt du dir auch drei Wünsche gewähren lassen.«

Der Reiche befolgte den guten Rat, jagte mit seinem Pferd davon und holte den lieben Gott noch ein. Er redete fein und lieblich und bat, er möchts nicht übelnehmen, daß er nicht gleich wäre eingelassen worden, er hätte den Schlüssel zur Haustüre gesucht, derweil wäre er weggegangen: wenn er des Weges zurückkäme, müßte er bei ihm einkehren. »Ja«, sprach der liebe Gott, »wenn ich einmal zurückkomme, will ich es tun.« Da fragte der Reiche, ob er nicht auch drei Wünsche tun dürfte wie sein Nachbar. Ja, sagte der liebe Gott, das dürfte er wohl, es wäre aber nicht gut für ihn, und er sollte sich lieber nichts wünschen. Der Reiche meinte, er wollte sich schon etwas aussuchen, das zu seinem Glück gereiche, wenn er nur wüßte, daß es erfüllt würde. Sprach der liebe Gott »reit heim, und drei Wünsche, die du tust, die sollen in Erfüllung gehen.«

Nun hatte der Reiche, was er verlangte, ritt heimwärts und fing an nachzusinnen, was er sich wünschen sollte. Wie er sich so bedachte und die Zügel fallen ließ, fing das Pferd an zu springen, so daß er immerfort in seinen Gedanken gestört wurde und sie gar nicht zusammenbringen konnte. Er klopfte ihm an den Hals und sagte

»sei ruhig, Liese«, aber das Pferd machte aufs neue Männerchen. Da ward er zuletzt ärgerlich und rief ganz ungeduldig »so wollt ich, daß du den Hals zerbrächst!« Wie er das Wort ausgesprochen hatte, plump, fiel er auf die Erde, und lag das Pferd tot und regte sich nicht mehr; damit war der erste Wunsch erfüllt. Weil er aber von Natur geizig war, wollte er das Sattelzeug nicht im Stich lassen, schnitts ab, hings auf seinen Rükken, und mußte nun zu Fuß gehen. »Du hast noch zwei Wünsche übrig«, dachte er und tröstete sich damit. Wie er nun langsam durch den Sand dahinging und zu Mittag die Sonne heiß brannte, wards ihm so warm und verdrießlich zumut: der Sattel drückte ihn auf den Rücken, auch war ihm noch immer nicht eingefallen, was er sich wünschen sollte. »Wenn ich mir auch alle Reiche und Schätze der Welt wünsche«, sprach er zu sich selbst, »so fällt mir hernach noch allerlei ein, dieses und jenes, das weiß ich im voraus: ich wills aber so einrichten, daß mir gar nichts mehr übrig zu wünschen bleibt.« Dann seufzte er und sprach »ja, wenn ich der bayerische Bauer wäre, der auch drei Wünsche frei hatte, der wußte sich zu helfen, der wünschte sich zuerst recht viel Bier und zweitens so viel Bier, als er trinken könnte, und drittens noch ein Faß Bier dazu.«

Manchmal meinte er, jetzt hätte er es gefunden, aber hernach schiens ihm doch noch zu wenig. Da kam ihm so in die Gedanken, was es seine Frau jetzt gut hätte, die säße daheim in einer kühlen Stube und ließe sichs wohl schmecken. Das ärgerte ihn ordentlich, und ohne daß ers wußte, sprach er so hin »ich wollte, die säße daheim auf dem Sattel und könnte nicht herunter, statt daß ich ihn da auf meinem Rücken schleppe.« Und wie das letzte Wort aus seinem Munde kam, so war der Sattel von seinem Rücken verschwunden, und er merkte, daß sein zweiter Wunsch auch in Erfüllung gegangen war. Da ward ihm erst recht heiß, er fing an zu laufen und wollte sich daheim ganz einsam in seine Kammer hinsetzen und auf etwas Großes für den letzten Wunsch sinnen. Wie er aber ankommt und die Stubentür aufmacht, sitzt da seine Frau mittendrin auf dem Sattel und kann nicht herunter, jammert und schreit. Da sprach er »gib dich zufrieden, ich will dir alle Reichtümer der Welt herbeiwünschen, nur bleib da sitzen.« Sie schalt ihn aber einen Schafskopf und sprach »was helfen mir alle Reichtümer der Welt, wenn ich auf dem Sattel sitze; du hast mich daraufgewünscht, du mußt mir auch wieder herunterhelfen.« Er mochte wollen oder nicht, er mußte den dritten Wunsch tun, daß sie vom Sattel ledig wäre und heruntersteigen könnte; und der Wunsch ward alsbald erfüllt. Also hatte er nichts davon als Ärger, Mühe, Scheltworte und ein verlorenes Pferd: die Armen aber lebten vergnügt, still und fromm bis an ihr seliges Ende.

Der Bärenhäuter

Es war einmal ein junger Kerl, der ließ sich als Soldat anwerben, hielt sich tapfer und war immer der vorderste, wenn es blaue Bohnen regnete. So lange der Krieg dauerte, ging alles gut, aber als Friede geschlossen war, erhielt er seinen Abschied, und der Hauptmann sagte, er könne gehen, wohin er wolle. Seine Eltern waren tot, und er hatte keine Heimat mehr, da ging er zu seinen Brüdern und bat, sie möchten ihm so lange Unterhalt geben, bis der Krieg wieder anfinge. Die Brüder aber waren hartherzig und sagten »was sollen wir mit dir? Wir können dich nicht brauchen, sieh zu, wie du dich durchschlägst.« Der Soldat hatte nichts übrig als sein Gewehr, das nahm er auf die Schulter und wollte in die Welt gehen. Er kam auf eine große Heide, auf der nichts zu sehen war als ein Ring von Bäumen: darunter setzte er sich ganz traurig nieder und sann über sein Schicksal nach. »Ich habe kein Geld«, dachte er, »ich habe nichts gelernt als das Kriegshandwerk, und jetzt, weil Friede geschlossen ist, brauchen sie mich nicht mehr; ich sehe voraus, ich muß verhungern.« Auf einmal hörte er ein Brausen, und wie er sich umblickte, stand ein unbekannter Mann vor ihm, der einen grünen Rock trug, recht stattlich aussah, aber einen garstigen Pferdefuß hatte. »Ich weiß schon, was dir fehlt«, sagte der Mann, »Geld und Gut sollst du haben, soviel du mit aller Gewalt durchbringen kannst, aber ich muß zuvor wissen, ob du dich nicht fürchtest, damit ich mein Geld nicht umsonst ausgebe.« »Ein Soldat und Furcht, wie paßt das zusammen?« antwortete er, »du kannst mich auf die Probe stellen.« »Wohlan«, antwortete der Mann, »schau hinter dich.« Der Soldat kehrte sich um und sah einen großen Bär, der brummend auf ihn zutrabte. »Oho«, rief der Soldat, »dich will ich an der Nase kitzeln, daß dir die Lust zum Brummen vergehen soll«, legte an und schoß dem Bär auf die Schnauze, daß er zusammenfiel und sich nicht mehr regte. »Ich sehe wohl«, sagte der Fremde, »daß dirs an Mut nicht fehlt, aber es ist noch eine Bedingung dabei, die mußt du erfüllen.« »Wenn mirs an meiner Seligkeit nicht schadet«, antwortete der Soldat, der wohl merkte, wen er vor sich hatte, »sonst laß ich mich auf nichts ein.« »Das wirst du selber sehen«, antwortete der Grünrock,

»du darfst in den nächsten sieben Jahren dich nicht waschen, dir Bart und Haare nicht kämmen, die Nägel nicht schneiden und kein Vaterunser beten. Dann will ich dir einen Rock und Mantel geben, den mußt du in dieser Zeit tragen. Stirbst du in diesen sieben Jahren, so bist du mein, bleibst du aber leben, so bist du frei und bist reich dazu für dein Lebtag.« Der Soldat dachte an die große Not, in der er sich befand, und da er so oft in den Tod gegangen war, wollte er es auch jetzt wagen und willigte ein. Der Teufel zog den grünen Rock aus, reichte ihn dem Soldaten hin und sagte »wenn du den Rock an deinem Leibe hast und in die Tasche greifst, so wirst du die Hand immer voll Geld haben.« Dann zog er dem Bären die Haut ab und sagte »das soll dein Mantel sein und auch dein Bett, denn darauf mußt du schlafen und darfst in kein anderes Bett kommen. Und dieser Tracht wegen sollst du Bärenhäuter heißen.« Hierauf verschwand der Teufel.

Der Soldat zog den Rock an, griff gleich in die Tasche und fand, daß die Sache ihre Richtigkeit hatte. Dann hing er die Bärenhaut um, ging in die Welt, war guter Dinge und unterließ nichts, was ihm wohl und dem Gelde wehe tat. Im ersten Jahr ging es noch leidlich, aber in dem zweiten sah er schon aus wie ein Ungeheuer. Das Haar bedeckte ihm fast das ganze Gesicht, sein Bart glich einem Stück grobem Filztuch, seine Finger hatten Krallen, und sein Gesicht war so mit Schmutz bedeckt, daß wenn man Kresse hineingesät hätte, sie aufgegangen wäre. Wer ihn sah, lief fort, weil er aber allerorten den Armen Geld gab, damit sie für ihn beteten, daß er in den sieben Jahren nicht stürbe, und weil er alles gut bezahlte, so erhielt er doch immer noch Herberge. Im vierten Jahr kam er in ein Wirtshaus, da wollte ihn der Wirt nicht aufnehmen und wollte ihm nicht einmal einen Platz im Stall anweisen, weil er fürchtete, seine Pferde würden scheu werden. Doch als der Bärenhäuter in die Tasche griff und eine Handvoll Dukaten herausholte, so ließ der Wirt sich erweichen und gab ihm eine Stube im Hintergebäude; doch mußte er versprechen, sich nicht sehen zu lassen, damit sein Haus nicht in bösen Ruf käme.

Als der Bärenhäuter abends allein saß und von Herzen wünschte, daß die sieben Jahre herum wären, so hörte er in einem Nebenzimmer ein lautes Jammern. Er hatte ein mitleidiges Herz, öffnete die Türe und erblickte einen alten Mann, der heftig weinte und die Hände über dem Kopf zusammenschlug. Der Bärenhäuter trat näher, aber der Mann sprang auf und wollte entfliehen. Endlich, als er eine menschliche Stimme vernahm, ließ er sich bewegen, und durch freundliches Zureden brachte es der Bärenhäuter dahin, daß er ihm die Ursache seines Kummers offenbarte. Sein Vermögen war nach und nach geschwunden, er und seine Töchter mußten darben, und er war so arm, daß er den Wirt nicht einmal bezahlen konnte und ins Gefängnis sollte gesetzt werden. »Wenn Ihr weiter keine Sorgen habt«, sagte der Bärenhäuter, »Geld habe ich genug.« Er ließ den Wirt herbeikommen, bezahlte ihn und steckte dem Unglücklichen noch einen Beutel voll Gold in die Tasche.

Als der alte Mann sich aus seinen Sorgen erlöst sah, wußte er nicht, womit er sich dankbar beweisen sollte. »Komm mit mir«, sprach er zu ihm, »meine Töchter sind Wunder von Schönheit, wähle dir eine davon zur Frau. Wenn sie hört, was du für mich getan hast, so wird sie sich nicht weigern. Du siehst freilich ein wenig seltsam aus, aber sie wird dich schon wieder in Ordnung bringen.« Dem Bärenhäuter gefiel das wohl, und er ging mit. Als ihn die älteste erblickte, entsetzte sie sich so gewaltig vor seinem Antlitz, daß sie aufschrie und fortlief. Die zweite blieb zwar stehen und betrachtete ihn von Kopf bis zu Füßen, dann aber sprach sie »wie kann ich einen Mann nehmen, der keine menschliche Gestalt mehr hat? Da gefiel mir der rasierte Bär noch besser, der einmal hier zu sehen war und sich für einen Menschen ausgab, der hatte doch einen Husarenpelz an und weiße Handschuhe. Wenn er nur häßlich wäre, so könnte ich mich an ihn gewöhnen.« Die jüngste aber sprach »lieber Vater, das muß ein guter Mann sein, der Euch aus der Not geholfen hat, habt Ihr ihm dafür eine Braut versprochen, so muß Euer Wort gehalten werden.« Es war schade, daß das Gesicht des Bärenhäuters von Schmutz und Haaren bedeckt war, sonst hätte man sehen können, wie ihm das Herz im Leibe lachte, als er diese Worte hörte. Er nahm einen Ring von seinem Finger, brach ihn entzwei und gab ihr die eine Hälfte, die andere behielt er für sich. In ihre Hälfte aber schrieb er seinen Namen, und in seine Hälfte schrieb er ihren Namen und bat sie, ihr Stück gut aufzuheben. Hierauf nahm er Abschied und sprach »ich muß noch drei Jahre wandern: komm ich aber nicht wieder, so bist du frei, weil ich dann tot bin. Bitte aber Gott, daß er mir das Leben erhält.«

Die arme Braut kleidete sich ganz schwarz, und wenn sie an ihren Bräutigam dachte, so kamen ihr die Tränen in die Augen. Von ihren Schwestern ward ihr nichts als Hohn und Spott zuteil. »Nimm dich in acht«, sprach die älteste, »wenn du ihm die Hand reichst, so schlägt er dir mit der Tatze darauf.« »Hüte dich«, sagte die zweite, »die Bären lieben die Süßigkeit, und wenn du ihm gefällst, frißt er dich auf.« »Du mußt nur immer seinen Willen tun«, hub die älteste wieder an, »sonst fängt er an zu brummen.« Und die zweite fuhr fort »aber die Hochzeit wird lustig sein, Bären, die tanzen gut.« Die Braut schwieg still und ließ sich nicht irre machen. Der Bärenhäuter aber zog in der Welt herum, von einem Ort zum andern, tat Gutes, wo er konnte, und gab den Armen reichlich, damit sie für ihn beteten. Endlich, als der letzte Tag von den sieben Jahren anbrach, ging er wieder hinaus auf die Heide und setzte sich unter den Ring von Bäumen. Nicht lange, so sauste der Wind, und der Teufel stand vor ihm und blickte ihn verdrießlich an; dann warf er ihm den alten Rock hin und verlangte seinen grünen zurück. »So weit sind wir noch nicht«, antwortete der Bärenhäuter, »erst sollst du mich reinigen.« Der Teufel mochte wollen oder nicht, er mußte Wasser holen, den Bärenhäuter abwaschen, ihm die Haare kämmen und die Nägel schneiden. Hierauf sah er wie ein tapferer Kriegsmann aus und war viel schöner als je vorher.

Als der Teufel glücklich abgezogen war, so war es dem Bärenhäuter ganz leicht ums Herz. Er ging in die Stadt, tat einen prächtigen Sammetrock an, setzte sich in einen Wagen mit vier Schimmeln bespannt und fuhr zu dem Haus seiner Braut. Niemand erkannte ihn, der Vater hielt ihn für einen vornehmen Feldobrist und führte ihn in das Zimmer, wo seine Töchter saßen. Er mußte sich zwischen den beiden ältesten niederlassen: sie schenkten ihm Wein ein, legten ihm die besten Bissen vor und meinten, sie hätten keinen schöneren Mann auf der Welt gesehen. Die Braut aber saß in schwarzem Kleide ihm gegenüber, schlug die Augen nicht auf und sprach kein Wort. Als er endlich den Vater fragte, ob er ihm eine seiner Töchter zur Frau geben wollte, so sprangen die beiden ältesten auf, liefen in ihre Kammer und wollten prächtige Kleider anziehen, denn eine jede bildete sich ein, sie wäre die Auserwählte. Der Fremde, sobald er mit seiner Braut allein war, holte den halben Ring hervor und warf ihn in einen Becher mit Wein, den er ihr über den Tisch reichte. Sie nahm ihn an, aber als sie getrunken hatte und den halben Ring auf dem Grund liegen fand, so schlug ihr das Herz. Sie holte die andere Hälfte, die sie an einem Band um den Hals trug, hielt sie daran, und es zeigte sich, daß beide Teile vollkommen zueinander paßten. Da sprach er »ich bin dein verlobter Bräutigam, den du als Bärenhäuter gesehen hast, aber durch Gottes Gnade habe ich meine menschliche Gestalt wiedererhalten und bin wieder rein geworden.« Er ging auf sie zu, umarmte sie und gab ihr einen Kuß. Indem kamen die beiden Schwestern in vollem Putz herein, und als sie sahen, daß der schöne Mann der jüngsten zuteil geworden war, und hörten, daß das der Bärenhäuter war, liefen sie voll Zorn und Wut hinaus; die eine ersäufte sich im Brunnen, die andere erhenkte sich an einem Baum. Am Abend klopfte jemand an der Türe, und als der Bräutigam öffnete, so wars der Teufel im grünen Rock, der sprach »siehst du, nun habe ich zwei Seelen für deine eine.«

Der süße Brei

Es war einmal ein armes frommes Mädchen, das lebte mit seiner Mutter allein, und sie hatten nichts mehr zu essen. Da ging das Kind hinaus in den Wald, und begegnete ihm da eine alte Frau, die wußte seinen Jammer schon und schenkte ihm ein Töpfchen, zu dem sollt es sagen »Töpfchen, koche«, so kochte es guten süßen Hirsebrei, und wenn es sagte »Töpfchen, steh«, so hörte es wieder auf zu kochen. Das Mädchen brachte den Topf seiner Mutter heim, und nun waren sie ihrer Armut und ihres Hungers ledig und aßen süßen Brei, sooft sie wollten. Auf eine Zeit war das Mädchen ausgegangen, da sprach die Mutter »Töpfchen, koche«, da kocht es, und sie ißt sich satt; nun will sie, daß das Töpfchen wieder aufhören soll, aber sie weiß das Wort nicht. Also kocht es fort, und der Brei steigt über den Rand hinaus und kocht immerzu, die Küche und das ganze Haus voll und das zweite Haus und dann die Straße, als wollts die ganze Welt satt machen, und ist die größte Not, und kein Mensch weiß sich da zu helfen. Endlich, wie nur noch ein einziges Haus übrig ist, da kommt das Kind heim und spricht nur »Töpfchen, steh«, da steht es und hört auf zu kochen; und wer wieder in die Stadt wollte, der mußte sich durchessen.

Die beiden Wanderer

Berg und Tal begegnen sich nicht, wohl aber die Menschenkinder, zumal gute und böse. So kam auch einmal ein Schuster und ein Schneider auf der Wanderschaft zusammen. Der Schneider war ein kleiner hübscher Kerl und war immer lustig und guter Dinge. Er sah den Schuster von der andern Seite herankommen, und da er an seinem Ranzen merkte, was er für ein Handwerk trieb, rief er ihm ein Spottliedchen zu

»nähe mir die Naht,
ziehe mir den Draht,
streich ihn rechts und links mit Pech,
schlag, schlag mir fest den Zweck.«

Der Schuster aber konnte keinen Spaß vertragen, er verzog das Gesicht, als wenn er Essig getrunken hätte, und machte Miene, das Schneiderlein am Kragen zu packen. Der kleine Kerl fing aber an zu lachen, reichte ihm seine Flasche und sprach »es ist nicht bös gemeint, trink einmal und schluck die Galle hinunter.« Der Schuster tat einen gewaltigen Schluck, und das Gewitter auf seinem Gesicht fing an sich zu verziehen. Er gab dem Schneider die Flasche zurück und sprach »ich habe ihr ordentlich zugesprochen, man sagt wohl vom vielen Trinken, aber nicht vom großen Durst. Wollen wir zusammen wandern?« »Mir ists recht«, antwortete der Schneider, »wenn du nur Lust hast, in eine große Stadt zu gehen, wo es nicht an Arbeit fehlt.« »Gerade dahin wollte ich auch«, antwortete der Schuster, »in einem kleinen Nest ist nichts zu verdienen, und auf dem Lande gehen die Leute lieber barfuß.« Sie wanderten also zusammen weiter und setzten immer einen Fuß vor den andern wie die Wiesel im Schnee.

Zeit genug hatten sie beide, aber wenig zu beißen und zu brechen. Wenn sie in eine Stadt kamen, so gingen sie umher und grüßten das Handwerk, und weil das Schneiderlein so frisch und munter aussah und so hübsche rote Backen hatte, so gab ihm jeder gerne, und wenn das Glück gut war, so gab ihm die Meistertochter unter der Haustüre auch noch einen Kuß auf den Weg. Wenn er mit dem Schuster wieder zusammentraf, so hatte er immer mehr in seinem Bündel. Der griesgrämige Schuster schnitt ein schiefes Gesicht und meinte »je größer der Schelm, je größer das Glück.« Aber der Schneider fing an zu lachen und zu singen und teilte alles, was er bekam, mit seinem Kameraden. Klingelten nun ein paar Groschen in seiner Tasche, so ließ er auftragen, schlug vor Freude auf den Tisch, daß die Gläser tanzten, und es hieß bei ihm »leicht verdient und leicht vertan«.

Als sie eine Zeitlang gewandert waren, kamen sie an einen großen Wald, durch welchen der Weg nach der Königsstadt ging. Es führten aber zwei Fußsteige hindurch, davon war der eine sieben Tage lang, der andere nur zwei Tage, aber niemand von ihnen wußte, welcher der kürzere Weg war. Die zwei Wanderer setzten sich unter einen Eichenbaum und ratschlagten, wie sie sich vorsehen und für wie viele Tage sie Brot mitnehmen wollten. Der Schuster sagte »man muß weiter denken, als man geht, ich will für sieben Tage Brot mitnehmen.« »Was«, sagte der Schneider, »für sieben Tage Brot auf dem Rücken schleppen wie ein Lasttier und sich nicht umschauen? Ich halte mich an Gott und kehre mich an nichts. Das Geld, das ich in der Tasche habe, das ist im Sommer so gut als im Winter, aber das Brot wird in der heißen Zeit trocken und obendrein schimmelig. Mein Rock geht auch nicht länger als auf die Knöchel. Warum sollen wir den richtigen Weg nicht finden? Für zwei Tage Brot und damit gut.« Es kaufte sich also ein jeder sein Brot, dann gingen sie auf gut Glück in den Wald hinein.

In dem Wald war es so still wie in einer Kirche. Kein Wind wehte, kein Bach rauschte, kein Vogel sang, und durch die dichtbelaubten Äste drang kein Sonnenstrahl. Der Schuster sprach kein Wort, ihn drückte das schwere Brot auf dem Rükken, daß ihm der Schweiß über sein verdrießliches und finsteres Gesicht herabfloß. Der Schneider aber war ganz munter, sprang daher, pfiff auf einem Blatt oder sang ein Liedchen und dachte »Gott im Himmel muß sich freuen, daß ich so lustig bin.« Zwei Tage ging das so fort, aber als am dritten Tag der Wald kein Ende nehmen wollte und der Schneider sein Brot aufgegessen hatte, so fiel ihm das Herz doch eine Elle tiefer herab: indessen verlor er nicht den Mut, sondern verließ sich auf Gott und auf sein Glück. Den dritten Tag legte er sich abends hungrig unter einen Baum und stieg den andern Morgen hungrig wieder auf. So ging es auch den vierten Tag, und wenn der Schuster sich auf einen umgestürzten Baum setzte und seine Mahlzeit verzehrte, so blieb dem Schneider nichts als das Zusehen. Bat er um ein Stückchen Brot, so lachte der andere höhnisch und sagte »du bist immer so lustig gewesen, da kannst du auch einmal versuchen, wies tut, wenn man unlustig ist: die Vögel, die morgens zu früh singen, die stößt abends der Habicht«; kurz, er war ohne Barmherzigkeit. Aber am fünften Morgen konnte der arme Schneider nicht mehr aufstehen und vor Mattigkeit kaum ein Wort herausbringen; die Backen waren ihm weiß und die Augen rot. Da sagte der Schuster zu ihm »ich will dir heute ein Stück Brot geben, aber dafür will ich dir dein rechtes Auge ausstechen.« Der unglückliche Schneider, der doch gerne sein Leben erhalten wollte, konnte sich nicht anders helfen: er weinte noch einmal mit beiden Augen und hielt sie dann hin, und der Schuster, der ein Herz von Stein hatte, stach ihm mit einem scharfen Messer das rechte Auge aus. Dem Schneider kam in den Sinn, was ihm sonst seine Mutter gesagt hatte, wenn er in der Speisekammer genascht hatte »essen, soviel man mag, und leiden, was man muß.« Als er sein teuer bezahltes Brot verzehrt hatte, machte er sich wieder auf die Beine, vergaß sein Unglück und tröstete sich damit, daß er mit einem Auge noch immer genug sehen könnte. Aber am sechsten Tag meldete sich der Hunger aufs neue und zehrte ihm fast das Herz auf. Er fiel abends bei einem Baum nieder, und am siebenten Morgen konnte er sich vor Mattigkeit nicht erheben, und der Tod saß ihm im Nacken. Da sagte der Schuster »ich will Barmherzigkeit ausüben und dir nochmals Brot geben; umsonst bekommst du es nicht, ich steche dir dafür das andere Auge noch aus.« Da erkannte der Schneider sein leichtsinniges Leben, bat den lieben Gott um Verzeihung und sprach »tue, was du mußt, ich will leiden, was ich muß; aber bedenke, daß unser Herrgott nicht jeden Augenblick richtet, und daß eine andere Stunde kommt, wo die böse Tat vergolten wird, die du an mir verübst und die ich nicht an dir verdient habe. Ich habe in guten Tagen mit dir geteilt, was ich hatte. Mein Handwerk ist der Art, daß Stich muß Stich vertreiben. Wenn ich keine Augen mehr habe und nicht mehr nähen kann, so muß ich betteln gehen. Laß mich nur, wenn ich blind bin, hier nicht allein liegen, sonst muß ich verschmachten.« Der Schuster aber, der Gott aus seinem Herzen vertrieben hatte, nahm das Messer und stach ihm noch das linke Auge aus. Dann gab er ihm ein Stück Brot zu essen, reichte ihm einen Stock und führte ihn hinter sich her.

Als die Sonne unterging, kamen sie aus dem Wald, und vor dem Wald auf dem Feld stand ein Galgen. Dahin leitete der Schuster den blinden Schneider, ließ ihn dann liegen und ging seiner

Wege. Vor Müdigkeit, Schmerz und Hunger schlief der Unglückliche ein und schlief die ganze Nacht. Als der Tag dämmerte, erwachte er, wußte aber nicht, wo er lag. An dem Galgen hingen zwei arme Sünder, und auf dem Kopfe eines jeden saß eine Krähe. Da fing der eine an zu sprechen »Bruder, wachst du?« »Ja, ich wache«, antwortete der zweite. »So will ich dir etwas sagen«, fing der erste wieder an, »der Tau, der heute Nacht über uns vom Galgen herabgefallen ist, der gibt jedem, der sich damit wäscht, die Augen wieder. Wenn das die Blinden wüßten, wie mancher könnte sein Gesicht wiederhaben, der nicht glaubt, daß das möglich sei.« Als der Schneider das hörte, nahm er sein Taschentuch, drückte es auf das Gras, und als es mit dem Tau befeuchtet war, wusch er seine Augenhöhlen damit. Alsbald ging in Erfüllung, was der Gehenkte gesagt hatte, und ein paar frische und gesunde Augen füllten die Höhlen. Es dauerte nicht lange, so sah der Schneider die Sonne hinter den Bergen aufsteigen: vor ihm in der Ebene lag die große Königsstadt mit ihren prächtigen Toren und hundert Türmen, und die goldenen Knöpfe und Kreuze, die auf den Spitzen standen, fingen an zu glühen. Er unterschied jedes Blatt an den Bäumen, erblickte die Vögel, die vorbeiflogen, und die Mücken, die in der Luft tanzten. Er holte eine Nähnadel aus der Tasche, und als er den Zwirn einfädeln konnte, so gut, als er es je gekonnt hatte, so sprang sein Herz vor Freude. Er warf sich auf seine Knie, dankte Gott für die erwiesene Gnade und sprach seinen Morgensegen: er vergaß auch nicht, für die armen Sünder zu bitten, die da hingen wie der Schwengel in der Glocke und die der Wind aneinander schlug. Dann nahm er seinen Bündel auf den Rücken, vergaß bald das ausgestandene Herzeleid und ging unter Singen und Pfeifen weiter.

Das erste, was ihm begegnete, war ein braunes Füllen, das frei im Felde herumsprang. Er packte es an der Mähne, wollte sich aufschwingen und in die Stadt reiten. Das Füllen aber bat um seine Freiheit »ich bin noch zu jung«, sprach es, »auch ein leichter Schneider wie du bricht mir den Rükken entzwei, laß mich laufen, bis ich stark geworden bin. Es kommt vielleicht eine Zeit, wo ich dirs lohnen kann.« »Lauf hin«, sagte der Schneider, »ich sehe, du bist auch so ein Springinsfeld.« Er gab ihm noch einen Hieb mit der Gerte über den Rücken, daß es vor Freude mit den Hinterbeinen ausschlug, über Hecken und Gräben setzte und in das Feld hineinjagte.

Aber das Schneiderlein hatte seit gestern nichts gegessen. »Die Sonne«, sprach er, »füllt mir zwar die Augen, aber das Brot nicht den Mund. Das erste, was mir begegnet und halbwegs genießbar ist, das muß herhalten.« Indem schritt ein Storch ganz ernsthaft über die Wiese daher. »Halt, halt«, rief der Schneider und packte ihn am Bein, »ich weiß nicht, ob du zu genießen bist, aber mein Hunger erlaubt mir keine lange Wahl, ich muß dir den Kopf abschneiden und dich braten. »Tue das nicht«, antwortete der Storch, »ich bin ein heiliger Vogel, dem niemand ein Leid zufügt, und der den Menschen großen Nutzen bringt. Läßt du mir mein Leben, so kann ich dirs ein andermal vergelten.« »So zieh ab, Vetter Langbein«, sagte der Schneider. Der Storch erhob sich, ließ die langen Beine hängen und flog gemächlich fort.

»Was soll daraus werden?« sagte der Schneider zu sich selbst, »mein Hunger wird immer größer und mein Magen immer leerer. Was mir jetzt in den Weg kommt, das ist verloren.« Indem sah er auf einem Teich ein paar junge Enten daherschwimmen. »Ihr kommt ja wie gerufen«, sagte er, packte eine davon und wollte ihr den Hals umdrehen. Da fing eine alte Ente, die in dem Schilf steckte, laut an zu kreischen, schwamm mit aufgesperrtem Schnabel herbei und bat ihn flehentlich, sich ihrer lieben Kinder zu erbarmen.

»Denkst du nicht«, sagte sie, »wie deine Mutter jammern würde, wenn dich einer wegholen und dir den Garaus machen wollte?« »Sei nur still«, sagte der gutmütige Schneider, »du sollst deine Kinder behalten«, und setzte die Gefangene wieder ins Wasser.

Als er sich umkehrte, stand er vor einem alten Baum, der halb hohl war, und sah die wilden Bienen aus- und einfliegen. »Da finde ich gleich den Lohn für meine gute Tat«, sagte der Schneider, »der Honig wird mich laben.« Aber der Weisel kam heraus, drohte und sprach »wenn du mein Volk anrührst und mein Nest zerstörst, so sollen dir unsere Stacheln wie zehntausend glühende Nadeln in die Haut fahren. Läßt du uns aber in Ruhe und gehst deiner Wege, so wollen wir dir ein andermal dafür einen Dienst leisten.«

Das Schneiderlein sah, daß auch hier nichts anzufangen war. »Drei Schüsseln leer«, sagte er, »und auf der vierten nichts, das ist eine schlechte Mahlzeit.« Er schleppte sich also mit seinem ausgehungerten Magen in die Stadt, und da es eben zu Mittag läutete, so war für ihn im Gasthaus schon gekocht, und er konnte sich gleich zu Tisch setzen. Als er satt war, sagte er »nun will ich auch arbeiten.« Er ging in der Stadt umher, suchte einen Meister und fand auch bald ein gutes Unterkommen. Da er aber sein Handwerk von Grund auf gelernt hatte, so dauerte es nicht lange, er ward berühmt, und jeder wollte seinen neuen Rock von dem kleinen Schneider gemacht haben. Alle Tage nahm sein Ansehen zu. »Ich kann in meiner Kunst nicht weiterkommen«, sprach er, »und doch gehts jeden Tag besser.« Endlich bestellte ihn der König zu seinem Hofschneider.

Aber wies in der Welt geht. An demselben Tag war sein ehemaliger Kamerad, der Schuster, auch Hofschuster geworden. Als dieser den Schneider erblickte und sah, daß er wieder zwei gesunde Augen hatte, so peinigte ihn das Gewissen. »Ehe er Rache an mir nimmt«, dachte er bei sich selbst, »muß ich ihm eine Grube graben.« Wer aber andern eine Grube gräbt, fällt selbst hinein. Abends, als er Feierabend gemacht hatte und es dämmerig geworden war, schlich er sich zu dem König und sagte »Herr König, der Schneider ist ein übermütiger Mensch und hat sich vermessen, er wollte die goldene Krone wieder herbeischaffen, die vor alten Zeiten ist verloren gegangen.« »Das sollte mir lieb sein«, sprach der König, ließ den Schneider am andern Morgen vor sich fordern und befahl ihm, die Krone wieder herbeizuschaffen oder für immer die Stadt zu verlassen. »Oho«, dachte der Schneider, »ein Schelm gibt mehr, als er hat. Wenn der murrköpfige König von mir verlangt, was kein Mensch leisten kann, so will ich nicht warten bis morgen, sondern gleich heute wieder zur Stadt hinauswandern.« Er schnürte also sein Bündel, als er aber aus dem Tor heraus war, so tat es ihm doch leid, daß er sein Glück aufgegeben und die Stadt, in der es ihm so wohl gegangen war, mit dem Rücken ansehen sollte. Er kam zu dem Teich, wo er mit den Enten Bekanntschaft gemacht hatte, da saß gerade die Alte, der er ihre Jungen gelassen hatte, am Ufer und putzte sich mit dem Schnabel. Sie erkannte ihn gleich und fragte, warum er den Kopf so hängen lasse. »Du wirst dich nicht wundern, wenn du hörst, was mir begegnet ist«, antwortete der Schneider und erzählte ihr sein Schicksal. »Wenns weiter nichts ist«, sagte die Ente, »da können wir Rat schaffen. Die Krone ist ins Wasser gefallen und liegt unten auf dem Grund, wie bald haben wir sie wieder heraufgeholt. Breite nur derweil dein Taschentuch ans Ufer aus.« Sie tauchte mit ihren zwölf Jungen unter, und nach fünf Minuten war sie wieder oben und saß mitten in der Krone, die auf ihren Fittichen ruhte, und die zwölf Jungen schwammen rund herum, hatten ihre Schnäbel untergelegt und halfen tragen. Sie schwammen ans Land und legten die Krone auf das Tuch. Du glaubst nicht, wie prächtig die Krone war, wenn die Sonne darauf schien, so glänzte sie wie hunderttausend Karfunkelsteine. Der Schneider band sein Tuch mit den vier Zipfeln zusammen und trug sie zum König, der in einer Freude war und dem Schneider eine goldene Kette um den Hals hing.

Als der Schuster sah, daß der eine Streich mißlungen war, so besann er sich auf einen zweiten, trat vor den König und sprach »Herr König, der Schneider ist wieder so übermütig geworden, er vermißt sich, das ganze königliche Schloß mit allem, was darin ist, los und fest, innen und außen, in Wachs abzubilden.« Der König ließ den Schneider kommen und befahl ihm, das ganze königliche Schloß mit allem, was darin wäre, los und fest, innen und außen, in Wachs abzubilden, und wenn er es nicht zustande brächte, oder es fehlte nur ein Nagel an der Wand, so sollte er zeitlebens unter der Erde gefangen sitzen. Der Schneider dachte »es kommt immer ärger, das hält kein Mensch aus«, warf sein Bündel auf den Rücken und wanderte fort. Als er an den hohlen Baum kam, setzte er sich nieder und ließ den Kopf hängen. Die Bienen kamen herausgeflogen, und der Weisel fragte ihn, ob er einen steifen Hals hätte, weil er den Kopf so schief hielt. »Ach nein«, antwortete der Schneider, »mich drückt etwas anderes«, und erzählte, was der König von ihm gefordert hatte. Die Bienen fingen an untereinander zu summen und zu brummen, und der Weisel sprach »geh nur wieder nach Haus, komm aber morgen um diese Zeit wieder und bring ein großes Tuch mit, so wird alles gut gehen.« Da kehrte er wieder um, die Bienen aber flogen nach dem königlichen Schloß geradezu in die offenen Fenster hinein, krochen in allen Ecken herum und besahen alles aufs genaueste. Dann liefen sie zurück und bildeten das Schloß in Wachs nach mit einer solchen Geschwindigkeit, daß man meinte, es wüchse einem vor den Augen. Schon am Abend war alles fertig, und als der Schneider am folgenden Morgen kam, so stand das ganze prächtige Gebäude da, und es fehlte kein Nagel an der Wand und kein Ziegel auf dem Dach; dabei war es zart und schneeweiß, und roch süß wie Honig. Der Schneider packte es vorsichtig in sein Tuch und brachte es dem König, der aber konnte sich nicht genug verwundern, stellte es in seinem größten Saal auf und schenkte dem Schneider dafür ein großes steinernes Haus.

Der Schuster aber ließ nicht nach, ging zum drittenmal zu dem König und sprach »Herr König, dem Schneider ist zu Ohren gekommen, daß auf dem Schloßhof kein Wasser springen will, da hat er sich vermessen, es solle mitten im Hof mannshoch aufsteigen und hell sein wie Kristall.« Da ließ der König den Schneider herbeiholen und sagte »wenn nicht morgen ein Strahl von Wasser in meinem Hof springt, wie du versprochen hast, so soll dich der Scharfrichter auf demselben Hof um einen Kopf kürzer machen.« Der arme Schneider besann sich nicht lange und eilte zum Tore hinaus, und weil es ihm diesmal ans Leben gehen sollte, so rollten ihm die Tränen über die Backen herab. Indem er so voll Trauer dahinging, kam das Füllen herangesprungen, dem er einmal die Freiheit geschenkt hatte und aus dem ein hübscher Brauner geworden war. »Jetzt kommt die Stunde«, sprach er zu ihm, »wo ich dir deine Guttat vergelten kann. Ich weiß schon, was dir fehlt, aber es soll dir bald geholfen werden, sitz nur auf, mein Rücken kann deiner zwei tragen.« Dem Schneider kam das Herz wieder, er sprang in einem Satz auf, und das Pferd rannte in vollem Lauf zur Stadt hinein und geradezu auf den Schloßhof. Da jagte es dreimal rund herum, schnell wie der Blitz, und beim drittenmal stürzte es nieder. In dem Augenblick aber krachte es furchtbar: ein Stück Erde sprang in der Mitte des Hofs wie eine Kugel in die Luft und über das

Schloß hinaus, und gleich dahinterher erhob sich ein Strahl von Wasser so hoch wie Mann und Pferd, und das Wasser war so rein wie Kristall, und die Sonnenstrahlen fingen an darauf zu tanzen. Als der König das sah, stand er vor Verwunderung auf, ging und umarmte das Schneiderlein im Angesicht aller Menschen.

Aber das Glück dauerte nicht lange. Der König hatte Töchter genug, eine immer schöner als die andere, aber keinen Sohn. Da begab sich der boshafte Schuster zum viertenmal zu dem Könige und sprach »Herr König, der Schneider läßt nicht ab von seinem Übermut. Jetzt hat er sich vermessen, wenn er wolle, so könne er dem Herrn König einen Sohn durch die Lüfte herbeitragen lassen.« Der König ließ den Schneider rufen und sprach »wenn du mir binnen neun Tagen einen Sohn bringen läßt, so sollst du meine älteste Tochter zur Frau haben.« »Der Lohn ist freilich groß«, dachte das Schneiderlein, »da täte man wohl ein übriges, aber die Kirschen hängen mir zu hoch: wenn ich danach steige, so bricht unter mir der Ast, und ich falle herab.« Er ging nach Haus, setzte sich mit unterschlagenen Beinen auf seinen Arbeitstisch und bedachte sich, was zu tun wäre. »Es geht nicht«, rief er endlich aus, »ich will fort, hier kann ich doch nicht in Ruhe leben.« Er schnürte sein Bündel und eilte zum Tore hinaus. Als er auf die Wiesen kam, erblickte er seinen alten Freund, den Storch, der da wie ein Weltweiser auf- und abging, zuweilen still stand, einen Frosch in nähere Betrachtung nahm und ihn endlich verschluckte. Der Storch kam heran und begrüßte ihn. »Ich sehe«, hub er an, »du hast deinen Ranzen auf dem Rücken, warum willst du die Stadt verlassen?« Der Schneider erzählte ihm, was der König von ihm verlangt hatte und er nicht erfüllen konnte, und jammerte über sein Mißgeschick. »Laß dir darüber keine grauen Haare wachsen«, sagte der Storch, »ich will dir aus der Not helfen. Schon lange bringe ich die Wickelkinder in die Stadt, da kann ich auch einmal einen kleinen Prinzen aus dem Brunnen holen. Geh heim und verhalte dich ruhig. Heut über neun Tage begib dich in das königliche Schloß, da will ich kommen.« Das Schneiderlein ging nach Haus und war zu rechter Zeit in dem Schloß. Nicht lange, so kam der Storch herangeflogen und klopfte ans Fenster. Der Schneider öffnete ihm, und Vetter Langbein stieg vorsichtig herein und ging mit gravitätischen Schritten über den glatten Marmorboden; er hatte aber ein Kind im Schnabel, das schön wie ein Engel und seine Händchen nach der Königin ausstreckte. Er legte es ihr auf den Schoß, und sie herzte und küßte es und war vor Freude außer sich. Der Storch nahm, bevor er wieder wegflog, seine Reisetasche von der Schulter herab und überreichte sie der Königin. Es steckten Tüten darin mit bunten Zuckererbsen, sie wurden unter die kleinen Prinzessinnen verteilt. Die älteste aber erhielt nichts, sondern bekam den lustigen Schneider zum Mann. »Es ist mir geradeso«, sprach der Schneider, »als wenn ich das große Los gewonnen hätte. Meine Mutter hatte doch recht, die sagte immer, wer auf Gott vertraut und nur Glück hat, dem kanns nicht fehlen.«

Der Schuster mußte die Schuhe machen, in welchen das Schneiderlein auf dem Hochzeitsfest tanzte, hernach ward ihm befohlen, die Stadt auf immer zu verlassen. Der Weg nach dem Wald führte ihn zu dem Galgen. Von Zorn, Wut und der Hitze des Tages ermüdet, warf er sich nieder. Als er die Augen zumachte und schlafen wollte, stürzten die beiden Krähen von den Köpfen der Gehenkten mit lautem Geschrei herab und hackten ihm die Augen aus. Unsinnig rannte er in den Wald und muß darin verschmachtet sein, denn es hat ihn niemand wieder gesehen oder etwas von ihm gehört.

Hans mein Igel

Es war einmal ein Bauer, der hatte Geld und Gut genug, aber wie reich er war, so fehlte doch etwas an seinem Glück: er hatte mit seiner Frau keine Kinder. Öfters, wenn er mit den andern Bauern in die Stadt ging, spotteten sie und fragten, warum er keine Kinder hätte. Da ward er endlich zornig, und als er nach Haus kam, sprach er »ich will ein Kind haben, und sollts ein Igel sein.« Da kriegte seine Frau ein Kind, das war oben ein Igel und unten ein Junge, und als sie das Kind sah, erschrak sie und sprach »siehst du, du hast uns verwünscht.« Da sprach der Mann »was kann das alles helfen, getauft muß der Junge werden, aber wir können keinen Gevatter dazu nehmen.« Die Frau sprach »wir können ihn auch nicht anders taufen als Hans mein Igel.« Als er getauft war, sagte der Pfarrer »der kann wegen seiner Stacheln in kein ordentlich Bett kommen.« Da ward hinter dem Ofen ein wenig Stroh zurecht gemacht und Hans mein Igel darauf gelegt. Er konnte auch an der Mutter nicht trinken, denn er hätte sie mit seinen Stacheln gestochen. So lag er da hinter dem Ofen acht Jahre, und sein Vater war ihn müde und dachte, wenn er nur stürbe; aber er starb nicht, sondern blieb da liegen. Nun trug es sich zu, daß in der Stadt ein Markt war, und der Bauer wollte hingehen, da fragte er seine Frau, was er ihr sollte mitbringen. »Ein wenig Fleisch und ein paar Wecken, was zum Haushalt gehört«, sprach sie. Darauf fragte er die Magd, die wollte ein paar Toffeln und Zwickelstrümpfe. Endlich sagte er auch »Hans mein Igel, was willst du denn haben?« »Väterchen«, sprach er, »bring mir doch einen Dudelsack mit.« Wie nun der Bauer wieder nach Haus kam, gab er der Frau, was er ihr gekauft hatte, Fleisch und Wecke, dann gab er der Magd die Toffeln und die Zwickelstrümpfe, endlich ging er hinter den Ofen und gab dem Hans mein Igel den Dudelsack. Und wie Hans mein Igel den Dudelsack hatte, sprach er »Väterchen, geht doch vor die Schmiede und laßt mir meinen Göckelhahn beschlagen, dann will ich fortreiten und will nimmermehr wiederkommen.« Da war der Vater froh, daß er ihn los werden sollte, und ließ ihm den Hahn beschlagen, und als er fertig war, setzte sich Hans mein Igel darauf, ritt fort, nahm auch Schweine und Esel mit, die wollt er draußen im Walde hüten. Im Wald aber mußte der Hahn mit ihm auf einen hohen Baum fliegen, da saß er und hütete die Esel und Schweine, und saß lange Jahre, bis die Herde ganz groß war, und wußte sein Vater nichts von ihm. Wenn er aber auf dem Baum saß, blies er seinen Dudelsack und machte Musik, die war sehr schön. Einmal kam ein König vorbeigefahren, der hatte sich verirrt und hörte die Musik: da verwunderte er sich darüber und schickte seinen Bedienten hin, er sollte sich einmal umgucken, wo die Musik herkäme. Er guckte sich um, sah aber nichts als ein kleines Tier auf dem Baum oben sitzen, das war wie ein Göckelhahn, auf dem ein Igel saß, und der machte die Musik. Da sprach der König zum Bedienten, er sollte fragen, warum er da säße und ob er nicht wüßte, wo der Weg in sein Königreich ginge. Da stieg Hans mein Igel vom Baum und sprach, er wollte den Weg zeigen, wenn der König ihm wollte verschreiben und versprechen, was ihm zuerst begegnete am königlichen Hofe, sobald er nach Haus käme. Da dachte der König »das kann ich leicht tun, Hans mein Igel verstehts doch nicht, und ich kann schreiben, was ich will.« Da nahm der König Feder und Tinte und schrieb etwas auf, und als es geschehen war, zeigte ihm Hans mein Igel den Weg, und er kam glücklich nach Haus. Seine Tochter aber, wie sie ihn von weitem sah, war so voll Freuden, daß sie ihm entgegenlief und ihn küßte. Da gedachte er an Hans mein Igel und erzählte ihr, wie es ihm gegangen wäre und daß er einem wunderlichen Tier hätte verschreiben sollen, was ihm daheim zuerst begegnen würde, und das Tier hätte auf einem Hahn wie auf einem Pferde gesessen und schöne Musik gemacht; er hätte aber geschrieben, es sollts nicht haben, denn Hans mein Igel könnt es doch nicht lesen. Darüber war die Prinzessin froh und sagte, das wäre gut, denn sie wäre doch nimmermehr hingegangen.

Hans mein Igel aber hütete die Esel und Schweine, war immer lustig, saß auf dem Baum und blies auf seinem Dudelsack. Nun geschah es, daß ein anderer König gefahren kam mit seinen Bedienten und Laufern und hatte sich verirrt und wußte nicht wieder nach Haus zu kommen, weil der Wald so groß war. Da hörte er gleichfalls die schöne Musik von weitem und sprach zu seinem Laufer, was das wohl wäre, er sollte einmal zusehen. Da ging der Laufer hin unter den Baum und sah den Göckelhahn sitzen und Hans mein Igel oben drauf. Der Laufer fragte ihn, was er da oben vorhätte. »Ich hüte meine Esel und Schweine; aber was ist Euer Begehren?« Der Laufer sagte, sie hätten sich verirrt und könnten nicht wieder ins Königreich, ob er ihnen den Weg nicht zeigen wollte. Da stieg Hans mein Igel mit dem Hahn vom Baum herunter und sagte zu dem alten König, er wolle ihm den Weg zeigen, wenn er ihm zu eigen geben wollte, was ihm zu Haus vor seinem königlichen Schlosse das erste begegnen würde. Der König sagte »ja« und unterschrieb sich dem Hans mein Igel, er sollte es haben. Als das geschehen war, ritt er auf dem Göckelhahn voraus und zeigte ihm den Weg, und gelangte der König glücklich wieder in sein Reich. Wie er auf den Hof kam, war große Freude darüber. Nun hatte er eine einzige Tochter, die war sehr schön, die lief ihm entgegen, fiel ihm um den Hals und küßte ihn und freute sich, daß ihr alter Vater wiederkam. Sie fragte ihn auch, wo er so lange in der Welt gewesen wäre, da erzählte er ihr, er hätte sich verirrt und wäre beinahe gar nicht wiedergekommen, aber als er durch einen großen Wald gefahren wäre, hätte einer, halb wie ein Igel, halb wie ein Mensch, rittlings auf einem Hahn in einem hohen Baum gesessen und schöne Musik gemacht, der hätte ihm fortgeholfen und den Weg gezeigt, er aber hätte ihm dafür versprochen, was ihm am königlichen Hofe zuerst begegnete, und das wäre sie, und das täte ihm nun so leid. Da versprach sie ihm aber, sie wollte gerne mit ihm gehen, wenn er käme, ihrem alten Vater zuliebe.

Hans mein Igel aber hütete seine Schweine und die Schweine bekamen wieder Schweine und wurden ihrer so viel, daß der ganze Wald voll war. Da wollte Hans mein Igel nicht länger im Walde leben, und ließ seinem Vater sagen, sie sollten alle Ställe im Dorf räumen, denn er käme mit einer so großen Herde, daß jeder schlachten könnte, der nur schlachten wollte. Da war sein Vater betrübt, als er das hörte, denn er dachte, Hans mein Igel wäre schon lange gestorben. Hans mein Igel aber setzte sich auf seinen Göckelhahn, trieb die Schweine vor sich her ins Dorf und ließ schlachten; hu! da war ein Gemetzel und ein Hacken, daß mans zwei Stunden weit hören konnte. Danach sagte Hans mein Igel »Väterchen, laßt mir meinen Göckelhahn noch einmal vor der Schmiede beschlagen, dann reit ich fort und komme mein Lebtag nicht wieder.« Da ließ der Vater den Göckelhahn beschlagen und war froh, daß Hans mein Igel nicht wiederkommen wollte.

Hans mein Igel ritt fort in das erste Königreich, da hatte der König befohlen, wenn einer käme auf einem Hahn geritten und hätte einen Dudelsack bei sich, dann sollten alle auf ihn schießen, hauen und stechen, damit er nicht ins

Schloß käme. Als nun Hans mein Igel dahergeritten kam, drangen sie mit den Bajonetten auf ihn ein, aber er gab dem Hahn die Sporen, flog auf, über das Tor hin vor des Königs Fenster, ließ er sich da nieder, und rief ihm zu, er sollt ihm geben, was er versprochen hätte, sonst so wollt er ihm und seiner Tochter das Leben nehmen. Da gab der König seiner Tochter gute Worte, sie möchte zu ihm hinausgehen, damit sie ihm und sich das Leben rettete. Da zog sie sich weiß an, und ihr Vater gab ihr einen Wagen mit sechs Pferden und herrliche Bediente, Geld und Gut. Sie setzte sich hinein, und Hans mein Igel mit seinem Hahn und Dudelsack neben sie, dann nahmen sie Abschied und zogen fort, und der König dachte, er kriegte sie nicht wieder zu sehen. Es ging aber anders, als er dachte, denn als sie ein Stück Wegs von der Stadt waren, da zog ihr Hans mein Igel die schönen Kleider aus und stach sie mit seiner Igelhaut, bis sie ganz blutig war, sagte »das ist der Lohn für eure Falschheit, geh hin, ich will dich nicht«, und jagte sie damit nach Haus, und war sie beschimpft ihr Lebtag.

Hans mein Igel aber ritt weiter auf seinem Göckelhahn und mit seinem Dudelsack nach dem zweiten Königreich, wo er dem König auch den Weg gezeigt hatte. Der aber hatte bestellt, wenn einer käme wie Hans mein Igel, sollten sie das Gewehr präsentieren, ihn frei hereinführen, Vivat rufen und ihn ins königliche Schloß bringen. Wie ihn nun die Königstochter sah, war sie erschrocken, weil er doch gar zu wunderlich aussah, sie dachte aber, es wäre nicht anders, sie hätte es ihrem Vater versprochen. Da ward Hans mein Igel von ihr bewillkommt und ward mit ihr vermählt, und er mußte mit an die königliche Tafel gehen, und sie setzte sich zu seiner Seite, und sie aßen und tranken. Wies nun Abend ward, daß sie wollten schlafen gehen, da fürchtete sie sich sehr vor seinen Stacheln: er aber sprach, sie sollte sich nicht fürchten, es geschähe ihr kein Leid, und sagte zu dem alten König, er sollte vier Mann bestellen, die sollten wachen vor der Kammertüre und ein großes Feuer anmachen, und wann er in die Kammer einginge und sich ins Bett legen wollte, würde er aus seiner Igelshaut herauskriechen und sie vor dem Bett liegen lassen: dann sollten die Männer hurtig herbeispringen und sie ins Feuer werfen, auch dabeibleiben, bis sie vom Feuer verzehrt wäre. Wie die Glocke nun elfe schlug, da ging er in die Kammer, streifte die Igelshaut ab und ließ sie vor dem Bette liegen: da kamen die Männer und holten sie geschwind und warfen sie ins Feuer; und als sie das Feuer verzehrt hatte, da war er erlöst und lag da im Bett ganz als ein Mensch gestaltet, aber er war kohlschwarz wie gebrannt. Der König schickte zu seinem Arzt, der wusch ihn mit guten Salben und balsamierte ihn, da ward er weiß und war ein schöner junger Herr. Wie das die Königstochter sah, war sie froh, und am andern Morgen stiegen sie mit Freuden auf, aßen und tranken, und ward die Vermählung erst recht gefeiert, und Hans mein Igel bekam das Königreich von dem alten König.

Wie etliche Jahre herum waren, fuhr er mit seiner Gemahlin zu seinem Vater und sagte, er wäre sein Sohn; der Vater aber sprach, er hätte keinen, er hätte nur einen gehabt, der wäre aber wie ein Igel mit Stacheln geboren worden, und wäre in die Welt gegangen. Da gab er sich zu erkennen, und der alte Vater freute sich und ging mit ihm in sein Königreich.

Mein Märchen ist aus
und geht vor Gustchen sein Haus.

Der arme Müllerbursch und das Kätzchen

In einer Mühle lebte ein alter Müller, der hatte weder Frau noch Kinder, und drei Müllerburschen dienten bei ihm. Wie sie nun etliche Jahre bei ihm gewesen waren, sagte er eines Tags zu ihnen »ich bin alt und will mich hinter den Ofen setzen. Zieht aus, und wer mir das beste Pferd nach Haus bringt, dem will ich die Mühle geben, und er soll mich dafür bis an meinen Tod verpflegen.« Der dritte von den Burschen war aber der Kleinknecht, der ward von den andern für albern gehalten, dem gönnten sie die Mühle nicht; und er wollte sie hernach nicht einmal. Da zogen sie alle drei miteinander aus, und wie sie vor das Dorf kamen, sagten die zwei zu dem albernen Hans »du kannst nur hier bleiben, du kriegst dein Lebtag keinen Gaul.« Hans aber ging doch mit, und als es Nacht war, kamen sie an eine Höhle, dahinein legten sie sich schlafen. Die zwei Klugen warteten, bis Hans eingeschlafen war, dann stiegen sie auf, machten sich fort und ließen

Hänschen liegen und meintens recht fein gemacht zu haben; ja, es wird euch doch nicht gut gehen! Wie nun die Sonne kam und Hans aufwachte, lag er in einer tiefen Höhle: Er guckte sich überall um und rief »ach Gott, wo bin ich!« Da erhob er sich und krabbelte die Höhle hinauf, ging in den Wald und dachte »ich bin hier ganz allein und verlassen, wie soll ich nun zu einem Pferd kommen!« Indem er so in Gedanken dahinging, begegnete ihm ein kleines buntes Kätzchen, das sprach ganz freundlich »Hans, wo willst du hin?« »Ach, du kannst mir doch nicht helfen.« »Was dein Begehren ist, weiß ich wohl«, sprach das Kätzchen, »du willst einen hübschen Gaul haben. Komm mit mir und sei sieben Jahre lang mein treuer Knecht, so will ich dir einen geben, schöner, als du dein Lebtag einen gesehen hast.« »Nun, das ist eine wunderliche Katze«, dachte Hans, »aber sehen will ich doch, ob das wahr ist, was sie sagt.« Da nahm sie ihn mit in ihr verwünschtes Schlößchen und hatte da lauter Kätzchen, die ihr dienten: die sprangen flink die Treppe auf und ab, waren lustig und guter Dinge. Abends, als sie sich zu Tisch setzten, mußten drei Musik machen, eins strich den Baß, das andere die Geige, das dritte setzte die Trompete an und blies die Backen auf, so sehr es nur konnte.

Als sie gegessen hatten, wurde der Tisch weggetragen, und die Katze sagte »nun komm, Hans, und tanze mit mir.« »Nein«, antwortete er, »mit einer Miezekatze tanze ich nicht, das habe ich noch niemals getan.« »So bringt ihn ins Bett«, sagte sie zu den Kätzchen. Da leuchtete ihm eins in seine Schlafkammer, eins zog ihm die Schuhe aus, eins die Strümpfe, und zuletzt blies eins das Licht aus. Am andern Morgen kamen sie wieder und halfen ihm aus dem Bett, eins zog ihm die Strümpfe an, eins band ihm die Strumpfbänder, eins holte die Schuhe, eins wusch ihn, und eins trocknete ihm mit dem Schwanz das Gesicht ab. »Das tut recht sanft«, sagte Hans. Er mußte aber auch der Katze dienen und alle Tage Holz klein machen; dazu kriegte er eine Axt von Silber und die Keile und Säge von Silber, und der Schläger war von Kupfer. Nun, da machte ers klein, blieb da im Haus, hatte sein gutes Essen und Trinken, sah aber niemand als die bunte Katze und ihr Gesinde. Einmal sagte sie zu ihm »geh hin und mähe meine Wiese, und mache das Gras trokken«, und gab ihm von Silber eine Sense und von Gold einen Wetzstein, hieß ihn aber auch alles wieder richtig abliefern. Da ging Hans hin und tat, was ihm geheißen war; nach vollbrachter Arbeit trug er Sense, Wetzstein und Heu nach Haus und fragte, ob sie ihm noch nicht seinen Lohn geben wollte. »Nein«, sagte die Katze, »du sollst mir erst noch einerlei tun, da ist Bauholz von Silber, Zimmeraxt, Winkeleisen und was nötig ist, alles von Silber, daraus baue mir erst ein kleines Häuschen.« Da baute Hans das Häuschen fertig und sagte, er hätte nun alles getan und hätte noch kein Pferd. Doch waren ihm die sieben Jahre herumgegangen wie ein halbes. Fragte die Katze, ob er ihre Pferde sehen wollte? »Ja«, sagte Hans. Da machte sie ihm das Häuschen auf, und weil sie die Türe so aufmacht, da stehen zwölf Pferde, ach, die waren gewesen ganz stolz, die hatten geblänkt und gespiegelt, daß sich sein Herz im Leibe darüber freute. Nun gab sie ihm zu essen und zu trinken und sprach »geh heim, dein Pferd geb ich dir nicht mit: in drei Tagen aber komm ich und bringe dirs nach.« Also machte Hans sich auf, und sie zeigte ihm den Weg zur Mühle. Sie hatte ihm aber nicht einmal ein neues Kleid gegeben, sondern er mußte sein altes lumpiges Kittelchen behalten, das er mitgebracht hatte und das ihm in den sieben Jahren überall zu kurz geworden war. Wie er nun heim kam, so waren die beiden andern Müllerburschen auch wieder da: jeder hatte zwar sein Pferd mitgebracht, aber des einen seins war blind, des andern seins lahm. Sie fragten »Hans, wo hast du dein Pferd?« »In drei Tagen wirds nachkommen.« Da lachten sie und sagten »ja, du Hans, wo willst du ein Pferd herkriegen, das wird was Rechtes sein!« Hans ging in die Stube, der Müller sagte aber, er sollte nicht an den Tisch kommen, er wäre so zerrissen und zerlumpt, man müßte sich schämen, wenn jemand hereinkäme. Da gaben sie ihm ein bißchen Essen hinaus, und wie sie abends schlafen gingen, wollten ihm die zwei andern kein Bett geben, und er mußte endlich ins Gänseställchen kriechen und sich auf ein wenig hartes Stroh legen. Am Morgen, wie er aufwacht, sind schon die drei Tage herum, und es kommt eine Kutsche mit sechs Pferden, ei, die glänzten, daß es schön war, und ein Bedienter, der brachte noch ein siebentes, das war für den armen Müllerbursch. Aus der Kutsche aber stieg eine prächtige Königstochter und ging in die Mühle hinein, und die Königstochter war das kleine bunte Kätzchen, dem der arme Hans sieben Jahr gedient hatte. Sie fragte den Müller, wo der Mahlbursch, der Kleinknecht wäre. Da sagte der Müller »den können wir nicht in die Mühle nehmen, der ist so verrissen und liegt im Gänsestall.« Da sagte die Königstochter, sie sollten ihn gleich holen. Also holten sie ihn heraus, und er mußte sein Kittelchen zusammenpacken, um sich zu bedecken. Da schnallte der Bediente prächtige Kleider aus und mußte ihn waschen und anziehen, und wie er fertig war, konnte kein König schöner aussehen. Danach verlangte die Jungfrau, die Pferde zu sehen, welche die andern Mahlburschen mitgebracht hatten, eines war blind, das andere lahm. Da ließ sie den Bedienten das siebente Pferd bringen: wie der Müller das sah, sprach er, so eins wär ihm noch nicht auf den Hof gekommen; »und das ist für den dritten Mahlbursch«, sagte sie. »Da muß er die Mühle haben«, sagte der Müller, die Königstochter aber sprach, da wäre das Pferd, er sollte seine Mühle auch behalten, und nimmt ihren treuen Hans und setzt ihn in die Kutsche und fährt mit ihm fort. Sie fahren zuerst nach dem kleinen Häuschen, das er mit dem silbernen Werkzeug gebaut hat, da ist es ein großes Schloß und ist alles darin von Silber und Gold; und da hat sie ihn geheiratet, und war er reich, so reich, daß er für sein Lebtag genug hatte. Darum soll keiner sagen, daß, wer albern ist, deshalb nichts Rechtes werden könne.

Der Eisenhans

Es war einmal ein König, der hatte einen großen Wald bei seinem Schloß, darin lief Wild aller Art herum. Zu einer Zeit schickte er einen Jäger hinaus, der sollte ein Reh schießen, aber er kam nicht wieder. »Vielleicht ist ihm ein Unglück zugestoßen«, sagte der König und schickte den folgenden Tag zwei andere Jäger hinaus, die sollten ihn aufsuchen, aber die blieben auch weg. Da ließ er am dritten Tag alle seine Jäger kommen und sprach »streift durch den ganzen Wald und laßt nicht ab, bis ihr sie alle drei gefunden habt.« Aber auch von diesen kam keiner wieder heim, und von der Meute Hunde, die sie mitgenommen hatten, ließ sich keiner wieder sehen. Von der Zeit an wollte sich niemand mehr in den Wald wagen, und er lag da in tiefer Stille und Einsamkeit, und man sah nur zuweilen einen Adler oder Habicht darüber hinfliegen. Das dauerte viele Jahre, da meldete sich ein fremder Jäger bei dem König, suchte eine Versorgung und erbot sich, in den gefähr lichen Wald zu gehen. Der König aber wollte seine Einwilligung nicht geben und sprach »es ist nicht geheuer darin, ich fürchte, es geht dir nicht besser als den andern, und du kommst nicht wieder heraus.« Der Jäger antwortete »Herr, ich wills auf meine Gefahr wagen: von Furcht weiß ich nichts.«

Der Jäger begab sich also mit seinem Hund in den Wald. Es dauerte nicht lange, so geriet der Hund einem Wild auf die Fährte und wollte hinter ihm her: kaum aber war er ein paar Schritte gelaufen, so stand er vor einem tiefen Pfuhl, konnte nicht weiter, und ein nackter Arm streckte sich aus dem Wasser, packte ihn und zog ihn hinab. Als der Jäger das sah, ging er zurück und holte drei Männer, die mußten mit Eimern kommen und das Wasser ausschöpfen. Als sie auf den Grund sehen konnten, so lag da ein wilder Mann, der braun am Leib war wie rostiges Eisen und dem die Haare über das Gesicht bis zu den Knien herabhingen. Sie banden ihn mit Stricken und führten ihn fort in das Schloß. Da war große Verwunderung über den wilden Mann, der König aber ließ ihn in einen eisernen Käfig auf seinen Hof setzen und verbot bei Lebensstrafe, die Türe des Käfigs zu öffnen, und die Königin mußte den Schlüssel selbst in Verwahrung nehmen. Von nun an konnte ein jeder wieder mit Sicherheit in den Wald gehen.

Der König hatte einen Sohn von acht Jahren, der spielte einmal auf dem Hof, und bei dem Spiel fiel ihm sein goldener Ball in den Käfig. Der Knabe lief hin und sprach »gib mir meinen Ball heraus.« »Nicht eher«, antwortete der Mann, »als bis du mir die Türe aufgemacht hast.« »Nein«, sagte der Knabe, »das tue ich nicht, das hat der König verboten«, und lief fort. Am andern Tag kam er wieder und forderte seinen Ball: der wilde Mann sagte »öffne meine Türe«, aber der Knabe wollte nicht. Am dritten Tag war der König auf die Jagd geritten, da kam der Knabe nochmals und sagte »wenn ich auch wollte, ich kann die Türe nicht öffnen, ich habe den Schlüssel nicht.« Da sprach der wilde Mann »er liegt unter dem Kopfkissen deiner Mutter, da kannst du ihn holen.« Der Knabe, der seinen Ball wiederhaben wollte, schlug alles Bedenken in den Wind und brachte den Schlüssel herbei. Die Türe ging schwer auf, und der Knabe klemmte sich den Finger. Als sie offen war, trat der wilde Mann heraus, gab ihm den goldenen Ball und eilte hinweg. Dem Knaben war angst geworden, er schrie und rief ihm nach »ach, wilder Mann, geh nicht fort, sonst bekomme ich Schläge.« Der wilde Mann kehrte um, hob ihn auf, setzte ihn auf seinen Nacken und ging mit schnellen Schritten in den Wald hinein. Als der König heim kam, bemerkte er den leeren Käfig und fragte die Königin, wie das zugegangen wäre. Sie wußte nichts davon, suchte den Schlüssel, aber er war weg. Sie rief den Knaben, aber niemand antwortete. Der König schickte Leute aus, die ihn auf dem Felde suchen sollten, aber sie fanden ihn nicht. Da konnte er leicht erraten, was geschehen war, und es herrschte große Trauer an dem königlichen Hof.

Als der wilde Mann wieder in dem finstern Wald angelangt war, so setzte er den Knaben von den Schultern herab und sprach zu ihm »Vater und Mutter siehst du nicht wieder, aber ich will dich bei mir behalten, denn du hast mich befreit, und ich habe Mitleid mit dir. Wenn du alles tust, was ich dir sage, so sollst dus gut haben. Schätze und Gold habe ich genug und mehr als jemand in der Welt.« Er machte dem Knaben ein Lager von Moos, auf dem er einschlief, und am andern Morgen führte ihn der Mann zu einem Brunnen und sprach »siehst du, der Goldbrunnen ist hell und klar wie Kristall: du sollst dabeisitzen und acht haben, daß nichts hineinfällt, sonst ist er verunehrt. Jeden Abend komme ich und sehe, ob du mein Gebot befolgt hast.« Der Knabe setzte sich an den Rand des Brunnens, sah, wie manchmal ein goldner Fisch, manchmal eine goldne Schlange sich darin zeigte, und hatte acht, daß nichts hineinfiel. Als er so saß, schmerzte ihn einmal der Finger so heftig, daß er ihn unwillkürlich in das Wasser steckte. Er zog ihn schnell wieder heraus, sah aber, daß er ganz vergoldet war, und wie große Mühe er sich gab, das Gold wieder abzuwischen, es war alles vergeblich. Abends kam der Eisenhans zurück, sah den Knaben an und sprach »was ist mit dem Brunnen geschehen?« »Nichts, nichts«, antwortete er und hielt den Finger auf den Rücken, daß er ihn nicht sehen sollte. Aber der Mann sagte »du hast den Finger in das Wasser getaucht: diesmal mags hingehen, aber hüte dich, daß du nicht wieder etwas hineinfallen läßt.« Am frühsten Morgen saß er schon bei dem Brunnen und bewachte ihn. Der Finger tat ihm wieder weh, und er fuhr damit über seinen Kopf, da fiel unglücklicherweise ein Haar herab in den Brunnen. Er nahm es schnell heraus, aber es war schon ganz vergoldet. Der Eisenhans kam und wußte schon, was geschehen war. »Du hast ein Haar in den Brunnen fallen lassen«, sagte er, »ich will dirs noch einmal nachsehen, aber wenns zum drittenmal geschieht, so ist der Brunnen entehrt, und du kannst nicht länger bei mir bleiben.« Am dritten Tag saß der Knabe am Brunnen und bewegte den Finger nicht, wenn er ihm noch so weh tat. Aber die Zeit ward ihm lang, und er betrachtete sein Angesicht, das auf dem Wasserspiegel stand. Und als er sich dabei immer mehr beugte und sich recht in die Augen sehen wollte, so fielen ihm seine langen Haare von den Schultern herab in das Wasser. Er richtete sich schnell in die Höhe, aber das ganze Haupthaar war schon vergoldet und glänzte wie eine Sonne. Ihr könnt denken, wie der arme Knabe erschrak. Er nahm sein Taschentuch und band es um den Kopf, damit es der Mann nicht sehen sollte. Als er kam, wußte er schon alles und sprach »binde das Tuch auf.« Da quollen die goldenen Haare hervor, und der Knabe mochte sich entschuldigen, wie er wollte, es half ihm nichts. »Du hast die Probe nicht bestanden und kannst nicht länger hier bleiben. Geh hinaus in die Welt, da wirst du erfahren, wie die Armut tut. Aber weil du kein böses Herz hast und ichs gut mit dir meine, so will ich dir eins erlauben: wenn du in Not gerätst, so geh zu dem Wald und rufe ›Eisenhans‹, dann will ich kommen und dir helfen. Meine Macht ist groß, größer als du denkst, und Gold und Silber habe ich im Überfluß.«

Da verließ der Königssohn den Wald und ging über gebahnte und ungebahnte Wege immerzu, bis er zuletzt in eine große Stadt kam. Er suchte da Arbeit, aber er konnte keine finden und hatte auch nichts erlernt, womit er sich hätte forthelfen können. Endlich ging er in das Schloß und fragte, ob sie ihn behalten wollten. Die Hofleute wußten nicht, wozu sie ihn brauchen sollten, aber sie hatten Wohlgefallen an ihm und hießen ihn bleiben. Zuletzt nahm ihn der Koch in Dienst und sagte, er könnte Holz und Wasser tragen und die Asche zusammenkehren. Einmal, als gerade kein anderer zur Hand war, hieß ihn der Koch die Speisen zur königlichen Tafel tragen, da er aber seine goldenen Haare nicht wollte sehen lassen, so behielt er sein Hütchen auf. Dem König war so etwas noch nicht vorgekommen, und er sprach »wenn du zur königlichen Tafel kommst, mußt du deinen Hut abziehen.« »Ach Herr«, antwortete er, »ich kann nicht, ich habe einen bösen Grind auf dem Kopf.« Da ließ der König den Koch herbeirufen, schalt ihn und fragte, wie er einen solchen Jungen hätte in seinen Dienst nehmen können; er sollte ihn gleich fortjagen. Der Koch aber hatte Mitleiden mit ihm und vertauschte ihn mit dem Gärtnerjungen.

Nun mußte der Junge im Garten pflanzen und begießen, hacken und graben und Wind und böses Wetter über sich ergehen lassen. Einmal im Sommer, als er allein im Garten arbeitete, war der Tag so heiß, daß er sein Hütchen abnahm und die

Luft ihn kühlen sollte. Wie die Sonne auf das Haar schien, glitzte und blitzte es, daß die Strahlen in das Schlafzimmer der Königstochter fielen und sie aufsprang, um zu sehen, was das wäre. Da erblickte sie den Jungen und rief ihn an »Junge, bring mir einen Blumenstrauß.« Er setzte in aller Eile sein Hütchen auf, brach wilde Feldblumen ab und band sie zusammen. Als er damit die Treppe hinaufstieg, begegnete ihm der Gärtner und sprach »wie kannst du der Königstochter einen Strauß von schlechten Blumen bringen? Geschwind hole andere, und suche die schönsten und seltensten aus.« »Ach nein«, antwortete der Junge, »die wilden riechen kräftiger und werden ihr besser gefallen.« Als er in ihr Zimmer kam, sprach die Königstochter »nimm dein Hütchen ab, es ziemt sich nicht, daß du ihn vor mir aufbehältst.« Er antwortete wieder »ich darf nicht, ich habe einen grindigen Kopf.« Sie griff aber nach dem Hütchen und zog es ab, da rollten seine goldenen Haare auf die Schultern herab, daß es prächtig anzusehen war. Er wollte fortspringen, aber sie hielt ihn am Arm und gab ihm eine Handvoll Dukaten. Er ging damit fort, achtete aber des Goldes nicht, sondern er brachte es dem Gärtner und sprach »ich schenke es deinen Kindern, die können damit spielen.« Den andern Tag rief ihm die Königstochter abermals zu, er sollte ihr einen Strauß Feldblumen bringen, und als er damit eintrat, grapste sie gleich nach seinem Hütchen und wollte es ihm wegnehmen, aber er hielt es mit beiden Händen fest. Sie gab ihm wieder eine Handvoll Dukaten, aber er wollte sie nicht behalten und gab sie dem Gärtner zum Spielwerk für seine Kinder. Den dritten Tag gings nicht anders, sie konnte ihm sein Hütchen nicht wegnehmen, und er wollte ihr Gold nicht.

Nicht lange danach ward das Land mit Krieg überzogen. Der König sammelte sein Volk und wußte nicht, ob er dem Feind, der übermächtig war und ein großes Heer hatte, Widerstand leisten könnte. Da sagte der Gärtnerjunge »ich bin herangewachsen und will mit in den Krieg ziehen, gebt mir nur ein Pferd.« Die andern lachten und sprachen »wenn wir fort sind, so suche dir eins: wir wollen dir eins im Stall zurücklassen.« Als sie ausgezogen waren, ging er in den Stall und zog das Pferd heraus; es war an einem Fuß lahm und hickelte hunkepuus, hunkepuus. Dennoch setzte er sich auf und ritt fort nach dem dunkeln Wald. Als er an den Rand desselben gekommen war, rief er dreimal »Eisenhans« so laut, daß es durch die Bäume schallte. Gleich darauf erschien der wilde Mann und sprach »was verlangst du?«

»Ich verlange ein starkes Roß, denn ich will in den Krieg ziehen.« »Das sollst du haben und noch mehr, als du verlangst.« Dann ging der wilde Mann in den Wald zurück, und es dauerte nicht lange, so kam ein Stallknecht aus dem Wald und führte ein Roß herbei, das schnaubte aus den Nüstern und war kaum zu bändigen. Und hinterher folgte eine große Schar Kriegsvolk, ganz in Eisen gerüstet, und ihre Schwerter blitzten in der Sonne. Der Jüngling übergab dem Stallknecht sein dreibeiniges Pferd, bestieg das andere und ritt vor der Schar her. Als er sich dem Schlachtfeld näherte, war schon ein großer Teil von des Königs Leuten gefallen, und es fehlte nicht viel, so mußten die übrigen weichen. Da jagte der Jüngling mit seiner eisernen Schar heran, fuhr wie ein Wetter über die Feinde und schlug alles nieder, was sich ihm widersetzte. Sie wollten fliehen, aber der Jüngling saß ihnen auf dem Nacken und ließ nicht ab, bis kein Mann mehr übrig war. Statt aber zu dem König zurückzukehren, führte er seine Schar auf Umwegen wieder zu dem Wald und rief den Eisenhans heran. »Was verlangst du?« fragte der wilde Mann. »Nimm dein Roß und deine Schar zurück und gib mir mein dreibeiniges Pferd wieder.« Es geschah alles, was er verlangte, und er ritt auf seinem dreibeinigen Pferd heim. Als der König wieder in sein Schloß kam, ging ihm seine Tochter entgegen und wünschte ihm Glück zu seinem Sieg. »Ich bin es nicht, der den Sieg davongetragen hat«, sprach er, »sondern ein fremder Ritter, der mir mit seiner Schar zu Hilfe kam.« Die Tochter wollte wissen, wer der fremde Ritter wäre, aber der König wußte es nicht und sagte »er hat die Feinde verfolgt, und ich habe ihn nicht wieder gesehen.« Sie erkundigte sich bei dem Gärtner nach seinem Jungen: der lachte aber und sprach »eben ist er auf seinem dreibeinigen Pferd heim gekommen, und die andern haben gespottet und gerufen ›Da kommt unser Hunkepuus wieder an.‹ Sie fragten auch: ›Hinter welcher Hecke hast du derweil gelegen und geschlafen?‹ Er sprach aber ›ich habe das Beste getan, und ohne mich wäre es schlecht gegangen.‹ Da ward er noch mehr ausgelacht.«

Der König sprach zu seiner Tochter »ich will ein großes Fest ansagen lassen, das drei Tage währen soll, und du sollst einen goldenen Apfel werfen: vielleicht kommt der Unbekannte herbei.« Als das Fest verkündet war, ging der Jüngling hinaus zu dem Wald und rief den Eisenhans. »Was verlangst du?« fragte er. »Daß ich den goldenen Apfel der Königstochter fange.« »Es ist so gut, als hättest du ihn schon«, sagte Eisenhans, »du sollst auch eine rote Rüstung dazu haben und auf einem stolzen Fuchs reiten.« Als der Tag kam, sprengte der Jüngling heran, stellte sich unter die Ritter und ward von niemand erkannt. Die Königstochter trat hervor und warf den Rittern einen goldenen Apfel zu, aber keiner fing ihn als er allein, aber sobald er ihn hatte, jagte er davon. Am zweiten Tag hatte ihn Eisenhans als weißen Ritter ausgerüstet und ihm einen Schimmel gegeben. Abermals fing er allein den Apfel, verweilte aber keinen Augenblick, sondern jagte damit fort. Der König ward bös und sprach »das ist nicht erlaubt, er muß vor mir erscheinen und seinen Namen nennen.« Er gab den Befehl, wenn der Ritter, der den Apfel gefangen habe, sich wieder davonmachte, so sollte man ihm nachsetzen, und wenn er nicht gutwillig zurückkehrte, auf ihn hauen und stechen. Am dritten Tag erhielt er vom Eisenhans eine schwarze Rüstung und einen Rappen und fing auch wieder den Apfel. Als er aber damit fortjagte, verfolgten ihn die Leute des Königs, und einer kam ihm so nahe, daß er mit der Spitze des Schwertes ihm das Bein verwundete. Er entkam ihnen jedoch, aber sein Pferd sprang so gewaltig, daß der Helm ihm vom Kopf fiel, und sie konnten sehen, daß er goldene Haare hatte. Sie ritten zurück und meldeten dem König alles.

Am andern Tag fragte die Königstochter den Gärtner nach seinem Jungen. »Er arbeitet im Garten: der wunderliche Kauz ist auch bei dem Fest gewesen und erst gestern abend wiedergekommen: er hat meinen Kindern drei goldene Äpfel gezeigt, die er gewonnen hat.« Der König ließ ihn vor sich fordern, und er erschien und hatte wieder sein Hütchen auf dem Kopf. Aber die Königstochter ging auf ihn zu und nahm es ihm ab, und da fielen seine goldenen Haare über die Schultern, und es war so schön, daß alle erstaunten. »Bist du der Ritter gewesen, der jeden Tag zu dem Fest gekommen ist, immer in einer andern Farbe, und der die drei goldenen Äpfel gefangen hat?« fragte der König. »Ja«, antwortete er, »und da sind die Äpfel«, holte sie aus der Tasche und reichte sie dem König. »Wenn Ihr noch mehr Beweise verlangt, so könnt Ihr die Wunde sehen, die mir Eure Leute geschlagen haben, als sie mich verfolgten. Aber ich bin auch der Ritter, der Euch zum Sieg über die Feinde geholfen hat.« »Wenn du solche Taten verrichten kannst, so bist du kein Gärtnerjunge: sage mir, wer ist dein Vater?« »Mein Vater ist ein mächtiger König, und Goldes habe ich die Fülle und so viel ich nur verlange.« »Ich sehe wohl«, sprach der König, »ich bin dir Dank schuldig, kann ich dir etwas zu Gefallen tun?« »Ja«, antwortete er, »das könnt Ihr wohl, gebt mir Eure Tochter zur Frau.« Da lachte die Jungfrau und sprach »der macht keine Umstände, aber ich habe schon an seinen goldenen Haaren gesehen, daß er kein Gärtnerjunge ist«; ging dann hin und küßte ihn. Zu der Vermählung kam sein Vater und seine Mutter und waren in großer Freude, denn sie hatten schon alle Hoffnung aufgegeben, ihren lieben Sohn wiederzusehen. Und als sie an der Hochzeitstafel saßen, da schwieg auf einmal die Musik, die Türen gingen auf und ein stolzer König trat herein mit großem Gefolge. Er ging auf den Jüngling zu, umarmte ihn und sprach »ich bin der Eisenhans, und war in einen wilden Mann verwünscht, aber du hast mich erlöst. Alle Schätze, die ich besitze, die sollen dein Eigentum sein.«

Simeliberg

Es waren zwei Brüder, einer war reich, der andere arm. Der Reiche aber gab dem Armen nichts, und er mußte sich vom Kornhandel kümmerlich ernähren; da ging es ihm oft so schlecht, daß er für seine Frau und Kinder kein Brot hatte. Einmal fuhr er mit seinem Karren durch den Wald, da erblickte er zur Seite einen großen kahlen Berg, und weil er den noch nie gesehen hatte, hielt er still und betrachtete ihn mit Verwunderung. Wie er so stand, sah er zwölf wilde große Männer daherkommen: weil er nun glaubte, das wären Räuber, schob er seinen Karren ins Gebüsch und stieg auf einen Baum und wartete, was da geschehen würde. Die zwölf Männer gingen aber vor den Berg und riefen »Berg Semsi, Berg Semsi, tu dich auf.« Alsbald tat sich der kahle Berg in der Mitte voneinander und die zwölfe gingen hinein, und wie sie drin waren, schloß er sich zu. Über eine kleine Weile aber tat er sich wieder auf, und die Männer kamen heraus und trugen schwere Säcke auf dem Rücken, und wie sie alle wieder am Tageslicht waren, sprachen sie »Berg Semsi, Berg Semsi, tu dich zu.« Da fuhr der Berg zusammen und war kein Eingang mehr an ihm zu sehen, und die zwölfe gingen fort. Als sie ihm nun ganz aus den Augen waren, stieg der Arme vom Baum herunter und war neugierig, was wohl im Berge Heimliches verborgen wäre. Also ging er davor und sprach »Berg Semsi, Berg Semsi, tu dich auf«, und der Berg tat sich auch vor ihm auf. Da trat er hinein, und der ganze Berg war eine Höhle voll Silber und Gold, und hinten lagen große Haufen Perlen und blitzende Edelsteine, wie Korn aufgeschüttet. Der Arme wußte gar nicht, was er anfangen sollte und ob er sich etwas von den Schätzen nehmen dürfte; endlich füllte er sich die Taschen mit Gold, die Perlen und Edelsteine aber ließ er liegen. Als er wieder herauskam, sprach er gleichfalls »Berg Semsi, Berg Semsi, tu dich zu«, da schloß sich der Berg und er fuhr mit seinem Karren nach Haus. Nun brauchte er nicht mehr zu sorgen und konnte mit seinem Golde für Frau und Kind Brot und auch Wein dazu kaufen, lebte fröhlich und redlich, gab den Armen und tat jedermann Gutes. Als aber das Geld zu Ende war, ging er zu seinem Bruder, lieh einen Scheffel und holte sich von neuem;

doch rührte er von den großen Schätzen nichts an. Wie er sich zum drittenmal etwas holen wollte, borgte er bei seinem Bruder abermals den Scheffel. Der Reiche aber war schon lange neidisch über sein Vermögen und den schönen Haushalt, den er sich eingerichtet hatte, und konnte nicht begreifen, woher der Reichtum käme, und was sein Bruder mit dem Scheffel anfinge. Da dachte er eine List aus und bestrich den Boden mit Pech, und wie er das Maß zurückbekam, so war ein Goldstück daran hängen geblieben. Alsbald ging er zu seinem Bruder und fragte ihn »was hast du mit dem Scheffel gemessen?« »Korn und Gerste«, sagte der andere. Da zeigte er ihm das Goldstück und drohte ihm, wenn er nicht die Wahrheit sagte, so wollt er ihn beim Gericht verklagen. Er erzählte ihm nun alles, wie es zugegangen war. Der Reiche aber ließ gleich einen Wagen anspannen, fuhr hinaus, wollte die Gelegenheit besser benutzen und ganz andere Schätze mitbringen. Wie er vor den Berg kam, rief er »Berg Semsi, Berg Semsi, tu dich auf.« Der Berg tat sich auf, und er ging hinein. Da lagen die Reichtümer alle vor ihm, und er wußte lange nicht, wozu er am ersten greifen sollte, endlich lud er Edelsteine auf, soviel er tragen konnte. Er wollte seine Last hinausbringen, weil aber Herz und Sinn ganz voll von den Schätzen waren, hatte er darüber den Namen des Berges vergessen und rief »Berg Simeli, Berg Simeli, tu dich auf.« Aber das war der rechte Name nicht, und der Berg regte sich nicht und blieb verschlossen. Da ward ihm angst, aber je länger er nachsann, desto mehr verwirrten sich seine Gedanken und halfen ihm alle Schätze nichts mehr. Am Abend tat sich der Berg auf und die zwölf Räuber kamen herein, und als sie ihn sahen, lachten sie und riefen »Vogel, haben wir dich endlich, meinst du, wir hättens nicht gemerkt, daß du zweimal hereingekommen bist, aber wir konnten dich nicht fangen, zum drittenmal sollst du nicht wieder heraus.« Da rief er »ich wars nicht, mein Bruder wars«, aber er mochte bitten um sein Leben und sagen, was er wollte, sie schlugen ihm das Haupt ab.

Die Sterntaler

Es war einmal ein kleines Mädchen, dem war Vater und Mutter gestorben, und es war so arm, daß es kein Kämmerchen mehr hatte, darin zu wohnen, und kein Bettchen mehr, darin zu schlafen, und endlich gar nichts mehr als die Kleider auf dem Leib und ein Stückchen Brot in der Hand, das ihm ein mitleidiges Herz geschenkt hatte. Es war aber gut und fromm. Und weil es so von aller Welt verlassen war, ging es im Vertrauen auf den lieben Gott hinaus ins Feld. Da begegnete ihm ein armer Mann, der sprach »ach, gib mir etwas zu essen, ich bin so hungerig.« Es reichte ihm das ganze Stückchen Brot und sagte »Gott segne dirs«, und ging weiter. Da kam ein Kind, das jammerte und sprach »es friert mich so an meinem Kopfe, schenk mir etwas, womit ich ihn bedecken kann.« Da tat es seine Mütze ab und gab sie ihm. Und als es noch eine Weile gegangen war, kam wieder ein Kind und hatte kein Leibchen an und fror: da gab es ihm seins; und noch weiter, da bat eins um ein Röcklein, das gab es auch von sich hin. Endlich gelangte es in einen Wald, und es war schon dunkel geworden, da kam noch eins und bat um ein Hemdlein, und das fromme Mädchen dachte »es ist dunkle Nacht, da sieht dich niemand, du kannst wohl dein Hemd weggeben«, und zog das Hemd ab und gab es auch noch hin. Und wie es so stand und gar nichts mehr hatte, fielen auf einmal die Sterne vom Himmel, und waren lauter harte blanke Taler: und ob es gleich sein Hemdlein weggegeben, so hatte es ein neues an, und das war vom allerfeinsten Linnen. Da sammelte es sich die Taler hinein und war reich für sein Lebtag.

Schneeweißchen und Rosenrot

Eine arme Witwe, die lebte einsam in einem Hüttchen, und vor dem Hüttchen war ein Garten, darin standen zwei Rosenbäumchen, davon trug das eine weiße, das andere rote Rosen, und sie hatte zwei Kinder, die glichen den beiden Rosenbäumchen, und das eine hieß Schneeweißchen, das andere Rosenrot. Sie waren aber so fromm und gut, so arbeitsam und unverdrossen, als je zwei Kinder auf der Welt gewesen sind: Schneeweißchen war nur stiller und sanfter als Rosenrot. Rosenrot sprang lieber in den Wiesen und Feldern umher, suchte Blumen und fing Sommervögel: Schneeweißchen aber saß daheim bei der Mutter, half ihr im Hauswesen oder las ihr vor, wenn nichts zu tun war. Die beiden Kinder hatten einander so lieb, daß sie sich immer an den Händen faßten, sooft sie zusammen ausgingen: und wenn Schneeweißchen sagte »wir wollen uns nicht verlassen«, so antwortete Rosenrot »so lang wir leben, nicht«, und die Mutter setzte hinzu

»was das eine hat, solls mit dem andern teilen.« Oft liefen sie im Walde allein umher und sammelten rote Beeren, aber kein Tier tat ihnen etwas zuleid, sondern sie kamen vertraulich herbei: das Häschen fraß ein Kohlblatt aus ihren Händen, das Reh graste an ihrer Seite, der Hirsch sprang ganz lustig vorbei und die Vögel blieben auf den Ästen sitzen und sangen, was sie nur wußten. Kein Unfall traf sie: wenn sie sich im Walde verspätet hatten und die Nacht sie überfiel, so legten sie sich nebeneinander auf das Moos und schliefen, bis der Morgen kam, und die Mutter wußte das und hatte ihretwegen keine Sorge. Einmal, als sie im Walde übernachtet hatten und das Morgenrot sie aufweckte, da sahen sie ein schönes Kind in einem weißen glänzenden Kleidchen neben ihrem Lager sitzen. Es stand auf und blickte sie ganz freundlich an, sprach aber nichts und ging in den Wald hinein. Und als sie sich umsahen, so hatten sie ganz nahe bei einem Abgrund geschlafen und wären gewiß hineingefallen, wenn sie in der Dunkelheit noch ein paar Schritte weitergegangen wären. Die Mutter aber sagte ihnen, das müßte der Engel gewesen sein, der gute Kinder bewache.

Schneeweißchen und Rosenrot hielten das Hüttchen der Mutter so reinlich, daß es eine

Freude war hineinzuschauen. Im Sommer besorgte Rosenrot das Haus und stellte der Mutter jeden Morgen, ehe sie aufwachte, einen Blumenstrauß vors Bett, darin war von jedem Bäumchen eine Rose. Im Winter zündete Schneeweißchen das Feuer an und hing den Kessel an den Feuerhaken, und der Kessel war von Messing, glänzte aber wie Gold, so rein war er gescheuert. Abends, wenn die Flocken fielen, sagte die Mutter »geh, Schneeweißchen, und schieb den Riegel vor«, und dann setzten sie sich an den Herd, und die Mutter nahm die Brille und las aus einem großen Buche vor, und die beiden Mädchen hörten zu, saßen und spannen; neben ihnen lag ein Lämmchen auf dem Boden, und hinter ihnen auf einer Stange saß ein weißes Täubchen und hatte seinen Kopf unter den Flügel gesteckt.

Eines Abends, als sie so vertraulich beisammen saßen, klopfte jemand an die Türe, als wollte er eingelassen sein. Die Mutter sprach »geschwind, Rosenrot, mach auf, es wird ein Wanderer sein, der Obdach sucht.« Rosenrot ging und schob den Riegel weg und dachte, es wäre ein armer Mann, aber der war es nicht, es war ein Bär, der seinen dicken schwarzen Kopf zur Türe hereinstreckte. Rosenrot schrie laut und sprang zurück: das Lämmchen blökte, das Täubchen flatterte auf, und Schneeweißchen versteckte sich hinter der Mutter Bett. Der Bär aber fing an zu sprechen und sagte »fürchtet euch nicht, ich tue euch nichts zuleid, ich bin halb erfroren und will mich nur ein wenig bei euch wärmen.« »Du armer Bär«, sprach die Mutter, »leg dich ans Feuer, und gib nur acht, daß dir dein Pelz nicht brennt.« Dann rief sie »Schneeweißchen, Rosenrot, kommt hervor, der Bär tut euch nichts, er meints ehrlich.« Da kamen sie beide heran, und nach und nach näherten sich auch das Lämmchen und Täubchen und hatten keine Furcht vor ihm. Der Bär sprach »ihr Kinder, klopft mir den Schnee ein wenig aus dem Pelzwerk«, und sie holten den Besen und kehrten dem Bär das Fell rein: er aber streckte sich ans Feuer und brummte ganz vergnügt und behaglich. Nicht lange, so wurden sie ganz vertraut und trieben Mutwillen mit dem unbeholfenen Gast. Sie zausten ihm das Fell mit den Händen, setzten ihre Füßchen auf seinen Rücken und walgerten ihn hin und her, oder sie nahmen eine Haselrute und schlugen auf ihn los, und wenn er brummte, so lachten sie. Der Bär ließ sichs aber gerne gefallen, nur wenn sies gar zu arg machten, rief er »laßt mich am Leben, ihr Kinder:

Schneeweißchen, Rosenrot,
schlägst dir den Freier tot.«

Als Schlafenszeit war und die andern zu Bett gingen, sagte die Mutter zu dem Bär »du kannst in Gottes Namen da am Herde liegen bleiben, so bist du vor der Kälte und dem bösen Wetter geschützt.« Sobald der Tag graute, ließen ihn die beiden Kinder hinaus, und er trabte über den Schnee in den Wald hinein. Von nun an kam der Bär jeden Abend zu der bestimmten Stunde, legte sich an den Herd und erlaubte den Kindern, Kurzweil mit ihm zu treiben, so viel sie wollten; und sie waren so gewöhnt an ihn, daß die Türe nicht eher zugeriegelt ward, als bis der schwarze Gesell angelangt war.

Als das Frühjahr herangekommen und draußen alles grün war, sagte der Bär eines Morgens zu Schneeweißchen »nun muß ich fort und darf den ganzen Sommer nicht wiederkommen.« »Wo gehst du denn hin, lieber Bär?« fragte Schneeweißchen. »Ich muß in den Wald und meine Schätze vor den bösen Zwergen hüten: im Winter, wenn die Erde hart gefroren ist, müssen sie wohl unten bleiben und können sich nicht durcharbeiten, aber jetzt, wenn die Sonne die Erde auf getaut und erwärmt hat, da brechen sie durch, steigen herauf, suchen und stehlen; was einmal in ihren Händen ist und in ihren Höhlen liegt, das kommt so leicht nicht wieder an des Tages Licht.« Schneeweißchen war ganz traurig über den Abschied, und als es ihm die Türe aufriegelte und der Bär sich hinausdrängte, blieb er an dem Türhaken hängen, und ein Stück seiner Haut riß auf, und da war es Schneeweißchen, als hätte es Gold durchschimmern gesehen: aber es war seiner Sache nicht gewiß. Der Bär lief eilig fort und war bald hinter den Bäumen verschwunden.

Nach einiger Zeit schickte die Mutter die Kinder in den Wald, Reisig zu sammeln. Da fanden sie draußen einen großen Baum, der lag gefällt auf dem Boden, und an dem Stamme sprang zwischen dem Gras etwas auf und ab, sie konnten aber nicht unterscheiden, was es war. Als sie näher kamen, sahen sie einen Zwerg mit einem alten verwelkten Gesicht und einem ellenlangen schneeweißen Bart. Das Ende des Bartes war in eine Spalte des Baums eingeklemmt, und der Kleine sprang hin und her wie ein Hündchen an einem Seil und wußte nicht, wie er sich helfen sollte. Er glotzte die Mädchen mit seinen roten feurigen Augen an und schrie »was steht ihr da! Könnt ihr nicht herbeigehen und mir Beistand leisten?« »Was hast du angefangen, kleines Männchen?« fragte Rosenrot. »Dumme neugierige Gans«, antwortete der

Zwerg, »den Baum habe ich mir spalten wollen, um kleines Holz in der Küche zu haben; bei den dicken Klötzen verbrennt gleich das bißchen Speise, das unsereiner braucht, der nicht so viel hinunterschlingt als ihr grobes, gieriges Volk. Ich hatte den Keil schon glücklich hineingetrieben, und es wäre alles nach Wunsch gegangen, aber das verwünschte Holz war zu glatt und sprang unversehens heraus, und der Baum fuhr so geschwind zusammen, daß ich meinen schönen weißen Bart nicht mehr herausziehen konnte; nun steckt er drin, und ich kann nicht fort. Da lachen die albernen glatten Milchgesichter! Pfui, was seid ihr garstig!« Die Kinder gaben sich alle Mühe, aber sie konnten den Bart nicht herausziehen, er steckte zu fest. »Ich will laufen und Leute herbeiholen«, sagte Rosenrot. »Wahnsinnige Schafsköpfe«, schnarrte der Zwerg, »wer wird gleich Leute herbeirufen, ihr seid mir schon um zwei zu viel; fällt euch nicht Besseres ein?« »Sei nur nicht ungeduldig«, sagte Schneeweißchen, »ich will schon Rat schaffen«, holte sein Scherchen aus der Tasche und schnitt das Ende des Bartes ab. Sobald der Zwerg sich frei fühlte, griff er nach einem Sack, der zwischen den Wurzeln des Baumes steckte und mit Gold gefüllt war, hob ihn heraus und brummte vor sich hin »ungehobeltes Volk, schneidet mir ein Stück von meinem stolzen Bart ab! Lohns euch der Kuckuck!« Damit schwang er seinen Sack auf den Rücken und ging fort, ohne die Kinder nur noch einmal anzusehen.

Einige Zeit danach wollten Schneeweißchen und Rosenrot ein Gericht Fische angeln. Als sie nahe bei dem Bach waren, sahen sie, daß etwas wie eine große Heuschrecke nach dem Wasser zu hüpfte, als wollte es hineinspringen. Sie liefen heran und erkannten den Zwerg. »Wo willst du hin?« sagte Rosenrot, »du willst doch nicht ins Wasser?« »Solch ein Narr bin ich nicht«, schrie der Zwerg, »seht ihr nicht, der verwünschte Fisch will mich hineinziehen!« Der Kleine hatte da gesessen und geangelt, und unglücklicherweise hatte der Wind seinen Bart mit der Angelschnur verflochten. Als gleich darauf ein großer Fisch anbiß, fehlten dem schwachen Geschöpf die Kräfte, ihn herauszuziehen: der Fisch behielt die Oberhand und riß den Zwerg zu sich hin. Zwar hielt er sich an allen Halmen und Binsen, aber das half nicht viel, er mußte den Bewegungen des Fisches folgen, und war in beständiger Gefahr, ins Wasser gezogen zu werden. Die Mädchen kamen zu rechter Zeit, hielten ihn fest und versuchten den Bart von der Schnur loszumachen, aber vergebens, Bart und Schnur waren fest ineinander verwirrt. Es blieb nichts übrig, als das Scherchen hervorzuholen und den Bart abzuschneiden, wobei ein kleiner Teil desselben verloren ging. Als der Zwerg das sah, schrie er sie an »ist das Manier, ihr Lorche, einem das Gesicht zu schänden? Nicht genug, daß ihr mir den Bart unten abgestutzt habt, jetzt schneidet ihr mir den besten Teil davon ab: ich darf mich vor den Meinigen gar nicht sehen lassen. Daß ihr laufen müßtet und die Schuhsohlen verloren hättet!« Dann holte er einen Sack Perlen, der im Schilfe lag, und ohne ein Wort weiter zu sagen, schleppte er ihn fort und verschwand hinter einem Stein.

Es trug sich zu, daß bald hernach die Mutter die beiden Mädchen nach der Stadt schickte, Zwirn, Nadeln, Schnüre und Bänder einzukaufen. Der Weg führte sie über eine Heide, auf der hier und da mächtige Felsstücke zerstreut lagen. Da sahen sie einen großen Vogel in der Luft schweben, der langsam über ihnen kreiste, sich immer tiefer herabsenkte und endlich nicht weit bei einem Felsen niederstieß. Gleich darauf hörten sie einen durchdringenden, jämmerlichen Schrei. Sie liefen herzu und sahen mit Schrecken, daß der Adler ihren alten Bekannten, den Zwerg, gepackt hatte und ihn forttragen wollte. Die mitleidigen Kinder hielten gleich das Männchen fest und zerrten sich so lange mit dem Adler herum, bis er seine Beute fahren ließ. Als der Zwerg sich von dem ersten Schrecken erholt hatte, schrie er mit seiner kreischenden Stimme »konntet ihr nicht säuberlicher mit mir umgehen? Gerissen habt ihr an meinem dünnen Röckchen, daß es überall zerfetzt und durchlöchert ist, unbeholfenes und täppisches Gesindel, das ihr seid!« Dann nahm er einen Sack mit Edelsteinen und schlüpfte wieder unter den Felsen in seine Höhle. Die Mädchen waren an seinen Undank schon gewöhnt, setzten ihren Weg fort und verrichteten ihr Geschäft in der Stadt. Als sie beim Heimweg wieder auf die Heide kamen, überraschten sie den Zwerg, der auf einem reinlichen Plätzchen seinen Sack mit Edelsteinen ausgeschüttet und nicht gedacht hatte, daß so spät noch jemand daherkommen würde. Die Abendsonne schien über die glänzenden Steine, sie schimmerten und leuchteten so prächtig in allen Farben, daß die Kinder stehen blieben und sie betrachteten. »Was steht ihr da und habt Maulaffen feil!« schrie der Zwerg, und sein aschgraues Gesicht ward zinnoberrot vor Zorn. Er wollte mit seinen Scheltworten fortfahren, als sich ein lautes Brummen hören ließ und ein schwarzer Bär aus dem Walde herbeitrabte. Erschrocken sprang der Zwerg auf, aber er konnte nicht mehr zu seinem

Schlupfwinkel gelangen, der Bär war schon in seiner Nähe. Da rief er in Herzensangst »lieber Herr Bär, verschont mich, ich will Euch alle meine Schätze geben, sehet, die schönen Edelsteine, die da liegen. Schenkt mir das Leben, was habt Ihr an mir kleinem schmächtigen Kerl? Ihr spürt mich nicht zwischen den Zähnen: da, die beiden gottlosen Mädchen packt, das sind für Euch zarte Bissen, fett wie junge Wachteln, die freßt in Gottes Namen.« Der Bär kümmerte sich um seine Worte nicht, gab dem boshaften Geschöpf einen einzigen Schlag mit der Tatze, und es regte sich nicht mehr.

Die Mädchen waren fortgesprungen, aber der Bär rief ihnen nach »Schneeweißchen und Rosenrot, fürchtet euch nicht, wartet, ich will mit euch gehen.« Da erkannten sie seine Stimme und blieben stehen, und als der Bär bei ihnen war, fiel plötzlich die Bärenhaut ab, und er stand da als ein schöner Mann und war ganz in Gold gekleidet. »Ich bin eines Königs Sohn«, sprach er, »und war von dem gottlosen Zwerg, der mir meine Schätze gestohlen hatte, verwünscht, als ein wilder Bär in dem Walde zu laufen, bis ich durch seinen Tod erlöst würde. Jetzt hat er seine wohlverdiente Strafe empfangen.«

Schneeweißchen ward mit ihm vermählt und

Rosenrot mit seinem Bruder, und sie teilten die großen Schätze miteinander, die der Zwerg in seine Höhle zusammengetragen hatte. Die alte Mutter lebte noch lange Jahre ruhig und glücklich bei ihren Kindern. Die zwei Rosenbäumchen aber nahm sie mit, und sie standen vor ihrem Fenster und trugen jedes Jahr die schönsten Rosen, weiß und rot.

Der faule Heinz

Heinz war faul, und obgleich er weiter nichts zu tun hatte, als seine Ziege täglich auf die Weide zu treiben, so seufzte er dennoch, wenn er nach vollbrachtem Tagewerk abends nach Hause kam. »Es ist in Wahrheit eine schwere Last«, sagte er, »und ein mühseliges Geschäft, so eine Ziege Jahr aus Jahr ein bis in den späten Herbst ins Feld zu treiben. Und wenn man sich noch dabei hinlegen und schlafen könnte! Aber nein, da muß man die Augen aufhaben, damit sie die jungen Bäume nicht beschädigt, durch die Hecke in einen Garten dringt oder gar davonläuft. Wie soll da einer zur Ruhe kommen und seines Lebens froh werden!« Er setzte sich, sammelte seine Gedanken und überlegte, wie er seine Schultern von dieser Bürde frei machen könnte. Lange war alles Nachsinnen vergeblich, plötzlich fiels ihm wie Schuppen von den Augen. »Ich weiß, was ich tue«, rief er aus, »ich heirate die dicke Trine, die hat auch eine Ziege und kann meine mit austreiben, so brauche ich mich nicht länger zu quälen.«

Heinz erhob sich also, setzte seine müden Glieder in Bewegung, ging quer über die Straße, denn weiter war der Weg nicht, wo die Eltern der dicken Trine wohnten, und hielt um ihre arbeitsame und tugendreiche Tochter an. Die Eltern besannen sich nicht lange »gleich und gleich gesellt sich gern«, meinten sie und willigten ein. Nun ward die dicke Trine Heinzens Frau und trieb die beiden Ziegen aus. Heinz hatte gute Tage und brauchte sich von keiner andern Arbeit zu erholen als von seiner eigenen Faulheit. Nur dann und wann ging er mit hinaus und sagte »es geschieht bloß, damit mir die Ruhe hernach desto besser schmeckt: man verliert sonst alles Gefühl dafür.«

Aber die dicke Trine war nicht minder faul. »Lieber Heinz«, sprach sie eines Tages, »warum sollen wir uns das Leben ohne Not sauer machen und unsere beste Jugendzeit verkümmern? Ist es nicht besser, wir geben die beiden Ziegen, die jeden Morgen einen mit ihrem Meckern im besten Schlafe stören, unserm Nachbarn, und der gibt uns einen Bienenstock dafür? Den Bienenstock stellen wir an einen sonnigen Platz hinter das Haus und bekümmern uns weiter nicht darum.

Die Bienen brauchen nicht gehütet und nicht ins Feld getrieben zu werden: sie fliegen aus, finden den Weg nach Haus von selbst wieder und sammeln Honig, ohne daß es uns die geringste Mühe macht.« »Du hast wie eine verständige Frau gesprochen«, antwortete Heinz, »deinen Vorschlag wollen wir ohne Zaudern ausführen: außerdem schmeckt und nährt der Honig besser als die Ziegenmilch und läßt sich auch länger aufbewahren.«

Der Nachbar gab für die beiden Ziegen gerne einen Bienenstock. Die Bienen flogen unermüdlich vom frühen Morgen bis zum späten Abend aus und ein und füllten den Stock mit dem schönsten Honig, so daß Heinz im Herbst einen ganzen Krug voll herausnehmen konnte.

Sie stellten den Krug auf ein Brett, das oben an der Wand in ihrer Schlafkammer befestigt war, und weil sie fürchteten, er könnte ihnen gestohlen werden oder die Mäuse könnten darüber geraten, so holte Trine einen starken Haselstock herbei und legte ihn neben ihr Bett, damit sie ihn, ohne unnötigerweise aufzustehen, mit der Hand erreichen und die ungebetenen Gäste von dem Bette aus verjagen könnte.

Der faule Heinz verließ das Bett nicht gerne vor Mittag: »Wer früh aufsteht«, sprach er, »sein

Gut verzehrt.« Eines Morgens, als er so am hellen Tage noch in den Federn lag und von dem langen Schlaf ausruhte, sprach er zu seiner Frau »die Weiber lieben die Süßigkeit, und du naschest von dem Honig, es ist besser, ehe er von dir allein aufgegessen wird, daß wir dafür eine Gans mit einem jungen Gänslein erhandeln.« »Aber nicht eher«, erwiderte Trine, »als bis wir ein Kind haben, das sie hütet. Soll ich mich etwa mit den jungen Gänsen plagen und meine Kräfte dabei unnötigerweise zusetzen?« »Meinst du«, sagte Heinz, »der Junge werde Gänse hüten? Heutzutage gehorchen die Kinder nicht mehr: sie tun nach ihrem eigenen Willen, weil sie sich klüger dünken als die Eltern, gerade wie jener Knecht, der die Kuh suchen sollte und drei Amseln nachjagte.« »Oh«, antwortete Trine, »dem soll es schlecht bekommen, wenn er nicht tut, was ich sage. Einen Stock will ich nehmen und mit ungezählten Schlägen ihm die Haut gerben. Siehst du, Heinz«, rief sie in ihrem Eifer und faßte den Stock, mit dem sie die Mäuse verjagen wollte, »siehst du, so will ich auf ihn losschlagen.« Sie holte aus, traf aber unglücklicherweise den Honigkrug über dem Bette. Der Krug sprang wider die Wand und fiel in Scherben herab, und der schöne Honig floß auf den Boden. »Da liegt nun die Gans mit dem jungen Gänslein«, sagte Heinz, »und braucht nicht gehütet zu werden. Aber ein Glück ist es, daß mir der Krug nicht auf den Kopf gefallen ist, wir haben alle Ursache, mit unserm Schicksal zufrieden zu sein.« Und da er in einer Scherbe noch etwas Honig bemerkte, so langte er danach und sprach ganz vergnügt »das Restchen, Frau, wollen wir uns noch schmecken lassen und dann nach dem gehabten Schrecken ein wenig ausruhen, was tuts, wenn wir etwas später als gewöhnlich aufstehen, der Tag ist doch noch lang genug.« »Ja«, antwortete Trine, »man kommt immer noch zur rechten Zeit. Weißt du, die Schnecke war einmal zur Hochzeit eingeladen, machte sich auf den Weg, kam aber zur Kindtaufe an. Vor dem Hause stürzte sie noch über den Zaun und sagte ›eilen tut nicht gut.‹«

Die Rübe

Es waren einmal zwei Brüder, die dienten beide als Soldaten, und war der eine reich, der andere arm. Da wollte der Arme sich aus seiner Not helfen, zog den Soldatenrock aus und ward ein Bauer. Also grub und hackte er sein Stückchen Acker und säte Rübsamen. Der Same ging auf, und es wuchs da eine Rübe, die ward groß und stark und zusehends dicker und wollte gar nicht aufhören zu wachsen, so daß sie eine Fürstin aller Rüben heißen konnte, denn nimmer war so eine gesehen und wird auch nimmer wieder gesehen werden. Zuletzt war sie so groß, daß sie allein einen ganzen Wagen anfüllte und zwei Ochsen daran ziehen mußten, und der Bauer wußte nicht, was er damit anfangen sollte, und obs sein Glück oder sein Unglück wäre. Endlich dachte er »verkaufst du sie, was wirst du Großes dafür bekommen, und willst du sie selber essen, so tun die kleinen Rüben denselben Dienst: am besten ist, du bringst sie dem König und machst ihm eine Verehrung damit.« Also lud er sie auf den Wagen, spannte zwei Ochsen vor, brachte sie an den Hof und schenkte sie dem König. »Was ist das für ein seltsam Ding?« sagte der König, »mir ist viel Wunderliches vor die Augen gekommen, aber so ein Ungetüm noch nicht; aus was für Samen mag die gewachsen sein? Oder dir geräts allein und du bist ein Glückskind.« »Ach nein«, sagte der Bauer, »ein Glückskind bin ich nicht, ich bin ein armer Soldat, der, weil er sich nicht mehr ernähren konnte, den Soldatenrock an den Nagel hing und das Land baute. Ich habe noch einen Bruder, der ist reich und Euch, Herr König, auch wohl bekannt, ich aber, weil ich nichts habe, bin von aller Welt vergessen.« Da empfand der König Mitleid mit ihm und sprach »deiner Armut sollst du überhoben und so von mir beschenkt werden, daß du wohl deinem reichen Bruder gleich kommst.« Da schenkte er ihm eine Menge Gold, Äcker, Wiesen und Herden und machte ihn steinreich, so daß des andern Bruders Reichtum gar nicht konnte damit verglichen werden. Als dieser hörte, was sein Bruder mit einer einzigen Rübe erworben hatte, beneidete er ihn und sann hin und her, wie er sich auch ein solches Glück zuwenden könnte. Er wollts aber noch viel gescheiter anfangen, nahm Gold und Pferde und brachte sie dem König und meinte nicht anders, der würde ihm ein viel größeres Gegengeschenk machen, denn hätte sein Bruder so viel für eine Rübe bekommen, was würde es ihm für so schöne Dinge nicht alles tragen. Der König nahm das Geschenk und sagte, er wüßte ihm nichts wiederzugeben, das seltener und besser wäre als die große Rübe. Also mußte der Reiche seines Bruders Rübe auf einen Wagen legen und nach Hause fahren lassen. Daheim wußte er nicht, an wem er seinen Zorn und Ärger auslassen sollte, bis ihm böse Gedanken kamen und er beschloß, seinen Bruder zu töten. Er gewann Mörder, die mußten sich in einen Hinterhalt stellen, und darauf ging er zu seinem Bruder und sprach »lieber Bruder, ich weiß einen heimlichen Schatz, den wollen wir miteinander heben und teilen.« Der andere ließ sichs auch gefallen und ging ohne Arg mit. Als sie aber hinauskamen, stürzten die Mörder über ihn her, banden ihn und wollten ihn an einen Baum hängen. Indem sie eben darüber waren, erscholl aus der Ferne lauter Gesang und Hufschlag, daß ihnen der Schrecken in den Leib fuhr und sie über Hals und Kopf ihren Gefangenen in den Sack steckten, am Ast hinaufwanden und die Flucht ergriffen. Er aber arbeitete oben, bis er ein Loch im Sack hatte, wodurch er den Kopf stecken konnte. Wer aber des Wegs kam, war nichts als ein fahrender Schüler, ein junger Geselle, der fröhlich sein Lied singend durch den Wald auf der Straße daherritt. Wie der oben nun merkte, daß einer unter ihm vorbeiging, rief er »sei mir gegrüßt zu guter Stunde.« Der Schüler guckte sich überall um, wußte nicht, wo die Stimme herschallte, endlich sprach er »wer ruft mir?« Da antwortete er aus dem Wipfel »erhebe deine Augen, ich sitze hier oben im Sack der Weisheit: in kurzer Zeit habe ich große Dinge gelernt, dagegen sind alle Schulen ein Wind: um ein weniges, so werde ich ausgelernt haben, herabsteigen und weiser sein als alle Menschen. Ich verstehe die Gestirne und Himmelszeichen, das Wehen aller Winde, den Sand im Meer, Heilung der Krankheit, die Kräfte der Kräuter, Vögel und Steine. Wärst du einmal darin, du würdest fühlen, was für Herrlichkeit aus dem Sack der Weisheit fließt.« Der Schüler, wie er das alles hörte, erstaunte und sprach »gesegnet sei die Stunde, wo ich dich gefunden habe, könnt ich nicht auch ein wenig in den Sack kommen?« Oben der antwortete, als tät ers nicht gerne »eine kleine Weile will ich dich wohl hin einlassen für Lohn und gute Worte, aber du mußt doch noch eine Stunde warten, es ist ein Stück übrig, das ich erst lernen muß.« Als der Schüler ein wenig gewartet hatte, war ihm die Zeit zu lang und er bat, daß er doch möchte hineingelassen werden, sein Durst nach Weisheit wäre gar zu groß. Da stellte sich der oben, als gäbe er endlich nach, und sprach »damit ich aus dem Haus der Weisheit heraus kann, mußt du den Sack am Strick herunterlassen, so sollst du eingehen.« Also ließ der Schüler ihn herunter, band den Sack auf und befreite ihn, dann rief er selber »nun zieh mich recht geschwind hinauf«, und wollt geradstehend in den Sack einschreiten. »Halt!« sagte der andere, »so gehts nicht an«, packte ihn beim Kopf, steckte ihn umgekehrt in den Sack, schnürte zu und zog den Jünger der Weisheit am Strick baumwärts, dann schwengelte er ihn in der Luft und sprach »wie stehts, mein lieber Geselle? Siehe, schon fühlst du, daß dir die Weisheit kommt, und machst gute Erfahrung, sitze also fein ruhig, bis du klüger wirst.« Damit stieg er auf des Schülers Pferd, ritt fort, schickte aber nach einer Stunde jemand, der ihn wieder herablassen mußte.

Der Meisterdieb

Eines Tages saß vor einem ärmlichen Haus ein alter Mann mit seiner Frau, und wollten von der Arbeit ein wenig ausruhen. Da kam auf einmal ein prächtiger, mit vier Rappen bespannter Wagen herbeigefahren, aus dem ein reichgekleideter Herr stieg. Der Bauer stand auf, trat zu dem Herrn und fragte, was sein Verlangen wäre, und worin er ihm dienen könnte. Der Fremde reichte dem Alten die Hand und sagte »ich wünsche nichts als einmal ein ländliches Gericht zu genießen. Bereitet mir Kartoffeln, wie Ihr sie zu essen pflegt, dann will ich mich zu Euerm Tisch setzen, und sie mit Freude verzehren.« Der Bauer lächelte und sagte »ihr seid ein Graf oder Fürst oder gar ein Herzog, vornehme Herren haben manchmal solch ein Gelüsten; Euer Wunsch soll aber erfüllt werden.« Die Frau ging in die Küche, und sie fing an Kartoffeln zu waschen und zu reiben und wollte Klöße daraus bereiten, wie sie die Bauern essen. Während sie bei der Arbeit stand, sagte der

Bauer zu dem Fremden »kommt einstweilen mit mir in meinen Hausgarten, wo ich noch etwas zu schaffen habe.« In dem Garten hatte er Löcher gegraben und wollte jetzt Bäume einsetzen. »Habt Ihr keine Kinder?« fragte der Fremde, »die Euch bei der Arbeit behilflich sein könnten?« »Nein«, antwortete der Bauer; »ich habe freilich einen Sohn gehabt«, setzte er hinzu, »aber der ist schon seit langer Zeit in die weite Welt gegangen. Es war ein ungeratener Junge, klug und verschlagen, aber er wollte nichts lernen und machte lauter böse Streiche; zuletzt lief er mir fort, und seitdem habe ich nichts von ihm gehört.« Der Alte nahm ein Bäumchen, setzte es in ein Loch und stieß einen Pfahl daneben: und als er Erde hineingeschaufelt und sie festgestampft hatte, band er den Stamm unten, oben und in der Mitte mit einem Strohseil fest an den Pfahl. »Aber sagt mir«, sprach der Herr, »warum bindet Ihr den krummen knorrichten Baum, der dort in der Ecke fast bis auf den Boden gebückt liegt, nicht auch an einen Pfahl wie diesen, damit er strack wächst?« Der Alte lächelte und sagte »Herr, Ihr redet, wie Ihrs versteht: man sieht wohl, daß Ihr Euch mit der Gärtnerei nicht abgegeben habt. Der Baum dort ist alt und verknorzt, den kann niemand mehr gerad machen: Bäume muß man ziehen, solange sie jung sind.« »Es ist wie bei Euerm Sohn«, sagte der Fremde, »hättet Ihr den gezogen, wie er noch jung war, so wäre er nicht fortgelaufen; jetzt wird er auch hart und knorzig geworden sein.« »Freilich«, antwortete der Alte, »es ist schon lange, seit er fortgegangen ist; er wird sich verändert haben.« »Würdet Ihr ihn noch erkennen, wenn er vor Euch träte?« fragte der Fremde. »Am Gesicht schwerlich«, antwortete der Bauer, »aber er hat ein Zeichen an sich, ein Muttermal auf der Schulter, das wie eine Bohne aussieht.« Als er das gesagt hatte, zog der Fremde den Rock aus, entblößte seine Schulter und zeigte dem Bauer die Bohne. »Herr Gott«, rief der Alte, »du bist wahrhaftig mein Sohn«, und die Liebe zu seinem Kind regte sich in seinem Herzen. »Aber«, setzte er hinzu, »wie kannst du mein Sohn sein, du bist ein großer Herr geworden und lebst in Reichtum und Überfluß! Auf welchem Wege bist du dazu gelangt?« »Ach, Vater«, erwiderte der Sohn, »der junge Baum war an keinen Pfahl gebunden und ist krumm gewachsen: jetzt ist er zu alt; er wird nicht wieder gerad. Wie ich das alles erworben habe? Ich bin ein Dieb geworden. Aber erschreckt Euch nicht, ich bin ein Meisterdieb. Für mich gibt es weder Schloß noch Riegel: wonach mich gelüstet, das ist mein. Glaubt nicht, daß ich stehle wie ein gemeiner Dieb, ich nehme nur vom Überfluß der Reichen. Arme Leute sind sicher: ich gebe ihnen lieber, als daß ich ihnen etwas nehme. So auch, was ich ohne Mühe, List und Gewandtheit haben kann, das rühre ich nicht an.« »Ach, mein Sohn«, sagte der Vater, »es gefällt mir doch nicht, ein Dieb bleibt ein Dieb; ich sage dir, es nimmt kein gutes Ende.« Er führte ihn zu der Mutter, und als sie hörte, daß es ihr Sohn war, weinte sie vor Freude, als er ihr aber sagte, daß er ein Meisterdieb geworden wäre, so flossen ihr zwei Ströme über das Gesicht. Endlich sagte sie »wenn er auch ein Dieb geworden ist, so ist er doch mein Sohn, und meine Augen haben ihn noch einmal gesehen.«

Sie setzten sich an den Tisch, und er aß mit seinen Eltern wieder einmal die schlechte Kost, die er lange nicht gegessen hatte. Der Vater sprach »wenn unser Herr, der Graf drüben im Schlosse, erfährt, wer du bist und was du treibst, so nimmt er dich nicht auf die Arme und wiegt dich darin, wie er tat, als er dich am Taufstein hielt, sondern er läßt dich am Galgenstrick schaukeln.« »Seid ohne Sorge, mein Vater, er wird mir nichts tun, denn ich verstehe mein Handwerk. Ich will heute noch selbst zu ihm gehen.« Als die Abendzeit sich näherte, setzte sich der Meisterdieb in seinen

Wagen und fuhr nach dem Schloß. Der Graf empfing ihn mit Artigkeit, weil er ihn für einen vornehmen Mann hielt. Als aber der Fremde sich zu erkennen gab, so erbleichte er und schwieg eine Zeitlang ganz still. Endlich sprach er »du bist mein Pate, deshalb will ich Gnade für Recht ergehen lassen und nachsichtig mit dir verfahren. Weil du dich rühmst, ein Meisterdieb zu sein, so will ich deine Kunst auf die Probe stellen, wenn du aber nicht bestehst, so mußt du mit des Seilers Tochter Hochzeit halten, und das Gekrächze der Raben soll deine Musik dabei sein.« »Herr Graf«, antwortete der Meister, »denkt Euch drei Stücke aus, so schwer Ihr wollt, und wenn ich Eure Aufgabe nicht löse, so tut mit mir, wie Euch gefällt.« Der Graf sann einige Augenblicke nach, dann sprach er »wohlan, zum ersten sollst du mir mein Leibpferd aus dem Stalle stehlen, zum andern sollst du mir und meiner Gemahlin, wenn wir eingeschlafen sind, das Bettuch unter dem Leib wegnehmen, ohne daß wirs merken, und dazu meiner Gemahlin den Trauring vom Finger: zum dritten und letzten sollst du mir den Pfarrer und Küster aus der Kirche wegstehlen. Merke dir alles wohl, denn es geht dir an den Hals.«

Der Meister begab sich in die zunächst liegende Stadt. Dort kaufte er einer alten Bauersfrau die Kleider ab und zog sie an. Dann färbte er sich das Gesicht braun und malte sich noch Runzeln hinein, so daß ihn kein Mensch wiedererkannt hätte. Endlich füllte er ein Fäßchen mit altem Ungarwein, in welchen ein starker Schlaftrunk gemischt war. Das Fäßchen legte er auf eine Kötze, die er auf den Rücken nahm, und ging mit bedächtigen, schwankenden Schritten zu dem Schloß des Grafen. Es war schon dunkel, als er anlangte: er setzte sich in den Hof auf einen Stein, fing an zu husten wie eine alte brustkranke Frau und rieb die Hände, als wenn er fröre. Vor der Türe des Pferdestalls lagen Soldaten um ein Feuer: einer von ihnen bemerkte die Frau und rief ihr zu »komm näher, altes Mütterchen, und wärme dich bei uns. Du hast doch kein Nachtlager und nimmst es an, wo du es findest.« Die Alte trippelte herbei, bat, ihr die Kötze vom Rücken zu heben, und setzte sich zu ihnen ans Feuer. »Was hast du da in deinem Fäßchen, du alte Schachtel?« fragte einer. »Einen guten Schluck Wein«, antwortete sie, »ich ernähre mich mit dem Handel, für Geld und gute Worte gebe ich Euch gerne ein Glas.« »Nur her damit«, sagte der Soldat, und als er ein Glas gekostet hatte, rief er »wenn der Wein gut ist, so trink ich lieber ein Glas mehr«, ließ sich nochmals einschenken, und die andern folgten seinem Beispiel. »Heda, Kameraden«, rief einer denen zu, die in dem Stall saßen, »hier ist ein Mütterchen, das hat Wein, der so alt ist wie sie selber, nehmt auch einen Schluck, der wärmt euch den Magen noch besser als unser Feuer.« Die Alte trug ihr Fäßchen in den Stall. Einer hatte sich auf das gesattelte Leibpferd gesetzt, ein anderer hielt den Zaum in der Hand, ein dritter hatte den Schwanz gepackt. Sie schenkte ein, soviel verlangt ward, bis die Quelle versiegte. Nicht lange, so fiel dem einen der Zaum aus der Hand, er sank nieder und fing an zu schnarchen, der andere ließ den Schwanz los, legte sich nieder und schnarchte noch lauter. Der, welcher im Sattel saß, blieb zwar sitzen, bog sich aber mit dem Kopf fast bis auf den Hals des Pferdes, schlief und blies mit dem Mund wie ein Schmiedebalg. Die Soldaten draußen waren schon längst eingeschlafen, lagen auf der Erde und regten sich nicht, als wären sie von Stein. Als der Meisterdieb sah, daß es ihm geglückt war, gab er dem einen statt des Zaums ein Seil in die Hand und dem andern, der den Schwanz gehalten hatte, einen Strohwisch; aber was sollte er mit dem, der auf dem Rücken des Pferdes saß, anfangen? Herunterwerfen wollte er ihn nicht, er hätte erwachen und ein Geschrei erheben können. Er wußte aber guten Rat, er schnallte die Sattelgurte auf, knüpfte ein paar Seile, die in Ringen an der Wand hingen, an den Sattel fest und zog den schlafenden Reiter mit dem Sattel in die Höhe, dann schlug er die Seile um den Pfosten und machte sie fest. Das Pferd hatte er bald von der Kette losgebunden, aber wenn er über das steinerne Pflaster des Hofs geritten wäre, so hätte man den Lärm im Schloß gehört. Er umwickelte ihm also zuvor die Hufen mit alten Lappen, führte es dann vorsichtig hinaus, schwang sich auf und jagte davon.

Als der Tag angebrochen war, sprengte der Meister auf dem gestohlenen Pferd zu dem Schloß. Der Graf war eben aufgestanden und blickte aus dem Fenster. »Guten Morgen, Herr Graf«, rief er ihm zu, »hier ist das Pferd, das ich glücklich aus dem Stall geholt habe. Schaut nur, wie schön Eure Soldaten daliegen und schlafen, und wenn Ihr in den Stall gehen wollt, so werdet Ihr sehen, wie bequem sichs Eure Wächter gemacht haben.« Der Graf mußte lachen, dann sprach er »einmal ist dirs gelungen, aber das zweitemal wirds nicht so glücklich ablaufen. Und ich warne dich, wenn du mir als Dieb begegnest, so behandle ich dich auch wie einen Dieb.« Als die Gräfin abends zu Bette gegangen war, schloß sie die Hand mit dem Trauring fest zu, und der Graf sagte »alle Türen sind verschlossen und verriegelt, ich bleibe wach und will den Dieb erwarten; steigt er aber zum Fenster ein, so schieße ich ihn nieder.« Der Meisterdieb aber ging in der Dunkelheit hinaus zu dem Galgen, schnitt einen armen Sünder, der da hing, von dem Strick ab und trug ihn auf dem Rücken nach dem Schloß. Dort stellte er eine Leiter an das Schlafgemach, setzte den Toten auf seine Schultern und fing an hinaufzusteigen. Als er so hoch gekommen war, daß der Kopf des Toten in dem Fenster erschien, drückte der Graf, der in seinem Bett lauerte, eine Pistole auf ihn los: alsbald ließ der Meister den armen Sünder herabfallen, sprang selbst die Leiter herab und versteckte sich in eine Ecke. Die Nacht war von dem Mond so weit erhellt, daß der Meister deutlich sehen konnte, wie der Graf aus dem Fenster auf die Leiter stieg, herabkam und den Toten in den Garten trug. Dort fing er an, ein Loch zu graben, in das er ihn legen wollte. »Jetzt«, dachte der Dieb, »ist der günstige Augenblick gekommen«, schlich behende aus seinem Winkel und stieg die Leiter hinauf, geradezu ins Schlafgemach der Gräfin. »Liebe Frau«, fing er mit der Stimme des Grafen an, »der Dieb ist tot, aber er ist doch mein Pate und mehr ein Schelm als ein Bösewicht gewesen: ich will ihn der öffentlichen Schande nicht preisgeben; auch mit den armen Eltern habe ich Mitleid. Ich will ihn, bevor der Tag anbricht, selbst im Garten begraben, damit die Sache nicht ruchbar wird. Gib mir auch das Bettuch, so will ich die Leiche einhüllen und ihn wie einen Hund verscharren.« Die Gräfin gab ihm das Tuch. »Weißt du was«, sagte der Dieb weiter, »ich habe eine Anwandlung von Großmut, gib mir noch den Ring; der Unglückliche hat sein Leben gewagt, so mag er ihn ins Grab mitnehmen.« Sie wollte dem Grafen nicht entgegen sein, und obgleich sie es ungern tat, so zog sie doch den Ring vom Finger und reichte ihn hin. Der Dieb machte sich mit beiden Stücken fort und kam glücklich nach Haus, bevor der Graf im Garten mit seiner Totengräberarbeit fertig war.

Was zog der Graf für ein langes Gesicht, als am andern Morgen der Meister kam und ihm das Bettuch und den Ring brachte. »Kannst du hexen?« sagte er zu ihm, »wer hat dich aus dem Grab geholt, in das ich selbst dich gelegt habe, und hat dich wieder lebendig gemacht?« »Mich habt Ihr nicht begraben«, sagte der Dieb, »sondern den armen Sünder am Galgen«, und erzählte ausführlich, wie es zugegangen war; und der Graf mußte ihm zugestehen, daß er ein gescheiter und listiger Dieb wäre. »Aber noch bist du nicht zu Ende«, setzte er hinzu, »du hast noch die dritte Aufgabe zu lösen, und wenn dir das nicht gelingt, so hilft dir alles nichts.« Der Meister lächelte und gab keine Antwort.

Als die Nacht eingebrochen war, kam er mit einem langen Sack auf dem Rücken, einem Bündel unter dem Arm und einer Laterne in der Hand zu der Dorfkirche gegangen. In dem Sack hatte er Krebse, in dem Bündel aber kurze Wachslichter. Er setzte sich auf den Gottesacker, holte einen Krebs heraus und klebte ihm ein Wachslichtchen auf den Rücken, dann zündete er das Lichtchen an, setzte den Krebs auf den Boden und ließ ihn kriechen. Er holte einen zweiten aus dem Sack, machte es mit diesem ebenso und fuhr fort, bis auch der letzte aus dem Sack war. Hierauf zog er ein langes schwarzes Gewand an, das wie eine Mönchskutte aussah, und klebte sich einen grauen Bart an das Kinn. Als er endlich ganz unkenntlich war, nahm er den Sack, in dem die Krebse gewesen waren, ging in die Kirche und stieg auf die Kanzel. Die Turmuhr schlug eben zwölf: als der letzte Schlag verklungen war, rief er mit lauter gellender Stimme »hört an, ihr sündigen Menschen, das Ende aller Dinge ist gekommen, der jüngste Tag ist nahe: hört an, hört an. Wer mit mir in den Himmel will, der krieche in den Sack. Ich bin Petrus, der die Himmelstüre öffnet und schließt. Seht ihr, draußen auf dem Gottesacker wandeln die Gestorbenen und sammeln ihre Gebeine zusammen. Kommt, kommt und kriecht in den Sack, die Welt geht unter.« Das Geschrei erschallte durch das ganze Dorf. Der Pfarrer und der Küster, die zunächst an der Kirche wohnten, hatten es zuerst vernommen, und als sie die Lichter erblickten, die auf dem Gottesacker umherwandelten, merkten sie, daß etwas Ungewöhnliches vorging, und traten sie in die Kirche ein. Sie hörten der Predigt eine Weile zu, da stieß der Küster den Pfarrer an und sprach »es wäre nicht übel, wenn wir die Gelegenheit benutzten und zusammen vor dem Einbruch des jüngsten Tags auf eine leichte Art in den Himmel kämen.« »Freilich«, erwiderte der Pfarrer, »das sind auch meine Gedanken gewesen: habt Ihr Lust, so wollen wir uns auf den Weg machen.« »Ja«, antwortete der Küster, »aber Ihr, Herr Pfarrer, habt den Vortritt, ich folge nach.« Der Pfarrer schritt also vor und stieg auf die Kanzel, wo der Meister den Sack öffnete. Der Pfarrer kroch zuerst hinein, dann der Küster. Gleich band der Meister den Sack fest zu, packte ihn am Bausch und schleifte ihn die Kanzeltreppe hinab: sooft die Köpfe der beiden Toren auf die Stufen aufschlugen, rief er »jetzt gehts schon über die Berge.« Dann zog er sie auf gleiche Weise durch das Dorf, und wenn sie durch Pfützen kamen, rief er »jetzt gehts schon durch die nassen Wolken«, und als er sie endlich die Schloßtreppe hinaufzog, so rief er »jetzt sind wir auf der Himmelstreppe und werden bald im Vorhof sein.« Als er oben angelangt war, schob er den Sack in den Taubenschlag, und als die Tauben flatterten, sagte er »hört ihr, wie die Engel sich freuen und mit den Fittichen schlagen?« Dann schob er den Riegel vor und ging fort.

Am andern Morgen begab er sich zu dem Grafen und sagte ihm, daß er auch die dritte Aufgabe gelöst und den Pfarrer und Küster aus der Kirche weggeführt hätte. »Wo hast du sie gelassen?« fragte der Herr. »Sie liegen in einem Sack oben auf dem Taubenschlag und bilden sich ein, sie wären im Himmel.« Der Graf stieg selbst hinauf und überzeugte sich, daß er die Wahrheit gesagt hatte. Als er den Pfarrer und Küster aus dem Gefängnis befreit hatte, sprach er »du bist ein Erzdieb und hast deine Sache gewonnen. Für diesmal kommst du mit heiler Haut davon, aber mache, daß du aus meinem Land fortkommst, denn wenn du dich wieder darin blicken laßt, so kannst du auf deine Erhöhung am Galgen rechnen.« Der Erzdieb nahm Abschied von seinen Eltern, ging wieder in die weite Welt, und niemand hat wieder etwas von ihm gehört.

Der gestiefelte Kater

Ein Müller hatte drei Söhne, seine Mühle, einen Esel und einen Kater; die Söhne mußten mahlen, der Esel Getreide holen und Mehl forttragen und die Katz die Mäuse wegfangen. Als der Müller starb, teilten sich die drei Söhne in die Erbschaft, der älteste bekam die Mühle, der zweite den Esel, der dritte den Kater, weiter blieb nichts für ihn übrig. Da war er traurig und sprach zu sich selbst »ich hab es doch am allerschlimmsten kriegt, mein ältester Bruder kann mahlen, mein zweiter kann auf seinem Esel reiten, was kann ich mit dem Kater anfangen? Laß ich mir ein Paar Pelzhandschuhe aus seinem Fell machen, so ists vorbei.« »Hör«, fing der Kater an, der alles verstanden hatte, was er gesagt, »du brauchst mich nicht zu töten, um ein Paar schlechte Handschuhe aus meinem Pelz zu kriegen, laß mir nur ein Paar Stiefel machen, daß ich ausgehen kann und mich unter den Leuten sehen lassen, dann soll dir bald geholfen sein.« Der Müllerssohn verwunderte sich, daß der Kater so sprach, weil aber eben der Schuster vorbeiging, rief er ihn herein und ließ ihm ein paar Stiefel anmessen. Als sie fertig waren, zog sie der Kater an, nahm einen Sack, machte den Boden desselben voll Korn, oben aber eine Schnur daran, womit man ihn zuziehen konnte, dann warf er ihn über den Rücken und ging auf zwei Beinen, wie ein Mensch, zur Tür hinaus.

Dazumal regierte ein König in dem Land, der aß die Rebhühner so gern; es war aber eine Not, daß keine zu kriegen waren. Der ganze Wald war voll, aber sie waren so scheu, daß kein Jäger sie erreichen konnte. Das wußte der Kater und gedachte seine Sache besser zu machen; als er in den Wald kam, tat er den Sack auf, breitete das Korn auseinander, die Schnur aber legte er ins Gras und leitete sie hinter eine Hecke. Da versteckte er sich selber, schlich herum und lauerte. Die Rebhühner kamen bald gelaufen, fanden das Korn, und eins nach dem andern hüpfte in den Sack hinein. Als eine gute Anzahl darin war, zog der Kater den Strick zu, lief herzu und drehte ihnen den Hals um; dann warf er den Sack auf den Rücken und ging geradeswegs nach des Königs Schloß. Die Wache rief »halt! wohin?« »Zu dem König«, antwortete der Kater kurzweg. »Bist du toll, ein Kater zum König?« »Laß ihn nur gehen«, sagte ein anderer, »der König hat doch oft Langeweil, vielleicht macht ihm der Kater mit seinem Brummen und Spinnen Vergnügen.« Als der Kater vor den König kam, machte er eine Reverenz und sagte »mein Herr, der Graf«, dabei nannte er einen langen und vornehmen Namen, »läßt sich dem Herrn König empfehlen und schickt ihm hier Rebhühner, die er eben in Schlingen gefangen hat.« Der König erstaunte über die schönen fetten Rebhühner, wußte sich vor Freude nicht zu lassen und befahl, dem Kater so viel Gold aus der Schatzkammer in den Sack zu tun, als er tragen könne, »das bring deinem Herrn und dank ihm noch vielmal für sein Geschenk.«

Der arme Müllerssohn aber saß zu Haus am Fenster, stützte den Kopf auf die Hand und dachte, daß er nun sein Letztes für die Stiefeln des Katers weggegeben, und was werde ihm der Großes dafür bringen können. Da trat der Kater herein, warf den Sack vom Rücken, schnürte ihn auf und schüttete das Gold vor den Müller hin »da hast du etwas vor die Stiefeln, der König läßt dich auch grüßen und dir viel Dank sagen.« Der Müller war froh über den Reichtum, ohne daß er noch recht begreifen konnte, wie es zugegangen war. Der Kater aber, während er seine Stiefel auszog, erzählte ihm alles, dann sagte er »du hast zwar jetzt Geld genug, aber dabei soll es nicht bleiben, morgen zieh ich meine Stiefel wieder an, du sollst noch reicher werden, dem König hab ich auch gesagt, daß du ein Graf bist.« Am andern Tag ging der Kater, wie er gesagt hatte, wohl gestiefelt, wieder auf die Jagd, und brachte dem König einen reichen Fang. So ging es alle Tage, und der Kater brachte alle Tage Gold heim und ward so beliebt wie einer bei dem König, daß er aus- und eingehen durfte und im Schloß herumstreichen, wo er wollte. Einmal stand der Kater in der Küche des Königs am Herd und wärmte sich, da kam der Kutscher und fluchte »ich wünsch, der König mit der Prinzessin wär beim Henker! Ich wollt ins Wirtshaus gehen und einmal trinken und Karten spielen, da soll ich sie spazierenfahren an den See.« Wie der Kater das hörte, schlich er nach Haus und sagte zu seinem Herrn »wenn du willst ein Graf und reich werden, so komm mit mir hinaus an den See und bad dich darin.« Der Müller wußte nicht, was er dazu sagen sollte, doch folgte er dem Kater, ging mit ihm, zog sich splitternackend aus und sprang ins Wasser. Der Kater aber nahm seine Kleider, trug sie fort und versteckte sie. Kaum war er damit fertig, da kam der König dahergefahren; der Kater fing sogleich an, erbärmlich zu lamentieren »ach! allergnädigster König! mein Herr, der hat sich hier im See gebadet, da ist ein Dieb gekommen und hat ihm die Kleider gestohlen, die am Ufer lagen, nun ist der Herr Graf im Wasser und kann nicht heraus, und wenn er länger darin bleibt, wird er sich erkälten und sterben.« Wie der König das hörte, ließ er haltmachen und einer von seinen Leuten mußte zurückjagen und von des Königs Kleidern holen. Der Herr Graf zog die prächtigsten Kleider an, und weil ihm ohnehin der König wegen der Rebhühner, die er meinte von ihm empfangen zu haben, gewogen war, so mußte er sich zu ihm in die Kutsche setzen. Die Prinzessin war auch nicht bös darüber, denn der Graf war jung und schön, und er gefiel ihr recht gut.

Der Kater aber war vorausgegangen und zu einer großen Wiese gekommen, wo über hundert Leute waren und Heu machten. »Wem ist die Wiese, ihr Leute?« fragte der Kater. »Dem großen Zauberer.« »Hört, jetzt wird der König bald vorbeifahren, wenn der fragt, wem die Wiese gehört, so antwortet: dem Grafen; und wenn ihr das nicht tut, so werdet ihr alle totgeschlagen.« Darauf ging der Kater weiter und kam an ein Kornfeld, so groß, daß es niemand übersehen konnte, da standen mehr als zweihundert Leute und schnitten das Korn. »Wem ist das Korn, ihr Leute?« »Dem Zauberer.« »Hört, jetzt wird der König vorbeifahren, wenn er fragt, wem das Korn gehört, so antwortet: dem Grafen; und wenn ihr das nicht tut, so werdet ihr alle totgeschlagen.« Endlich kam der Kater an einen prächtigen Wald, da standen mehr als dreihundert Leute, fällten die großen Eichen und machten Holz. »Wem ist der Wald, ihr Leute?« »Dem Zauberer.« »Hört, jetzt wird der König vorbeifahren, wenn er fragt, wem der Wald gehört, so antwortet: dem Grafen; und wenn ihr das nicht tut, so werdet ihr alle umgebracht.« Der Kater ging noch weiter, die Leute sahen ihm alle nach, und weil er so wunderlich aussah und wie ein Mensch in Stiefeln daherging, fürchteten sie sich vor ihm. Er kam bald an des Zauberers Schloß, trat kecklich hinein und vor ihn hin. Der Zauberer sah ihn verächtlich an, und fragte ihn, was er wolle. Der Kater machte eine Reverenz und sagte »ich habe gehört, daß du in jedes Tier nach deinem Gefallen dich verwandeln könntest; was einen Hund, Fuchs oder auch Wolf betrifft, da will ich es wohl glauben, aber von einem Elefant, das scheint mir ganz unmöglich, und deshalb bin ich gekommen, um mich selbst zu überzeugen.« Der Zauberer sagte stolz »das ist mir eine Kleinigkeit«, und war in dem Augenblick in einen Elefant verwandelt; »das ist viel, aber auch in einen Löwen?« »Das ist auch nichts«, sagte der Zauberer und stand als ein Löwe vor dem Kater. Der Kater stellte sich erschrocken und rief »das ist unglaublich und unerhört, dergleichen hätt ich mir nicht im Traume in die Gedanken kommen lassen; aber noch mehr als alles andere wäre es, wenn du dich auch in ein so kleines Tier, wie eine Maus ist, verwandeln könntest, du kannst gewiß mehr als irgendein Zauberer auf der Welt, aber das wird dir doch zu hoch sein.« Der Zauberer ward ganz freundlich von den süßen Worten und sagte »o ja, liebes Kätzchen, das kann ich auch«, und sprang als eine Maus im Zimmer herum. Der Kater war hinter ihm her, fing die Maus mit einem Sprung und fraß sie auf.

Der König aber war mit dem Grafen und der Prinzessin weiter spazierengefahren und kam zu der großen Wiese. »Wem gehört das Heu?« fragte der König. »Dem Herrn Grafen«, riefen alle, wie der Kater ihnen befohlen hatte. »Ihr habt da ein schön Stück Land, Herr Graf«, sagte er. Darnach kamen sie an das große Kornfeld. »Wem gehört das Korn, ihr Leute?« »Dem Herrn Grafen.« »Ei! Herr Graf! Große, schöne Ländereien!« Darauf zu dem Wald, »wem gehört das Holz, ihr Leute?« »Dem Herrn Grafen.« Der König verwunderte sich noch mehr und sagte »ihr müßt ein reicher Mann sein, Herr Graf, ich glaube nicht, daß ich einen so prächtigen Wald habe.« Endlich kamen sie an das Schloß, der Kater stand oben an der Treppe, und als der Wagen unten hielt, sprang er herab, machte die Türe auf und sagte »Herr König, Ihr gelangt hier in das Schloß meines Herrn, des Herrn Grafen, den diese Ehre für sein Lebtag glücklich machen wird.« Der König stieg aus und verwunderte sich über das prächtige Gebäude, das fast größer und schöner war als sein Schloß; der Graf aber führte die Prinzessin die Treppe hinauf in den Saal, der ganz von Gold und Edelsteinen flimmerte.

Da ward die Prinzessin mit dem Grafen versprochen, und als der König starb, ward er König, der gestiefelte Kater aber erster Minister.

Die Brüder Grimm

Erinnerungen von Herman Grimm

Jacob und Wilhelm Grimm sind beinahe gleichen Alters gewesen, doch erschien Jacob als der ältere; zugleich aber als der kräftigere, da er nicht in der Jugend Krankheiten durchzumachen hatte wie Wilhelm, mein Vater. Jacob war unverheiratet, und die Brüder lebten immer in gemeinschaftlicher Wohnung, arbeiteten zusammen und liegen nebeneinander auf dem Matthäikirchhofe zu Berlin. Geboren wurden sie zu Hanau, Jacob den 4. Januar 1785, Wilhelm den 24. Februar 1786. Ihre Geburtstage waren hohe Tage für uns Kinder. Soweit ich mich zurückerinnere, bekam Jacob immer auf demselben silbernen Teller, der nur bei dieser Gelegenheit gebraucht wurde, einen wahren Berg von Traubenrosinen, die er mit in sein Zimmer nahm, und ein Paar gestickte Pantoffeln, die er sogleich ergriff, an den neuen Sohlen roch, weil Ledergeruch ihm von den Ledereinbänden der Bücher her angenehm war, und sie dann mit fortnahm, um alsbald darin wieder zu erscheinen.

Mein Vater erhielt am 24. Februar ebenso sicher einen Topf mit blaßroten Primeln, seiner Lieblingsblume, mit der für mich der Begriff von Geburtstag verbunden ist.

Die erste, sonnigere Hälfte ihres Lebens kenne ich nur aus Briefen und Erzählungen. Diese schönste und fruchtbarste Zeit haben sie in Kassel verlebt, wo sie auch die Schule zusammen besucht hatten. In Marburg studierten sie. In Kassel brachten sie es zur Stellung von Bibliothekaren an der Hessischen Landesbibliothek, in deren stillen und weiten Sälen sie viele Jahre so gut wie die Herren gewesen sind. Es folgten sieben Jahre in Göttingen, von 1829 ab. Dann die letzten Jahrzehnte in Berlin. In Berlin ist zuerst Wilhelm den 16. Dezember 1859 gestorben. Ich sehe Jacob noch vor mir, wie er an dem kalten Wintertage mit seinen feinen Händen eine harte Scholle aufnahm und sie in Wilhelms Grab hinunterwarf. Den 20. September 1863 folgte er ihm. Beide waren bis zu den letzten Tagen von früh bis zum Abend frisch bei der Arbeit. Wilhelm in den letzten Jahren hier und da doch etwas ermüdet. Jacob aber hegte Pläne noch für die Zukunft.

Jeder in Deutschland weiß von den Brüdern Grimm. Die Kinder wachsen in der Liebe zu ihnen auf. Wie unzählige Male bin ich gefragt worden, ob ich mit ihnen verwandt sei: und daß ich ihr Sohn und Neffe war, machte mich wie zu einem Verwandten der Fragenden. Es könnte mir nie ein schönerer Ruhm gewährt werden. Jeder ehrt ihren Namen. Und diese Verehrung des Volkes erbt sich in den zuwachsenden Geschlechtern fort. Für ihr Denkmal, das in Hessen stehen wird, steuerten alle Deutschen bei, auch aus fremden Erdteilen. Kinder und arme Leute brachten oft nur wenige Pfennige.

Jacob und Wilhelm Grimm hatten ihren Vater früh verloren und verdankten auch ihre äußere Erziehung nur sich selbst. Von jung auf beherrschte sie das Gefühl großer Verantwortlichkeit ihrer Mutter und ihren jüngeren Geschwistern gegenüber, dann, als das Unglück von 1806 eintrat, der Gedanke, es müsse für die Ehre und Befreiung des Vaterlandes gearbeitet werden. Sie glaubten an die Wiederkehr der alten deutschen Einheit und Herrlichkeit. Zugleich aber hegten sie einen einzigen großen Lebenswunsch, der ihnen auch gewährt worden ist: in ihrer wissenschaftlichen Arbeit unabhängig zu sein und nicht darin gestört zu werden. Das ist das erste, was mir in die Erinnerung tritt, wenn ich meines Vaters oder Onkels gedenke: daß Stille ihr eigentliches Element war. Jacob beklagt sich selten über etwas in den Briefen an seinen Bruder, nur das erscheint ihm zuweilen unerträglich, daß er in seinen amtsfreien Stunden keine Stelle fand, wo er ungestört arbeiten konnte.

Ich bin in Kassel geboren, von Göttingen aber sind meine frühesten Erinnerungen. Ich weiß, wie ich als Kind in den Studierstuben meines Vaters und des »Apapa«, wie wir Kinder Jacob Grimm nannten – und alle Freunde des Hauses kannten ihn unter diesem Namen –, leise umhergegangen bin. Nur das Kritzen der Feder war zu hören, oder bei Jacob manchmal ein leises Hüsteln. Er beugte sich beim Schreiben dicht auf das Papier, an seinen Federn war die Fahne tief herunter abgeknapst, und er schrieb rasch und eifrig; mein Vater ließ die lange Gänsefeder bis zur Spitze unvermindert stehen und schrieb bedächtiger. Die Züge des einen wie des andern waren immer in leiser Bewegung. Die Brauen hoben oder senkten sich; zuweilen blickten sie in die leere Luft. Manchmal standen sie auf, nahmen ein Buch heraus, schlugen es auf und blätterten darin. Ich hätte nicht für möglich gehalten, daß jemand es wagte, diese heilige Stille zu durchbrechen.

Die Arbeitsstuben der Brüder gingen in Göttingen auf weite Gärten. In der Ferne ragte eine

Linde auf und ein Bretterzaun war sichtbar. Ich hatte die Mägde davon sprechen hören, daß irgendwo die Welt mit Brettern zugenagelt sei, und glaubte in meinen kindlichen Gedanken, daß an jenem Zaune das Ende der Welt sei. Als weiteste Entfernung für mich aber galt damals Kassel. Dahin fuhr jedes Jahr einmal, mit vielen Koffern in eine Kutsche verpackt, die ganze Familie von Göttingen über den Mündner Berg. Wenn wir an dem Löwen von Sandstein vorüber waren, der die hessische Grenze bezeichnete, empfand ich mich in meiner wirklichen Heimat. Statt der hannöverschen Pappeln standen Vogelbeerbäume an der Chaussee. Auch mein Vater und Onkel fühlten sich in Göttingen weit fort von ihrem Vaterlande. Jacob tröstete sich damit, daß an beiden Stellen doch dieselben Sterne am Himmel ständen. Seine erste akademische Vorlesung in Göttingen war über das Heimweh. Ich selbst habe nur die wenigen Jahre in Hessen gelebt, als wir Göttingen verlassen mußten und nach Kassel zurückkehrten, bis dann die Berufung nach Berlin kam – nie aber ist das Gefühl in mir schwächer geworden, daß ich in Hessen zu Hause sei, und nirgends erscheinen mir Berg und Tal und die Aussicht ins Weite so schön. Ich meine eine andere Luft dort zu atmen. Meine Mutter sprach immer im hessischen Dialekt. Dieser hessische Wortklang hat für mich etwas Entzückendes. Aus den Märchen scheint er mir herauszuklingen, auf allem, was Jacob und Wilhelm schrieben, liegt er für mein Gefühl. Immer blieb die Fulda für uns ein Fluß von Bedeutung, und Karl Altmüllers schönes Gedicht darauf rührte meine Mutter zu Tränen.

Meine Kindererinnerungen aber sind in Göttingen zu Hause. An den Fenstern der Studierstuben meines Vaters und meines Onkels standen ihre Lieblingsblumen. Bei Jacob Goldlack und Heliotrop, bei Wilhelm, wie ich schon sagte, die Primel mit ihrem sanften Atem. Auf einer frühen Zeichnung, die ihn an seinem Schreibtische darstellt, steht ein solcher Blumentopf neben ihm. Die Brüder hatten dasselbe kameradschaftliche Verhältnis zur Natur wie Goethe. Alles Blühende und Sprossende erfreute sie. Auf ihren Tischen lag mancherlei Gestein als Briefbeschwerer. Auf dem Jacobs zumal ein aus versteinerten Muscheln zusammengewachsenes Stück, auf dem Wilhelms eine Stufe Bergkristall. Ihre Schreibtische mit allem, was daraufstand, sind dem Germanischen Museum in Nürnberg anvertraut worden, wo sie hoffentlich in Ehren gehalten werden. Das Gedicht Platens auf eine Geißblattblüte, welche der

Dichter spät im Herbste noch auf einem Spaziergange fand, habe ich meinem Vater mehrfach mit Bewegung vorlesen hören, und Goethes Veilchen, das Mozart so schön komponiert hat, war ihm besonders lieb. Beide Brüder hatten dieselbe Art, von ihren Spaziergängen einzelne Blüten und Blätter mitzubringen, die sie in die am meisten von ihnen gebrauchten Bücher legten. Oft ist auf den getrockneten Blättern das Datum und auch der Ort fein aufgeschrieben, von wo sie stammen. Ihr ganzes Leben begleiten diese Zeichen der Erinnerung. Zuweilen auch sind sie besonders in Papier geschlagen und nähere Umstände dazu bemerkt. So fand ich ein Kleeblatt, das mein Vater an dem Tage mitnahm, als mein ältestes, früh gestorbenes Brüderchen, das nach Jacob Jacöbchen hieß, neben seiner Großmutter begraben wurde. Es liegen in Jacobs und Wilhelms Büchern viele Blätter und Blüten von diesem einzigen mütterlichen Grabe nur. Ich finde unter alten Schriften in Papier eingeschlagen eine vertrocknete Rosenknospe, und darauf steht: »Von der lieben Mutter ihrem Grab. Am 18. Juni um acht Uhr von mir abgebrochen für meinen lieben Bruder zum Andenken an mich.« Das Jahr, und welcher Bruder gemeint sei, fehlt. Noch eine andere Lieblingsblume hatte mein Vater. In einem Briefe meiner Mutter, den sie nach seinem Tode schrieb, lese ich: »Diese Gänseblümchen sind vom lieben Wilhelm seinem Grabe. Es ist ganz besäet damit und hat sie doch niemand gesät, und im Herbst sollen Lilien darum gepflanzt werden, das waren seine, seiner Mutter und der Lotte Lieblingsblumen.«

Über Spaziergänge aber ist Wilhelms Verkehr mit der Natur nie herausgekommen, denn das Herzleiden, das ihn im Anfange seiner Studienjahre befiel, verbot ihm Anstrengungen. Er ging langsam, Jacob rasch. Zusammen sind sie so nie gegangen. Wilhelm wurde durch diese Kränklichkeit auch gezwungen, sich bei seinen Reisen auf kürzere Strecken zu beschränken. Jacob dagegen war in Paris, in Wien, in Italien, in Holland, in Schweden. Ganz unerwartet erschien er oft mit der Ankündigung, er habe eine Reise vor, und von unterwegs erst meldete er, wohin er sich gewendet habe. Darüber werden viele Briefe Auskunft geben, wenn später einmal die Sammlung ihrer Briefe erschienen sein wird.

Jacob hatte Goethes Statuette von Rauch in seiner Stube, Wilhelm die Weisersche Büste Goethes. Er war ihre höchste Autorität. Aber sie waren keine Goethesammler, und erst bei Beginn der Wörterbucharbeit empfingen sie von Hirzel die »Ausgabe letzter Hand«. Ihre gemeinsame

»liebe« Bibliothek, für die sie schon als Studenten sammelten, stand in Jacobs Zimmern. Als Bibliothekare sorgten sie für sorgfältige Aufstellung und behandelten ihre Bücher wie Untergebene, die Rücksicht verdienten. Die Büchergestelle waren niedrig, daß man zu den obersten Reihen bequem mit der Hand greifen konnte.

Von der Höhe dieser Bretter sahen in lebensgroßen, zum Teil dunkel gewordenen Ölgemälden die Antlitze der Vorfahren und Verwandten herab. Andere hingen in kleineren Gemälden oder in eingerahmten Zeichnungen an vielen Stellen, wo die Wände von Büchern frei blieben, uns Kindern wohlbekannt. Nach den Namen und Schicksalen dieser ernsten Leute aber fragten wir Kinder nicht.

Jacob war neun Jahre alt, als sein Vater starb. Er erzählte, wie er am andern Morgen nach dessen Todestage ganz früh durch Stimmen im Nebenzimmer geweckt worden und im Hemd aufgesprungen sei, um zu sehen, was es gebe. Als er die Tür halb geöffnet, habe der Tischler da mit einem andern das Maß zum Sarge genommen und gerade gesagt: der Mann, der da liegt, verdiene einen Sarg von Silber.

Jacob betrachtete sich, so jung er war, nach des Vaters Tode als Haupt der Familie. Immer haben seine Geschwister diese Stellung anerkannt. Er war der Nachfolger in der väterlichen Gewalt. Nur die Mutter stand über ihm, die er in fast pedantischer Weise, solange sie lebte, als die oberste entscheidende Instanz auch da das letzte Wort zu sagen bat, wo die arme gebeugte Frau sich gerne dem Willen des Sohnes unterordnete. Mein Vater Wilhelm, nur dreizehn Monate jünger als Jacob, hat dessen höhere Stellung bis in ihre letzten Zeiten stets anerkannt. Erst jetzt entdecke ich mit Rührung zuweilen, wie heilig ihm dieses Verhältnis war; denn es lag etwas Herrschendes in Jacobs Natur, dem sich unterzuordnen nicht immer leicht war.

In Kassel auf sich allein angewiesen, gewannen sie sofort die innere Selbständigkeit, die für ihr ganzes Leben das Kennzeichen ihrer Natur war. Sie fühlten als die beiden Ältesten die Verpflichtung, für ihre Geschwister zu sorgen, und sich selbst gegenüber die Nötigung, ihrem Drange nach Belehrung Befriedigung zu verschaffen. Damit verband sich der natürliche Trieb, bei allen ihren Studien von Deutschland, zumal von Hessen auszugehen und dahin zurückzukehren. Selten ist das öffentliche Leben in Deutschland so sehr den Bestrebungen jugendlichen Fleißes günstig gewesen als die Ereignisse, die die Anfänge dieses

Jahrhunderts mit sich brachten. Sie beweisen, daß nicht die Zeiten die glücklichsten für ein Volk sind, wo es der Ruhe genießt, sondern die, wo das Leben jeden einzelnen anspornt, alle Kräfte einzusetzen.

Jacob und Wilhelm also machten das Lyzeum in Kassel durch und gingen nach Marburg, wo sie die Rechte studierten. Savigny war der erste Lehrer, der sie mit dem höchsten Inhalte des Begriffes »Wissenschaft« bekannt machte. Durch ihn kamen sie mit den Brentanos und mit Arnim in Berührung. Die Verwandlung Hessens in einen Teil des neuen napoleonischen Königreichs Westfalen mit Kassel als Hauptstadt darin brachte für die Kasselaner eine Erweiterung der politischen Anschauungen mit sich, denn ein Abglanz des Pariser weltbeherrschenden Daseins fiel auf Jerome Napoleons Residenz. Die Brüder wurden ohne ihr Zutun auf eine Höhe gestellt, von der aus sie die Ereignisse ringsumher in weitem Umkreise vor Augen hatten. Damals lernten sie die Fälle der europäischen Politik überblicken, als hätten sie die Erfahrungen staatsmännischer Tätigkeit hinter sich, eine Gabe, die sich zumal 1848 bewährte, wo sie innerhalb der plötzlichen Verwirrung das Geschehende einer ruhigen Kritik unterwarfen. Jacob und Wilhelm Grimm haben immer das Wohl und den Ruhm ihres Vaterlandes verfolgt, niemals aber im Sinne einer Partei gearbeitet. Niemals auch im Sinne einer gelehrten Partei. Für sie gab es ein »Deutsches Vaterland«, dessen siegreiche Größe auf jedes Opfer Anspruch habe. Ein Programm aber, mit welchen Mitteln gearbeitet werden müsse, hatten sie nicht. Besonders aber: alles persönliche Sichvordrängen war ihnen fremd. Überall suchten sie sich nur die Stille zu verschaffen, die ihre Arbeitsstuben umgäbe: mehr haben sie nie bedurft und nie verlangt. Ihr Trieb war, zu sammeln, was als Denkmal des deutschen Geistes erreichbar wäre.

Nach der Mutter Tode nahm das Zusammenleben sämtlicher Geschwister in Kassel abermals neue Formen an. Alle Sorgen aber verhinderten nicht, daß Jacobs und Wilhelms Dasein sich zu immer umfassenderer Arbeit ausdehnte und daß sie zugleich, wollend oder nicht wollend, zur Mitte eines Kreises junger Freunde und Freundinnen wurden, den sie belebten und dem sie den Wunsch einflößten, an dem, was die beiden Brüder betrieben, geistig beteiligt zu sein. Ihre Werke und ihre Briefwechsel zeigen, wie wohl sie sich inmitten dieses selbsterzogenen Publikums fühlten. Es liegt etwas herrlich Urwüchsiges in den Kasseler Zeiten Jacobs und Wilhelms. In der

Blüte dieser Tage sind die »Kinder- und Hausmärchen« gesammelt und gedruckt worden.

Die Kinder- und Hausmärchen sind nicht das Ergebnis in besonderer Richtung getaner Arbeit, sondern eines der herausgegriffenen Resultate ihrer allgemeinen Tätigkeit. Die Brüder hatten bei den Märchen freilich die Kinder als den mitgenießenden Teil im Sinne. Das beweist schon die Widmung der ersten Auflage von 1812: »An die Frau Elisabeth von Arnim für den kleinen Johannes Freimund.«

Freimund war Achim und Bettina von Arnims erstes Kind, damals nicht lange auf die Welt gekommen. Aber man lese die Vorrede: wie wenig bei den Kinder- und Hausmärchen von den Sammlern damals an den alleinigen Gebrauch für Kinder und Haus gedacht wurde; in erster Linie kam es den Brüdern darauf an, diese bis dahin unbeachtet gebliebenen Blumen, die der dichtenden Phantasie des Volkes entsprangen, als einen Teil des allgemeinen nationalen Reichtums überhaupt ans Licht zu bringen.

Wilhelm hat in eines der Handexemplare des ersten Bandes, außer vielen Umänderungen stilistischer Art, unter den meisten Märchen die Namen derer eingetragen, von denen sie ihm erzählt worden waren. Da nun finde ich meine liebe, selige Mutter, Dorothea genannt, lange bevor sie meinen Vater heiratete. 1795 geboren, war sie 1811, wo ich ihren Namen im Buche zuerst erwähnt finde, sechzehn Jahre alt. Aus ihrem Munde hörte Wilhelm gerade ein Dutzend der schönsten Märchen.

Dortchen Wilds Vater war ein in Kassel ansässig gewordener Berner Bürger, Apotheker, den vornehmen Familien seiner Vaterstadt angehörig, dessen Vorfahren in der Schlacht von Murten mitgekämpft und dort Beute gemacht hatten. Ich habe in Bern die schwere silberne Kette in Händen gehabt, die ein Wild einem burgundischen Ritter abgenommen, auch das gewaltige, zweihändige Schwert, das er führte. Der Vater meiner Mutter, die selbst noch Berner Bürgerin war, besaß in der Margasse in Kassel die Sonnenapotheke, ein in vielen, sich übereinander vorschiebenden Stockwerken aufgetürmtes Haus, in dessen Nähe meine Großmutter Grimm bei ihrer Übersiedelung nach Kassel sich einmietete. (Heute bezeugt eine Tafel ihre Wohnung, die nach ihrem Tode auch ihre Kinder innehatten.) Es gab kein Haus in der engen Margasse, dessen Geschichte meiner Mutter nicht geläufig war. Sie wußte uns Kindern immer Neues aus ihrer einstigen Nachbarschaft zu erzählen. Frau Grimm hatte fünf Söhne und eine Tochter, in der Wildschen Apotheke lebten sechs Töchter und ein Sohn. Einige auf beiden Seiten noch beinahe in den Kinderschuhen. Herr Wild war ein wohlhabender Mann. Er besaß um Kassel herum Gärten und Ländereien. »Im Garten« erzählte Dorothea Wild meinem Vater eine Reihe Märchen. Dieses »im Garten« erinnert mich an meiner guten Mutter Liebe zu allem, was mit Gärtnerei zusammenhängt. Ihr und ihren Geschwistern und deren Kindern wieder war das angeboren. Ein Wunsch, sagte sie oft, sei ihr nie erfüllt worden: auch nur ein ganz kleines Gärtchen zu besitzen. Dafür zog sie immer in Töpfen allerlei Grünes an dem Fenster, wo ihr Stuhl und ihr Nähtischchen standen, und hatte ihre Freude daran.

In den Gedanken der meisten, welche heute die Grimmschen Kinder- und Hausmärchen nicht als Kinder genießen, sondern über ihre Entstehung nachdenken, hat die Anschauung sich gebildet, als seien sie wörtlich den Erzählungen nachgeschrieben worden, welche unter den Leuten umgingen, so daß, wenn Jacob und Wilhelm Grimm anderen, späterlebenden Sammlern nicht zuvorgekommen wären, diese das »Eigentum des Volkes« ebensogut sich hätten aneignen können. In der Gestalt, in welcher die Märchen von den Brüdern Grimm dem Volke dargeboten wurden, sind sie erst dadurch, daß sie von *ihnen* dargeboten wurden, *wieder* zum Eigentum des Volkes geworden, denn vor der Grimmschen Fassung waren sie das nicht. Meine Mutter hat als junges Mädchen freilich »Hänsel und Gretel« meinem Vater erzählt; daß dieser aber nach ihrem Diktate geschrieben hätte, so einfach liegt die Sache hier nicht. Wilhelm hat den späteren Auflagen der Märchen den weniger bekannten dritten Teil beigegeben, worin er sich, aber ohne Personen zu nennen, über die Herkunft der einzelnen Märchen ausspricht. Bei *Hänsel und Gretel* heißt es hier nur: »Nach verschiedenen Erzählungen aus Hessen«. Hieraus erklärt sich nun aber, warum er an der Stelle des ersten Bandes, wo er meine Mutter handschriftlich als Quelle des Märchens nannte, dies nicht am Schlusse, sondern mitten im Märchen tat, wo er einen Nachtrag handschriftlich einschiebt, der später erst in den zweiten Druck hineinkam: eine der schönsten Stellen des Märchens.

Da nämlich, wo die alte Hexe fragt

»knusper knusper knäuschen,
wer knuspert an meinem Häuschen?«

erschrecken im ersten Drucke des Buches die Kinder nur, und die alte Hexe kommt gleich aus der Haustüre. Die schriftliche Randbemerkung meines Vaters besagt hier, daß die Erinnerung meiner Mutter diese Szene weiter ausmalte: sie nämlich erst berichtete nachträglich die Antwort der Kinder

»der Wind, der Wind,
das himmlische Kind,«

und das übrige, wie es in den folgenden Ausgaben dann zu lesen steht. Im dritten Bande führt mein Vater neben den »verschiedenen bewährten Erzählungen« dann noch eine schwäbische Form dieses Märchens und andere Anklänge an. Hieraus schon erhellt, wieviel sowohl auswählende als zusammenfassende und redigierende Arbeit nötig war, um diejenige Form der Märchen zu finden, in welcher die Kinder- und Hausmärchen heute zu einer Sammlung geworden sind, welche dem Geiste des deutschen Volkes fertig entsprungen zu sein scheint.

Nicht nur Dortchen aber lieferte aus der Familie Wild Stoff für die Sammlung. Sechs Schwestern Wild waren es; eine von den drei älteren war Gretchen, durch Schönheit und Talente ausgezeichnet. Ein vorhandenes Bildnis läßt sie erkennen: das blonde, fein sich kräuselnde Haar und die zarte Haut. Gretchen heiratete früh und starb früh. Ihre Kinder sind von meiner Mutter erzogen worden; sie haben uns Kindern dann nahe gestanden und ihre Kinder und Enkel stehen uns heute nahe.

Woher hatten Gretchen und meine Mutter die Märchen? Wir denken zunächst an ihre eigene Mutter, die sie erzählt hätte. Von Frau Wild sind Bilder da, aber auch von deren Mutter, von meiner Mutter Großmutter also, gibt es eine Miniatur, die ich von Kind auf kenne: eine alte Frau mit zarten, fein geschnittenen Zügen. Sie hat etwas sehr Vornehmes. Sie trägt ein weißes Spitzentuch über dem hochaufgesteckten gepuderten Haare und einen Marderpelz, in dem sie sich sonntags in der Portechaise zu ihrer Tochter Wild tragen ließ. Sie hieß Huber und war die Tochter des berühmten Gesner, der, wie meine Mutter nie dazuzusetzen vergaß, den *Thesaurus* geschrieben hat. Gesners Thesaurus linguae romanae ist der Vater der neueren lateinischen Wörterbücher. Meiner Mutter Großmutter, Gesners Tochter also, war als Kind schon von solchem Eifer für die Philologie beseelt, daß sie, hinter einem Vorhange im Auditorium sitzend, ihres Vaters Vorlesungen hörte. Dabei passierte es, daß sie einschlief und von ihrem Sitze herab ins Auditorium hineinfiel. Die Studenten aber hegten solche Ehrfurcht vor ihrem Professor, daß sie nicht lachten. Frau Wild war eine kleine, zierliche Frau.

Dortchen empfing seinen Reichtum aus anderer Quelle. Über der Wildschen Kinderstube in der Sonnenapotheke mit ihren vielen Gängen, Treppen, Stockwerken und Hinterbaulichkeiten, die ich selbst alle noch als Kind durchstöbert habe, waltete die »Alte Marie«, deren Mann im Kriege gefallen war und die jeden Abend aus ihrem »Hawermännchen« ihr Abendgebet las. Von ihr hat der erste Band der Märchen seine schönsten Märchen erhalten. Man fühlt sogleich, daß Dortchen und Gretchen wahrscheinlich nur weitergaben, was die alte Marie ihnen eingeprägt hatte.

Mit den Wilds und Grimms vereinigte sich aber eine dritte Familie, die Hassenpflugs. Ludwig Hassenpflug, der Minister des letzten Kurfürsten von Hessen, hatte zwei Schwestern, Amalie und Jeanette, welche Dortchen Wilds und Lotte Grimms Freundinnen waren. Amalie Hassenpflug (die Verfasserin des Buches *Gretchen Verflassen* und die Freundin Annette von Droste-Hülshoffs) war damals aufblühend in Schönheit und Beweglichkeit des Geistes. Ludwig Grimm hat sie oft gezeichnet. Es liegt etwas in ihren Zügen, als habe man ihr früh schon angesehen, daß ein so selbständiger, scharfblickender Geist nicht dazu bestimmt sei, sich zu verheiraten. Sie starb in Merseburg am Bodensee, »Malchen« Hassenpflug stand durch ihre geistige Überlegenheit von allen den jugendlichen Erscheinungen jener Zeit Jacob und Wilhelm vielleicht am nächsten.

Viele der Märchen des ersten Bandes tragen die Bemerkung »von Hassenpflugs«; die meisten darunter aber die besondere Bezeichnung »von der Jeanette«. Jeanette Hassenpflug, die jüngere Schwester, war durchaus anders angelegt als Amalie und geistig nicht mit ihr zu vergleichen, aber eine vorzügliche Erzählerin und Wiedererzählerin. Die Mutter Hassenpflug war französischen Ursprunges: man bemerkte, daß *Blaubart* und *Der gestiefelte Kater* nach Frankreich weisen. Von den übrigen mit Namen angeführten Beitraggebern zum ersten Teile, die mir zum Teil unbekannt sind, erwähne ich noch August von Haxthausen, Frau Jordis und Achim von Arnim.

Durch die Familie Haxthausen wurden der Sammlung alle die Märchen wohl zugeführt, deren Ursprung im dritten Teile als »Aus dem Paderbornschen« angegeben ist. Eine Reihe von Brüdern und Schwestern hauste in Bökendorf. Darunter die Mutter der Dichterin Annette von

Droste. Die Brüder Grimm waren oft dort, und Ludwigs Skizzenbücher sind erfüllt von Landschaftlichem aus der Gegend und von Porträts, unter denen die der Dorf- und Hausleute und die Hunde eine bedeutende Rolle spielen.

Frau Jordis war die Schwester Bettina und Clemens Brentanos. Von den Brentanos, doch auch wohl aus Steinau, mögen die Märchen stammen, die im dritten Band die Bezeichnung »aus der Maingegend« tragen. Den *Wacholderbaum* hatte die Sammlung vom Maler Runge in Hamburg durch Achim von Arnim empfangen. *Jorinde und Joringel* stammt aus dem Leben Jung-Stillings. Dennoch trat auch hier eine mündliche Erzahlung »aus der Schwalmgegend« mit geringen Abweichungen hinzu.

Im Jahre 1815 kam der zweite Band der Märchen heraus. Die Vorrede ist vom 30. September 1814. In ihr wird nun ein neuer Name genannt: Frau Viehmännin aus Zwehren, einem dicht bei Kassel gelegenen Dorfe. Sie hat das für den zweiten Teil geleistet, was die Alte Marie am ersten getan. In der Vorrede heißt es, sie betreffend: »Ein guter Zufall war die Bekanntschaft mit einer Bäuerin aus Zwehren, durch welche wir einen ansehnlichen Teil der hier mitgeteilten, darum echt hessischen Marchen sowie Nachträge zum ersten

Bande erhalten haben. Diese Frau, noch rüstig, heißt Viehmännin, blickt hell und scharf aus den Augen und ist wahrscheinlich in ihrer Jugend schön gewesen. Sie bewahrt die alten Sagen fest im Gedächtnis, welche Gabe, sagte sie, nicht jedem verliehen sei. Dabei erzählt sie bedächtig, sicher und mit eigenem Wohlgefallen daran; erst ganz frei, dann, wenn man will, noch einmal langsam, so daß man ihr nachschreiben kann. Manches ist auf diese Weise wörtlich beibehalten. Wer an leichte Verfälschung der Überlieferung, Nachlässigkeit und daher an Unmöglichkeit langer Dauer als Regel glaubt, der müßte hören, wie genau sie immer bei derselben Erzählung bleibt und auf ihre Richtigkeit eifrig ist; niemals ändert sie bei einer Wiederholung etwas in der Sache ab und bessert ein Versehen mitten in der Rede gleich selber.«

In dieser Vorrede zum zweiten Bande sprechen sich die Brüder über den Wert der Märchen aus als eines Buches, das Kindern in die Hände zu geben sei. In den zwei Jahren von 1812–1814 war die Rede oft darauf gekommen. Das Buch hatte als Kinderbuch in einer Richtung seine Wege gefunden, an die man beim ersten Bande nicht gedacht. Damals war wohl mehr ins Auge gefaßt worden, was daraus den Kindern etwa erzählt werden könne; inzwischen hatten die Kinder sich der Märchen mit eigenen Augen bemächtigt. Die Brüder bestehen darauf, daß man sie gewähren lassen solle. Was Wilhelm hier sagt, ist das Richtige. Diese Märchen gehören zum »Gesunden«, und das deutsche Volk bedarf ihrer.

Die zweite Auflage des Buches ist von 1819. Hier hat der zweite Band als Titelkopf ein Porträt der Frau Viehmännin, der »Märchenfrau«, von Ludwig Grimm gezeichnet und radiert. Von Ludwig auch ist vor dem ersten Bande Brüderchen und Schwesterchen, wie sie im Walde schlafen, ein Engel mit Lilien in den Händen hinter ihnen. Zeichnungen zu den Märchen von Ludwigs Hand finden sich von da ab in Fülle bei ihm, nur weniges aber davon ist herausgekommen. Es gehörte gleichsam zu seiner künstlerischen Tätigkeit, immer wieder Bilder zu den Märchen zu zeichnen. Um die Zeit, wo die zweite Auflage erschien, verheiratete Lotte Grimm sich mit Hassenpflug, und die nun allmählich erscheinenden Kinder, sowie später dann ich mit meinen Geschwistern, fingen an, lebendiges Publikum für die Märchen zu werden. Wir sind mit dem Buche aufgewachsen und betrachteten seinen Inhalt als den der großen Weltgeschichte in den ältesten Zeiten. Die Märchen haben die Eigenschaft, immer wieder von den Kindern jedesmal als Neuigkeit aufgenommen zu werden. Alle standen sie für uns in Verbindung: ein großes Reich, wo diese Dinge sich zugetragen hatten.

Es liegt in den Kindern aller Zeiten und aller Völker ein gemeinsames Verhalten der Natur gegenüber: sie sehen alles als gleichmäßig belebt an. Wälder und Berge, Feuer und Sterne, Flüsse und Quellen, Regen und Wind reden und hegen guten und bösen Willen und mischen ihn in die menschlichen Schicksale. Es gab eine Zeit aber, wo nicht nur die europäische Kinderwelt, sondern die Nationen selbst so dachten. Wie die germanischen Völker in diesem Zustande der Kindheit in Glauben, Sprache und Überlieferung sich verhalten, war Jacobs Studium; Wilhelm dagegen wollte nicht bloß forschen, sondern auch das Gefundene der Gegenwart vermitteln. Wilhelm zumeist hat den Märchen ihre Form gegeben. In dieser Gestalt sind sie Schöpfungen für sich.

1896 soll die Doppelstatue der Brüder in Hanau aufgestellt werden. Ich habe kürzlich mit den von Hanau abgesandten Herren das in Eberles Werkstätte zu München stehende Modell gesehen, und auch gewahren dürfen, wie sie gleich mir von seiner einfachen Größe ergriffen waren. Wilhelm sitzt auf einem Sessel. Ein aufgeschlagenes Buch ruht ihm auf den Knien. Er blickt nicht hinein, sondern vor sich hin ins Weite, nachsinnend, wie ich ihn schon als Kind gesehen hatte. Als bilde sich ein Gedanke in seiner edlen Stirn. Jacob, neben ihm stehend, mit der einen Hand und straffem Arme sich auf die Lehne des Sessels stützend, blickt mit mehr gesenktem Antlitze zu dem Buche herab, als suche er noch in dessen Inhalte. Gemeinsame geistige Arbeit höchster Art kann nicht einfacher, sprechender und schöner dargestellt werden. Am Piedestale soll in einem Medaillon das Bildnis unserer Mutter angebracht werden, die beiden Brüdern bis zu den letzten Atemzügen zur Seite stand.

»In unangefochtener Gemeinschaft«

Nachwort von Otto A. Böhmer

Sie waren ein Duo, wie es in der deutschen Literaturgeschichte kein zweites gab: Die Brüder Grimm verhalfen der Germanistik, einer zuvor kaum mehr beachteten Wissenschaft, zu neuer Anerkennung; sie waren als Märchen- und Sagen-Sammler tätig und wurden dadurch bekannter als mit den eigenen, ungemein fleißig erstellten Schriften. In ihrer äußeren Unscheinbarkeit steckte ein zäher, widerstandsfähiger Kern, an den die Mächtigen besser nicht rührten. Das bekam auch der König von Hannover zu spüren, der 1837 eine von seinem Vorgänger verabschiedete Verfassung kurzerhand aufkündigte: Die Brüder Grimm, die damals an der Universität Göttingen lehren, unterzeichnen mit fünf anderen Professoren (die »Göttinger Sieben«) eine Protestresolution, da sie für sich das »begründete Recht des Widerspruchs« in Anspruch nehmen, wenn ein »ordentliches Gesetz… einseitig umgestürzt« wird. Der König reagiert humorlos, läßt den Brüdern Grimm die Entlassungsurkunden aushändigen und verweist sie des Kleinstaats. Eingeschüchtert werden sie davon nicht, im Gegenteil, sie legen nach und erklären, daß sich Professoren gefälligst nicht ins stille Kämmerlein verkriechen sollen: »Keiner kann... hinterm Berge gehalten werden mit freier Lehre über das Wesen, die Bedingungen und die Folgen einer beglückenden Regierung.«

Jacob und Wilhelm Grimm wachsen im hessischen Steinau an der Straße auf; der Vater ist Amtmann und stirbt früh. Um die Mutter zu entlasten, nimmt eine Tante in Kassel die Brüder bei sich auf; dort besuchen sie das Gymnasium. Jacob und Wilhelm scheinen unzertrennlich zu sein; das haben sie selbst auch so gesehen: »...In den langsam schleichenden Schuljahren nahm uns *ein* Bett auf und *ein* Stübchen, da saßen wir an einem und demselben Tisch arbeitend; hernach in der Studentenzeit standen zwei Betten und zwei Tische in derselben Stube, im späteren Leben noch immer zwei Arbeitstische in dem nämlichen Zimmer, endlich bis zuletzt in zwei Zimmern nebeneinander, immer unter *einem* Dache in gänzlich unangefochtener und ungestört beibehaltener Gemeinschaft unserer Habe.«

Nach der Schule studieren die Grimms Jura in

Marburg. Danach trennen sich ihre Wege vorübergehend, ein für die Brüder ungewohnter Zustand. Jacob geht nach Paris und wird Privatsekretär bei ihrem akademischen Lehrer, dem Rechtsphilosophen Friedrich Karl von Savigny; Wilhelm findet eine Anstellung als Bibliothekar in Kassel. Dorthin kann er später den Bruder holen, denn er überzeugt seinen Arbeitgeber, den westfälischen König Jerome, davon, daß ein zweiter Bibliothekar vonnöten sei, um die überschaubaren Buchbestände unter Aufsicht zu halten. Ihre »ruhigste, arbeitsamste und fruchtbarste Zeit« beginnt nun; sie gewährt ihnen den »wunderbaren Gleichklang« eines »gemeinschaftlichen Amtes«. Die Brüder Grimm sind inzwischen, auch weil sie meist im Doppelpack auftreten, eine Institution geworden: Ihre Sammlung von *Kinder- und Hausmärchen* (1812ff.), denen vor allem Wilhelm, der der fleißigere Bearbeiter ist, einen einheitlichen Tonfall verleiht, wird zu einem bemerkenswerten Erfolg. Weitere Stationen ihres gemeinsamen Lebens sind Göttingen (1829–1837), wo sie sich als unerschrockene Professoren bewähren, noch einmal Kassel und Berlin (1841). Jacob Grimm zieht 1848 als Abgeordneter in das Frankfurter Paulskirchen-Parlament ein und macht dort eher enttäuschende Erfahrungen: Er, der bekennende Monarchist, dem »republikanische Gelüste« zuwider sind, möchte dennoch nicht von der Freiheit lassen und sie »an die Spitze der Grundrechte stellen«; gerade das aber kann der Monarch, der sich lieber selber an die Spitze der Grundrechte stellt, nicht zulassen.

Besser als die Welt der Politik ist die Welt der Bücher, in die sich die Brüder zuletzt wieder zurückziehen. Vom Unterstand ihrer immensen Belesenheit aus beginnen sie 1852 mit der »umfassendsten Arbeit ihres Lebens«, dem *Deutschen Wörterbuch*, von dem zu ihren Lebzeiten nur die Bände 1–4 erscheinen; erst 1961 wird das (zunächst 32-bändige) Werk von der Akademie der Wissenschaften in Berlin und Göttingen fertiggestellt. Was Wilhelms Ehefrau beklagt, nämlich daß die Brüder hinter ihrem monumentalen Wörterbuch »verschimmeln«, hat ihnen selbst nichts ausgemacht; Arbeit war ihr Leben, ein anderes mochten sie sich nicht vorstellen. Die Germanistik hat den Grimms viel zu verdanken; sie haben Rechtschaffenheit eingebracht, Sammler- und Herausgeberfleiß, nicht zuletzt das Streben nach philologischer Genauigkeit, die allerdings, betrachtet man manche aufgeblähten Anmerkungsapparate, auch in gelehrte Geschwätzigkeit umschlagen kann.

Für die meisten Leser bleiben die Brüder Grimm als Entdecker des Märchenlandes in Erinnerung; wer es betritt, erfährt, wie das Leben ist, wenn es sich von der Wirklichkeit abziehen läßt und nah, ganz nah an das Zauberreich unserer Träume rückt; alles ist ungeahnt dort, regt sich am Ende wie neu: »... Der König erwachte und die Königin und der ganze Hofstaat und sahen einander mit großen Augen an. Und die Pferde im Hof standen auf und rüttelten sich; die Jagdhunde sprangen und wedelten; die Tauben auf dem Dache zogen das Köpfchen unterm Flügel hervor, sahen umher und flogen ins Feld; die Fliegen an den Wänden krochen weiter; das Feuer in der Küche erhob sich, flackerte und kochte das Essen; der Braten fing wieder an zu brutzeln; und der Koch gab dem Jungen eine Ohrfeige, daß er schrie; und die Magd rupfte das Huhn fertig. Und da wurde die Hochzeit des Königssohns mit dem Dornröschen in aller Pracht gefeiert, und sie lebten vergnügt bis an ihr Ende.«

Alphabetisches Verzeichnis der Märchen

»Der Diogenes Verlag will durch lesbare Literatur unterhalten, durch Neues vor den Kopf stoßen, aber auch Altes neu entdecken; das ›Neue um des Neuen willen‹ übersehen und so das Modische vom Modernen unterscheiden. So viel wirklich Neues kann es gar nicht geben. Echte Avantgarde, sagt Karl Kraus, ist nichts anderes als der mutige Rückschritt zur Vernunft – und an das Neue, das nur aussieht wie das Alte, muss man sich erst gewöhnen.«

DANIEL KEEL

Gesammelt und neu erzählt von Johannes Carstensen
464 Seiten

Mal humorvoll, mal ironisch, nie langweilig und immer treffsicher in der Pointe, erweckt Johannes Carstensen die Götter, Helden und Ritter zum Leben. Ein Lesevergnügen für Laien und Kenner, jung und alt!

Ausgewählt von Silvia Sager
Mit einem Nachwort von Iring Fetscher
496 Seiten

Die schönsten und berühmtesten Märchen aus Tausendundeiner Nacht. Ein Geschichtenbuch für Kinder und für Erwachsene. »Diese Märchen sind dem Inhalt nach trefflich, der Darstellung nach reizend und von zarter Schönheit. Man kann die glühenden Farben, den Duft einer ungestört aufblühenden Phantasie, das überall atmende Leben nicht genug loben.« (Gebrüder Grimm)